GUERRES DU MONDE ÉMERGÉ

Livre I. La secte des Assassins

L'auteur

À l'âge de sept ans, **Licia Troisi** écrivait déjà des histoires que ses parents compilaient dans un cahier bleu... Plus tard, elle a choisi d'étudier l'astrophysique, ce qui lui a permis de décrocher un poste à l'Observatoire de Rome où elle travaille aujourd'hui. Sa passion pour l'écriture ne l'a cependant jamais quittée : à peine sortie de l'Université, elle s'est lancée dans la rédaction des *Chroniques du Monde Émergé*. La série, publiée par la prestigieuse maison d'édition Mondadori, est déjà un best-seller en Italie.

Déjà paru :

Chroniques du Monde Émergé :

Livre I : Nihal de la Terre du Vent
Livre II : La mission de Sennar
Livre III : Le talisman du pouvoir

Guerres du Monde Émergé :

Livre I : La secte des Assassins

À paraître :

Guerres du Monde Émergé, livre II (janvier 2011)
Guerres du Monde Émergé, livre III (septembre 2011)

Licia Troisi

GUERRES DU MONDE ÉMERGÉ

Livre I. La secte des Assassins

Traduit de l'italien par Agathe Sanz

POCKET JEUNESSE

Directeur de collection :
Xavier d'ALMEIDA

Titre original :
*Le Guerre del
Mondo Emerso*
I. La setta degli assassini

Loi n° 49 956 du 16 juillet 1949 sur les publications
destinées à la jeunesse : septembre 2010.

Le Guerre del Mondo Emerso I – La setta degli assassini
© 2006, Arnoldo Mondadori Editore S.p.A., Milano
Prima edizione nella collana Massimi di Fantascienza 2006
© 2010, éditions Pocket Jeunesse, département d'Univers Poche,
pour la présente édition.

ISBN : 978-2-266-20069-1

PROLOGUE

La tour s'effondra d'un seul coup. Elle explosa en une myriade d'éclats de cristal noir qui envahirent la plaine, et tous ceux qui se trouvaient là furent aveuglés pendant quelques instants.

Quand la poussière se fut posée, un spectacle inimaginable se présenta à leurs yeux : la Forteresse n'était plus. Pendant près de cinquante ans, elle avait assombri l'existence des Perdants qui se pressaient maintenant autour de ses ruines, et éclairé la voie des Victorieux. Désormais, elle n'arrêtait plus le regard, qui se perdait à l'horizon.

Des hurlements retentirent. Les exécrables gnomes, les méprisables humains et tous les esclaves des Terres libres criaient leur joie d'une seule et même voix.

Yeshol – le magicien, l'assassin – pleura.

Ensuite commença le massacre.

Hommes et gnomes, chevaliers et rebelles, tous se jetèrent sur les survivants et les achevèrent sans pitié. Yeshol ramassa l'épée d'un soldat mort et combattit sans conviction. Il ne voulait pas survivre dans un monde sans Aster, et sans Thenaar.

La fin du jour le surprit seul, au milieu d'un tas de cadavres, son arme encore à la main. Dans le ciel brillait le dernier rayon d'un soleil rouge. Le destin avait choisi pour lui, malgré lui. Il était toujours en vie.

Et, enfin, ce fut la nuit. Sa nuit

Il s'enfuit et se cacha pendant des jours, sans jamais s'éloigner de ce qui restait de la Forteresse. Il vit les vainqueurs faire des prisonniers. Il les vit prendre crânement possession de cette terre où, quelques jours auparavant, Aster lui avait promis que le monde serait bientôt inondé de sang et que le règne de Thenaar adviendrait.

« Et alors débutera l'ère des Vainqueurs », avait conclu Aster de sa petite voix.

À présent, le seul homme en qui Yeshol ait jamais cru était mort. Son guide, son Maître, l'Élu.

Il jura vengeance devant les chariots pleins d'objets volés dans la Forteresse qu'emportaient les vainqueurs : les philtres magiques, les poisons du laboratoire, et les précieux manuscrits qu'Aster aimait plus que sa propre vie.

« Réjouissez-vous tant que vous le pouvez, mais sachez que mon Dieu est implacable », songea Yeshol.

Il sortit de sa cachette.

Il devait se sauver, pour préserver le culte de Thenaar, reconstruire la puissance des Victorieux et tout recommencer à zéro. Pour cela, il devait chercher ses frères qui avaient échappé à la vengeance

Mais, d'abord, il lui fallait accomplir une dernière chose

Il marcha pieds nus sur la plaine. Les fragments de cristal noir pénétrèrent dans sa chair, qui se mit à saigner. Bientôt, il atteignit le cœur de la Forteresse. Il ne restait que des ruines des anciens murs, mais il savait qu'il le trouverait là. Il se rappelait très bien les plans de l'édifice.

Le trône gisait à terre, brisé.

D'Aster il n'y avait plus aucune trace. Seul le dossier contre lequel il s'était appuyé pendant tant d'années se dressait encore majestueusement sur le sol. Yeshol le caressa ; ses mains parcoururent le bois sculpté et rencontrèrent un morceau d'étoffe taché de sang. Il le serra. Même dans l'obscurité, il le reconnaissait. Son manteau. Celui qu'il portait le jour de la Chute.

C'était la relique qu'il cherchait.

PREMIÈRE PARTIE

C'est ce qu'on appela la Grande Bataille d'Hiver, celle qui mit fin au règne du Tyran. Mais l'immense armée déployée pour l'occasion aurait été inutile si Nihal n'avait pas auparavant pris soin de réduire à néant la magie d'Aster. En effet, la force des troupes ennemies reposait entièrement sur la Magie Interdite. Pour la contrer, Nihal eut recours aux pouvoirs oubliés des Anciens Elfes : sur les Huit Terres du Monde Émergé résidaient huit Esprits de la Nature, qui gardaient chacun une pierre dotée de propriétés mystiques particulières. L'union de ces huit pierres, rassemblées dans le fameux Médaillon qu'elle portait toujours sur elle, permit à Nihal d'invoquer les Esprits et de rendre le Tyran inoffensif pendant une journée entière.

Ce pouvoir extraordinaire est désormais perdu : Nihal, la dernière demi-elfe du Monde Émergé, a complètement épuisé la puissance du Médaillon, qui n'est plus à présent qu'un simple ornement. Avec lui disparut le dernier témoin de la magie elfique du Monde Émergé.

CONSEILLÈRE LÉONA,
LA CHUTE DU TYRAN,
LIVRE XI

1

LA VOLEUSE

Mel bâilla en regardant le ciel étoilé, et son souffle forma un petit nuage compact dans l'air du soir.

L'homme s'enveloppa dans son manteau. Il faisait très froid pour un début de mois d'octobre. Et, évidemment, il fallait que ce maudit tour de garde à l'extérieur tombe sur lui ! Qui plus est, pendant une période de vaches maigres pour le patron. Un vrai supplice... Autrefois, ils étaient plusieurs à monter la garde dans le jardin, et presque autant à l'intérieur ; au moins une dizaine d'hommes en tout. Maintenant, ils n'étaient plus que trois. Lui dans le jardin et Dan et Sarissa devant la chambre. On avait même commencé à rogner un peu chaque mois sur leur équipement. « Pour ne pas être obligé de diminuer votre paie », avait dit le conseiller Amanta.

Très vite, Mel s'était retrouvé muni de sa seule épée et d'une vieille armure en cuir usé, en plus de son manteau mité qui ne suffisait pas à le protéger du froid.

Le garde soupira. À l'époque où il était mercenaire, les choses allaient mieux.

C'était la guerre ; le roi de la Terre du Soleil, Dohor, avait déjà étendu ses mains avides sur la Terre des Jours et sur celle de la Nuit, et la résistance menée par le gnome Ido sur la Terre du Feu semblait ridicule. Quelle chance pouvaient bien avoir quatre pauvres hères contre la plus puissante armée du Monde Émergé ? Certes, avant de trahir, Ido avait été Général Suprême, et un grand héros. Mais ces temps étaient révolus. À présent, ce n'était plus qu'un vieillard. C'était Dohor, le véritable Général Suprême, en plus d'être le roi.

Or, contre toute attente, la guerre avait été dure, très dure. Et longue. Ces maudits gnomes surgissaient de toutes parts et multipliaient les pièges et les embuscades. Un cauchemar qui avait duré douze ans, et qui s'était mal terminé pour Mel. Un guet-apens de trop, une douleur lancinante à la jambe…

Il ne s'en était jamais vraiment remis et avait dû arrêter de combattre. Une sale période. Il ne savait rien faire d'autre.

Et puis il avait trouvé du travail comme sentinelle chez Amanta.

Au début, cela lui avait apparu comme une solution honorable. Il n'avait pas imaginé la monotonie d'une activité qui se répétait nuit après nuit, toutes identiques. En huit ans de service chez Amanta, il ne s'était jamais rien passé. Pourtant, le vieil homme continuait à avoir l'obsession de la sécurité. Sa maison, remplie d'objets aussi précieux qu'inutiles, était plus surveillée qu'un musée.

Mel passa à l'arrière de la villa. Il fallait un bon moment pour faire le tour de la gigantesque demeure qu'Amanta s'était fait construire avant de tomber peu à peu dans la misère.

Désormais, cette ruine lui rappelait seulement les beaux jours où il était encore un noble aisé.

Mel s'arrêta le temps d'un autre bâillement sonore. C'est alors qu'il fut touché : un coup à la tête, précis et silencieux. Ensuite, l'obscurité.

Le tireur scruta les alentours, puis il se glissa jusqu'à une fenêtre du rez-de-chaussée. Ses pas légers ne déplacèrent même pas l'herbe.

La fenêtre s'ouvrit, et la silhouette se faufila furtivement à l'intérieur.

Ce soir-là, Lu était fatiguée. La maîtresse s'était plainte toute la journée, et voilà qu'elle lui avait assigné cette tâche absurde qui la tenait éveillée jusqu'à cette heure tardive de la nuit. Astiquer sa vieille argenterie... Pour quoi faire ? Va savoir !

« Au cas où quelqu'un nous rendrait visite, petite ! »

Et qui donc ? Depuis que le maître était tombé en disgrâce, les invités avaient déserté la maison. Tous redoutaient le sort des nobles de la Terre du Soleil qui avaient tenté de se rebeller contre Dohor, une dizaine d'années plus tôt. Bien qu'il soit le roi légitime, ayant épousé la reine Sulana, le souverain n'était pas très aimé. Il concentrait trop de pouvoir dans ses mains, et son ambition était sans limites. C'est pourquoi certains de ses courtisans avaient cherché à l'évincer en ourdissant un complot contre lui. Sans succès. Lorsque l'intrigue avait été découverte, Amanta, lui, avait réussi à sauver sa tête en s'humiliant auprès du roi, mais il avait été déchu de son rang.

Lu secoua la tête. C'était des pensées inutiles et oiseuses. Il valait mieux laisser tomber.

Un frôlement.

Léger.

Imperceptible.

La jeune fille se retourna. La maison était grande, démesurément grande, et pleine de bruits sinistres.

— Qui est là ? demanda avec inquiétude la servante qui avait aperçu une ombre tapie dans l'obscurité.

— Sortez de là !

Pas de réponse. L'ombre respirait doucement, calmement.

Lu courut chercher Sarissa à l'étage supérieur. Elle le faisait souvent quand elle était forcée de rester seule le soir. Parce qu'elle avait peur du noir, et parce que Sarissa lui plaisait ; il était à peine plus vieux qu'elle, et avait un beau sourire rassurant.

L'ombre la suivit en silence.

Sarissa était assis, appuyé contre sa lance, à demi endormi. Il gardait la chambre du maître.

— Sarissa...

Le jeune homme s'ébroua.

— Lu...

Elle ne répondit pas.

— Oh, fichtre ! Lu... Encore ?

— Cette fois, j'en suis sûre, fit-elle. Il y avait quelqu'un...

Sarissa soupira, exaspéré.

— Juste une minute..., insista Lu. Je t'en prie...

Le jeune garde se leva avec réticence :
— Alors, dépêchons-nous.

L'ombre attendit que le jeune homme ait descendu l'escalier pour agir. La chambre n'était même pas fermée à clef. Elle se glissa à l'intérieur. Au milieu de la pièce faiblement éclairée par la pleine lune se trouvait un lit, d'où provenait un ronflement sonore, interrompu de temps à autre par une sorte de râle mêlé de plaintes. Amanta rêvait-il de ses créanciers ? Ou peut-être d'une silhouette comme la sienne qui venait lui ravir la seule chose qui lui restait : ses précieuses reliques. Le visiteur ne s'étonna pas. Tout se passait comme prévu. La femme dormait dans une chambre séparée. La porte qui l'intéressait se trouvait devant lui.

Il entra dans l'autre pièce, identique à la précédente. Cette fois, du lit ne provenait pas même un soupir. Une vraie dame, la femme d'Amanta…

La silhouette s'approcha sans bruit d'un meuble et ouvrit son tiroir d'un geste sûr. Il contenait de petits paquets enveloppés de velours et de brocart. Elle ne prit même pas la peine de les ouvrir : elle savait parfaitement ce qu'ils contenaient. Elle s'en empara et les glissa dans la besace qu'elle portait en bandoulière. Après un dernier regard à la femme endormie, elle s'enveloppa dans son manteau, ouvrit la fenêtre et disparut.

Makrat, la capitale de la Terre du Soleil, une cité tentaculaire, semblait encore plus vaste la nuit, lorsque ses contours n'étaient délimités que par les lumières des tavernes et des palais.

L'ombre se déplaçait le long des murs des habitations en se fondant dans l'obscurité. Sa capuche rabattue sur le visage, elle parcourut les rues désertes de la ville, silencieuse et anonyme. Même maintenant que son travail était fini, ses pas ne faisaient pas le moindre bruit sur le pavé.

Elle marcha jusqu'à une auberge isolée à la sortie de la ville, son refuge de ces derniers jours. Elle y passerait encore cette nuit, puis elle partirait. Elle devait bouger sans cesse, changer de lieu, brouiller les pistes. Et ainsi à tout jamais.

Elle monta dans sa chambre, où ne l'attendaient qu'un lit spartiate et un coffre de bois sombre, luisant au clair de lune. Elle jeta sa besace sur le lit et ôta son manteau. Une cascade de cheveux châtains retenus en queue de cheval lui descendit jusqu'à mi-dos, et à la lueur de la bougie posée sur le coffre apparut un visage aux traits tirés par la fatigue.

Un visage enfantin, celui d'une jeune fille. Pas plus de dix-sept ans, l'air sérieux, les yeux sombres, les joues pâles.

Doubhée.

Elle commença par se débarrasser de ses armes : les poignards, les couteaux, puis la sarbacane, le carquois et les flèches. En théorie, cela ne faisait pas partie de l'équipement d'un voleur, mais elle ne s'en séparait jamais.

Ensuite, elle ôta son corset et ne garda que sa chemise et son pantalon. Elle se jeta sur sa couche et se mit à regarder fixement les taches d'humidité au plafond, que la lumière de la lune rendait encore plus lugubres

Elle était exténuée, sans pouvoir vraiment dire par quoi. Par le travail de la nuit, par cette éternelle errance, par la solitude...

Le sommeil finit par emporter ses pensées.

La nouvelle ne tarda pas à se répandre. Le lendemain déjà, tout Makrat savait : Amanta, l'ancien premier courtisan, le vieux conseiller de Sulana, avait été cambriolé

Rien de nouveau sous le soleil... Cela arrivait souvent aux riches des environs, surtout dernièrement.

Comme d'habitude, les recherches ne menèrent à rien, et l'ombre demeura une ombre, comme à chaque vol commis depuis deux ans.

2

LA VIE DE TOUS LES JOURS

L e lendemain, Doubhée quitta l'auberge de bonne heure. Elle paya avec les dernières pièces qui lui restaient d'un précédent salaire. Elle était à sec, et cette incursion dans la maison d'Amanta avait été une véritable bénédiction. Il était rare qu'elle ait directement affaire aux gros bonnets, elle se contentait en général d'opérations moins prestigieuses, qui lui garantissaient cependant la discrétion. Mais, cette fois, elle était vraiment prise à la gorge.

Elle se perdit dans les ruelles de Makrat. Le jour, la ville apparaissait sous son vrai visage. C'était l'endroit le plus chaotique de tout le Monde Émergé. Dans le centre, où se dressaient les vastes demeures seigneuriales et les habitations bourgeoises, grouillait une foule innombrable. Les faubourgs, eux, abritaient les baraques des perdants de la guerre, les réfugiés des Huit Terres du Monde Émergé à qui Dohor avaient tout pris depuis qu'il était au pouvoir. S'y entassaient des êtres de plusieurs races, surtout des fammins. C'étaient eux, les vraies victimes : sans terre, traqués, séparés de leurs semblables, inconscients et innocents comme des enfants.

Durant le règne de terreur du Tyran, ils avaient pourtant eu un rôle à jouer en tant que machines de guerre. Le Tyran les avait créés en utilisant la Magie Interdite, et leur aspect révélait tout de leur origine : ils étaient gauches, couverts d'un duvet roussâtre, avaient des bras démesurément longs et des crocs effilés qui leur sortaient de la bouche. En ces temps-là, ils inspiraient une terreur folle, et Nihal, l'héroïne de cette ère obscure, avait mené contre eux une bataille sans merci. Du moins, c'est ce que racontaient les ménestrels au coin des rues. À présent, ils n'inspiraient plus que de la peine.

Quand Doubhée était encore élève, elle allait souvent dans les faubourgs avec son Maître. Il les aimait.

« C'est le seul endroit vivant qui reste sur cette Terre pourrie », disait-il, lors des longues promenades avec sa protégée.

La jeune fille avait continué à s'y rendre après sa mort. Lorsqu'il lui manquait et qu'elle ne se sentait pas la force de continuer, elle s'aventurait dans les bas-fonds en guettant l'écho de sa voix parmi les ruelles. Elle y retrouvait un peu de sérénité.

Aux premières heures de la matinée, l'activité reprenait lentement : des échoppes ouvraient, les femmes allaient puiser l'eau à la fontaine, les enfants jouaient autour de la grande statue de Nihal érigée au centre de la place...

Doubhée trouva facilement l'endroit qu'elle cherchait : une boutique en retrait, à la limite de la zone des baraques. D'après son enseigne, on y vendait des herbes ; mais la jeune fille y venait pour une tout autre raison.

Le patron, Tori, était un gnome. Il était originaire de la Terre du Feu, comme la majeure partie de ceux de sa race. La peau sombre et de longs cheveux noirs hérissés de petites tresses, il se déplaçait d'un bout à l'autre de son magasin en cavalant sur ses jambes courtes, un éternel sourire sur le visage.

Il suffisait pourtant d'un mot pour que Tori change d'expression. Un mot connu seulement dans certains cercles. Lorsqu'il l'entendait, le gnome conduisait les clients dans son arrière-boutique, son temple.

Tori se vantait de posséder l'une des plus riches collections de poisons du Monde Émergé. Il était expert en la matière et savait fournir à chacun le mélange adapté. Qu'il s'agisse de morts lentes et douloureuses ou de trépas instantanés, le gnome avait toujours le bon flacon. Mais ce n'était pas tout : il n'y avait pas de butin dérobé à Makrat qui ne passait par ses mains.

— Bonjour ! Encore besoin de mon aide ? s'exclama-t-il en guise de salut.

— Comme toujours, fit Doubhée en souriant sous sa capuche.

— Mes compliments pour ton dernier travail... C'était bien toi, n'est-ce pas ? Je...

Tori était l'un des rares à connaître quelque chose d'elle et de son passé.

— En effet, le coupa Doubhée, sa devise étant « la discrétion par-dessus tout ».

Tori l'accompagna dans sa petite pièce secrète où, devant les flacons de poison, la jeune fille se sentit chez elle. Le Maître l'avait initiée aux secrets des herbes à l'époque où elle s'entraînait encore pour devenir une meurtrière et où son tir à l'arc laissait à désirer. C'était une pratique assez répandue parmi les assassins de bas niveau : si on ne pouvait pas frapper avec précision les points vitaux, on y suppléait en trempant ses flèches ou ses poignards dans un poison, de manière que la plus légère blessure devienne mortelle.

« Le poison est une arme de débutant », lui rappelait toujours le Maître.

Pour elle, c'était devenu une passion. Elle lisait pendant des heures les livres de botanique, elle arpentait les bois et les prés pour chercher des herbes, et elle commença vite à inventer des recettes originales aux différents degrés de dangerosité, des innocents assoupissants aux poisons mortels. C'est cela qui l'attirait surtout : étudier, chercher, comprendre. Et, finalement, elle avait appris.

Puis les choses avaient changé, le meurtre était devenu le brûlant souvenir d'une époque révolue, et Doubhée s'était consacrée aux somnifères, qui pouvaient se montrer d'une utilité décisive dans l'activité qu'elle s'était trouvée pour survivre.

Sans perdre de temps, la jeune fille étala le fruit de son larcin sur le comptoir et attendit que Tori donne son avis. Penché sur les perles et les saphirs, il les analysait d'un œil expert.

— Excellente façon, belle taille... juste un peu trop reconnaissable... Il faudra pas mal de travail pour les transformer.

Doubhée se taisait. Elle savait déjà tout cela. L'art du meurtre lui collait à la peau et elle menait son travail de voleuse comme le meilleur des assassins : elle enquêtait toujours avec soin avant de frapper.

— Trois cents caroles.

Elle fronça les sourcils :

— Cela me semble peu...

Tori sourit avec bonhomie.

— Je sais la peine que ça t'a coûtée, mais essaie de me comprendre... Il s'agit de démonter, de fondre... Trois cent cinquante.

« Assez pour trois, quatre mois d'errance encore », songea Doubhée. Elle poussa un petit soupir.

— Ça va !

Le gnome lui fit un clin d'œil :

— Le travail ne manque jamais à quelqu'un comme toi !

Doubhée prit ce qu'on lui donnait et pivota sur ses talons, sans un mot. Elle sortit et s'enfonça de nouveau dans les ruelles de Makrat.

Elle quitta la ville vers midi et rentra directement dans la simple grotte qu'elle habitait désormais. Sa vraie maison, celle qu'elle avait partagée avec le Maître au bord de l'Océan, sur la Terre de la Mer, elle l'avait abandonnée aux jours de douleur, lorsqu'il était mort, et elle n'y était plus jamais retournée. Tout ce qu'elle avait trouvé pour la remplacer, c'était cette caverne dans la Forêt du Nord, pas trop loin de la civilisation, mais pas non plus trop près des villages, à une demi-journée de route de Makrat.

Lorsqu'elle y pénétra au coucher du soleil, l'odeur de renfermé la prit à la gorge. Un tas de paille jeté dans un coin, un foyer creusé dans la roche, et en guise de mobilier une table bancale et un vieux buffet rempli de livres et de flacons de poison, c'était tout ce qu'elle possédait.

Doubhée se prépara un dîner frugal avec les quelques vivres qu'elle avait achetés en ville.

Dès qu'elle eut fini de manger, elle alla dehors. La nuit était tombée, et les étoiles tremblaient doucement dans l'obscurité.

Le ciel l'avait toujours fascinée ; son immensité la rassurait. Il n'y avait pas de bruit, ni de vent. Elle écouta quelques instants le murmure du ruisseau ; ensuite, elle se dirigea vers la source et se déshabilla calmement.

Le froid la saisit dès qu'elle mit les pieds dans l'eau, mais elle serra les dents et s'immergea jusqu'au cou. La sensation glacée se transforma peu à peu en une tiédeur agréable. Elle plongea la tête sous l'eau, et ses longs cheveux châtains se mirent à danser autour de son visage.

Ce n'est que là qu'elle se sentit enfin en paix avec elle-même.

3
LE PREMIER JOUR D'ÉTÉ

✦✦✦

Le passé 1

C'est un jour de soleil. Doubhée se lève de son lit tout excitée. Dès qu'elle a ouvert les yeux, elle a compris que l'été était arrivé. La lumière est différente, ainsi que le parfum de l'air qui entre dans sa chambre à travers les volets usés.

Elle a huit ans. Elle est une petite fille pleine de vie aux longs cheveux châtains, une fille comme les autres. Pas de frères ni de sœurs ; ses parents sont des paysans.

Elle vit sur la Terre du Soleil, non loin de la Grande Terre, qui a été divisée entre les différentes Terres à la fin de la guerre ; seule la partie centrale est restée indépendante. Les parents de Doubhée se sont installés dans un petit village récemment construit, Selva. Ils cherchaient la paix, et il leur semble l'avoir trouvée. Ils vivent au milieu d'un petit bois, éloignés de tout ; il ne leur parvient que de rares échos de la guerre de conquête de Dohor. Ces dernières années, ils en reçoivent de moins en moins. Le souverain s'est soumis la majeure partie du Monde Émergé, et une sorte de fragile paix s'y est établie.

Doubhée se jette dans la cuisine pieds nus, les cheveux encore ébouriffés.

— Il y a du soleil, il y a du soleil !

Sa mère, Melna, continue de nettoyer les légumes, assise à la table.

— Oui, on dirait...

C'est une femme grassouillette au visage rubicond. Elle est jeune – vingt-cinq ans au plus – mais elle a les mains calleuses de ceux qui cultivent la terre.

Doubhée s'installe sur un banc et appuie ses bras croisés sur la table, les jambes pendantes.

— Tu m'avais promis que je pourrais aller jouer dans le bois s'il faisait beau...

— D'abord, tu me donnes un coup de main. Après, tu fais ce que tu veux.

L'enthousiasme de Doubhée retombe d'un coup. Elle a parlé avec ses amis, la veille. Ils se sont dit qu'ils se verraient s'il y avait du soleil. Et il y a du soleil.

— Mais ça va prendre toute la matinée !

La femme se tourne vers elle, impatientée :

— Alors, tu passeras toute la matinée avec moi.

La petite fille soupire bruyamment.

Doubhée tire le seau du puits et s'asperge le visage avec l'eau glacée. Elle aime bien se laver à l'eau froide.

Et puis, elle se sent forte à chaque fois qu'elle remonte le seau.

Elle est fière de sa force : elle est la seule de toutes les filles à pouvoir tenir tête à Gornar, le plus vieux de sa bande. C'est un grand de douze ans, le chef indiscuté, qui a conquis sa suprématie par les coups. Comme il n'arrive pas à se soumettre Doubhée, il la traite avec méfiance, en ayant soin de ne pas trop la titiller. Une ou deux fois, elle l'a battu au bras de fer : et elle sait que la blessure est encore cuisante. C'est un accord tacite : Gornar est le premier des enfants, mais Doubhée vient juste après lui. Et elle s'en vante.

« On pourrait aller à la chasse aux lézards, et ensuite les enfermer dans un bocal pour les observer, ou alors peut-être seulement se battre…Ce sera super ! » se dit-elle en savourant à l'avance les joies de l'été. En attendant, elle se jette des seaux d'eau glacée à la tête et frissonne de plaisir. Elle est maigre, presque trop, mais quelques garçons de la bande la regardent déjà en rougissant, et cela la rend heureuse. Dans son cœur, il y a un garçon timide, Mathon. Il ne lui adresse même pas un regard, mais elle, elle pense souvent à lui. Il sera sûrement là aussi, cet après-midi, et qui sait si cette fois il ne trouvera pas le courage de lui dire qu'elle lui plaît…

La matinée passe avec une lenteur exaspérante. Doubhée a du mal à rester là pour nettoyer les légumes. Assise sur sa chaise, elle balance nerveusement les jambes, et jette sans cesse des coups d'œil dehors.

Plusieurs fois, elle a l'impression de voir passer l'un de ses amis. Hélas, elle sait bien que, tant qu'elle n'aura pas fini, on ne lui permettra pas de sortir.

Une petite coupure au doigt, et un « Aïe ! » étouffé réveillent sa mère.

— Mais tu veux bien faire un peu attention ? soupire-t-elle. Il faut toujours que tu aies la tête ailleurs !

Voilà que recommence l'habituelle ritournelle : elle ferait mieux de songer à étudier avec l'Ancien, au lieu d'aller traîner avec cette bande de sauvages qu'elle s'est choisis comme amis…

Doubhée écoute en silence. Cela ne sert à rien de protester quand sa mère entonne ce refrain. Et puis, ce ne sont que des mots, Doubhée est au courant, son père lui a tout raconté : « Petite, ta mère était mille fois pire que toi. Ensuite, tu sais ce qui se passe... Un homme arrive, la femme tombe amoureuse, et elle arrête de courser les souris à travers champs. »

Doubhée aime beaucoup son père, Gorni. Plus que sa mère. Il est maigre comme elle, et il est drôle.

Et puis, son père, lui, il ne se met pas en colère quand elle revient à la maison avec quelque « sale bête » qu'elle a tuée pendant ses jeux, et il ne crie pas à la vue des serpents qu'elle aime tant. Parfois, c'est lui-même qui lui apporte des proies. Doubhée a une série de petits bocaux pleins d'animaux : des araignées, des serpents, des lézards, des scarabées, tout le butin de ses parties de chasse avec ses amis. Un magicien de passage au village leur a donné un liquide à verser dans de l'eau. S'ils y mettent les animaux morts, ils ne se décomposent pas. C'est sa précieuse collection, et elle l'exhibe à tous avec fierté. Sa mère déteste cela, et à chaque fois que Doubhée rentre avec une nouvelle pièce, elle menace de la jeter. Cela finit toujours par des hurlements, ce qui fait rire Gorni.

Lui aime les animaux, et il est curieux.

Aussi, lorsqu'il apparaît sur le seuil de la cuisine à l'heure du déjeuner, fatigué et en sueur, elle a l'impression qu'il vient la sauver.

— Papa !

Elle lui saute au cou, avec un tel élan qu'ils manquent de tomber tous les deux à terre.

— Combien de fois faut-il que je te dise de faire doucement ? crie sa mère.

Son père ne dit rien.

Il est très blond, mais ses yeux sont noirs, comme ceux de Doubhée. Il a des moustaches qui la picotent chaque fois qu'elle l'embrasse, mais c'est une sensation agréable.

— À ce que je vois, tu as passé la matinée à gratter les courgettes ? fait-il avec un clin d'œil.

Doubhée hoche la tête d'un air affligé.

— Alors, peut-être que cet après-midi nous pourrions te libérer...

— Ouiiiiii ! hurle la petite.

Le déjeuner est vite expédié. Doubhée se jette sur la nourriture : elle avale sa soupe à toute allure, puis engloutit ses œufs en trois cuillérées. Un peu plus et elle se déboîtait la mâchoire en mangeant sa pomme : cinq bouchées, et elle s'envole.

— Je vais jouer. À ce soir ! crie-t-elle avant de claquer la porte.

Elle est dehors, enfin. Elle court.

Elle sait exactement où trouver ses amis, aucune chance qu'elle se trompe : à l'heure du déjeuner, ils sont en bas, au fleuve, dans leur quartier général.

Dès qu'elle arrive, quelqu'un l'appelle.

— Doubhée !

C'est Pat, l'autre fille du groupe, et sa meilleure amie, celle à qui elle raconte tous ses secrets ; la seule qui sache pour Mathon. Elle est rousse avec des taches de son, et intrépide comme Doubhée.

Ils sont cinq, comme toujours. Tous marmonnent « Bonjour ! ». Gornar est allongé dans un coin, une longue tige d'herbe dans la bouche ; puis il y a les deux jumeaux, Sams et Renni, l'un la tête appuyée sur le ventre de l'autre. Et, adossé à un tronc d'arbre, Mathon, qui la salue d'un signe de tête.

— Bonjour, Mathon, fait Doubhée en souriant timidement.

Pat ricane, et Doubhée la fusille du regard.

— Pourquoi tu n'es pas venue ce matin ? On t'a attendue ! dit la petite fille.

— C'est vrai... tu nous a fait perdre notre temps ! lance Gornar.

— J'ai dû aider maman. Et vous, comment c'était ? C'est Mathon qui lui répond :

— On a joué aux guerriers.

Elle aperçoit les épées de carton à ses pieds.

— Et cet après-midi, qu'est-ce qu'on fait ?

— Pêche, décrète Gornar. On a laissé les cannes à l'endroit habituel.

« L'endroit habituel » est une grotte au-dessus du fleuve, où ils ont coutume de cacher leur butin. La plupart du temps, il s'agit de choses à manger qu'ils ont chapardées dans les champs ou chez eux ; mais ils y conservent aussi tous les objets étranges qu'ils ont trouvés, dont une longue épée rouillée, probablement un vestige de la Grande Guerre.

— Et alors, qu'est-ce qu'on attend ?

Ils se répartissent en deux équipes, et c'est à celle qui pêchera le plus de poissons. Pat et Doubhée se mettent ensemble, avec Mathon. Doubhée ose à peine y croire. Son rêve se réalise.

Ils passent tout l'après-midi à tripoter des vers, des lignes et des hameçons. Pat réussit à s'en enfiler un dans le doigt, et Doubhée feint une répulsion folle pour les vers, dans le seul but de se faire aider par Mathon.

— Ils ne sont pas si dégoûtants que ça, dit le garçon en en prenant un entre deux doigts pour le lui faire voir.

Le petit être se contorsionne à la recherche d'une issue, mais Doubhée ne fait pas du tout attention à lui. Elle regarde les yeux verts de Mathon, qui lui semblent soudain la plus belle chose qu'elle ait jamais vue.

Doubhée est experte en pêche, elle y va souvent avec son père, mais elle joue les débutantes.

— Ce poisson tire trop ! gémit-elle, et Mathon est forcé de venir à son secours en serrant ses mains sur la canne, près des siennes.

La jeune fille croit rêver : si tout se passe aussi bien le premier jour, avec un peu de chance elle réussira à embrasser Mathon avant l'automne, et, qui sait, peut-être même qu'elle deviendra sa fiancée.

Avant la fin de la journée, les trois amis font l'inventaire de leurs prises : deux misérables ablettes pour Pat, trois ablettes et une truite pour Doubhée, et un petit poisson-chat pour Mathon.

Rien à voir avec l'autre groupe : Gornar serre dans ses mains deux belles truites, Renni et Sams ont un poisson-chat chacun, plus une dizaine d'ablettes en tout.

— C'est comme ça, quand le chef est avec nous…, commente Sams.

Gornar annonce à Doubhée que c'est à elle de rapporter les cannes.

— Tu as perdu, et en plus tu es arrivée en retard aujourd'hui. C'est ton gage.

Doubhée se dirige en maugréant vers la grotte, chargée de toutes les cannes et des pots pleins de vers. Elle les jette dans un coin et s'apprête à ressortir quand quelque chose attire son attention : un éclat gris sur l'un des rochers de la grève. Elle s'approche pour voir ce que c'est.

Elle sourit : c'est un serpent d'eau. Un serpent d'eau qu'elle n'a pas dans sa collection. Mort, mais en parfait état. Son corps, d'un beau gris métallique, est couvert de stries noirâtres, dont une autour du cou. Doubhée le saisit délicatement. Il est petit, elle sait que ces serpents peuvent atteindre une brasse et demie de long et celui-là ne mesure pas plus de trois paumes, mais c'est quand même une proie splendide.

— Regardez ce que j'ai trouvé, regardez ! crie-t-elle en courant vers les autres.

Ses amis l'entourent et observent le reptile avec curiosité.

Pat est un peu dégoûtée, elle n'aime pas ces bestioles ; les garçons, eux, ont les yeux qui brillent

— C'est une couleuvre à collier, mon père m'en a parlé, fait Mathon. Ce que j'ai pu en chercher...

— Donne-la-moi.

Les paroles de Gornar font à Doubhée l'effet d'une douche froide. Elle le fixe, étonnée, sans comprendre.

— Je t'ai dit de me la donner.

— Et pourquoi ?

— Parce que tu as perdu le concours de pêche et que j'ai droit à un prix.

Pat intervient :

— Hé, on n'a pas parlé de prix ! C'était juste comme ça...

— Eh bien, ça a changé ! ricane le garçon. Donne-la-moi.

— Pas question ! C'est moi qui l'ai trouvée, et je la garde !

Doubhée recule en serrant le serpent, mais Gornar marche droit sur elle. Il lui attrape un bras, lui prend le poignet.

— Tu me fais mal ! hurle Doubhée en se tortillant. Elle est à moi ! Tu ne t'intéresses même pas à ces bêtes-là, alors que, moi, j'en fais collection !

— Ça m'est égal. Je suis le chef.

— Non !

— Si tu ne me donnes pas cette couleuvre, siffle-t-il, je te flanque une telle raclée que demain tu ne pourras pas mettre le nez dehors.

— Essaie un peu ! Tu sais bien qu'avec moi tu n'as pas le dessus.

C'est la goutte de trop. Gornar se jette sur Doubhée, et le combat commence. Le garçon essaie de lui donner des coups de poing, mais Doubhée se colle contre lui et le mord de toutes ses forces, elle le griffe. La couleuvre tombe dans l'herbe. Doubhée et Gornar roulent à terre, et il lui tire violemment les cheveux. Les larmes aux yeux, elle ne cède pas. Elle continue à mordre ; à présent ils pleurent tous les deux, de rage et de douleur. Les autres enfants crient.

Ils roulent jusqu'au bord du torrent et reprennent le combat sur la grève, au milieu des pierres qui les griffent. Gornar enfonce la tête de Doubhée dans l'eau. D'un coup, la fillette prend peur. L'air lui manque et la main de Gornar continue à serrer ses cheveux, ses beaux cheveux dont elle est si fière.

Dans une dernière tentative désespérée elle réussit à se retourner, et cette fois c'est Gornar qui se retrouve en dessous. Doubhée agit d'instinct. Elle soulève un peu la tête du garçon et la cogne par terre. Un coup suffit. Immédiatement, les doigts de Gornar glissent de ses cheveux. Son corps se raidit pendant un court instant, puis il devient tout mou.

Doubhée se sent libre, et elle ne comprend pas. Elle s'immobilise, à califourchon sur le garçon.

— Oh, mon Dieu, murmure Pat.

Du sang. Un ruisseau de sang colore l'eau du torrent. Doubhée est comme paralysée.

— Gornar…, appelle-t-elle. Gornar…

Silence.

C'est Renni qui la tire de là et la jette sur l'herbe. Sams prend Gornar et le porte hors de l'eau, sur la rive. Il le secoue, il crie son nom avec de plus en plus d'insistance. Aucune réponse. Quelqu'un pleure : c'est Pat.

Doubhée regarde Gornar, et ce qu'elle voit s'imprime pour toujours dans son esprit. Des yeux écarquillés. Des pupilles fixes, sans regard, qui pourtant l'observent. Et l'accusent.

— Tu l'as tué ! hurle Renni. Tu l'as tué !

4

UN TRAVAIL PARTICULIER

Doubhée resta dans sa grotte deux jours entiers. Ce n'était pas très prudent : elle aurait dû quitter la région, car elle savait de source sûre que des Assassins de la Guilde avaient été vus à Makrat. La secte la recherchait peut-être encore. Mais elle avait besoin d'un peu de repos.

Depuis près de deux ans, elle ne s'était pas arrêtée un seul instant. Elle avait voyagé sur la Terre de la Mer, puis sur celle de l'Eau, et même celle du Vent. Et lorsqu'elle avait enfin décidé de revenir sur la Terre du Soleil, elle l'avait fait avec un nœud dans la gorge. C'était sa terre natale, et l'endroit où tout s'était terminé. Ou bien celui où tout avait commencé, selon le point de vue.

À présent, elle était fatiguée. Et plus elle fuyait, plus il lui semblait qu'il n'y avait pas de lieu assez reculé dans le Monde Émergé où elle puisse se cacher. Pas seulement parce que la Guilde était partout, mais parce que quelque chose d'autre la poursuivait. Pendant ces deux jours, les souvenirs l'avaient assaillie à l'improviste, à cause de cette pause, dont elle éprouvait pourtant tellement le besoin. Tant qu'elle avait du travail, son esprit était occupé ; l'inaction, elle, était exténuante. Dès qu'elle n'avait rien à faire, la solitude devenait une présence presque tangible, et les souvenirs douloureux revenaient.

Il n'y avait qu'un seul remède : mettre son corps en mouvement.

La matinée était fraîche et limpide. Doubhée enfila ses vêtements les plus légers : une chemise sans manches et un pantalon court. Elle sortit pieds nus. Elle adorait fouler l'herbe fraîche.

Elle commença aussitôt l'entraînement, celui qu'elle pratiquait depuis l'âge de huit ans, quand elle avait décidé d'être forte et redoutable comme son Maître L'entraînement des Assassins.

Elle transpirait déjà quand elle l'entendit. Elle sut immédiatement qui c'était. Une seule personne parmi celles qu'elle connaissait était assez stupide pour jouer toujours le même petit jeu. Elle se retourna en un éclair et lança son poignard. L'arme se ficha dans l'arbre, juste derrière le jeune homme.

Il devait avoir dix-huit ans ; il était maigre comme un clou et boutonneux. Et là, il était en plus livide !

Doubhée sourit.

— Méfie-toi, Jenna, un de ces jours je finirai par t'avoir !

— Tu es folle ou quoi ? Tu as failli me toucher !

Doubhée arracha négligemment le poignard du tronc.

— Tu n'as qu'à arrêter avec ces gamineries.

Jenna était une vieille connaissance qu'elle avait retrouvée en revenant sur la Terre du Soleil. Lui aussi était voleur, mais à un tout autre degré. Il travaillait à Makrat, où il menait une vie d'orphelin de guerre en dépouillant les passants. Ils s'étaient rencontrés cinq ans plus tôt, le jour où il avait tenté de voler quelques pièces au Maître. Ce dernier avait menacé de le tuer, et le garçon s'était mis à pleurnicher en implorant sa pitié. Devant sa mine éveillée, le Maître avait eu une idée. « Tu me dois la vie », avait-il dit, et il avait fait de lui une sorte d'assistant.

Jenna avait l'esprit vif et la main leste. Il connaissait Makrat comme sa poche et avait une foule de relations. Et, surtout, il savait être loyal. Sans ménager sa peine, il avait procuré au Maître d'excellentes affaires : il lui cherchait des clients et l'aidait à récupérer son argent auprès de ses débiteurs, tout en continuant son activité de vide-gousset.

Puis le Maître était mort, et tout s'était arrêté. De nouveau seule et désespérée, Doubhée avait recommencé à fuir, avec pour tout moyen de subsistance l'argent de ses vols, qu'elle exécutait grâce à son apprentissage. Elle s'était échappée si vite qu'elle avait eu à peine le temps de saluer Jenna. Ils s'étaient perdus de vue, et ne s'étaient retrouvés que lorsque Doubhée avait remis les pieds sur la Terre du Soleil. Depuis, ils se rencontraient souvent.

Ils se dirigèrent vers la grotte. En y entrant, Jenna fit la grimace :

— Comment tu peux vivre dans ce trou à rat puant ?

Tu appelles ça ta maison ? Il n'y a même pas de lit ! Si tu venais chez moi...

C'était une chose que Jenna lui proposait souvent, mais Doubhée ne comprenait pas pourquoi.

— N'importe quoi ! fit-elle en s'asseyant. Bon, qu'est-ce que tu veux ?

Jenna s'installa sur l'autre chaise et appuya les pieds sur la table.

— Ben, pour commencer, j'attends mon argent...

Il l'avait aidée à trouver son dernier contrat, et en échange il avait exigé une petite somme.

Doubhée lui donna ce qu'elle lui devait avant de dire :

— J'espère bien que tu n'as pas fait toute cette route pour si peu...

Jenna assura que non.

— Il y a un type qui se balade en demandant qui est le meilleur voleur des alentours pour un travail délicat. Une affaire dans une maison... Ce n'est pas pour moi, alors je me suis dit, pourquoi ne pas aider Doubhée ? Je me suis informé sur la question, et j'ai découvert des choses intéressantes.

Doubhée plissa le front :

— Ça ne me plaît pas.

Il la regarda, étonné.

— Pourquoi ? C'est pourtant ton truc, de travailler sur commande !

— Tu devrais savoir mieux que tout le monde que je dois éviter la publicité, rétorqua la jeune fille.

Jenna marqua une pause avant de lâcher :

— C'est un homme de confiance de Dohor.

— Chacun peut prétendre être l'homme de confiance

de Dohor ! Je te rappelle que presque tout le Monde Émergé lui appartient.

C'était vrai. Simple chevalier du dragon, Dohor était devenu roi en épousant Sulana ; puis, lentement, il avait entrepris de conquérir les Huit Terres. Six d'entre elles étaient plus ou moins sous son contrôle, quant aux dernières encore indépendantes – la Terre de la Mer et le Cercle des Bois autrefois appartenant à la Terre de l'Eau – c'était désormais la guerre ouverte.

— Non, lui, ce n'est pas un vulgaire homme de main, répliqua Jenna avec un petit sourire satisfait. On le voit souvent avec le roi en personne.

Doubhée tendit l'oreille.

— C'est l'un de ses fidèles lieutenants, il fait partie de ses intimes.

— Tu l'as rencontré ?

— Oui. Une fois mes informations prises, j'ai fait en sorte qu'il entende parler de moi. Et là, surprise ! Après un premier contact, le type m'a donné rendez-vous dans une des auberges de luxe de Makrat ; tu dois la connaître, c'est *Le Drapeau violet*...

Doubhée hocha la tête : impossible de ne pas connaître cet endroit fréquenté par les généraux et les hauts dignitaires de l'État.

— Il m'a fait entrer dans une énorme pièce, et devine qui s'y trouvait ?

Jenna fit une autre pause.

— Forra !

Doubhée écarquilla les yeux : Forra était le beau-frère et le bras droit de Dohor. Ils s'étaient rencontrés à l'époque où Dohor ne faisait encore que rêver au pouvoir absolu, et depuis ils étaient inséparables. Leurs liens s'étaient encore renforcés quand Dohor avait épousé la sœur de Forra. Dohor, l'homme politique, habile combattant mais aussi fin stratège et diplomate sans scrupules, était la tête du duo. Forra, lui, était un pur guerrier. Partout où il y avait quelqu'un à tuer, il était là, avec sa gigantesque épée, qu'il maniait à deux mains.

— Comme tu peux l'imaginer, je ne me sentais pas vraiment à mon aise…, poursuivit Jenna. Quoi qu'il en soit, il m'a expliqué l'affaire. Forra — et sans doute Dohor, même si son nom n'a jamais été prononcé — cherche quelqu'un pour un travail délicat : subtiliser des documents scellés, gardés dans une certaine villa. Évidemment, il n'a pas voulu m'en dire plus.

— Évidemment.

— Il est disposé à payer jusqu'à cinq mille caroles. Mais il veut discuter des détails avec toi en personne.

C'était une somme démesurée. Doubhée n'avait jamais vu autant d'argent ; même le Maître n'avait pas été payé une seule fois avec une telle générosité.

La jeune fille fixa la table en silence, songeuse.

— Il ne t'a rien dit d'autre ?

— Non. Mais il m'a donné ça.

Jenna tira une petite bourse de la manche de sa chemise et en déversa le contenu sur la table. Les pièces, d'or pur, étincelèrent dans l'obscurité de la grotte. Il y avait au moins deux cents caroles.

Doubhée ne s'émut pas.

— Il m'a demandé d'arranger une rencontre. Et, quoi qu'il arrive, il a dit que ceci était à toi.

Le silence tomba sur la caverne.

Rencontrer Forra. Doubhée se souvenait de lui, elle l'avait vu quand elle était sur la Terre du Vent avec le Maître : un géant, avec un rictus d'assassin imprimé sur le visage. Ce jour-là, il y avait près de lui un jeune garçon, pâle, un peu plus grand qu'elle. Leurs regards s'étaient croisés l'espace d'un instant, et ils avaient partagé la même peur, la peur de cet homme.

— Eh bien ? Tu ne répond pas ? fit Jenna.

— Je réfléchis.

— À quoi ? C'est l'occasion de ta vie, Doubhée !

Mais Doubhée n'était pas du genre à prendre les choses à la légère, et surtout un travail dont elle ne savait rien. Et s'il s'agissait d'un piège ? Si derrière tout ça se trouvait la Guilde ?

— Tu peux au moins lui parler, qu'est-ce que ça te coûte ? insista Jenna. Si ça ne te va pas, tu lui dis non, et c'est tout, pas vrai ?

— Tu es sûr que la Guilde n'a rien à voir avec tout ça ?

Jenna eut un geste d'impatience.

— Dohor, damnation ! Je t'ai dit Dohor ! Il n'y a aucune trace de la Guilde là-dedans.

— Tu lui as révélé mon nom ?

— Tu me prends pour un idiot ?

Doubhée réfléchit quelques instants, puis elle soupira.

— Dans deux jours à la Fontaine Obscure, à minuit.

La Fontaine Obscure était un endroit isolé, au milieu de la Forêt du Nord. Son nom venait de la source d'eau douce qui y formait un petit lac, entouré de grosses pierres de basalte noir. Pour cette raison, l'eau y semblait toujours noire comme la poix, même quand le soleil brillait. C'était un lieu qui inspirait la peur ; Doubhée y allait souvent quand elle avait besoin de se concentrer. Elle y trouvait paix et force.

Cette nuit-là, elle s'y rendit un peu avant l'heure du rendez-vous. Le ciel était couvert et le vent soufflait plus fort que d'habitude. Elle resta dans la pénombre, à écouter son gémissement dans les arbres et le bruit de l'eau.

Elle aimait l'obscurité. Jenna plaisantait qu'elle devait être née sur la Terre de la Nuit, où un sort lancé par un magicien pendant la guerre des Deux Cents Ans, plus d'un siècle plus tôt, avait fait tomber une nuit éternelle. En effet, lorsqu'elle avait travaillé là-bas avec le Maître, elle s'était sentie étonnamment bien. Mais la Terre de la Nuit avait aussi un aspect sinistre à ses yeux, parce que c'était là que la Guilde avait son siège. La Guilde, la secte des Assassins à laquelle le Maître avait essayé d'échapper pendant toute sa vie et qui la traquait elle aussi à présent.

Lorsqu'elle entendit les pas, l'heure du rendez-vous était passée depuis un bon moment et elle avait déjà commencé à s'impatienter. Ils étaient deux, un homme à la démarche pesante et assurée, et un autre, qui semblait moins à son aise. Elle l'entendait au craquement des feuilles sèches sur le sol.

Elle essaya de deviner : « Le général Forra et un de ses hommes de main chargés de sa sécurité. »

Elle rabattit la capuche de son manteau sur son visage et redressa les épaules pour avoir l'air plus imposant.

Deux silhouettes émergèrent du bois. Sur le dos de

l'une d'elles se dessinait la forme d'un glaive, tandis que l'autre conservait sa main sur la garde d'une épée, beaucoup plus petite. Doubhée se leva avec un peu trop de précipitation.

« Du calme, c'est un travail comme un autre », se dit-elle.

— Vous êtes en retard, lança-t-elle de sa voix la plus grave.

— Ce n'est pas un endroit facile à trouver, répondit le second homme.

Il s'était mis à pleuvoir, et ils avaient tous les deux leur capuche enfoncée sur la tête ; mais malgré l'obscurité, l'œil entraîné de Doubhée distinguait leurs visages.

Forra était comme elle se le rappelait : les traits grossiers, le nez épais et le menton volontaire, avec son éternel rictus de vainqueur sur les lèvres. Il était seulement plus âgé. Un peu de la peur qu'elle avait éprouvée face à lui se réveilla.

L'autre était un homme ordinaire. Pas très grand, vêtu d'une cuirasse, il avait l'air inquiet.

— C'est bien pour cela que j'ai choisi ce lieu, répliqua Doubhée.

— Aucun problème, déclara Forra d'une voix tranquille.

— Retire ta capuche ! ordonna le soldat.

Un frisson parcourut le dos de la jeune fille ; elle essaya de se dominer.

— Non. Ne pas montrer mon visage fait partie de mon métier.

L'homme, irrité, voulu insister, mais Forra lui posa une main sur l'épaule :

— On dirait que nous sommes tous un peu nerveux ! Voyons, il n'y a aucune raison à cela.

— Mon contact ne m'a pas beaucoup parlé du travail, reprit Doubhée d'une voix qui se voulait impassible. Avant de vous donner une réponse, j'aimerais donc connaître les détails.

C'est l'autre homme qui lui répondit :

— Il s'agit d'une tâche délicate, c'est pourquoi nous avons pensé à toi. La personne à voler est Thévorn.

Doubhée avala sa salive. Thévorn ! Ce n'était pas n'importe qui. Il était lui aussi originaire de la Terre du Soleil et avait été longtemps l'un des fidèles compagnons de Dohor. Magicien médiocre mais doté d'un esprit vif, il avait vite compris le potentiel de ce jeune garçon maigre aux yeux brillants d'ambition. Il s'était allié à lui et l'avait aidé dans son ascension. La rupture entre eux s'était consommée environ dix ans plus tôt, pendant la période de paix qui avait suivi la défaite d'Ido. C'est alors que Thévorn avait commencé à tisser des liens avec les familles nobles de la Terre du Soleil, dans l'espoir d'accaparer plus de pouvoir personnel. Son alliance avec Dohor n'était plus qu'une couverture.

La rumeur prétendait même que l'étrange union entre les principaux ennemis de Dohor à l'époque, le gnome Gahar de la Terre des Roches et Ido, avait été fomentée par Thévorn lui-même. Cela faisait pas mal de temps que le magicien n'était plus dans le circuit. Cinq ans plus tôt, lorsqu'on avait découvert le complot contre Dohor, Thévorn s'était retiré de la vie publique.

— Dans le manoir qu'il s'est fait construire et dont il ne sort presque jamais sont conservés des documents d'une certaine importance que je veux avoir en ma possession, expliqua Forra.

— Je vois, répondit Doubhée.

— Ils se trouvent dans une petite chambre attenante à celle de Thévorn, une pièce secrète dont personne ne connaît l'accès.

« Il faut donc commencer par enquêter », pensa la jeune fille. Cela, elle savait très bien le faire.

— Ce n'est pas un problème.

Forra sourit d'un air cruel.

— Oui... nous connaissons tes spécialités. Mais attention, nous ne voulons pas de morts, et le travail doit être discret. Thévorn doit s'apercevoir du vol le plus tard possible.

Doubhée hocha la tête. Elle n'avait aucune intention de tuer ; cela lui rappelait trop une époque qu'elle essayait d'oublier. Quant à la discrétion, c'était son signe distinctif.

— Si tu acceptes, tu recevras deux cents caroles maintenant. Le reste, tu l'auras une fois le travail fait, à condition que tout se déroule exactement selon nos plans.

Doubhée réfléchit quelques instants. Elle ressentait l'importance de ce qui était en train de se passer. Elle se surprit à penser qu'avec tout cet argent elle trouverait peut-être moyen de mettre fin à cette fuite qui l'épuisait tant. Cet espoir l'abandonna aussitôt : il y avait en elle des choses qui ne pouvaient pas être effacées, des blessures que même le plus somptueux des butins ne réussirait pas à guérir.

Cependant, le jeu en valait la chandelle.

— Ça va, dit-elle.

— Alors, c'est oui ? la pressa Forra.

— Tout à fait. Quand est-ce que j'aurai mon argent ?

— Demain à la même heure. Ici même.

Doubhée s'apprêtait déjà à disparaître dans les sous-bois quand la voix retentissante de Forra l'arrêta :

— Fais en sorte de ne pas trahir la confiance que nous mettons en toi.

La jeune fille se figea.

— Si vous connaissez vraiment ma réputation, je n'ai pas besoin de vous répondre, fit-elle sans se retourner.

Un petit rire accueillit ses paroles.

5
GUET-APENS

Doubhée se mit au travail dès le lendemain. L'entreprise s'annonçait complexe et nécessitait une préparation scrupuleuse.

C'était la partie de la tâche qu'elle préférait. Le vol en lui-même n'était qu'une simple formalité, intéressante juste pour la vague excitation qu'elle lui procurait et l'argent qu'elle lui rapportait. Enquêter était autrement plus passionnant.

Et puis c'était l'une de ses rares occasions d'entrer en contact avec d'autres personnes. Le Maître lui avait enseigné comment tuer un homme, quels points frapper et de quelle manière, et pendant longtemps c'était tout ce qu'elle avait su sur ses semblables. Elle ignorait complètement la façon dont vivaient les gens normaux, cette foule de gens en dehors de la petite famille qu'elle formait avec le Maître. Ces recherches étaient devenues un moyen d'effleurer un instant leur vie, de rêver à ce qu'aurait pu être la sienne...

Elle commença par des escapades nocturnes dans les parages de la maison de Thévorn. Deux gardes se tenaient à l'extérieur, l'un posté devant l'entrée, l'autre qui surveillait l'enceinte de la maison. Doubhée fit de nombreuses fois le tour de la propriété, et lorsqu'elle commença à se sentir en confiance, elle pénétra dans le vaste jardin. En quelques nuits, elle apprit à en reconnaître la moindre plante, la moindre pierre, enregistra la fréquence des passages des gardes et leurs habitudes. Même sa respiration finit par se synchroniser avec celle des deux hommes.

De là elle réussit à observer l'intérieur, et elle dessina un croquis de ce que devait être la disposition des pièces.

Enfin, elle décida qu'il était temps de rencontrer quelqu'un du lieu, quelqu'un qui soit disposé à parler de la demeure et de ses occupants. Elle repéra une jeune servante, la fille de l'un des domestiques de Thévorn ; avec son visage pur et innocent, elle lui sembla la personne idéale.

Elle l'aborda sur l'un des grands marchés de Makrat, alors que la petite hésitait devant un étalage de pommes. Elles avaient à peu près le même âge, et engager la conversation ne fut pas difficile. Elles se rencontrèrent plusieurs fois les jours suivants, toujours au marché, s'étonnèrent de la bizarrerie du hasard, et finirent par lier amitié. Comme Doubhée l'avait prévu, Man était du genre jovial et naïf, prompte à accorder sa confiance.

Doubhée se fit passer pour une domestique, et cita le nom d'une famille assez connue à Makrat, dont elle avait eu l'occasion de visiter la demeure au début de sa carrière de voleuse. Très vite, des plaintes réciproques sur les caprices de leurs patrons, elles passèrent aux habitudes des familles qu'elles servaient.

— Le maître ne se sent en sécurité que chez lui ; il ne sort jamais, disait Man. Il prend toujours beaucoup de précautions : par exemple, il a trois chambres à coucher, et l'on ne sait jamais à l'avance dans laquelle il dormira.

Doubhée s'en était déjà doutée : chaque nuit, la dernière lumière de la maison s'éteignait dans une pièce différente. Cela compliquait les choses : Il lui faudrait donc fouiller non pas une chambre, mais trois...

— Oui, il est obsédé par la sécurité, c'est vrai, je ne sais pas trop pourquoi... Ce doit être la vieillesse. Ma mère dit que, passé un certain âge...

La jeune fille se frappa la tempe du doigt d'un air éloquent.

— Et il y a un garde posté devant la porte de sa chambre, ajouta-t-elle.

Doubhée l'écoutait en souriant alors que son esprit courait à toute allure.

Pendant cette période, elle dormit très peu, comme toujours quand elle préparait un travail. La nuit, elle restait embusquée dans le jardin de Thévorn ; le jour, elle cuisinait Man. Elle rentrait chez elle à l'aube et ne se reposait que quelques heures. Souvent elle préférait même ne pas dormir du tout : elle se rendait à la Fontaine Obscure et écoutait les bruits de ce lieu isolé jusqu'à ce que sa tête soit complètement vide et qu'elle ne se sente plus que comme un objet inanimé, une plante parmi les plantes, de la terre se fondant dans la terre...

C'était un vieil exercice que lui avait enseigné le

Maître au début de son apprentissage pour se calmer avant d'agir.

Cela arriva un de ces soirs-là. Doubhée avait décidé qu'elle ne passerait pas la nuit à rôder autour de la villa : désormais, elle connaissait le jardin sur le bout des doigts, et les habitudes du maître de maison lui-même lui étaient devenues familières.

Elle alla à la Fontaine Obscure après dîner, éclairée par la seule lueur des étoiles. Elle s'assit devant la source, et but un peu d'eau fraîche pour se sentir plus lucide. La terre était molle, recouverte de feuilles séchées : novembre était aux portes.

Doubhée ferma les yeux pour se concentrer, mais elle était étrangement tendue. Elle avait la vague impression d'être en danger.

Même si son sixième sens ne l'avait jamais trompée, elle essaya de se convaincre que ce n'était rien et fixa son attention sur les bruits. Elle avait un don naturel pour reconnaître les sons, une aptitude affinée par ses années d'entraînement : le sifflement des branches secouées par le vent, le bruissement des feuilles, et le glougloutement de l'eau qui s'écoulait dans le lac ; le son rond et parfait des gouttes qui tombaient en troublant le miroir d'eau, et son faible écho sur les parois noires de la roche...

Puis, soudain, un bruit rompit l'harmonie ; au même moment, elle ressentit une petite douleur, comme une piqûre, sur l'avant-bras.

Elle n'eut même pas besoin de réfléchir : son corps agit à sa place. Sa main courut à ses couteaux qu'elle portait toujours sur elle ; leurs lames brillèrent dans l'obscurité, puis elle perçut un gémissement étouffé, suivi d'un bruit sourd.

Elle eut un coup au cœur. Les images se brouillèrent, et son esprit vola jusqu'à une autre nuit, bien des années auparavant, à ces mêmes couteaux plantés dans leur cible, puis, encore plus tôt, jusqu'à l'image de deux yeux blancs écarquillés qui semblaient la fixer. Des yeux qu'elle n'arrivait pas à oublier, ceux de Gornar qui chaque nuit venaient la hanter pour l'accuser.

Doubhée revint à elle en entendant le bruit haletant de sa respiration au milieu du silence qui emplissait la clairière.

Elle commença par regarder son bras. Un petit filet de sang coulait sur sa peau. Il ne lui fut pas difficile de comprendre pourquoi : une aiguille très fine s'était enfoncée dans sa chair. Du poison, sans aucun doute.

Elle tremblait, mais elle préféra penser que c'était l'émotion provoquée par ce qui venait de se passer.

Elle s'approcha avec précaution du corps de son agresseur, étendu sur le sol, immobile et pâle sous la lune, un couteau planté dans la poitrine.

« Peut-être qu'il n'est pas mort », songea-t-elle.

Elle se pencha, regarda mieux. C'était un tout jeune garçon, presque un enfant. Et il ne respirait plus.

Doubhée serra les poings et ferma les yeux pour chasser les images que ce cadavre réveillait en elle.

« Damnation ! »

Elle chercha du regard son équipement. Un poignard gisait près de lui. Sa garde était noire, et son manche avait la forme d'un serpent. Dans une main il tenait une sarbacane. Pour Doubhée, tout en lui évoquait la

Guilde : son arme, que seuls les assassins de la secte utilisaient, son jeune âge, et même la façon dont il l'avait attaquée.

Cette découverte lui fit oublier ses tremblements et tout le reste. Elle courut à perdre haleine jusqu'à la grotte. Elle savait que si elle avait vraiment été empoisonnée il aurait mieux valu éviter de foncer comme une possédée, mais tous ses antidotes se trouvaient là.

À peine arrivée, elle se jeta sur les étagères. Elle connaissait les poisons utilisés par la Guilde, et savait exactement ce que contenait chacun de ses flacons.

Elle disposa les fioles devant elle et interrogea son corps. Elle allait bien. Inespérément bien. Sa respiration était haletante, mais c'était dû à la course ; son cœur battait vite, mais avec force et régularité. Sa vue était claire, la tête ne lui faisait pas mal et ne tournait pas. Or tous les poisons provoquaient leurs effets au bout de quelques minutes. Elle examina l'aiguille, qu'elle serrait dans son poing. Sa pointe était à peine rougie : du sang vermillon, le sien, rien d'autre.

Par précaution, elle s'administra tout de même une dose infime de chacun des antidotes qu'elle possédait, comme le lui avait appris le Maître. Elle n'avait encore jamais eu l'occasion de mettre en pratique cet enseignement. Elle pria pour bien se rappeler les quantités, et pour que cela fonctionne.

Pendant un long moment, elle resta attentive à ce qu'elle ressentait, contrôlant avec anxiété les battements de son cœur et son souffle... Il ne se passa rien.

Un mystère. Un vrai mystère.

Elle alla enterrer le corps du garçon. Une tâche pénible, dont elle se serait volontiers passée, mais elle devait le faire.

Elle le regarda longuement : les yeux fermés dans une expression presque paisible, le visage triste, ses cheveux bouclés répandus sur son front... Quel âge pouvait-il avoir ? Une douzaine d'années ? Le Maître l'avait prévenue : on commençait tôt dans la Guilde. L'entraînement dès l'enfance, puis le premier meurtre à dix ans.

« Presque comme moi », pensa-t-elle.

Ce devait être l'une de ses premières missions sérieuses, et elle s'était mal finie...

Comme ses paupières étaient baissées, Doubhée réussit à le regarder longtemps. Elle n'arrivait pas à fixer les yeux éteints des cadavres. Leurs pupilles privées de regard l'anéantissaient . elle y revoyait celles de Gornar, sa première victime.

« J'ai tué ! J'ai tué encore une fois... », se dit-elle, désespérée.

Tous les bruits, le vent, le froid, et même la peur causée par cette mystérieuse aiguille disparaissaient devant cette implacable évidence. « J'ai tué à nouveau. C'est mon destin ! »

Elle essaya de se rassurer en se disant que cela avait été de l'autodéfense, et noya ses pensées dans le mouvement régulier de sa pelle qui creusait la fosse. Elle se laissa lentement envahir par la fatigue qui montait dans ses bras, jusqu'à ce qu'elle n'éprouve plus rien, jusqu'à ce qu'elle se sente presque aussi morte que lui.

Quand ce fut fini, elle courut à la source, comme la nuit où elle avait tué pour la première fois avec le

Maître. Elle se déshabilla en hâte et se jeta violemment dans l'eau, puis plongea tout en bas, dans l'obscurité des profondeurs, ses cheveux flottants autour de son visage.

Elle y resta longtemps sans respirer, avec l'espoir que l'eau pénétrerait à l'intérieur d'elle et la laverait, la purifierait.

Elle était bouleversée : à la mort de son maître, elle s'était juré qu'elle ne tuerait plus jamais. Et voilà qu'elle avait trahi son serment.

Ce qui venait d'arriver était grave. Doubhée devait comprendre.

Ce garçon appartenait-il vraiment à la Guilde ? Et si c'était le cas, pourquoi l'avaient-ils envoyé pour la supprimer ?

Elle se rendit à Makrat pour voir Jenna. Quand elle lui expliqua ce qu'elle voulait, le visage du garçon exprima à la fois la stupéfaction et la peur.

— Tu me demandes d'enquêter sur la Guilde ?

— Pas d'enquêter au sens strict… Juste de t'informer sur les bruits qui courent.

— Non mais, tu es folle ? Je n'ai aucune envie d'entrer en contact avec ceux qui la fréquentent ! Je tiens à ma vie, moi !

La réputation de la Guilde était terrible. Officiellement ce n'était qu'un groupe d'extravagants comme on en voyait beaucoup en ces temps de guerre et de désespoir, et c'était grâce à cette façade et à la protection de quelques puissants qu'elle pouvait continuer à exister. En réalité, elle réunissait les plus dangereux assassins du Monde Émergé. On disait qu'à l'intérieur de ses murs se déroulaient d'étranges rituels sanglants. Mais rares étaient ceux qui en savaient quelque chose. La Guilde gardait bien ses secrets.

Le maître de Doubhée, qui en avait fait partie, ne lui en avait jamais beaucoup parlé. Ce n'est que lorsque tout avait été fini qu'il avait eu le courage de lui raconter pourquoi il l'avait abandonnée ; depuis, la jeune fille haïssait jusqu'à son nom. Elle avait passé les deux dernières années à la fuir. Seulement, là elle devait comprendre ce qui se passait.

— Je te demande d'interroger tes connaissances, rien de plus. La Guilde n'en saura rien.

Jenna secoua la tête, l'air terrorisé.

— J'ai besoin d'un peu d'aide, insista Doubhée, pour savoir ce qu'il en est. C'est urgent.

L'expression de Jenna s'adoucit un peu.

— Et je te paierai pour tes services…

Jenna fit un signe de la main qui voulait dire que l'affaire était conclue.

— D'accord, d'accord… Et comment va ton travail ?

— Je ne peux rien te dire.

— Le salaire est aussi bon que ce qu'ils disaient ?

La jeune fille acquiesça.

— Eh ben… Avec une somme aussi faramineuse tu pourrais même songer à te retirer des affaires, pas vrai ?

Doubhée s'étonna que son camarade ait pu avoir la même pensée qu'elle. En rentrant dans sa grotte, elle essaya d'imaginer sa vie sans vols ni meurtres, comme si tout ce qui était arrivé jusque-là n'avait jamais existé. Une vie normale, semblable à celle qu'elle épiait au cours de ses longues promenades en ville. Se trouver un homme à aimer, se réveiller toujours dans le même lit, ne plus avoir à vivre sans but et perpétuellement traquée...

Elle en retira une étrange sensation d'irréalité. Pourtant ces images avaient un certain charme.

Le soir du vol arriva trop vite. Doubhée était prête, mais elle était préoccupée : le mystère du jeune garçon de la Guilde n'était toujours pas résolu. Jenna ne lui avait donné aucun signe de vie, preuve qu'il n'avait rien découvert.

Elle sortit à la nuit noire et se dirigea vers la villa de Thévorn. Dans la pâle lueur du croissant de lune, elle lui parut immense et lugubre.

Enjamber le mur d'enceinte ne fut pas un problème. Elle resta tapie dans l'herbe du jardin jusqu'à ce qu'elle entende les soldats de garde passer pour la première fois. Ils étaient deux, qui faisaient leur ronde dans des directions opposées.

Dès qu'elle entendit le premier arriver, elle se colla contre la pierre en retenant sa respiration. L'homme passa sans l'apercevoir.

Elle longea ensuite le mur avec précaution jusqu'à l'endroit qui l'intéressait : un point facile à escalader, à moitié caché par un haut cyprès. Dix mètres plus haut se trouvait une cheminée, la voie idéale pour accéder à l'intérieur.

Doubhée attendit l'énième passage du garde pour commencer à grimper le long du cyprès. Elle était presque au sommet lorsqu'elle l'entendit passer une nouvelle fois en bâillant bruyamment. Dès qu'il se fut un peu éloigné, elle sauta sur le toit.

Jusque-là, tout allait bien.

Elle s'aplatit contre les tuiles et rampa vers la cheminée pour se cacher derrière : désormais, elle était hors de vue des gardes.

Elle tira une corde de sa besace, arrima un harpon au rebord de la cheminée, et la lança à l'intérieur. Il ne lui restait plus qu'à se laisser glisser.

Le conduit était étroit, ses épaules frottaient contre les briques. Elle descendait lentement et avec précaution en s'appuyant du bout des pieds aux parois. Enfin, elle aperçut de la lumière : elle venait d'atteindre le foyer.

Elle jeta un regard au-dehors : elle se trouvait dans l'un des nombreux salons vides que comptait le palais.

La jeune voleuse ne prit même pas la peine de consulter son plan, elle connaissait par cœur l'emplacement de chaque pièce. Elle sortit de l'âtre et se dirigea vers la porte du fond. Elle traversa une longue suite de salles, immenses et meublées de la même manière, et arriva enfin dans un long corridor. C'est là que commençait la partie la plus difficile du travail.

D'après Man, Thévorn dormait chaque soir dans une chambre différente, mais toutes les trois étaient toujours surveillées. Il lui fallait donc les contrôler l'une après l'autre, et la seule façon d'accéder à chacune d'elles était de passer par la fenêtre de la pièce voisine.

Elle avisa le garde qui somnolait devant la première porte et se faufila sans un bruit dans la chambre d'à côté. Celle-ci avait un balcon, ce qui rendrait la tâche plus aisée que prévu.

Thévorn n'y était pas : le lit était vide.

Tant pis, ou plutôt tant mieux. Elle inspecta les lieux avec soin. Elle ne savait pas exactement quoi chercher, cependant ce genre de maison lui était désormais familier. Cela faisait deux ans qu'elle y œuvrait, et elle en savait assez sur les pièces secrètes et leurs mécanismes pour agir les yeux fermés.

Mais, cette fois, la fouille ne donna rien. Aucun des murs ne comportait de passage dissimulé.

« Un coup dans l'eau. Pas grave, la nuit est longue », se dit-elle.

La jeune fille sortit de la chambre et poursuivit son exploration. Il était tard ; il n'y avait aucun serviteur dans les parages. Quant aux gardiens, ils se contentaient d'effectuer des rondes paresseuses dans les couloirs principaux. Pour Doubhée, ce fut un jeu d'enfant de les éviter en passant de pièce en pièce.

Sa deuxième tentative fut moins heureuse : la pièce contiguë à la chambre était une sorte de débarras, avec une fenêtre petite et étroite, et sans balcon. Par chance, Doubhée aperçut une petite corniche le long du mur. Elle ouvrit la croisée et attendit que le garde fût passé dans le jardin pour parcourir les quelques mètres qui la séparaient de la fenêtre suivante. Elle n'eut aucun mal à l'ouvrir et se retrouva à l'intérieur.

Le lit était fermé par de lourds rideaux de velours. Doubhée s'en approcha et les écarta doucement : Thévorn y dormait d'un sommeil agité. Manifestement, il craignait pour sa vie. Tout comme elle cette nuit-là, un assassin aurait pu y pénétrer aisément...

« Un assassin de mon espèce. »

Elle secoua la tête, comme elle le faisait toujours pour chasser une pensée dérangeante.

Elle commença à fouiller la chambre avec plus de précautions que la précédente, car l'homme pouvait se réveiller d'un moment à l'autre. Elle regarda attentivement autour d'elle, puis se mit à effleurer les murs à la recherche d'un mécanisme. Il ne lui fallut pas longtemps pour le trouver : sur l'une des parois, le bord de la tapisserie était légèrement décollé ; elle le souleva et sourit. Derrière se trouvait une petite porte fermée à clé.

Elle se pencha et l'étudia avec soin. Crocheter une serrure était la seule chose que le Maître ne lui avait pas enseignée, un assassin n'en ayant nul besoin. Mais Jenna avait comblé cette lacune en lui offrant un crochet adapté à la plupart des verrous. Celui-ci ne résista pas longtemps.

La pièce était un minuscule réduit au plafond si bas que Doubhée dut s'accroupir pour y entrer. À première vue, elle semblait vide. Pour en avoir le cœur net, elle referma le battant derrière elle et se mit à tâter les murs dans l'obscurité. Son ouïe affinée percevait la respiration pesante de Thévorn de l'autre côté de la paroi.

Soudain, ses doigts rencontrèrent quelque chose : on aurait dit une espèce de symbole, qu'elle ne parvenait pas à distinguer au seul toucher. Elle appuya dessus, et une brique du mur avança de quelques pouces. Doubhée l'extirpa avec délicatesse, glissa sa main dans l'ouverture et reconnut le froissement d'un parchemin.

« Ça y est, je l'ai ! » se dit-elle, soulagée.

Malgré la réussite de sa mission, elle se sentait étrangement mal à l'aise et avait hâte que tout soit fini.

Elle tira les feuilles pour les mettre dans sa besace quand, d'un coup, elle éprouva une douleur déchirante dans la poitrine. L'air se bloqua dans sa gorge, et ce fut comme si quelque chose à l'intérieur d'elle se brisait.

« Je suis en train de mourir », pensa-t-elle, et, plus que la peur, ce fut la surprise qui la paralysa. Elle ressentit une brûlure à l'avant-bras, et sombra dans le noir.

Lorsqu'elle revint à elle, elle était étendue sur le sol dans l'obscurité totale de la petite pièce, le corps engourdi. De l'extérieur lui parvenait toujours le souffle haletant de Thévorn.

Elle essaya de se relever, et retomba aussitôt : la tête lui tournait, son cœur battait de manière désordonnée et elle suffoquait.

Elle s'appuya contre un mur en cherchant désespérément à reprendre son souffle. Elle essaya de comprendre pourquoi elle s'était sentie mal, seule dans l'antre de l'ennemi, pendant qu'elle accomplissait sa tâche. La panique la saisit.

« Idiote, il faut te sauver ! »

Au prix d'un effort inouï, elle parvint à sortir de la pièce secrète. Mais il lui fallait encore quitter la chambre…

Elle se dirigea vers la fenêtre et regarda dehors. La corniche lui sembla soudain affreusement étroite. C'est alors qu'elle entendit un bruit de pas derrière la porte.

« Non ! Pas maintenant ! » s'affola-t-elle.

Elle enjamba le rebord et posa un pied sur la corniche. Prise d'un vertige, elle s'agrippa au mur.

« Pas maintenant ! »

Les mains collées à la pierre, elle commença à glisser le long de la paroi. S'éloigner de cette maison le plus vite possible, sans trop de dégâts…

— Qui va là ?

Une voix menaçante en bas. Un garde !

Doubhée regarda droit devant elle. La fenêtre de la chambre voisine était à deux pas.

— Stop ! hurla l'homme.

Il n'y avait pas de temps à perdre ! Ignorant l'injonction, Doubhée se jeta contre le carreau, le brisa avec la main et sauta à l'intérieur

Son malaise commençait à se dissiper ; cependant, elle était en bien mauvaise posture.

Dehors, des cris éclatèrent.

— Il y a quelqu'un !

— Qu'est-ce que tu dis ?

— J'ai vu une ombre se faufiler dans le salon du nord ! Allez vérifier qui est dedans !

Doubhée jura et regarda autour d'elle : la cheminée !

Elle eut à peine le temps de s'engouffrer dans l'âtre que la porte s'ouvrit à la volée.

— Qui est là ?

La jeune fille chercha des prises et se mit à grimper.

— Il y a quelqu'un ?

— Personne, je crois, mais il vaut mieux contrôler.

Doubhée s'efforçait de monter le plus vite possible, mais le conduit se rétrécissait, ce qui rendait la tâche très difficile. Les parois se resserraient autour d'elle, et elle avait de nouveau du mal à respirer. D'en bas lui parvenaient des voix, des bruits d'épées qu'on dégainait et le piétinement de pas précipités sur le plancher.

« Tiens bon, tiens bon ! » se répétait-elle en serrant les mâchoires.

Elle se hissa péniblement dehors en s'égratignant les bras sur les briques. Juste en dessous d'elle se trouvait un balcon, et encore plus bas le jardin, désert. Doubhée sauta et atterrit à l'étage inférieur sans trop de difficultés.

— Là ! Sur le balcon !

Rapide comme l'éclair, elle enjamba la rambarde et sauta dans le vide. Cette fois, l'atterrissage fut rude : l'un de ses genoux heurta violemment le sol. Malgré la douleur, elle se releva d'un bond et courut se cacher derrière une haie. Ses poursuivants contournaient déjà la maison. Elle se précipita vers l'enceinte et l'escalada en hâte.

Une fois dans la ruelle qui la longeait, elle s'éloigna en boitant avant de se laisser tomber sur le sol.

Elle ferma les yeux et s'obligea à respirer calmement. Le froid de la nuit l'aida à se reprendre. Lorsqu'elle rouvrit les yeux, une lune blanche et immobile était apparue au milieu des nuages.

« Ouf ! Il s'en est fallu de peu que j'y reste », se dit-elle.

Il ne lui était jamais rien arrivé de semblable, ni pendant le travail ni à aucun autre moment de sa vie. Elle avait toujours eu une santé de fer. Qu'est-ce qui avait bien pu se passer ?

Heureusement, maintenant tout semblait en ordre. Son cœur battait avec régularité dans sa poitrine, sa respiration était lente et profonde, son esprit lucide. Elle resta encore quelques instants dans la ruelle à s'émerveiller d'être encore en vie, puis elle se releva, rabattit la capuche sur son visage et se fondit parmi les ombres de Makrat.

6

LA DERNIÈRE PIÈCE

Yeshol était seul dans sa bibliothèque. Comme toujours. C'était son refuge, un lieu dont tous les Assassins qui habitaient la Maison avaient entendu parler, mais dans lequel peu étaient entrés. Car c'était *sa* bibliothèque, celle qu'il avait lui-même constituée, tome après tome, et personne d'autre n'était digne d'en étudier les livres. D'ailleurs, Aster aussi avait toujours été seul. Yeshol n'avait jamais espéré qu'il le considérerait un jour comme un ami, ou un confident. Il était son maître, et Yeshol se contentait de suivre ses ordres.

À présent qu'il était lui-même devenu le chef, le Gardien Suprême, l'unique guide de ceux qui avaient partagé le grand rêve d'Aster, il souhaitait que ses hommes le respectent de la même manière.

Sur sa table, un ouvrage relié et un parchemin. Sa vie entière s'était écoulée au milieu des livres. Jeune homme, il les avait consommés avec avidité, pour s'initier aux anciennes techniques du meurtre. Plus tard, Aster avait encouragé sa passion en lui donnant quelques-uns des siens, même si alors il n'était qu'un simple exécutant.

Cette époque lointaine, le vieil homme essayait de

la faire revivre sous sa plume chaque soir depuis quarante ans.

Mais ce n'était pas la seule chose qui occupait les soirées de Yeshol. Son projet était bien plus ambitieux. Pour le réaliser, il avait entrepris de rassembler les livres de l'immense bibliothèque détruite d'Aster : le pivot de son plan, le nœud de l'énigme se trouvait parmi ses volumes

Le jour où la Forteresse s'était écroulée, il avait cru que tout était perdu. Puis il avait commencé à parcourir le Monde Émergé en long et en large à la recherche des ouvrages éparpillés. Ce n'avait pas été facile. Parfois, il ne trouvait que quelques feuillets à moitié brûlés. Plus rarement, c'était des tomes entiers, glissés parmi d'autres dans d'anonymes bibliothèques de province, ou bien jetés au hasard sur l'étalage de quelque brocanteur. Cependant, il lui était arrivé de dénicher des textes écrits de la main d'Aster lui-même.

Reconstituer une partie de l'ancienne bibliothèque de la Forteresse lui avait pris des années. Une infime partie, certes, mais ce n'était pas peu de chose en cette ère de mécréants qui avaient appelé Aster « le Tyran » et l'avaient craint comme la mort.

Nuit après nuit, Yeshol feuilletait les livres un à un pour chercher la réponse à ses doutes et alimenter cette vague et grandiose idée qu'il cultivait comme le plus précieux des rêves Au début, quand il n'était encore qu'un assassin parmi d'autres – celui qui avait trouvé la Relique et rassemblé les frères dispersés, mais qui n'était pas encore digne des responsabilités plus grandes –, il n'y consacrait que quelques heures ici ou là. Depuis qu'il avait accédé au pouvoir, c'était devenu son activité principale.

Et enfin, il avait trouvé.

Cela avait été un grand moment, pour lui et pour la Guilde. Il avait couru au temple et s'était adressé à Thenaar d'une voix émue :

« Merci d'avoir exaucé mes prières ! Je te promets de déposer le monde à tes pieds en l'échange de ce don. Ton heure viendra ! »

Cependant le tableau n'était pas encore clair. Il y manquait des morceaux, d'autres livres, et un en particulier, la clef de voûte de l'édifice. Un ouvrage qu'il avait fait chercher partout, par tous les moyens. Et qu'il cherchait encore.

Ce soir-là, à la lueur tremblante de la bougie, il prenait des notes sur un volume de Magie Interdite qui remontait à l'époque des Anciens Elfes.

Penché sur son bureau, il couvrait le parchemin de petits caractères tracés d'une écriture élégante et soignée. Les années avaient blanchi ses cheveux frisés et altéré sa vue, mais son corps, lui, était toujours le même : une puissante machine à tuer, construite au prix d'années d'entraînement. Un Victorieux restait toujours d'abord un Assassin.

Plongé dans son travail, il trempa sa plume d'oie dans l'encrier.

— Approche, dit-il sans lever la tête.

Son assistant se tenait devant la porte. Surpris, il hésita, le poing suspendu en l'air, prêt à frapper le bois. Yeshol l'avait entendu bien avant qu'il entre dans la bibliothèque : son oreille était toujours aussi fine.

— Votre Excellence, l'homme vous attend dans le temple, bredouilla le jeune homme avant de s'éclipser.

Yeshol referma son livre, rangea la plume dans l'encrier : plus d'étude pour ce soir, mais cela en valait la peine.

Il se leva et s'engouffra dans le dédale de la bibliothèque. Lui qui en avait dressé les plans et qui l'avait vu construire s'y orientait avec facilité. Une fois dehors, il pénétra dans un autre labyrinthe, celui des couloirs de la Maison, cette nouvelle demeure que les Victorieux habitaient en attendant de pouvoir se réinstaller dans les souterrains de la Grande Terre, lorsque le temps serait enfin venu.

Après avoir parcouru des galeries sombres et humides, il arriva devant un escalier étroit, qu'il gravit vivement. Il parvint à une vaste caverne creusée dans la roche. Un feu brûlait dans un brasero en bronze aux pieds d'une immense statue, sa lumière n'éclairait que le bas des murs d'une hauteur vertigineuse, noyés dans l'obscurité.

Non loin de la statue se tenait un homme drapé dans un manteau, le visage caché par l'ombre. Grand et large d'épaules, il donnait une impression de puissance et d'agilité à la fois.

— Je m'étonne toujours du peu de respect que tu me témoignes ! lança-t-il. Personne au monde n'aurait osé me faire attendre aussi longtemps.

Sa voix de stentor avait quelque chose de fascinant.

Yeshol sourit.

— Vous savez bien, Maître, que je sers une puissance bien supérieure à la vôtre.

— En effet, et nous ne te blâmons pas, répliqua sèchement l'autre.

Yeshol s'approcha et esquissa une révérence, à laquelle l'homme répondit en croisant ses deux poings serrés sur sa poitrine.

— Dois-je considérer ceci comme un signe ? demanda Yeshol, étonné, en lui rendant son salut. Commencez-vous à vous sentir membre de la Maison ?

— Je respecte seulement vos coutumes et votre dieu.

— Pourtant vous ne croyez pas en lui...

— Les hommes comme moi ne sont pas faits pour croire en un dieu, mais pour en devenir un.

— Cette fois, c'est vous qui me surprenez par votre insolence... Ces paroles sont presque un blasphème...

— Thenaar me pardonnera, au nom des nombreux services que je lui ai rendus.

Yeshol sourit. Il aimait bien cet homme. Il était exactement comme lui : ambigu et subtil, puissant et ambitieux. Certes, il n'aurait jamais pu être une aussi grande figure qu'Aster dans l'histoire de la Guilde, mais c'était tout de même un allié précieux : l'homme le plus puissant du Monde Émergé et son futur monarque. Le Gardien Suprême n'avait pas renoncé à l'idée de faire de Dohor un Victorieux, sans pour autant lui révéler tous ses secrets.

Les deux hommes s'approchèrent du feu, qui révéla les cheveux blonds, presque blancs de Dohor, et ses yeux bleus en alerte.

— Eh bien ?

— Le garçon y est allé hier, répondit Yeshol.

— Et alors ?

— Il est mort. Nous savons cependant qu'il a mené à bien sa mission.

Les yeux de Dohor brillèrent dans la pénombre.

— Parfait. Absolument parfait.

— J'espère que vous comprendrez que ce n'est pas une petite perte pour nous. Nous n'aimons pas gaspiller des vies dans des missions somme toute secondaires.

— Je t'ai promis une récompense, et tu l'auras.

Le visage de Yeshol s'éclaira d'un sourire satisfait.

— Êtes-vous certain que cette Doubhée est à la hauteur ? demanda-t-il.

— Vous croyez que je me serais donné autant de peine pour m'assurer ses services si je ne l'étais pas ? Je n'ai jamais vu quelqu'un d'aussi prometteur. Elle est bien meilleure que la plupart de nos Assassins déjà formés, et elle a déjà une petite renommée comme voleuse. Elle a reçu l'entraînement des Victorieux.

— Tout ce qui m'importe, c'est qu'elle me procure ces maudits documents. D'ailleurs, ils parlent aussi de vous, et il est dans votre intérêt que tout se passe pour le mieux..

— Si je suis arrivé là où je suis, c'est parce que je sais choisir mes subordonnés.

Yeshol attendit quelques instants avant de lâcher :

— Et… en ce qui concerne le paiement ?

Dohor le regarda du coin de l'œil.

— On peut dire beaucoup de choses de moi, mais pas que je ne paie pas mes dettes.

Yeshol se raidit, soudain sur la défensive. Tous dans le Monde Emergé savaient comment Dohor payait ses dettes ; le sort d'Ido en était la preuve éclatante.

Dohor sourit d'un air amusé, puis il tira une lourde besace de sous son manteau. Elle contenait un gros livre noir rongé par le temps, dont la couverture de cuir était ornée d'un pentacle complexe, rouge sang.

Yeshol l'ouvrit avec délicatesse... Les feuilles du parchemin craquèrent d'une façon sinistre. Chacune d'entre elles était couverte de formules et de symboles tracés dans une écriture presque enfantine, maculée par endroits de grosses taches d'encre. Celle d'Atser ! Yeshol l'aurait reconnue entre mille. Il effleura les pages d'une main tremblante, parcourut leurs lignes avec amour. Il se souvenait de son maître occupé à écrire ce livre, penché sur sa table, son front d'enfant plissé par l'effort ; il le revit se tourner vers lui et lui sourire d'un air fatigué.

« C'est toi ?

— Vous ne devriez pas travailler autant, Mon Seigneur ! »

Le regard d'Aster était triste et doux.

« Je le fais pour Thenaar ! J'ai remanié ces vieilles formules interdites ; elles nous aideront à faire advenir son règne. »

— Alors ?

La voix de Dohor le ramena à la réalité.

— C'est lui, dit-il dans un souffle.

— Parfait. Une fois encore nous avons mené à bien notre affaire !

Le souverain s'enveloppa dans son manteau.

— À présent, tu sais ce que j'attends de toi, n'est-ce pas ?

— Je vous montrerai le résultat de mes recherches dès que j'aurai analysé à fond cette dernière pièce qui manquait à mon projet.

Dohor s'approcha de Yeshol et se pencha vers lui. Ses yeux pénétrants le fixèrent durement.

— Je t'ai beaucoup aidé, susurra-t-il. Et en ce moment, je suis même en train de remettre à neuf cette vieille tanière à laquelle tu tiens tant. Toi et moi sommes liés de manière indissoluble.

— Il me semble vous avoir toujours payé en retour avec la plus grande loyauté, dit Yeshol en essayant de garder un ton ferme.

En fin de compte, celui auquel il s'adressait n'était jamais qu'un mécréant.

— Alors, n'oublie pas que tu m'as promis une place à tes côtés quand le moment sera venu.

— Il en sera ainsi.

Yeshol descendit l'escalier en hâte. L'histoire était en train d'accélérer. Il courut jusqu'à son bureau dans la bibliothèque et pressa un bouton secret, dont lui seul connaissait l'emplacement exact.

Il entendit un déclic derrière lui, et une porte apparut au milieu des étagères pleines de livres. Il dévala un nouvel escalier et déboucha dans une pièce sombre ; son refuge, le lieu où couvait son rêve.

Il s'arrêta sur le seuil, le livre serré contre lui tel un trésor.

C'était une petite pièce cylindrique, aux murs nus couverts d'une moisissure verdâtre, sur laquelle se détachait une myriade de symboles tracés avec du sang, meublée d'une table et d'un tabouret.

Yeshol haletait, immobile. Il souriait.

Devant lui brillait un globe empli d'un liquide laiteux, qui projetait une lumière sépulcrale sur les parois. Il était suspendu dans l'air au-dessus d'un piédestal, à l'intérieur d'une vitrine en verre. En son centre se mouvait quelque chose qui ressemblait à un visage aux contours flous, indéfinissables. Une chose qui tournoyait lentement, comme si elle cherchait à se densifier, à trouver une forme.

Yeshol regarda le globe d'un air ravi.

— Je l'ai ! s'exclama-t-il en brandissant le livre. Je l'ai cherché pendant des années et des années. Et c'est Dohor qui me l'a apporté. Lui, un mécréant, nous aide à relever Thenaar. Voilà ce qu'est l'époque dans laquelle nous sommes contraints de vivre ! Mais avec cela, tout va changer. Oublie mon échec passé qui t'a condamné à cette condition, oublie-le parce que je vais réparer mon erreur !

Il tomba à genoux, ses yeux pleins d'adoration fixés sur le globe, et leva le volume vers le ciel.

— Loué soit Thenaar pour ce grand jour ! Louanges à Thenaar !

Sa prière traversa la roche au-dessus de lui, les corridors déserts de la maison, et parvint jusqu'aux pieds de la grande statue du temple.

7
LE PROCÈS

✦ ✦ ✦

Le passé II

Doubhée est seule dans le grenier. Les bras repliés autour des jambes, le menton appuyé sur les genoux, les yeux gonflés par les larmes. Elle ne sait pas trop depuis combien de temps elle est enfermée là-haut. Mais il est tard dans la nuit, cela, elle le voit, et une lune magnifique brille dans le ciel.

Gornar est mort. C'est Renni qui est venu appeler les adultes, et ils ont couru à plusieurs jusqu'au fleuve, au moins dix, parmi lesquels les parents de Gornar. Sa mère s'est mise à hurler, elle ne s'arrêtait plus. Doubhée n'arrivait pas à faire autre chose que crier, elle aussi : « Je ne voulais pas ! Je ne voulais pas ! »

Mais personne ne l'écoutait.

Le prêtre est apparu à son tour, et il a fait ramener Gornar chez lui C'est lui qui a dit qu'il était mort.

Mort.

Mort.

Doubhée ne se rappelle pas clairement ce qui s'est passé après. Sa mère pleurait, son père la tenait serrée contre lui. Au début, elle aussi, elle avait pleuré toutes les larmes de son corps, puis peu à peu elle avait cessé, et le silence s'était fait autour d'elle. Elle voyait les gens crier et s'arracher les cheveux, mais n'entendait rien ; tout lui semblait infiniment lointain.

« Ce ne sont pas les habitants de Selva. Ce n'est pas ma vie, et ce n'est pas moi », se répétait-elle.

Ensuite, même les pensées s'étaient arrêtées une à une, et il n'était plus resté que la sombre image des yeux de Gornar, deux cercles blancs fixés dans son esprit.

En bas, ses parents discutaient, de ce ton bas et contenu qu'ils prennent quand ils parlent de choses importantes.

Alors, Doubhée s'était enfermée au grenier. Les larmes coulaient toutes seules sur ses joues, mais elle ne se sentait pas triste. Simplement, elle n'avait plus l'impression d'exister.

Sa mère était montée à l'heure du dîner. « Viens en bas avec nous, tu dois manger », avait-elle dit d'un ton doux et triste que Doubhée ne lui connaissait pas.

Elle n'avait pas répondu. Elle ne pouvait pas. Elle n'avait plus de voix.

« Peut-être plus tard ? Je te garde quelque chose de bon. »

Par la suite, elle était remontée, et à chaque fois elle lui parlait avec cette douceur. Elle s'était approchée, elle l'avait prise dans ses bras, elle avait pleuré. Mais rien n'avait tiré Doubhée de sa torpeur, même ses pleurs avaient cessé.

Un jour entier avait dû passer, parce qu'elle se souvenait du soleil qui la caressait par la fenêtre, et du ciel, bleu comme jamais.

« Le fleuve doit être splendide aujourd'hui. On pêche bien avec ce soleil. Mathon et les autres doivent être sur la rive, en train de jouer. Je les rejoindrai, nous jouerons ensemble, je bavarderai avec Pat, et je lui dirai que j'aime Mathon. Et Gornar voudra encore me prendre un autre serpent, et je trépignerai, mais je ne le frapperai pas, parce que c'est lui, le chef. »

— Pourquoi tu ne me parles pas ? Pourquoi tu ne me dis rien ?

Sa mère hurle, son père est là aussi.

Elle l'attrape par les épaules et la secoue, elle lui fait mal, mais Doubhée ne se plaint pas.

« Ce corps n'est pas à moi. Moi, je suis au fleuve, à côté de Gornar, et lui, il me dit que je l'ai tué. »

Son père saisit sa femme, et il l'éloigne fermement de Doubhée.

— C'est normal qu'elle soit comme ça ! Il s'est passé quelque chose de terrible, c'est normal.

D'autres voix ne tardent pas à remplir la maison, des voix étrangères qui filtrent par le plancher et arrivent jusqu'à elle. Son estomac grogne, et ses jambes tremblent violemment, mais elle n'arrive toujours pas à bouger.

— L'affaire est grave, vous n'avez pas l'air de le comprendre.

C'est Trarek, l'Ancien du village.

Melna se contente de pleurer.

— C'est vous qui n'avez pas l'air de comprendre, réplique Gorni d'une voix forte et affligée.

— Vous ne pensez quand même pas que c'était volontaire ?

— Ce n'est pas ce que nous voulons dire, Gorni.

Ça, c'est Thom, le père de Renni.

— Mais tu dois prendre en compte la douleur des parents de Gornar.

— C'est un coup du sort, déclare le père de Doubhée.

— Nous n'avons pas l'intention de le mettre en doute.

— Alors, je ne comprends pas à quoi ça sert, de continuer à en parler !

— La chose est grave, Gorni. Doubhée a tué un garçon.

— C'était un accident, damnation ! Un accident !

— Reste calme, nous sommes ici pour discuter.

— Non, vous ne voulez pas discuter, vous voulez condamner ma fille, une enfant !

Son père hurle. D'aussi loin qu'elle se souvienne, cela n'est jamais arrivé.

— Renni dit qu'elle l'a fait exprès... Elle a pris sa tête, et l'a cognée contre la pierre.

— Vous êtes fous ! Complètement fous...

— Tu ne peux pas nier que cette violence est anormale chez une enfant de cet âge...

— Les enfants jouent ! Les enfants se bagarrent ! Une fois, je t'ai cassé deux dents en te donnant des coups de poings, tu ne t'en souviens pas ? Si je t'avais frappé plus fort, tu aurais pu mourir toi aussi.

— On ne cogne pas la tête d'un gamin contre une pierre sans vouloir le tuer.

Plusieurs jours ont passé, la maison est plongée dans un silence ouaté. Doubhée s'est remise à manger, mais elle parle peu. D'ailleurs, personne n'a vraiment envie de parler. Doubhée passe presque tout son temps dans le grenier. C'est le seul endroit où elle se sent bien. Quand elle est en bas, elle ne peut pas éviter le regard larmoyant de sa mère, ni le visage sombre de son père. À l'étage en dessous, les événements prennent consistance et deviennent réels. Dans le grenier, le temps n'existe pas, et Doubhée peut le parcourir en avant et en arrière comme il lui plaît, effacer à volonté cette journée sur la rive du fleuve. Et elle le fait. Pendant de brefs et précieux instants, elle réussit à penser à autre chose, et dans le fond de son cœur elle aime toujours Mathon.

« D'ici peu, tout sera fini, et je pourrai retourner dehors. Un été inoubliable m'attend. »

Un soir, son père entre dans sa chambre.

— Tu dors ?

Depuis cet après-midi là, Doubhée n'arrive plus à dormir tranquillement. La nuit, quand elle est au lit, elle a peur, et si elle sombre dans le sommeil, elle fait des cauchemars terribles.

— Non, je ne dors pas.

Son père s'assoit sur le bord du lit. Il la regarde.

— Comment... comment te sens-tu ?

Doubhée hausse les épaules. Elle ne sait pas.

— Les gens du village voudraient parler avec toi.

La petite fille se raidit. Les réunions chez l'Ancien sont pour les grands. Les enfants ne peuvent jamais y assister.

— Pourquoi ?

— Pour... pour... ce qui s'est passé.

Doubhée sent les sanglots lui monter dans la gorge.

— Je... je ne saurai pas quoi dire...

Son père lui caresse la joue.

— Je sais que c'est pénible et difficile, mais je te jure que c'est la dernière chose désagréable qui t'arrivera ces temps-ci.

Les larmes coulent sur les joues de Doubhée.

— Je ne veux pas...

— Moi non plus, mais ils en ont décidé ainsi, tu comprends ? Je ne peux pas m'opposer au village... Il faut seulement que tu leur racontes ce qui s'est passé, et puis on oublie tout.

Doubhée se soulève de son lit et se blottit contre son père, et puis elle pleure, elle pleure, comme elle ne l'a plus fait depuis ce jour-là sur la rive du fleuve.

— Je ne voulais pas, je ne voulais pas ! C'est lui qui a commencé à me mettre la tête sous l'eau, et j'ai eu peur ! Je ne sais pas comment c'est arrivé, je sais juste qu'à un certain moment il n'a plus bougé ! Et il avait du sang, il avait les yeux ouverts, et il me regardait d'un air méchant... Et le sang, le sang dans l'eau, sur l'herbe...

Son père la serre très fort contre lui.

— Tu leur diras ça, fait-il d'une voix brisée, et ils comprendront. C'est un terrible accident, une histoire affreuse dont tu n'es absolument pas responsable.

Il se détache d'elle, lui caresse encore le visage :

— D'accord ?

Doubhée acquiesce.

— Nous irons les voir dans deux jours. Mais, d'ici
là, je ne veux pas que tu y penses. Promets-moi que tu
essaieras.

— Oui.

— Et maintenant, dors.

Son père lui donne un dernier baiser, et c'est un peu
rassurée que la petite fille appuie la tête sur son coussin.
Pour la première fois depuis tant de nuits, elle ne fait
pas de cauchemars.

C'est une grande pièce grise et enfumée. À l'odeur de
la fumée s'ajoute celle des nombreuses personnes assem-
blées dans la salle aux murs de bois.

Tous ont accouru. Cela fait des années qu'il n'y a pas
eu de mort violente à Selva, même les vieux ne se
souviennent pas de la dernière réunion de ce genre.

Au premier rang se trouvent les parents de Gornar.
Enfermés dans leur douleur, ils évitent le regard de
Doubhée. Ils ressemblent beaucoup aux siens, de
parents, assis eux aussi au premier rang, de l'autre côté.

Derrière, la foule de ceux qui n'ont rien à voir avec
le drame, mais qui veulent quand même participer.
Dans un village de trois cents âmes, un homicide est
une affaire collective.

Il n'y a pas d'enfants, à part Doubhée.

Une lourde rumeur emplit la salle, tous les yeux la
fixent, des doigts la montrent. Doubhée espère seulement que cela se terminera vite

« Un merveilleux été m'attend », se répète-t-elle
comme une espèce de refrain. Après cette terrible soirée,

il y aura le soleil et les jeux ; il suffit de ne penser qu'à ça.

Les Anciens entrent. Ils sont cinq, et parmi eux se trouve Trarek, celui qui dirige le village et qui décidera avec ses pairs. Il est vieux, et tous les enfants ont peur de lui. Il a l'air sévère ; Doubhée ne se rappelle pas l'avoir jamais vu rire.

Ils s'assoient, et le silence tombe immédiatement sur l'assemblée.

Doubhée a les mains moites ; elle les tord.

Trarek lit une sorte de formule rituelle. Doubhée ne sait pas de quoi il s'agit. C'est le premier procès auquel elle assiste.

La porte s'ouvre, et ses amis se faufilent dans la salle. Doubhée est étonnée, mais elle n'a pas le courage de les regarder. Elle baisse la tête, les paroles de Renni résonnent dans ses oreilles : « Tu l'as tué ! Tu l'as tué ! »

Trarek les appelle l'un après l'autre. D'abord Pat, puis Mathon, puis Sams. Il leur demande ce qui s'est passé au fleuve.

Tous ont la voix tendue, le regard fuyant, ils rougissent. Ils marmonnent, et leurs souvenirs semblent confus.

— C'est Gornar qui lui a arraché le serpent, dit Pat.

— Alors, tu crois que Gornar a eu tort ? Que c'est pour cela qu'il s'est passé ce qui s'est passé ?

— Non... je...

— Continue.

Doubhée n'écoute pas. Doubhée ne veut pas se souvenir.

— Nous nous sommes disputés un tas de fois, dans la bande... Doubhée et moi aussi, nous nous sommes battues, mais il n'est jamais rien arrivé... rien de grave en tout cas, un bleu par-ci par-là, une griffure... C'est la faute à la malchance !

Pat la regarde, et Doubhée croit voir de la compréhension et de la peine dans ses yeux. Et elle lui en est reconnaissante, immensément reconnaissante.

Mathon est beaucoup plus neutre. Il raconte tout sans émotion. Il ne lève jamais les yeux, parle sans interruption, répond aux questions sans s'émouvoir.

Sams, lui, est troublé ; parfois il se contredit. Doubhée imagine qu'il pense comme elle, qu'il se demande pourquoi diable il est dans cette pièce, à parler de choses qu'il ne comprend pas et qui ne regardent que les grands.

Puis vient le tour de Renni. Il est sûr de lui, ferme, et il a l'air en colère.

— C'est elle qui a commencé ! C'était une vraie furie, elle donnait des coups de pied, elle mordait, sans arrêter. J'ai dû les séparer, sinon elle aurait continué.

— Mais... ce n'est pas vrai, dit faiblement Doubhée.

— Ce n'est pas à toi de parler. Tais-toi, lui ordonne Trarek.

Renni reprend, impassible.

— Elle lui a pris la tête et elle a l'a cognée sur la grève avec méchanceté. Elle voulait lui faire mal. Et après, elle n'a même pas pleuré, alors que nous, nous étions tous terrorisés.

Le père de Doubhée s'agite sur sa chaise.

Quand Renni décrit la scène, la mère de Gornar se met à sangloter.

— Elle me l'a tué, elle me l'a tué...

Doubhée se sent lasse, elle voudrait s'en aller. Pendant

qu'il parle, elle se demande pourquoi Renni lui en veut tant.

— Tu auras ce que tu mérites, tu peux en être sûre, lui murmure-t-il entre ses dents avant de sortir.

Doubhée pleure en silence. Elle avait promis à son père qu'elle serait bien sage, qu'elle résisterait, mais elle n'y arrive pas. Cet après-midi lui revient à la mémoire, et elle a peur.

— Nous ne pouvons pas continuer une autre fois ? Vous ne voyez pas qu'elle se sent mal ? tente de la défendre son père.

— Elle ne sera jamais aussi mal que mon fils, répond haineusement la mère de Gornar.

Trarek rappelle tout le monde à l'ordre. Il est irrité.

— Nous tirerons cette affaire au clair aujourd'hui, pour le bien de tous et celui de ta fille, Gorni. Cela a déjà bien assez duré comme ça.

Puis Trarek la regarde. C'est la première fois qu'il le fait depuis le début du procès. Mais ses yeux sont sévères, ils ne la voient pas vraiment. Son regard passe à travers elle, et cherche la foule derrière.

— C'est à toi à présent. Parle !

Doubhée essuie ses larmes avec maladresse. Elle raconte toute l'histoire à travers les sanglots. Elle parle des jeux de l'après-midi, elle dit comme tout allait bien, combien ils s'étaient amusés. Et puis elle glisse que Gornar était toujours dur avec elle.

— Parce que je suis forte, et il le savait. Dans le groupe j'étais la seule dont il avait un peu peur.

Ensuite, elle parle du serpent, de ce beau serpent brillant trouvé entre les herbes. C'était une magnifique pièce pour sa collection, et elle le voulait vraiment. Et puis, la dispute.

— Je ne sais pas comment ça a pu arriver... Ce n'était pas la première fois que je me battais avec quelqu'un. Je ne voulais pas... je ne sais pas ce que j'étais en train de faire... Il m'a tiré les cheveux, il m'a mis la tête sous...

Les larmes empêchent Doubhée de continuer. Son père la tient par les épaules.

— Ça suffit comme ça. Vous êtes satisfaits ? lance-t-il d'un air de défi à Trarek.

— Oui.

Alors que les Anciens se lèvent et se retirent, deux jeunes gens en uniforme séparent Doubhée de son père.

— Qu'est-ce que ça veut dire ? s'écrie celui-ci avec colère.

— Que ta fille doit rester en lieu sûr.

— Mais, au nom des dieux, c'est une enfant ! Est-il possible que personne ne veuille comprendre une chose aussi simple ?

Doubhée s'agrippe à Gorni, mais les deux soldats sont beaucoup plus forts qu'elle.

Pendant qu'ils l'emmènent, elle voit son père maintenu par deux autres hommes, et sa mère, en larmes, à terre.

Ils l'ont mise dans une pièce fermée à clé, à côté de celle où s'est déroulé cette espèce de procès. Il y a une bougie allumée dans un coin, et sa lumière tremblante jette des ombres sinistres sur les murs. Elle se sent seule, Doubhée, elle voudrait tant avoir son papa près d'elle.

Le soleil, l'été, ses amis, tout lui semble si lointain ! Elle se doute qu'il n'y aura plus de jeux, que peut-être il n'y aura même plus Selva. Ce qu'elle a fait au fleuve a tout changé.

Il fait nuit noire quand ils viennent la chercher. Dans la grande salle il y a tout le monde, comme s'il ne s'était écoulé qu'une seconde depuis qu'ils l'ont emmenée. Il ne manque que son père ; sa mère pleure sans s'arrêter.

Les Anciens sont déjà debout en rang, impassibles comme des statues.

Trarek prend la parole :

— Il n'a pas été facile d'arrêter une décision au sujet de ce terrible événement. Notre communauté n'a pas mémoire d'homicide ; de plus, aussi bien la victime que la meurtrière sont des enfants. Nous avons tenu compte de tout ce qui a été dit par les témoins de la tragédie, et nous nous sommes efforcés de rendre notre jugement avec justice et modération. Le meurtre est puni de mort, et il est évident que Doubhée est entachée de cette faute, tous en sont convenus. Certes, il s'agit d'une petite fille, qui ne peut pas être considérée comme pleinement consciente de ses actes. Cependant nul ne peut tuer sans payer un prix. Le mal a été accompli, la sérénité de Selva a été troublée, et la mort de Gornar doit être rachetée. C'est pourquoi nous condamnons Doubhée à l'exil. Demain, deux hommes la conduiront loin de notre village. Son père, qui est tenu pour responsable de son comportement, sera détenu en cellule aussi long-temps que nous l'estimerons nécessaire.

Dans la salle, c'est le chaos. La mère de Doubhée se met à hurler, et celle de Gornar n'arrive pas à se contrôler.

— Tu dois mourir, tu dois mourir comme mon fils !

Doubhée se tient immobile au milieu de la confusion générale. Sa mère se jette sur elle et la serre dans ses bras, et alors elle comprend. Et elle pleure, et elle crie.

Un des soldats l'attrape aussitôt et essaie de l'arracher à l'étreinte de Melna.

— Laissez-la-moi au moins cette nuit, supplie celle-ci, cette nuit seulement ! Son père ne lui a pas dit au revoir. Pitié, ne l'emmenez pas !

Mais le soldat retient la fillette fermement.

Doubhée le mord violemment, elle sent le goût du sang dans sa bouche. Il est contraint de lâcher prise. Il l'attrape par les cheveux et lui donne une grande gifle. Ensuite, il lui plaque le bras dans le dos et continue à la tirer par les cheveux. Il la traîne vers la sortie, ses pieds frottant contre le bois du plancher.

Elle s'est tellement débattue, Doubhée, qu'ils ont fini par l'enfermer dans une cellule. Là aussi, elle a hurlé de toutes ses forces, jusqu'à en perdre la voix. Elle ne crie qu'une chose : elle veut voir son père. Elle est convaincue qu'il n'y a que lui qui puisse la sauver.

Mais personne ne vient ; Doubhée est seule, seule avec elle-même et sa punition.

On la réveille à l'aube. Dehors, le ciel est d'un rose déchirant. Elle est tout hébétée, et le soldat en profite pour lui bander les yeux.

Elle marche avec résignation au côté du jeune homme

qui la tient par la main. Elle sent le bandage sous ses doigts, c'est la main qu'elle lui a blessée la veille.

Il la soulève et la charge sur un chariot. Doubhée essaie de serrer ses mains autour de ses épaules, mais il se libère brutalement.

Ils sont deux : Doubhée entend une autre voix, celle d'un homme plus âgé. Elle le reconnaît, c'est le tisserand. Il vend ses étoffes dans toute la région, jusqu'à Makrat, et on le voit rarement au village. Elle ne lui a jamais parlé, mais c'est chez lui que sa mère prend le tissu de ses vêtements.

— Allons-y, j'ai pas que ça à faire ! lance-t-il.

On lui attache les mains avec une corde et le chariot s'ébranle.

Doubhée pleure en silence. Elle aurait tant voulu revoir son père, se blottir contre lui, et lui demander pardon d'être une meurtrière, comme l'a dit Trarek. Et aussi embrasser sa mère, et s'excuser pour tous les serpents et autres bestioles qu'elle lui a rapportés à la maison.

« Pourquoi tout cela est-il arrivé ? » se demande-t-elle sans cesse.

Les heures passent. Le chariot roule jusqu'au soir, puis toute la nuit. Doubhée a toujours les yeux bandés. Elle a arrêté de pleurer. Elle se sent perdue, et de nouveau il lui semble ne plus exister. La vraie vie est très loin d'ici, à Selva, auprès de son père et de sa mère.

Le troisième jour de voyage, le jeune homme pousse soudain un long soupir.

— Qu'est-ce qui te prend ? Tu sais bien ce qu'on nous a dit de faire ! dit le tisserand.

— Tais-toi... C'est une enfant.

Le garçon s'approche d'elle, elle sent son souffle sur le visage.

— Nous sommes très loin de Selva, tu comprends ? Tu ne peux pas y retourner, même si tu t'échappes. Je vais te libérer les mains, mais tu dois me promettre de te comporter comme une gentille petite fille.

Doubhée fait oui de la tête. A-t-elle vraiment le choix ?

Le garçon défait les nœuds et elle touche ses poignets. Une vive douleur lui arrache un gémissement. Sans qu'elle s'en rende compte, les cordes lui ont brûlé la peau.

— Ne bouge pas, sinon ce sera pire.

Le garçon verse de l'eau sur ses blessures, et il lui glisse un morceau de pain dans la main.

— Hé ! tu veux nous mettre dans le pétrin, ou quoi ? proteste le tisserand.

— Tu n'as qu'à pas regarder ! Ce que je fais, c'est mon affaire !

Doubhée sent le contact d'une lame sur sa paume.

— Qu'est-ce que c'est ? lâche-t-elle. Je n'en veux pas !

— Prends-le et ne fais pas d'histoires, dit sèchement le garçon. Le bois, le monde... ce sont de vilains endroits. Tu dois apprendre à te défendre. Sers-t'en si quelqu'un veut te faire du mal, compris ?

Doubhée se remet à pleurer. Tout est confus, absurde.

— Tu ne dois pas pleurnicher. Il faut que tu sois forte. Et n'essaie pas de revenir au village. Les gens sont méchants, c'est bien que tu sois partie.

Puis il lui caresse la tête d'un geste rude et maladroit.

— Ramène-moi à la maison ! l'implore Doubhée.

— Je ne peux pas.

— Ramène-moi chez papa...

— Tu es quelqu'un de fort, je le sais. Tu t'en sortiras.

Le silence tombe de nouveau. Doubhée serre le poignard dans sa main.

Le soleil est haut lorsqu'ils s'arrêtent enfin. Le garçon lui enlève son bandeau, et Doubhée plisse les yeux, aveuglée par la lumière. Il fait chaud, plus chaud qu'à Selva, et il y a une drôle d'odeur dans l'air.

Le jeune soldat détourne les yeux, l'air embarrassé.

— Va-t'en, dit-il.

Doubhée reste à sa place, sa besace en bandoulière, le poignard à la main.

— Tu dois partir. Ils t'ont laissé la vie sauve, profites-en. Va-t'en !

Doubhée regarde autour d'elle : elle se trouve au milieu d'un bois qu'elle ne connaît pas.

— Droit devant toi il y a un village, vas-y, dit son gardien.

Le chariot est déjà en train de repartir. Doubhée fait volte-face, elle essaie de le suivre, mais il accélère, et elle abandonne : même en courant elle ne pourrait jamais le rattraper.

Seule dans cette forêt inconnue, elle se tient immobile, comme pétrifiée.

Une évidence vient de la frapper : elle ne reverra jamais Selva.

8
MASSACRE DANS LE BOIS

Doubhée était nerveuse.

Une fois son travail fini, elle s'était réfugiée chez elle et avait réussi à s'endormir. À son réveil, elle allait bien, mais cela ne l'avait pas tranquillisée pour autant. Toute la matinée, elle avait repassé dans son esprit les moindres détails du vol et de l'agression à la Fontaine Obscure, tous deux imprimés de manière indélébile dans son esprit, chacun pour une raison différente. Ces deux dernières années, elle avait tout fait pour échapper à la Guilde, et voilà que, malgré ses efforts, l'ennemi semblait l'avoir retrouvée... À cela s'ajoutait la conscience d'avoir échoué. Elle n'était pas allée au bout de son travail, et Forra y trouverait sûrement à redire. Ses rêves à propos des cinq mille caroles et peut-être d'une vie autre s'évanouissaient ; mais, surtout, elle ne comprenait pas ce qui s'était passé, et cela lui faisait peur.

Il fallait que quelqu'un lui explique le mystère des évènements de la nuit ! Elle s'habilla à la hâte et courut chez Tori.

Le gnome était chez lui. Doubhée lui remit l'aiguille

que le garçon de la Guilde avait utilisée, la seule preuve dont elle disposait.

Après l'avoir examinée dans son laboratoire, il revint en s'essuyant les mains sur un chiffon crasseux.

— Et alors ? le pressa la jeune fille.

— Rien, fit-il en s'asseyant. Il n'y a pas la moindre trace de poison sur l'aiguille. Seulement du sang, le tien, je suppose.

— Peut-être qu'il s'est évaporé ?

Tori secoua la tête :

— Non, si, comme tu le dis, le garçon était bien de la Guilde. Je connais tous les poisons des Assassins, chacun laisse au moins une trace...

— Et si c'en était un nouveau ? insista-t-elle.

Tori haussa les épaules.

— On peut faire des hypothèses à l'infini. Décris-moi les symptômes.

Doubhée s'exécuta, et lorsqu'elle eut fini de parler, le gnome réfléchit quelques instants.

— Tout ça ferait penser en effet à un empoisonnement, mais puisque maintenant tu vas bien...

— Si la Guilde a envoyé ce garçon après moi, le coupa-t-elle, c'est qu'il doit y avoir une raison.

— D'après ce que tu m'as dit, il n'y a que le poignard qu'il avait sur lui qui puisse faire penser à la Guilde. Or il a très bien pu le voler.

— Je suis certaine que c'était l'un d'eux ! Il était agile, il avait reçu un entraînement particulier... le même entraînement que moi, conclut Doubhée avec hésitation.

Tori fit une moue dubitative.

— Tu n'as pas de vraie preuve. Et puis, réfléchis : disons que la Guilde envoie un débutant à tes trousses pour t'inoculer un poison, ce qui le condamne à une mort certaine. Ce poison ne te tue pas tout de suite. Jusque-là, cela pourrait être plausible, même si je ne comprends pas l'intérêt de te tuer à petit feu... Mais imaginons encore que cela fait partie de leurs rites bizarres. Ce qui est absurde, c'est que tu te sens mal trois jours après l'attaque, et seulement pendant quelques minutes. Ensuite, tu te reprends et tu vas mieux qu'avant. Tu ne trouves pas que c'est une drôle de manière de se débarrasser d'un ennemi ? Ils devraient plutôt t'attraper, et...

Doubhée baissa la tête. Tori avait raison, quelque chose dans cette histoire clochait.

— Alors, comment tu expliques mon malaise ?

— Fatigue, manque de sommeil, quelque chose comme ça. Ou un problème à vous, les femmes... Cela me semble une explication beaucoup plus raisonnable que celle du complot.

« Non, ce n'est pas ça ! pensa Doubhée. Ça ne marche pas. »

— Et le tueur à gages ?

— Un jeune imbécile payé par un blanc-bec quelconque. Sûrement un voleur de bas étage qui espérait te mettre hors jeu, et qui a oublié d'enduire l'aiguille avec du poison.

Le gnome fixa la jeune fille :

— Si tu veux en avoir le cœur net, montre-moi la blessure.

Elle leva sa manche en se disant qu'elle n'avait pas pensé à l'examiner depuis l'incident.

Sa peau semblait encore plus blanche à la lueur de la bougie. Tori lui attrapa le bras avec rudesse et se mit à l'observer avec attention.

À l'endroit où l'aiguille avait pénétré dans la chair, il y avait une petite goutte de sang coagulé. Autour s'étendait une tache sombre, composée de zones plus claires et plus foncées. Doubhée eut presque l'impression d'y voir un dessin.

Tori lâcha son bras :

— Tout semble normal.

— Tu ne trouves pas que cette marque noire est bizarre ? Sincèrement, je ne me rappelle pas l'avoir vue après qu'il m'a touchée.

— C'est un bleu, rien de plus.

Doubhée fit une grimace : elle détestait rester dans l'incertitude.

Quoi qu'il en soit, Tori lui avait dit tout ce qu'il savait.

— Merci beaucoup pour ton aide, fit-elle en se levant.

Le gnome sourit :

— De rien !

Soudain il se frappa le front de la main et retourna en courant dans son laboratoire. Il en revint avec une petite ampoule remplie d'un liquide vert.

— Sans être un prêtre, j'en connais plus qu'eux sur les herbes. Ceci est un excellent reconstituant. Essaie-le, et s'il ne s'agit que de fatigue, tu te sentiras mieux.

Doubhée prit l'ampoule en le remerciant et s'en alla, pas franchement rassurée.

Tandis qu'elle se mêlait à la foule du marché de Makrat, quelque chose à l'intérieur d'elle s'agita. Quelque chose de terrifiant.

Non, ce n'était pas juste de la fatigue, elle en était persuadée.

Il restait encore une tâche désagréable à accomplir pour conclure cette mystérieuse affaire.

Doubhée se rendit à la Fontaine Obscure de très mauvaise humeur. Il pleuvait, et comme si cela ne suffisait pas, Forra et son homme de main la firent encore attendre longtemps.

Elle les vit enfin apparaître derrière le rideau de pluie, abrités par d'amples manteaux. Forra la regarda avec ce sourire insolent que Doubhée lui connaissait si bien : son arrogant sourire de vainqueur, celui qu'il arborait sans doute en piétinant les ruines fumantes des villes, juché sur son gros cheval.

À présent, ce sourire lui était destiné à elle. C'était elle la vaincue. Elle décida d'attaquer.

— L'argent ?

— D'abord les documents.

La jeune fille hésita. Il était probable qu'il n'avait pas l'intention de la payer, et elle risquait même bien pire. À tout hasard, elle posa la main sur son poignard, puis elle sortit le parchemin et le remit au garde de Forra.

En échange, il lui tendit une bourse à moitié vide.

— Et le reste ?

Forra ricana :

— C'est tout ce que tu auras ! Tu n'as pas respecté tes engagements.

— J'ai fait mon travail, vous avez ce que vous vouliez.

— C'est juste, mais maintenant Thévorn te cherche dans toute la ville. Nous n'avions pas parlé de discrétion absolue ?

— Ça, c'est mon affaire. C'est moi qui suis traquée.

« Comme toujours. »

Forra secoua la tête, son imperturbable sourire sur les lèvres.

— Thévorn n'est pas stupide, il sait bien qui avait intérêt à ce que ce vol soit commis !

Doubhée se tut. C'était vrai. Elle resta immobile, la bourse entre les mains, tandis que la pluie lui coulait sur les joues. « Tout ce travail en vain ! » songea-t-elle, dépitée.

Finalement, elle la rangea dans une poche de son manteau.

— Bien, très bien, jeune fille. Voilà ce qui est raisonnable !

— Si nous en avons terminé, je crois que je peux partir.

Mais Forra ne semblait pas de cet avis.

— Tu nous as déçus, jeune fille. Beaucoup déçus.

Les doigts de Doubhée serrèrent la garde de son poignard.

— Il me semble que vous m'avez suffisamment punie comme ça.

L'homme fit une grimace sarcastique.

— Peut-être... ou peut-être pas.

Doubhée reprit sa vie habituelle. Sur les cinq mille caroles promis, elle n'en avait empoché que quatre cents. Une somme dérisoire, compte tenu des risques qu'elle avait encourus. Par ailleurs, ce demi-échec lui cuisait. Elle décida donc de se jeter de nouveau dans le travail.

Tout d'abord, elle choisit sa victime. Cette fois, pas de vol sur commande, et pas de bijoux ni de documents. De l'argent, avec lequel quitter la Terre du Soleil. Cet endroit allait devenir trop dangereux pour elle.

Elle dut tout recommencer : espionner son homme, apprendre à connaître ses habitudes... Cependant, la hantise de la maladie, la Guilde, et le jeune tueur à gages continuaient à la tourmenter. Elle ne cessait d'y penser.

La seule fois où elle vit Jenna, un soir de grand vent, il n'avait aucune nouvelle pour elle. Mais comme elle se portait toujours bien, elle finit par s'en convaincre : son évanouissement n'avait peut-être été qu'un désagréable épisode dû à la fatigue et le reconstituant de Tori fonctionnait à merveille.

Il lui fallut une semaine entière pour élaborer son plan en détail.

Elle avait prévu d'agir lors du voyage d'agrément d'un marchand, qui emportait avec lui une partie de ses considérables richesses pour ses dépenses personnelles. D'après ce que lui avait dit l'un des serviteurs de sa maison, son carrosse partirait prochainement pour Shilvan. Cette fois-ci, Doubhée choisit d'opérer de jour.

Elle était certaine que l'homme en question serait accompagné par une escorte, probablement constituée de trois personnes : le cocher, plus deux hommes à cheval. Elle décida de l'endroit où se poster et de la stratégie à adopter. Ce serait une attaque en règle, une opération un peu trop à découvert à son goût. Pour y remédier, elle pensa à recourir à un somnifère. Elle en prépara un à sa manière.

Le matin de l'opération, elle se leva de bonne heure, fraîche et reposée. Elle se mit en place au milieu des bois et attendit, concentrée à l'extrême.

C'était une belle journée de soleil malgré le froid intense, et le ciel était d'un bleu absolu. Les branches d'arbres bougeaient sous une brise légère et une pluie de feuilles jaunes tombait doucement sur la route.

Soudain éclata le fracas des roues heurtant les pierres. Le son mat des sabots sur la terre nue faisait vibrer le tronc sur lequel elle était appuyée. Deux chevaux, puis deux autres : exactement ce qu'elle avait prévu. Pas de voix, mais de la tension palpable dans l'air.

Le bruit augmenta, puis elle entendit le tintement des épées accrochées à la taille des hommes de l'escorte. Tous les sens en alerte, elle crut percevoir jusqu'à la contraction des muscles et des tendons, le frottement des os, le souffle expiré des poumons...

Et, enfin, elle le vit : un carrosse tiré par deux chevaux et accompagné par deux cavaliers.

Soif.

Chair.

Sang.

Comme de l'extérieur, Doubhée se vit tirer le fil qu'elle avait posé en travers du chemin et lancer trois couteaux en l'espace d'une seconde.

Une corde se tendit d'un coup, faisant trébucher les chevaux qui s'écroulèrent au sol.

L'équipage s'arrêta net, alors que les trois couteaux atteignaient avec précision le cocher et les chevaux, les tuant sur-le-champ. Des filets de sang rouge jaillirent de leurs blessures et se répandirent sur les feuilles.

Du sang.

Doubhée sauta à terre et courut reprendre ses couteaux. Pourtant, ce n'était pas cela qu'elle était censée faire, ce n'était pas cela du tout ! Seulement, elle ne pouvait pas s'arrêter, son corps agissait comme s'il ne lui appartenait plus.

Les deux cavaliers se relevèrent et avancèrent vers elle.

Le premier essaya de la frapper avec son épée, mais Doubhée esquiva son fendant en se plaquant sur le sol. L'instant d'après, elle le saisit par la cheville pour le faire tomber et lui planta le poignard dans la gorge jusqu'à la garde. Le sang sur ses mains lui procura une ivresse folle, une ivresse suave et terrifiante à la fois. Elle retira son poignard et frappa une nouvelle fois, puis encore, et encore…

L'homme se contorsionnait et hurlait sous ses coups, mais Doubhée continuait en criant d'une voix rauque. Une brusque douleur dans le dos, brûlante, la fit se retourner vivement, le poignard à la main…. Le second homme s'écarta à temps, le regard terrorisé. Sous elle, le premier homme avait cessé de bouger. L'autre soldat tenta de l'attaquer à son tour, mais elle fut plus rapide : elle lança son poignard et le toucha à la main, l'obligeant à lâcher son épée.

L'homme perdit toute retenue et se mit à fuir en courant à toute allure. Peine perdue : Doubhée lui planta son autre poignard entre les omoplates. Il tomba et commença à ramper sur le sol.

Doubhée se jeta sur lui et s'acharna sur son dos à coups de poignard. Elle le frappa un nombre incalculable de fois, comme le premier. Le sang, les hurlements, tout se mêlait dans son esprit. Elle voyait son propre corps bouger, elle sentait le sang sur ses doigts, ses yeux fixaient ceux de sa victime, sans qu'elle puisse s'arrêter. Une partie d'elle-même observait la scène avec horreur, tandis qu'une autre exultait sauvagement. Elle frappa longtemps, jusqu'à ce que sa lame se rompe et qu'il ne lui reste que la garde de son poignard entre les mains.

Elle se releva. Sa vue était brouillée, les jambes cédaient sous son poids. Cependant il y avait encore quelqu'un. Elle renifla l'air comme un animal.

Suivant cette piste invisible, elle se mit à courir à perdre haleine, à une vitesse qu'elle n'aurait jamais cru pouvoir atteindre. Enfin, elle aperçut devant elle la silhouette maigre du marchand.

Il se sauvait en relevant son manteau, ce qui découvrait ses jambes osseuses ; il trébuchait, s'égratignait, mais il poursuivait sa fuite désespérée.

Il ne fallut pas longtemps à Doubhée pour le rejoindre. Elle l'attrapa par les épaules, le retourna, et eut tout le temps de voir la terreur qui se peignait sur son visage. La Bête qui était en elle la savoura longuement... Puis elle approcha ses dents de son cou et le mordit.

L'homme poussa un hurlement terrible et s'affala à terre, plus mort que vif. Comme elle n'avait pas d'armes, Doubhée lui enserra la gorge. Ses yeux plongés dans ceux de sa victime goûtaient chaque instant de son agonie.

Ce n'est que lorsqu'elle entendit l'homme pousser son dernier râle que tout s'arrêta enfin. Doubhée sentit ses forces l'abandonner, ses mains lâchèrent leur prise, et elle tomba à genoux. L'odeur et le goût du sang dans sa bouche lui donnèrent la nausée, et elle eut un haut-le cœur. Son esprit affolé tentait de comprendre, de reconstruire. Elle regarda autour d'elle, horrifiée, et ne parvint pas à formuler la moindre pensée. Un massacre. On aurait dit un champ de bataille. Les corps à terre en désordre, les yeux pleins de terreur. Doubhée voulut porter les mains à son visage : elles étaient entièrement couvertes de sang.

Alors ce fut à son tour de hurler. Atterrée, hébétée, elle hurla comme jamais dans sa vie.

La douleur dans son dos se réveilla. Elle eut du mal à atteindre la blessure, car une vive sensation de brûlure la paralysa. Elle finit par la toucher : une large entaille, qui lui parcourait l'échine de part en part. Elle ne se souvenait pas quand c'était arrivé. Elle ne pouvait penser qu'à ces corps déchiquetés, et à ces yeux vides, son obsession, dont elle n'avait jamais réussi à se libérer.

« De l'aide... je dois chercher de l'aide... »

Elle se redressa péniblement, ramassa son manteau qui était tombé sur le sol, et s'en enveloppa tant bien que mal. En titubant, elle essaya de se mettre en route, mais ses jambes refusaient de la porter.

« Qu'est-ce qui m'est arrivé ? »

Tout cela ressemblait à un cauchemar. Les contours des choses devinrent flous, la lumière déclina lentement et d'étranges figures, grotesques, démoniaques, surgirent des fourrés : Gornar, la tête fendue, blanc comme un linge, accompagné du jeune garçon de la source, avançaient vers elle les bras tendus comme pour l'attraper. Puis venait le Maître, tel qu'il était le jour de sa mort, ses yeux blancs sans regard l'accusaient. Et enfin ses quatre dernières victimes, horriblement mutilées.

Doubhée tenta de les repousser, mais ses mains heurtèrent un mur de bois. Une cabane. Elle s'écroula contre la porte.

« Je suis en train de mourir, songea-t-elle. Et tous ceux que j'ai tués viennent me chercher pour m'emmener en enfer. »

9
LE SCEAU

Doubhée fut réveillée par le soleil qui lui réchauffait le visage. Elle était allongée dans un lit qu'elle ne connaissait pas. Elle ne se rappelait pas pourquoi elle était là, ni ce qui s'était passé. Elle essaya de se redresser, mais une forte douleur dans le dos la fit retomber sur sa couche.

Et soudain, tout lui revint à l'esprit : l'odeur du sang, la clairière jonchée de corps torturés... Elle se mit à trembler violemment.

— Doubhée ! Doubhée, tu vas bien ?

Jenna avait accouru et lui posa la main sur le front.

— La fièvre est un peu tombée, dit-il. Je commençais à me faire du souci. Depuis ce matin, tu n'as pas bougé ! Tu n'as même pas bronché pendant que je recousais ta blessure.

— Quelle blessure ?

— Tu as une énorme entaille dans le dos, tu peux remercier le ciel qu'elle ne soit pas plus profonde.

Jenna continua à parler sans s'arrêter, l'air agité. Doubhée elle, tremblait toujours.

— Tu as froid ? Je vais te chercher une couverture !

Doubhée murmura un « non » à peine audible.

— Laisse-moi seule, demanda-t-elle sur un ton que Jenna ne connaissait que trop bien.

— Comme tu veux... Je voulais juste t'aider..., dit-il en reculant.

— Ferme les volets.

C'était comme ça depuis qu'elle était petite, depuis le jour où elle avait tué Gornar. Quand ils avaient peur, les autres enfants recherchaient la lumière ; elle, elle avait besoin de l'obscurité la plus épaisse.

Lorsque Jenna eut enfin quitté la chambre, Doubhée voulut lever un bras pour toucher son dos. Elle n'y parvint pas, elle était trop faible. Jusque-là, elle n'avait jamais eu de blessure grave. Elle s'efforça de se concentrer, d'interroger son corps comme elle le faisait toujours pour savoir à quel point il allait mal. Elle tenta aussi de se rappeler comment elle était arrivée chez Jenna. Mais tous ses efforts furent inutiles. Son esprit était crispé sur ces terribles minutes pendant lesquelles quelque chose qui faisait à la fois partie d'elle et qui lui était étranger avait pris possession de ses mains, et leur avait fait accomplir ce carnage.

Une larme coula sur sa joue sans qu'elle ait poussé le moindre sanglot. Elle avait oublié comment on faisait, depuis toutes ces années... Puis, très vite, elle se surprit à pleurer, pleurer sans pouvoir se calmer, comme un enfant désespéré.

Derrière la porte, Jenna écoutait.

Ce n'est que le soir qu'il osa frapper. Il poussa lentement le battant et Doubhée vit son ombre projetée sur le mur par la lumière de l'âtre.

— Je peux ?

— Entre, fit-elle en essuyant ses larmes en hâte.

Le jeune garçon s'approcha d'elle et posa par terre un plateau avec de la nourriture, dont l'odeur écœurante emplit la chambre.

Il alluma une bougie.

— Je m'en vais tout de suite. Je dois juste examiner ta blessure.

— Vas-y, dit Doubhée, résignée.

Jenna la regarda dans les yeux pendant quelques instants sans rien dire.

Il souleva couvertures et vêtements avec assurance, puis posa la main sur son dos.

Doubhée ferma les yeux. Des souvenirs lointains et douloureux affluèrent à son esprit : les mains du Maître... son affection...

Et, en même temps, des images de son apprentissage, du meurtre auquel elle avait dit non pour toujours et qui continuait pourtant à la tourmenter.

« Il n'y a pas de choix ni d'issue... »

Le flux de ses pensées fut interrompu par la douleur : Jenna tentait d'arracher le pansement, qui avait adhéré à la blessure.

— Désolé, fit-il, il n'y a pas d'autre moyen.

— Qu'est-ce que j'ai ?

— Je te l'ai dit. Tu as une grosse entaille entre les omoplates. Si elle avait été un peu plus profonde, tu serais morte. Tu étais couverte de sang quand tu es arrivée ici.

L'image des corps mutilés de ses victimes tordit l'estomac à la jeune fille.

— Tu as perdu pas mal de sang, et c'est cela qui me préoccupe plus que la blessure. Il faudrait appeler un guérisseur ou un prêtre...

— Non !

Jenna se figea.

— Réfléchis : j'ai recousu ta blessure comme j'ai pu, mais la plaie risque de s'infecter...

— Personne d'autre ne doit être au courant de cette affaire. Tu iras voir Tori.

— Qui ?

Doubhée expliqua qui était le gnome et ce que Jenna devait lui dire et lui demander.

— Décris-lui bien la situation, sans citer en aucun cas mon nom.

— Je ne vois pas pourquoi...

— Parce que je te l'ordonne.

Le garçon acquiesça et sortit de la pièce.

Doubhée se souleva pour regarder ce qu'il y avait sur le plateau. Une écuelle remplie de soupe d'orge, un morceau de pain et une demi-pomme jaunie ; probablement toutes les provisions de Jenna. Elle savait qu'elle devait manger si elle voulait se rétablir. Mais lorsqu'elle posa les yeux sur le liquide brunâtre, il se transforma sous ses yeux en une bouillie de sang. Horrifiée, elle détourna la tête.

En proie à une légère fièvre, elle passa la nuit à faire des cauchemars ; cependant dormir lui fit du bien. Le matin, elle se sentait mieux, physiquement et mentalement.

Au prix d'un grand effort, elle réussit à se redresser

dans son lit et prit la tasse de lait des mains de Jenna. Mais son estomac se contorsionna dès que l'odeur parvint à ses narines. Elle avait encore dans la bouche le goût du sang du marchand.

Elle ferma les yeux, s'obligea à ne pas respirer le parfum gras du lait et le but d'une seule traite.

— Voilà, c'est bien ! Je ne comprends pas pourquoi tu as toujours l'estomac retourné, dit Jenna.

— Tu as été chez Tori ?

Jenna fit signe que oui et alla chercher un gros flacon rempli d'une huile verdâtre.

— Il m'a donné ça. Il faut en mettre trois fois par jour sur la blessure.

Elle connaissait cette mixture, un mélange d'huile d'olive et de décoction d'herbe violette. Si elle avait été un peu plus lucide la veille au soir, elle aurait pu expliquer elle-même à Jenna comment la préparer.

— Il t'a dit en combien de temps ça guérirait ?

— On doit compter trois ou quatre jours avant que tu puisses te lever, et une semaine pour que la blessure cicatrise. D'ici une dizaine de jours, je pourrai t'enlever les points.

Doubhée réprima un geste d'agacement : c'était trop ! Mais le plus urgent était de comprendre ce qui était arrivé dans le bois. Que s'était-il passé pendant ces quelques minutes d'horreur ? Quel esprit l'avait possédée ; et pourquoi ?

Dès le troisième jour, Doubhée commença à se lever malgré les protestations de Jenna. Elle se sentait à l'étroit entre ces murs, et n'attendait que de pouvoir s'en aller. Et puis, elle ne voulait pas de ses soins, elle ne devait s'attacher à personne, parce qu'elle était une meurtrière, et parce qu'elle était toujours en fuite. Ce qui venait de se produire dans la clairière avait creusé un fossé encore plus profond entre elle et le reste du monde.

Un jour, Jenna rentra tout bizarre. Contrairement à son habitude, il ne se précipita pas pour la voir, mais resta à trifouiller ses affaires dans la pièce à côté. L'heure du dîner s'écoula sans qu'il ne dise un mot.

Doubhée ne s'en soucia pas. Elle avait déjà décidé de partir le lendemain, et ce comportement ne faisait que lui faciliter les choses.

Ils allèrent se coucher dans un silence pesant. L'obscurité les enveloppait depuis quelques minutes, quand Doubhée distingua la silhouette de Jenna sur le seuil de la chambre.

— J'ai entendu une histoire aujourd'hui, lâcha-t-il. Tout le monde en parlait en ville.

La jeune fille ne broncha pas.

— On a trouvé quatre hommes dans le bois.

Doubhée serra ses mains sur sa couverture. L'horreur lui nouait la gorge.

— L'un d'eux avait seulement un couteau planté dans la gorge, mais les trois autres...

Doubhée se taisait toujours.

— Ce n'était pas très loin d'ici..

— Tais-toi, tais-toi, tais-toi ! hurla Doubhée en se soulevant sur son lit.

— C'est toi qui as fait ça ? lança Jenna avec violence.

Qu'est-ce qui t'est arrivé l'autre jour ? Qui t'a blessée, et d'où venait tout ce sang ?

Pour seule réponse, Doubhée sauta sur ses pieds, prit Jenna par le cou et le plaqua contre le mur.

— Je t'ai dit de te taire, siffla-t-elle en appuyant la lame de son couteau contre sa gorge.

Pétrifié par la peur, il continua avec un filet de voix :

— Je veux seulement comprendre ce qui s'est passé là-bas…Ils t'ont agressée ?

Elle le vit rougir et le libéra d'un coup. Le garçon s'affaissa lentement sur le sol.

Doubhée se mit la main sur les yeux. Le cauchemar n'était pas fini. Et il ne finirait jamais. Sa fuite n'avait servi à rien, on ne pouvait pas échapper à son destin.

— Pourquoi tu n'as pas confiance en moi ? souffla Jenna. De quoi tu as peur ?

— Ma vie est tellement loin de la tienne que tu ne peux même pas imaginer ce que je porte en moi… Je…

Elle secoua la tête :

— Ne me pose plus de questions !

— Pourquoi ? Tu es venue frapper à ma porte, toute en sang, et je t'ai aidée, je t'ai accueillie, je t'ai sauvée sans rien te demander ! Il faut que je sache !

Doubhée prit son manteau, qu'il avait soigneusement plié dans un coin de la chambre.

— Qu'est-ce que tu fais ?

Elle l'enfila sans un mot, puis ramassa ses vêtements et ses armes encore ensanglantées appuyées contre le mur.

— Tu peux me dire ce que tu es en train de faire ? s'écria Jenna.

La jeune fille se tourna vers lui.

— Dis un seul mot à qui que ce soit à propos de ma venue ici, et je t'assure que tu mourras avant même d'avoir eu le temps de t'en repentir.

Il la fixa dans les yeux :

— Je veux seulement t'aider, tu comprends ? Pourquoi tu refuses de l'accepter ?

Sa voix était sincère et empreinte d'une douleur que Doubhée ne lui connaissait pas. Elle en fut presque touchée, et se dirigea d'autant plus vite vers la porte.

— Personne ne peut m'aider. Oublie tout ce qui s'est passé ces derniers jours et ne me cherche pas.

Elle prit le chemin de sa grotte.

Lorsqu'elle y arriva enfin, complètement épuisée par le trajet, elle éprouva un léger pincement au cœur. La solitude était son salut, mais aussi son fardeau. Elle s'enfonça dans l'obscurité, poursuivie par le souvenir du massacre dans le bois, et une nouvelle fois le silence et la pénombre lui apportèrent du réconfort.

Elle pensa à Jenna. Même si cela lui coûtait, elle devait admettre qu'elle l'aimait bien. Au fond de son cœur, elle avait envie de pouvoir compter sur lui, comme autrefois sur son père, puis, au fil du temps, sur le Maître...

« Maître, si seulement tu étais encore là... Je ne serais pas si perdue, si seule ! »

Mais elle n'avait plus personne. Il n'y avait qu'elle, et la Bête qu'elle venait de découvrir en elle.

Elle passa les jours suivants à se reposer et à soigner sa blessure. Ayant du mal à l'atteindre, elle trempa une bande de tissu dans la mixture de Tori et l'entoura autour de son torse.

C'est pendant qu'elle accomplissait cette opération qu'elle le vit pour la première fois.

Elle était nue dans la pénombre, éclairée par la lueur d'une bougie. Son œil fut attiré par une tache sombre sur son bras. Elle regarda mieux : à l'endroit où l'aiguille de l'Assassin de la Guilde l'avait touchée, il y avait maintenant un symbole très net : deux pentacles superposés, un noir et un rouge, à l'intérieur desquels était dessiné un cercle formé par deux serpents entrelacés, rouge et noir eux aussi. Au centre, là où l'aiguille avait pénétré la chair, un point rouge vif, comme du sang frais. Doubhée l'effleura de la main, mais ni le sang ni le symbole ne disparurent.

Ses points de suture la tiraient encore ; cependant elle décida d'entreprendre un voyage. N'étant pas en mesure d'élucider le mystère des événements des derniers jours, elle devait s'en remettre à quelqu'un d'autre. Jenna avait raison : elle avait besoin d'un prêtre.

Elle partit le lendemain matin de bonne heure, enveloppée dans son manteau, avec un petit sac de voyage contenant l'onguent, des bandes propres et quelques provisions. Le lieu vers lequel elle se dirigeait se trouvait juste derrière la frontière, sur la Terre de la Mer, à deux jours de route. Elle n'aurait même pas à quitter le bois.

Cela faisait longtemps qu'elle ne s'était pas rendue chez Magara. Le Maître, lui, allait chez elle pour s'informer sur les poisons et les enchantements auxquels il pourrait avoir affaire et pour se faire soigner quand il était blessé. Mi-magicienne, mi-prêtresse, Magara n'était admise par aucune de ces confréries. Aux magiciens, elle empruntait les formules et la connaissance des esprits de la nature, aux prêtres, celle des plantes et des techniques curatives. Cette hérétique que certains disaient dotée du don de voyance vivait en ermite sur sa terre natale. Quand le Maître était mort, Doubhée avait jeté tout ce qui pouvait le lui rappeler et coupé les ponts avec pratiquement tous ceux qu'il fréquentait, dont Magara.

Aujourd'hui, elle espérait que la magicienne était encore en vie, car c'était la seule qui pouvait l'aider.

Elle arriva à destination au coucher du soleil. Le solstice d'hiver approchait, et les journées étaient très courtes. À l'horizon, la lumière ne formait déjà plus qu'une fine ligne rouge sous la couche des nuages. Malgré le froid, Doubhée trouvait l'air plus doux que sur la Terre du Soleil. Était-ce à cause de l'odeur de sel qui pénétrait la côte jusque dans les profondeurs des terres, imprégnant les grands chênes et les hêtres, qui lui rappelait la maison qu'elle avait habitée avec le Maître ? Il y était né, et pendant plusieurs années Doubhée et lui avaient vécu sur cette terre où l'on avait toujours l'impression d'entendre le bruit des vagues se brisant sur les rochers.

La cabane de Magara était une grande toile de cuir tendue sur quatre piquets de bois, au centre d'un cercle parfait formé par les pierres du fleuve, rondes et polies.

Doubhée sentait à ses côtés la présence du Maître, sa main ferme sur son épaule. Sa voix profonde et calme lui disait : « Nous sommes arrivés » à chaque fois qu'ils atteignaient cette clairière.

Lorsqu'elle entra à l'intérieur, un carillon tinta. Encore un son familier et déchirant.

Magara était là, immobile comme une statue de pierre. Assise en tailleur, les épaules courbées par le poids des années. Plongée dans une profonde méditation Ses longs cheveux blancs recouvraient son visage. Aucune des clochettes attachées à ses tresses ne bougeait, comme si la vieille femme ne respirait même pas.

Des amulettes de toutes sortes et des herbes sèches pendaient aux piquets de la tente, et un parfum entêtant montait du brasero allumé devant elle.

— Je savais que tu viendrais, dit-elle d'une voix rauque qui semblait provenir du fond des âges.

Doubhée se contenta d'incliner la tête, comme le faisait toujours le Maître en saluant la magicienne.

Magara se redressa un peu, et ses cheveux glissèrent, dégageant son visage. Sa peau était aussi sombre que le cuir de la tente, et creusée de rides profondes. Elle n'avait pas du tout changé depuis la dernière fois que Doubhée l'avait vue : les mêmes yeux bleus vifs, la même expression douce et indéchiffrable.

Magara lui fit signe de s'asseoir, et Doubhée s'agenouilla à ses pieds. La vieille femme prit un éventail de papier et se mit à diriger la fumée du brasero vers elle en murmurant des paroles incompréhensibles, une mélopée ancienne que Doubhée connaissait depuis l'enfance, et qui lui avait toujours fait un effet hypnotique. Le Maître disait que c'était un rituel de purification.

Pour finir, la vieille femme lui posa la main sur la tête, et l'y laissa un long moment.

— Tu es fatiguée et tourmentée. Je l'avais senti dans mes rêves. Sarnek m'avait annoncé ta venue.

Doubhée tressaillit. Cela faisait des années qu'elle n'avait pas entendu quelqu'un prononcer le nom du Maître.

Elle savait que Magara voyait les gens décédés dans ses rêves, mais elle ne croyait pas en l'au-delà. Le Maître était mort, il n'était plus que de la poussière sous la terre, et l'entendre évoquer ainsi l'irrita presque.

— Ce n'est pas parce que tu as perdu la foi que les esprits cesseront de me parler, murmura la magicienne avec un sourire, comme si elle avait lu dans ses pensées.

Puis, devenant sérieuse, elle poursuivit :

— Qu'est-ce qui t'amène ?

Doubhée s'inclina jusqu'à ce que son front touche le sol. C'était la posture que prenait le Maître quand il avait une requête à faire auprès de la prêtresse.

— J'ai besoin de votre aide, répondit-elle.

Elle commença par lui demander de soigner son dos. Magara la fit se déshabiller et examina longuement son torse nerveux ; puis, toujours en chantonnant, elle toucha ses points de suture un à un, tandis que la tente s'emplissait de l'odeur de la menthe.

Enfin, elle récita une formule de guérison.

— Ce n'est pas pour cela que tu es ici. Il y a bien d'autres choses…, dit-elle lorsqu'elle eut fini.

Doubhée remit sa chemise et lui raconta tout dans les moindres détails. Elle lui parla du jeune Assassin, de son aiguille mystérieuse sur laquelle Tori n'avait pas trouvé la moindre trace de poison, et de son premier malaise, pendant le vol chez Thévorn.

Ensuite, d'une voix tremblante, elle évoqua le massacre du bois.

— Et puis, il y a ça, qui est apparu depuis…

Elle leva sa manche et tendit le bras vers Magara. Celle-ci le serra délicatement entre ses doigts crochus et effleura de l'ongle le contour du symbole, avant de tirer un tison ardent du brasier et de le passer lentement autour du motif. La chaleur était assez vive, et les muscles de Doubhée se contractèrent. La fumée, d'abord blanchâtre, prit soudain une teinte rouge sang. La prêtresse recommença à marmonner son incompréhensible mélopée en approchant toujours plus le tison du bras de la jeune fille, qui serra les dents. Dès que les braises touchèrent le symbole, la chaleur disparut, et elle ne ressentit plus aucune douleur.

Le silence s'abattit sur la cabane.

— C'est une malédiction, conclut enfin Magara en lâchant son bras.

— Je ne connais rien à la magie ! Qu'est-ce que cela veut dire ? demanda Doubhée.

— Quelqu'un a imposé un sceau sur toi pour te maudire.

— Et en quoi consiste la malédiction ?

— Bien que, après la mort de Sarnek, tu aies fait le vœu de ne jamais appliquer ce qu'il t'avait enseigné, le désir de tuer ne s'est pas éteint en toi.

Doubhée se raidit.

— Je n'aime pas tuer, et je n'en ai pas besoin.

— Le meurtre, le sang, ce sont des drogues qui enivrent l'homme. Si on y goûte, on ne peut plus s'en passer. À l'intérieur de toi vit encore l'assassin que l'on t'a appris à être. Le désir de sang et de mort nourrit cette bête indomptable qui se terre dans les abysses de ton âme, une bête à laquelle cette malédiction donne corps et forme.

Doubhée frissonna. Une bête ! C'est ainsi qu'elle s'était sentie quand elle avait mordu le marchand.

— À présent que tu es marquée, la Bête est prête à se réveiller. Pour l'instant, elle n'a pas la force de te dominer ; elle patiente, cachée dans les replis de ton esprit. Elle surgira quand tu t'y attendras le moins, puissante, et elle te poussera à tuer, à massacrer. Chaque fois, le meurtre sera plus atroce, et ta soif de sang plus insatiable. Et, à la fin, la Bête prendra possession de toi.

Doubhée ferma les yeux pour essayer de contrôler la peur aveugle qui lui glaçait le corps entier.

— Vous pouvez la combattre ?

Magara fit non de la tête :

— Un sceau ne peut être brisé que par celui qui l'a imposé.

Le jeune garçon ! Ce devait être lui.

— Et si celui qui l'a fait est mort ?

— Alors, il n'y a aucun espoir.

Doubhée eut l'impression que le monde s'effondrait sous ses pieds.

— Mais ce n'est pas celui que tu crois, ajouta Magara.

Doubhée soupira intérieurement.

— Le gamin a été l'exécutant. Le sceau a été imposé par un magicien. C'est lui que tu dois chercher.

« Un magicien plus âgé, pensa Doubhée. Quelqu'un de la Guilde, sans aucun doute. »

— Alors, il me faut le trouver et l'obliger à lever ce sceau ?

Magara acquiesça.

— Il ne doit pas mourir, souviens-t'en, ou tu seras perdue.

10

BRIBES DE GUERRE

✦✦✦

Le passé III

Au début, Doubhée croit encore pouvoir se sauver. Elle n'a qu'une seule idée : retourner à Selva. C'est sûrement possible, elle peut y arriver, elle est une bonne marcheuse. Elle ne s'est jamais perdue dans les environs de Selva, et elle ne se perdra pas non plus maintenant. Elle avance en suivant le soleil, comme le lui a enseigné son père. Mais elle ne sait pas où elle se trouve. Ils ont voyagé pendant trois jours ! Elle n'est jamais allée aussi loin, elle doit être à des milles et des milles de chez elle. Elle s'oblige à ne pas y penser, et elle continue.

De temps en temps, elle pleure, elle appelle son père, comme si son cri pouvait arriver jusqu'à lui, à Selva. Il lui avait promis qu'il la protégerait toujours, qu'il ne la laisserait jamais seule ; alors pourquoi sa voix ne parviendrait-elle pas jusqu'à ses oreilles ? Il l'entendra, et il accourra à son secours, il la ramènera à la maison.

Elle mange ce que lui a donné le jeune soldat, en essayant de faire durer ses provisions. Elle dort peu et mal, en chien de fusil, au pied des arbres. Elle est sans cesse tourmentée par les mêmes cauchemars. C'est la première fois qu'elle dort dans un bois. La nuit, tout prend des proportions énormes, les troncs ressemblent à des tours menaçantes, et le moindre bruit se transforment en grondement effroyable.

Pendant cinq jours, Doubhée ne cesse d'errer, elle parcourt le bois plusieurs fois. Son espoir faiblit peu à peu, la nourriture diminue, mais elle ne veut pas se résigner, elle veut croire qu'elle peut rentrer chez elle, qu'elle peut y arriver si elle est assez forte.

Enfin, elle s'aperçoit qu'elle n'a plus rien à manger, et la fatigue la submerge. Du coup, le désir de retrouver son père et l'envie de rentrer chez elle laissent place à des préoccupations plus matérielles. La faim la tiraille. Elle n'a même plus la force de se désoler, tout ce qui compte, c'est la recherche de nourriture.

D'instinct, elle s'est mise à longer un torrent. D'ailleurs, c'est plus facile d'avancer sur la berge que de zigzaguer au milieu des arbres. Ses vêtements sont déjà déchirés, ses chaussures usées par la longue marche. Ses jambes sont pleines de griffures et d'éraflures, mais la faim lui fait oublier jusqu'à la douleur.

Et les poissons qui frétillent dans le torrent sont un appel irrésistible.

Elle les poursuit avec rage dans l'eau limpide. Seulement, elle est lente, beaucoup trop lente. Elle essaie encore et encore. C'est un jeu qu'elle faisait souvent à Selva : elle plonge ses mains dans l'eau glacée, elle sent les poissons lui glisser enter les doigts, mais elle ne renonce pas. Et enfin, un soir, elle serre sa première proie entre ses doigts. Doubhée se rappelle les feux de camp à Selva, la chair grasse et juteuse des poissons grillés... Non, trouver de quoi allumer un feu lui prendrait trop de temps, et de toute façon elle ne saurait pas le faire toute seule. Le poisson brillant l'attire... Alors elle mord dedans. Le goût dans sa bouche est répugnant, et Doubhée recrache le morceau. Mais son estomac ne veut pas entendre raison, il lui faut cette chair. Les larmes coulent lentement sur le visage de la fillette. Elle ferme les yeux et mord de nouveau ; elle réprime sa nausée et elle mâche, elle avale les bouchées les unes après les autres en surmontant son dégoût, jusqu'à ce que le poisson soit tout entier consommé.

Un autre jour, et un autre encore... Au bout d'un temps infini, Doubhée arrive à l'orée du bois. Les arbres se sont espacés peu à peu, sans qu'elle s'en aperçoive. Tout est presque trop lumineux, et pendant quelques instants elle n'arrive pas à distinguer quoi que ce soit. Puis les choses prennent forme et une vaste plaine apparaît devant elle. L'herbe, d'un vert vif, est très haute. On dirait un des prés autour de Selva. Elle voit de la fumée au loin. Fumée signifie village. Fumée signifie la présence de gens, de l'aide et de la nourriture.

Elle se met à marcher sous le soleil, les pieds en feu et le ventre qui réclame désespérément à manger.

Elle lève les yeux : le ciel est sillonné de petits groupes de points sombres. D'étranges oiseaux à la forme allongée évoluent à une altitude vertigineuse. Doubhée regrette de ne pas avoir un arc pour les abattre et les dévorer. Mathon avait un arc splendide, presque aussi haut que lui, une vieille arme de son père ; il était trop grand et trop lourd pour qu'un enfant puisse tirer avec, mais Mathon disait toujours qu'un jour il apprendrait.

C'est au coucher du soleil que le mystère se dévoile. Soudain, l'un des points s'agrandit et descend vers la terre en décrivant une ample spirale tel un énorme serpent qui s'enroule dans l'air.

Doubhée contemple l'incroyable animal bouche bée. Il a les couleurs de la mer. Ses flancs resplendissent dans la lumière, le bleu clair de son ventre s'assombrit le long de son impressionnante épine dorsale, hérissée de piques. Ses ailes bleu pâle sont immenses et translucides. Un homme revêtu d'une armure brillante est assis sur sa croupe.

Doubhée reste clouée sur place, tandis que lui reviennent en mémoire les vieilles légendes, les histoires chuchotées autour du feu pendant les longues soirées d'hiver.

« Leur ordre naquit bien avant la Grande Mavernia, à l'époque où les terres de l'Eau, de la Mer et du Soleil ne faisaient encore qu'un. Ils étaient la colonne vertébrale du royaume, les chevaliers les plus puissants de l'armée. On les appelait les chevaliers de la mer. Ils chevauchaient de grands dragons bleus et maintenaient l'ordre et la paix dans Mavernia. Par la suite, ils combattirent pendant la Grande Guerre, et assistèrent Sennar dans sa mission. »

L'animal se pose à quelques mètres d'elle ; de près, il semble encore plus majestueux. Sous son souffle l'océan d'herbe ondule à ses pieds. Il plante ses yeux jaunes dans ceux de la fillette, qui se sent soudain infiniment petite et seule.

Le chevalier ôte son casque et demande :

— Qu'est-ce que tu fais ici ?

Plutôt âgé, il a la peau claire et les cheveux blonds.

— Tu me comprends ? Comment t'appelles-tu ?

Il parle avec un accent dur et âpre que Doubhée n'a jamais entendu, et ses paroles sonnent comme des ordres.

— D'où viens-tu ?

Doubhée secoue la tête et lui adresse un regard désespéré.

L'homme soupire. Il descend du dragon, s'approche d'elle.

Doubhée fait un pas en arrière. Tout à coup, elle se souvient de son poignard, et elle pose la main sur la garde, sans trop savoir pourquoi.

Le chevalier continue à avancer, et Doubhée sent la panique l'envahir. Alors, elle tire son couteau et le brandit devant elle ; elle l'agite en hurlant comme une bête, les yeux fermés.

— Calme-toi, je ne veux pas te faire de mal. Voilà, je reste là !

Doubhée s'arrête et regarde le chevalier.

Il est à un pas d'elle, accroupi sur le sol. Il a une grande épée qui traîne par terre ; il ne l'a pas sortie de son fourreau. Doubhée a souvent rêvé d'avoir une épée rien qu'à elle ; dans sa bande, tous les enfants en rêvaient.

Le chevalier sourit :

— Pose ton poignard. On ne parle pas bien l'arme à la main, n'est-ce pas ?

Doubhée a peur. Elle n'est pas sûre de vouloir se fier à cet homme, mais son sourire semble sincère. Elle baisse son couteau.

— Bravo ! Tu ne veux pas me dire comment tu t'appelles ?

Elle voudrait, seulement elle ne peut pas. Elle n'y arrive pas : elle n'a pas de voix.

— Tu es muette ?

« Peut-être, oui. »

— C'est dangereux, de se promener toute seule. De

temps en temps les troupes de Dohor poussent jusqu'ici, tu risques de vivre des choses terribles !

Des choses terribles. Doubhée pense à tout ce qui lui est arrivé jusque-là, et rien ne lui semble plus terrible que les jours passés dans les bois.

— Voilà, j'ai une idée : tu me répondras juste en faisant oui ou non avec la tête, ça te va ?

Doubhée acquiesce. Elle est incapable de parler, mais elle peut encore se faire comprendre.

— Tu viens d'un village des environs ?

Qui le sait ? Où est Selva ? Au-delà d'un horizon trop lointain, ou peut-être là, à deux pas. Comme elle ne le sait pas, elle secoue la tête.

L'homme se tait quelques instants, il réfléchit.

— D'accord, conclut-il. Ce n'est pas tellement important. La nuit tombe, il vaut mieux que tu viennes avec moi.

Il se lève et lui tend la main.

Doubhée le regarde en hésitant. A-t-elle le choix ? Elle aura enfin à manger, elle sera à l'abri, et peut-être qu'il la ramènera chez elle.

Elle serre la main de l'homme, sèche et rugueuse, pleine de durillons.

Le chevalier lui sourit encore et la conduit vers le dragon. La fillette prend peur : cet animal est très beau, mais il est terrifiant, et ses yeux lancent des éclairs. Elle essaie de s'échapper.

— Il ne te fera rien ! la rassure le chevalier. Il est gentil et il m'obéit.

Il la soulève à bras-le-corps et l'approche de la tête du dragon, qui se tourne vers elle. Doubhée voit son reflet dans ses pupilles.

Le chevalier lui caresse les naseaux, et le dragon cligne des yeux, l'air mi-content, mi-vexé.

Doubhée cesse de s'agiter.

— Maintenant, à toi.

Le chevalier lui prend la main et la pose sur le cou du dragon, froid et humide. Sa peau est dure, et ses écailles rappellent l'écorce des arbres. Il crache une petite bouffée de fumée par les narines.

— Tu vois ? Maintenant, vous êtes amis, fait le chevalier.

Il la soulève et l'installe sur la croupe du dragon. La selle est large et confortable. Ensuite, il monte à son tour, et instinctivement Doubhée se blottit contre lui. Lorsqu'ils prennent leur vol, elle sent son estomac faire un bond, et se met à trembler, terrorisée, les paupières serrées de toutes ses forces.

— N'aie pas peur, lui dit le chevalier.

« N'aie pas peur. »

Le campement n'est pas loin, ils y arrivent avant la tombée de la nuit. Il se compose de nombreuses tentes et d'une cabane en bois, entourées d'une épaisse palissade. Ils atterrissent dans un grand enclos. Le chevalier la pose délicatement à terre. Des gens les entourent aussitôt.

— C'est qui, celle-là ? fait un garçon.

— Je l'ai trouvée qui errait à l'orée du bois.

— Comment tu t'appelles ? demande un autre.

— Inutile, elle ne parle pas. Je crois qu'elle est muette. La guerre rend les enfants comme ça.

Conduisons-la à la cantine et donnons-lui à manger, elle m'a l'air affamée.

On lui propose du pain de seigle et une soupe de légumes, et elle se jette dessus avec voracité. Elle avale le pain à grosses bouchées et boit la soupe à même le bol. Elle se rappelle vaguement les remontrances de sa mère, comme si elles venaient d'une autre vie : « Combien de fois faut-il que je te dise de te tenir correctement à table ? C'est bien le moins, pour une jeune fille ! »

— Elle a encore faim, dit le chevalier. Cela doit faire des jours qu'elle n'a pas mangé.

On lui apporte du fromage, et puis encore du pain et de la soupe, en quantité ; Doubhée avale tout. On la regarde, on sourit un peu, et on parle d'elle.

— C'est sûrement une gamine d'un des villages des environs.

— Tu crois ? Tu as vu comme elle est sale et déguenillée ? Et toutes ces égratignures...

— Elle a dû échapper à quelque razzia. Les soldats de Dohor sont des brutes !

— Elle ne parle pas du tout ?

— Dans un village où j'étais en garnison, il y en avait des tas, des gamins comme elle. Ils erraient à travers le camp comme des fantômes, et certains se laissaient mourir de faim.

— Eh ben... Elle, en tout cas, elle ne court pas ce risque...

— Pauvre petite ! Qui sait ce qu'elle a vécu...

Finalement Doubhée s'arrête. Elle a l'impression qu'elle va exploser, et c'est bon. Elle n'aurait jamais cru que ce serait si agréable de manger à s'en rendre malade !

C'est le chevalier qui la prend avec lui. Sans son

armure il semble moins imposant. Il lui serre de nouveau la main et il la conduit jusqu'à la cabane. À l'intérieur, c'est petit mais confortable. Doubhée n'arrive pas
à croire qu'elle a un vrai toit au dessus de la tête. L'odeur
du bois lui emplit les narines et lui rappelle sa petite
chambre à l'étage, à côté du grenier. Elle se met à
pleurer.

— Non, non, je t'en prie ! lui dit l'homme en séchant
ses larmes. Ici tu es en sécurité. Je suis là pour te
protéger.

« Ce n'est pas ça ! », voudrait dire Doubhée. C'est
seulement que ce n'est pas sa place, et qu'elle ne sait
même pas où se trouve sa maison. C'est un homme bon,
mais il n'est pas son père.

Le chevalier lui désigne le tas de paille qu'il a préparé
à côte de son lit de camp.

— Couche-toi et essaie de te reposer, d'accord ?

Doubhée se tourne. Elle entend le lit de l'homme
grincer sous son poids. Puis la bougie s'éteint et tout
sombre dans l'obscurité.

Doubhée reste au camp pendant plusieurs jours. C'est
un endroit étrange, comme elle n'en a jamais vu dans
sa vie. Il n'y a que des hommes, presque tous armés. Le
chevalier s'appelle Rin. Doubhée le trouve très sympathique. Les autres lui font peur, et il est le seul à savoir
la consoler. Il lui a sauvé la vie, et Doubhée ne peut
pas l'oublier.

Dans le camp, tous ont l'air de bien aimer Rin ; c'est
sans doute pour cela qu'ils la regardent elle aussi avec
affection. Quand il est là, Doubhée ose s'approcher

d'autres soldats. Certains essaient encore de lui demander son nom, mais sa langue n'obéit pas, et elle reste
muette. Elle voudrait vraiment tout leur raconter, mais
c'est impossible.

Quand il n'a rien d'autre à faire, Rin l'emmène avec
lui dans les villages des alentours. Il la montre aux
femmes, et leur demande si elles la connaissent. Doubhée scrute avec attention ces visages, espérant en trouver
un qui lui soit familier ; hélas, ils lui sont tous inconnus.

Ils rentrent au camp, et Rin ne semble pas attristé.

Il l'a laissée toucher son épée, et il lui a enseigné à
donner à manger à son dragon, qui s'appelle Liwad.

Ce serait presque le bonheur si Doubhée n'était pas
aussi loin de chez elle.

Un soir, elle entend Rin parler avec le cuisinier.

— Je pensais la garder avec moi.

— La guerre se prépare...

— Le roi n'a pas le courage, et nous restons là à
attendre...

— Tôt ou tard, la guerre éclatera.

— Raison de plus pour que je la garde.

— Je crois qu'un camp militaire n'est pas le meilleur
endroit pour une fillette.

— Parce que le bois, c'est mieux ?

— Elle a besoin d'un père et d'une mère. Elle va
mal, tu ne le vois pas ? Tu ferais mieux de la confier à
une famille de villageois.

— Non, les villages sont l'endroit le moins indiqué.
Les soldats de Dohor s'aventurent souvent jusqu'ici, et
nous avons vu le résultat !

— Il n'y a qu'ici, à la frontière, que c'est comme ça.

Près de la mer, la paix règne encore. Tu devrais l'envoyer là-bas.

Rin se tait, il n'a pas l'air convaincu.

— Rin, ce n'est pas ta fille, insiste le cuisinier.

— Je le sais.

— Tu ne peux pas songer sérieusement à la remplacer par cette gamine.

— Ce n'est pas mon intention.

— Tu lui as donné ses vêtements...

— Elle n'en avait pas ! Et puis, c'est peut-être un signe des dieux : la maladie a emporté ma femme et ma fille, et cette enfant n'a plus de parents. Les dieux nous ont réunis pour que nous nous consolions l'un l'autre. Dis-moi ce qu'il y a de mauvais là-dedans ?

— Rin, notre monde est sur le point de voler en éclats !

— Je la protégerai.

Le cuisinier soupire, il se lève, et il vient la voir dans la chambre à côté.

Doubhée a fini de manger. *Un signe des dieux.* Est-ce possible que ce soient les dieux qui aient voulu que tout cela arrive ? Eux qui aient décidé de la précipiter dans ce cauchemar ?

L'été approche. Doubhée a compris qu'elle était sur la Terre de la Mer. Or Selva se trouve quelque part sur la Terre du Soleil. Elle se dit que peut-être ce n'est pas si loin. Seulement, Selva est un village minuscule, il n'y a sans doute personne par ici qui le connaisse...

Et puis, elle commence à goûter la paix du camp, parfois même elle sourit, quand elle est avec Rin. Bien sûr, ce n'est pas comme être à la maison, mais elle se sent moins seule. Certes, le soir elle pleure encore, et parfois elle se demande pourquoi son père ne vient pas la reprendre. Cependant depuis quelque temps elle y pense moins.

Un jour, la situation devient tendue. Il y a de l'agitation dans le camp, Doubhée s'en rend compte. Elle est sensible à cette évolution des choses, et elle a peur.

Puis Rin disparaît, et avec lui beaucoup d'autres hommes. Doubhée reste seule une semaine entière. Les petites colonnes de fumée derrière la palissade sont toujours plus proches, et plus denses.

— Les villages des environs sont en flammes. Les affaires tournent mal, entend-elle dire à un soldat.

Doubhée est inquiète. Elle s'attend à quelque chose de terrible d'un moment à l'autre.

Et, finalement, ça arrive. On la réveille en pleine nuit, on la secoue. Doubhée se redresse en criant et elle voit le visage luisant du cuisinier.

— Lève-toi et habille-toi, vite !

Elle voudrait demander, savoir, mais elle est plus que jamais incapable de parler.

— Dépêche-toi !

Le cuisinier est terriblement effrayé, et il lui transmet son angoisse. Doubhée passe ses vêtements en hâte, et elle prend son poignard.

— Tu ne feras rien avec ça..., se moque l'homme.

Elle serre plus fort son arme. Elle sent les larmes lui nouer la gorge.

L'homme la saisit par les épaules, il la regarde dans les yeux.

— Tu dois t'échapper, aussi vite que tu peux. Va

vers le nord, c'est notre territoire, il y a encore des villages intacts là-bas. Tu te souviens du petit bois près d'ici ? Cache-toi là et attends que je vienne te chercher. Tu m'as compris ?

Doubhée se met à pleurer. Elle ne veut pas fuir, non, surtout pas.

Dans le campement, tout le monde court, et les épées s'entrechoquent.

Doubhée reste immobile. « Ne me laisse pas seule, ne me laisse pas seule... » répète-t-elle.

— Tu y vas ou quoi ? hurle le cuisinier, les traits contractés par la colère et la peur.

Doubhée sursaute, et elle s'enfuit.

Elle sort dans la chaleur suffocante de la nuit et elle essaie de courir. Déjà, les premiers cris éclatent derrière, lui blessent les oreilles. Des hurlements de douleur, des râles... Doubhée sait qu'elle ne doit pas se retourner ; il se passe quelque chose de terrible et, si elle se risque à observer, elle le verra. Mais elle ne peut pas s'en empêcher.

Elle s'arrête derrière une tente, et pendant un tout petit instant, elle regarde. Et ce qu'elle voit, c'est l'enfer. Dans la lumière pâle de la lune, les hommes s'entre-tuent. Un gros dragon vert tournoie dans les airs, des soldats courent à travers le camp en hurlant sauvagement, enveloppés par les flammes. Les autres combattent à l'épée ou à la lance, il y a du sang partout. Beaucoup gisent à terre, agonisants. Les hommes du camp, les hommes qu'elle a connus. Et, partout, les yeux écarquillés de Gornar.

Doubhée lève les yeux. Un dragon vert passe au-dessus de sa tête et... il a quelque chose dans la gueule.

Quelque chose qu'elle ne reconnaît que trop bien : une aile de Liwad.

Elle voudrait crier de toutes ses forces, mais elle n'y parvient pas. Elle est pétrifiée.

— Va-t'en ! hurle encore une voix, et Doubhée a à peine le temps de voir le cuisinier transpercé par une lance.

Par une sorte de miracle, l'enchantement se brise. Les jambes de Doubhée se mettent en mouvement et l'entraînent au loin.

Elle court dans la direction indiquée par le cuisinier, mais son esprit est resté là-bas. Dans sa tête, il n'y a plus que le blanc des yeux des morts.

Par miracle toujours, elle atteint la forêt. Elle a couru toute la nuit, et quand elle y arrive, elle s'écroule, épuisée. Les pieds lui font terriblement mal, les bras ne lui obéissent plus. Elle n'arrive pas à se relever. Elle n'a plus de forces. Le monde baigne dans une lumière blafarde, les premières lueurs de l'aube, mais pour Doubhée, la nuit n'en finit pas. Elle a beau garder les yeux ouverts, elle ne voit pas. Elle est toujours dans le camp, et autour d'elle les corps tombent.

Et alors, elle crie, elle crie à en perdre le souffle.

Elle reste dans la forêt. Allongée par terre, elle attend.

Le temps passe. Elle ne s'en aperçoit pas. Le soleil accomplit sa boucle : l'aube, le zénith, le crépuscule se suivent, puis c'est la nuit. Doubhée ne se lève pas. Quand dans le ciel apparaît l'étoile du matin, le brouillard se dissipe enfin dans son esprit

« Le cuisinier ne viendra pas. Rin ne viendra pas. Ils sont morts, comme tous les autres. »

Elle est à nouveau seule, seule et brisée en mille morceaux.

Elle n'arrive même pas à pleurer. Un calme terrible l'envahit. Ni douleur ni joie. Pas d'angoisse non plus. La vie pure et simple, comme avant, dans les bois.

C'est la soif qui la fait bouger. Elle se lève et elle boit, dans le même torrent qui longe le camp, celui qu'elle a suivi pour sauver sa vie.

Et la faim. Doubhée se dirige vers le nord, comme lui a dit le cuisinier. Elle a l'impression qu'il ne s'est pas écoulé une minute depuis son errance solitaire dans les bois. La vie au camp, Rin et son dragon, tout a disparu. Peut-être que cela n'a été qu'un rêve.

Le village s'annonce par une colonne de fumée. Il est aussi petit que Selva. Quelques cabanes au toit de paille, des ruelles étroites entre les maisons, une minuscule place avec une fontaine. La moitié des maisons sont brûlées, et le silence est total. Gisant à terre, d'autres morts. Doubhée regarde la scène sans rien ressentir. Ce qui s'est passé l'autre soir, pendant le massacre au camp, lui a ôté toute forme de pitié.

« Manger ! »

Elle erre au milieu de la désolation. Elle entre dans les maisons, celles qui sont intactes et celles qui ont été dévorées par les flammes. Elle cherche les garde-manger, elle fouille les coffres, elle regarde sur les étagères et dans les buffets.

À la fin, elle trouve une maison moins dévastée que les autres. Ici, les cadavres sont à l'intérieur. Ils ont tous le visage de Gornar, mais Doubhée n'a pas peur. Elle a faim, et la faim est plus forte que la terreur.

Elle va directement vers la cuisine. Elle a entrevu une tache rouge : est-ce une pomme ? Les étagères sont hautes et Doubhée se hisse sur la pointe des pieds, elle allonge le bras autant qu'elle peut. Elle n'y arrive pas ! Elle saute ; en vain, c'est toujours trop haut. Soudain, elle voit une main attraper le fruit.

Elle se retourne, effrayée.

— C'est ça que tu voulais ?

L'homme qui se tient devant elle est incroyablement maigre. Il sourit d'un air moqueur. Ce doit être un soldat. Il porte une légère armure qui lui couvre la poitrine, et de grandes bottes en cuir. À son ceinturon noir pend une longue épée, rangée dans son fourreau. Il y a quelque chose d'inquiétant dans son visage.

— Tu la veux toujours ?

Doubhée tend la main, mais l'homme soulève la pomme à une hauteur inaccessible pour elle.

Alors, elle essaie de s'enfuir, l'autre la pousse vers le garde-manger, il lui coupe toute issue. Puis il s'approche d'elle, un sourire torve sur les lèvres.

— Une petite fille aussi mignonne ne devrait pas rester toute seule dans un endroit pareil ! Quelqu'un comme moi risque de l'emmener avec lui…

Il s'approche encore ; puis, soudain, il se fige.

— Bon sang, qu'est-ce qui…

— Ferme les yeux, petite, dit une voix calme et ferme, dans le dos de son agresseur.

Doubhée ne songe même pas à désobéir. Elle serre les paupières. Elle en a assez de regarder.

Elle entend un gémissement étouffé, puis le bruit sourd d'un corps qui tombe sur le sol.

— Tu vas bien ? demande la voix.

Doubhée ouvre d'abord un œil, avec précaution, puis l'autre. Devant elle, il y a un homme enveloppé dans un manteau marron, tout poussiéreux. Sa capuche lui couvre entièrement le visage ; dans la main, il tient un fin poignard.

La fillette n'arrive pas à répondre, elle fait seulement oui de la tête. Son sauveur lui prend son poignard à la ceinture, là où elle a l'habitude de le garder. Il le retourne, et la lame renvoie la lumière du soleil en un reflet aveuglant.

— Ce n'est pas un jouet, dit-il. La prochaine fois, sers-t'en.

Aussi rapidement qu'il l'a pris, il remet le poignard à sa place.

— Et éloigne-toi d'ici. Va vers le nord, de l'autre côté du bois, là-bas, c'est la paix, tu trouveras sûrement un village où on s'occupera de toi.

Puis il pivote sur ses talons et disparaît derrière le rideau de fumée.

11

LE TEMPLE DU DIEU NOIR

Elle repartit le lendemain à l'aube, en prenant à peine le temps de saluer Magara.

De retour chez elle, elle passa quelques jours à se soigner. Elle essayait par tous les moyens de ne plus regarder le symbole sur son bras. Tant qu'elle ne le voyait pas, elle arrivait à ne pas trop penser à la malédiction ; mais dès qu'elle commençait à oublier un peu ce cauchemar, sa manche se relevait et le lui rappelait avec violence.

Elle devait trouver au plus vite le magicien qui lui avait imposé ce sceau.

Le temple de la Guilde se trouvait à l'extrême nord de la Terre de la Nuit, sur un territoire qui à l'époque de la Grande Guerre dépendait encore de la Forteresse du Tyran. Doubhée n'y était jamais allée. Elle ne connaissait ce lieu que de réputation et d'après ce que lui en avait dit le Maître. Un temple poussiéreux situé dans une région oubliée, à six jours de marche de là, dédié à un dieu que la plupart des gens ignoraient. « Le Dieu Noir », comme l'appelaient les habitants de la Terre de la Nuit – Thenaar pour les adeptes de la Guilde – était d'après certains une divinité de l'époque des Anciens Elfes. Son temple était presque toujours désert. Un seul prêtre y avait passé toute sa vie, enfermé dans une chambre secrète.

Le Prêtre Caché était l'unique figure de ce culte mystérieux à laquelle peu de gens s'intéressaient. De temps à autre, un désespéré se rendait jusqu'au temple pour demander une grâce à Thenaar par son intermédiaire. Généralement, il s'agissait d'êtres prêts à tout pour voir leur désir se réaliser, même à se vouer à ce sombre culte. Le Prêtre choisissait un chanceux parmi les postulants et l'emmenait avec lui dans les profondeurs du temple. Aucun n'en était jamais revenu, cependant il y avait des personnes qui juraient avoir reçu une grâce en vertu du sacrifice de l'un de ceux qui avaient été choisis.

Doubhée ignorait tout des rites du culte de Thenaar. Plusieurs fois, elle avait essayé d'interroger le Maître, mais il était toujours resté vague sur le sujet. Ils avaient sans doute à voir avec le meurtre et le sang ; elle n'avait pas réussi à en savoir plus.

« Les rituels de la Guilde ne sont pas faits pour les hommes, ni même pour les assassins comme moi, disait le Maître, l'air troublé. Ce sont des pratiques démoniaques, des choses qu'il vaut mieux que tu ne découvres pas. »

Une fois seulement il s'était montré plus loquace, au cours d'une nuit que Doubhée ne pourrait jamais oublier. C'était alors qu'elle avait compris pourquoi le Maître avait quitté la Guilde, et le seul récit de cet épisode lui avait glacé le sang dans les veines.

Doubhée voyagea sans se presser, en s'arrêtant souvent. Elle aurait peut-être à combattre, une fois là-bas, elle devait donc être en forme, prête à toute éventualité. Elle essayait de ne pas trop penser à ce qui l'attendait. Pour le moment, la Bête sommeillait ; cependant elle pouvait se réveiller à chaque instant, et le souvenir de ce qui s'était passé la dernière fois était totalement intolérable à la jeune fille.

La raison de son voyage lui revint quand elle se trouva à proximité de la Terre de la Nuit. Les nuages étaient noirs et lourds de pluie ; de temps à autre, un coup de tonnerre faisait vibrer l'air. La lumière commença à décliner alors qu'il n'était pas encore midi. C'était un endroit rêvé pour les amateurs de couchers de soleil : on pouvait en voir à toute heure, il suffisait de se poster à la frontière. Si elle avait pu choisir un endroit où dire adieu au Maître, cela aurait été celui-ci, baigné des lueurs rouges des derniers rayons de l'astre…

La nuit tomba, annoncée par les quelques rares étoiles qui arrivaient à percer les nuages. Il en était ainsi sur cette Terre : l'alternance du jour et de la nuit n'était marquée que par la lune et les étoiles. Dans la journée, au contraire, l'obscurité était parfaite.

Comme elle l'avait prévu, Doubhée atteignit le temple au bout de trois autres jours de route. C'était une région désolée, envahie par une végétation inquiétante. Dans un endroit où il n'y avait jamais de lumière, les plantes connues n'avaient aucune chance de pousser ; celles qui avaient réussi à survivre à l'enchantement étaient bien étranges. C'étaient des arbustes aux feuilles charnues, semblables à celles des cactus, et aux couleurs ténébreuses : un marron foncé qui évoquait le sang séché. Les fleurs étaient bleu nuit. En guise de fruits, certaines branches portaient des sortes de bubons phosphorescents.

Au milieu de cette végétation se dressait un imposant édifice de cristal noir. Sa base était un rectangle de dimensions modestes, mais ce qui le rendait impressionnant, c'était l'extraordinaire hauteur de ses trois flèches, deux sur les côtés et une, plus épaisse, au centre. La porte principale, tout aussi élancée, n'était qu'une simple fente dans la façade ornée d'une grande rosace qui brillait d'une lumière rouge vif. Les murs étaient entièrement recouverts de fresques et de symboles qui s'enroulaient jusqu'au sommet des trois flèches en un fin réseau qui enfermait quelque mystérieuse signification.

De part et d'autre de l'entrée, deux statues de monstres serraient dans leurs gueules deux globes lumineux, auxquels semblait faire écho la faible lueur des plantes alentour.

Doubhée fut parcourue par un frisson glacé : voilà qu'après avoir fui la Guilde pendant tant d'années, elle venait lui lancer un défi.

La colère s'ajouta à sa peur : « Il ne leur a pas suffi de détruire le Maître ! Maintenant, ils s'en prennent à moi. »

Sa peur n'était pas seulement le fruit de la haine qu'elle éprouvait pour la Guilde et tout ce qui lui appartenait, ni des rares récits que lui avait faits le Maître pendant son enfance. Elle provenait aussi de l'espèce de force maléfique qui émanait des grosses pierres carrées des murs, qui s'écoulait à l'extérieur à travers la rosace rouge sang. En la regardant, Doubhée fut prise de vertige. Les images du massacre lui traversèrent l'esprit, et elle sut avec une clarté impitoyable que cette terrible violence qui l'avait arrachée à elle-même ne pouvait avoir ses racines que là, dans cet endroit sinistre.

Elle ferma les yeux pour se donner du courage et reprendre le contrôle d'elle-même, puis inspira profondément et entra.

À l'intérieur il faisait aussi sombre qu'à l'extérieur. Le temple était divisé en trois nefs par de hautes colonnes de cristal noir grossièrement taillé. Leur base était maculée de sang séché, celui des Postulants qui pressaient les mains sur leurs bords coupants comme des scalpels en guise d'offrande.

Doubhée leva les yeux : le sommet des trois flèches était inaccessible au regard profane des fidèles.

Au fond des niches creusées dans les murs on voyait des statues monstrueuses : des dragons à l'aspect effrayant, des cyclopes, des êtres bicéphales, les créatures les plus immondes que l'esprit des adeptes ait pu concevoir. Au bout de la nef, un resplendissant autel de marbre noir se dressait au pied d'une énorme statue, noire elle aussi, parcourue de veines rougeâtres. Elle représentait un homme aux cheveux longs soulevés par le vent, avec une expression à la fois fière et effrayante. Dans une main il tenait un éclair, dans l'autre un long poignard ensanglanté. Le sang qui en coulait semblait réel. Il était vêtu comme un guerrier et il émanait de lui une incroyable sauvagerie, une méchanceté sans nom. L'autel était couvert de sang, comme tout ce qui se trouvait dans l'édifice.

Dans la nef centrale étaient disposés de lourds bancs d'ébène, tous vides et poussiéreux, sauf un, occupé par une femme agenouillée. Elle était penchée sur ses mains jointes et semblait accablée d'une douleur insupportable. Ses pieds nus étaient blessés, probablement à cause d'une longue route, et elle répétait sans cesse :

— Prends ma vie et épargne la sienne, prends ma vie et épargne la sienne...

Sa voix était désespérée, et la manière dont elle psalmodiait ces paroles leur ôtait tout sens. C'était la prière de quelqu'un qui n'a plus rien à perdre, à qui l'on a tout arraché et qui est prêt à mourir.

Doubhée détourna les yeux. Ce spectacle la mettait mal à l'aise et l'angoissait.

« C'est ça que vous attendez de moi ? Que je me prosterne devant vous comme le Maître a refusé de le faire toute sa vie ? »

Elle continua à avancer. Ce lieu, qui avait l'apparence d'un temple, n'était en réalité qu'une porte. « La Maison », l'endroit secret où vivaient les Assassins, où était célébré le vrai culte et où la Guilde tramait ses affaires s'étendait en dessous, dans les entrailles de la terre.

Doubhée se mit à observer avec attention les créatures monstrueuses abritées par les niches, jusqu'à ce qu'elle remarque sur le dos d'un serpent de mer une minuscule encoche sur une épine ; elle était à peine perceptible et un œil moins entraîné n'aurait jamais pu la distinguer.

Elle tira fermement sur l'épine, qui oscilla légèrement avant de revenir dans sa position initiale, une précaution supplémentaire : si quelqu'un l'avait tirée par mégarde, il ne se serait pas aperçu qu'il avait mis un mécanisme en mouvement.

Doubhée serra son manteau autour de ses épaules et attendit près de la statue. Dans le silence du temple, la voix de la femme résonnait de manière obsédante. Elle n'eut pas à la supporter longtemps toutefois, car un homme émergea bientôt de derrière l'autel. Il portait une longue tunique rouge feu aux bords brodés de fresques identiques à celles qui ornaient la façade du temple. En le voyant, Doubhée frissonna.

Il la regarda pendant quelques instants, puis il lui fit signe de venir. La jeune fille marcha lentement vers l'autel sur le pavé noir et blanc du temple. Elle pouvait encore se retourner et s'en aller, mais si elle le faisait, qu'adviendrait-il d'elle ? Elle ne savait que trop bien quelle fin horrible l'attendait.

L'homme l'accueillit avec un horripilant petit sourire sur les lèvres. C'était Yeshol, le chef du culte de Thenaar et le Gardien Suprême de la Guilde, celui qui en tirait les ficelles depuis sa tanière souterraine. Bien qu'il ait passé la soixantaine, il avait le corps vigoureux d'un gaillard de trente ans ; des muscles énergiques se devinaient sous sa tunique. Il avait le type classique des natifs de la Terre de la Nuit : la peau laiteuse, des yeux clairs et pénétrants que la familiarité avec l'obscurité avait entraînés à saisir le moindre détail, des cheveux noirs et bouclés. Le pli ironique qui marquait sa bouche ne laissait aucun doute : c'était un dissimulateur habitué à la tromperie et à l'intrigue, un assassin sans aucun doute, rompu aux mœurs de la politique.

— Je savais que tu viendrais, dit-il sans se départir de son sourire.

Doubhée s'efforça de dissimuler l'embarras qu'il lui causait ; elle devait rester calme et sûre d'elle.

— J'ai besoin de te parler, déclara-t-elle.

— Suis-moi.

Il la conduisit derrière l'autel, jusqu'à un escalier aux marches étroites qui menait à un long corridor souterrain faiblement éclairé par des flambeaux. Ils marchèrent l'un derrière l'autre pendant de longues minutes, leurs pas résonnant contre la voûte en berceau du plafond.

Doubhée savait où ils se rendaient ; le Maître lui avait parlé de la « Chambre », le bureau où le Gardien Suprême passait la plus grande partie de son temps, le lieu d'où il organisait la vie de la Guilde et orchestrait la mort de ses victimes. Ce qui était en train de se passer lui faisait un drôle d'effet. Il y avait quelque chose d'incongru à se trouver ici, et à suivre calmement Yeshol. Quelque chose de malsain. Elle essaya de chasser cette pensée pour se concentrer seulement sur la raison de sa venue.

Ils atteignirent enfin une porte d'ébène, tout au fond du couloir. Yeshol l'ouvrit avec une clef en argent et entra le premier.

C'était une petite pièce circulaire, noire comme un puits, où brûlaient deux gros braseros en bronze. Ses murs étaient couverts d'étagères pleines de livres ; l'air arrivait par une seule fenêtre, située en hauteur. Une grande table occupait le centre de la salle, installée devant une statue de Thenaar identique à celle du sanctuaire, mais aux dimensions réduites. Une vague odeur de sang flottait dans l'atmosphère. Une fois à l'intérieur, Doubhée se sentit soudain bizarre, comme étourdie. Elle ferma les yeux un instant et attendit que la porte se referme pour agir.

Avec une vitesse fulgurante, elle sortit son poignard, tordit le bras de Yeshol derrière son dos et appuya la lame sur son cou.

— Je veux savoir qui c'est, siffla-t-elle à l'oreille du vieil homme.

Voilà longtemps qu'elle n'avait pas mis consciemment en pratique ses talents d'assassin, mais son corps se souvenait très bien de son entraînement, et tout lui revint de façon naturelle.

« S'il y a un homme que je pourrais tuer, c'est celui-là », se dit-elle.

Yeshol ne semblait ni étonné ni effrayé. Les muscles détendus, la respiration régulière, il se permit même un petit rire.

— Alors, c'est donc cela tes intentions ? Et que comptes-tu faire ensuite ? Tuer tous ceux qui se trouvent ici ?

Doubhée se sentit suffoquer, en proie à une rage folle. Le symbole se mit à palpiter sur son bras, et elle commença à perdre le contrôle d'elle-même.

— Je me moque de ce qui se passe dans ce trou ! cria-t-elle. Je veux juste savoir qui m'a lancé cette malédiction.

— Si Sarnek t'a jamais parlé de moi, tu devrais te douter que je ne te le dirai pas !

— Ne t'avise pas de prononcer son nom !

— Voilà ton problème, Doubhée : cette affection

naïve pour un Perdant. Mais, bien sûr, tu ne veux pas le comprendre...

Doubhée appuya plus fort la lame sur la gorge du vieil homme, et un filet de sang lui coula sur le bras.

— Ne me sous-estime pas ! souffla-t-elle.

— Le sang ne me fait pas peur, la mort non plus, répondit Yeshol avec calme. C'est mon élément. Tu ne sauras pas qui c'est. Dois-je te rappeler que, si tu me tues, non seulement tu ne te libéreras pas de la malédiction, mais en plus tu auras toute la Guilde à tes trousses ? Je t'invite donc à réfléchir, à poser ton arme et à commencer par discuter avec moi. Nous avons beaucoup de choses à nous raconter. Et puis, qu'est-ce que tu veux faire d'autre ? Une légère odeur de sang a déjà suffi à te bouleverser complètement !

C'était vrai. Doubhée avait du mal à se maîtriser, la Bête était sur le point de se réveiller.

Elle le lâcha avec rage. Yeshol eut à peine le temps de s'agripper à la table pour éviter de tomber.

Il resta immobile quelques instants, puis il se tourna vers elle avec son habituel sourire méprisant :

— Tu es forte, il n'y a aucun doute là-dessus. Des années passées à moisir comme voleuse, et tu es toujours étonnamment agile et puissante...

Doubhée serra les poings sans rien dire.

— Assieds-toi, dit-il en lui indiquant une chaise.

Elle obtempéra. Elle tremblait de tout son corps.

— Pourquoi ? demanda-t-elle.

— Tu ne comprends vraiment pas ?

— Je suis peut-être une enfant de la Mort, mais vous

avez une multitude d'Assassins ici, vous n'avez pas besoin de moi.

Yeshol sourit.

— Chercherais-tu à me démontrer que l'admiration que j'ai pour toi est imméritée ? Doubhée, les Élus ne peuvent pas échapper à leur destin, et le tien est lié à Thenaar.

— Je ne suis pas une meurtrière !

— Oh que si ! Tu es née pour tuer.

— C'est faux ! hurla-t-elle.

— Tu as pourtant prouvé le contraire, et même très récemment.

Doubhée fut prise d'un vertige.

— Tu es des nôtres, tu es prédestinée, poursuivit-il. Tu as reçu notre entraînement, tu ne sais rien faire d'autre. L'indigne vie de voleuse que tu mènes actuellement est un énorme gaspillage de ton talent. Tu t'y avilis, car ce n'est pas ta voie. Tu nous appartiens, et au fond de toi tu es d'accord avec moi.

Doubhée serra plus fort les poings. Elle se souvint de l'homme noir qui était apparu un soir au coucher du soleil pour demander après elle, l'homme qui avait brisé son rêve d'une vie tranquille avec le Maître. Les paroles de Yeshol correspondaient douloureusement à ce qu'elle s'était répété pendant des années ; elles expliquaient le dégoût qu'elle éprouvait envers elle-même, le sentiment d'oppression qui l'accompagnait tous les jours de sa vie. Oui, elle ne pouvait fuir son destin.

— Je ne crois pas en vos cultes barbares, ni à Thenaar, ni à n'importe quelle autre stupide divinité ! Tout ça, c'est des fables !

Yeshol ne réagit pas au blasphème.

— C'est Thenaar qui te veut, déclara-t-il.

Doubhée eut un geste d'agacement :

— Finissons-en avec ces histoires ridicules ! Qu'est-ce que tu veux en échange de ce que tu sais ?

— Je vois que tu t'obstines à ne pas vouloir comprendre. Je ne parlerai jamais, ni maintenant, ni dans l'avenir.

Doubhée planta rageusement la lame de son poignard dans le bois du bureau.

— Dans ce cas, je suis une femme morte, et une femme morte n'a peur de rien. Peut-être que je n'arriverai pas à tous vous tuer, mais je te jure que pas mal d'entre vous me suivront, et toi le premier.

— Un Assassin doit apprendre à rester calme, Doubhée. Tu parles sans réfléchir. Je n'ai pas dit que je ne pouvais pas t'aider.

Doubhée le regarda, interdite.

— Nous connaissons un moyen pour tenir ton mal en respect.

— Tu mens ! On m'a assuré qu'il n'y en avait pas.

— Celui qui le prétend se trompe. Ce n'est pas un sceau, c'est une malédiction. Et une malédiction peut toujours être levée, même par quelqu'un d'autre que celui qui l'a mise en œuvre.

— Et donc...

— Donc, nous pouvons te donner le remède qui te sauvera petit à petit. Il faudra des années pour te soigner. Et pendant ces années, tu nous serviras.

Doubhée laissa échapper un rire sarcastique.

— Alors, voilà l'explication de tout ça...

— Tu vois, tu comprends quand tu le veux !

— Damnation…

— Sois raisonnable ! Ta place est ici : si tu souffres toujours à cause de la mort de Sarnek et de la solitude, c'est parce que tu n'es pas chez toi. Ici, tu trouveras la paix que tu cherches ; c'est à ces murs, à cette obscurité que tu es destinée depuis bien avant ta naissance.

Doubhée le fixa durement.

— Tu crois avoir trouvé une astuce pour me posséder, espèce de bâtard ! Je hais cet endroit, et je préférerais mourir plutôt que me mettre à ton service !

— C'est à toi de décider. Penses-y bien ! Ce n'est pas une mort ordinaire qui t'attend. Il ne s'agit pas du trépas d'un vieillard qui rend tranquillement l'âme dans son lit à la fin de sa vie, ni de celui provoqué par un poison violent ou par un coup d'épée. Là, il s'agit de la descente dans un abîme terrifiant, un lieu obscur d'où personne, je peux te l'assurer, personne n'est jamais revenu. Jour après jour, ton âme s'égarera. Tu essaieras de résister, tu essaieras de toutes tes forces. Mais la Bête qui vit désormais en toi ne connaît pas le repos ; elle est perpétuellement affamée, et elle te dévorera morceau par morceau. Tu la verras s'emparer de ton corps pour agir comme le jour où tu as perpétré ce massacre dans le bois. Et il en sera ainsi des centaines de fois. Par la suite, ce besoin de sang deviendra une obsession. Il te débusquera dans ton lit, pendant que tu marcheras, pendant que tu mangeras, à chaque moment de la journée. Jusqu'à ce que tu ne sois plus qu'un animal, que tu vives comme un animal. Jusqu'à ce que ce soit la folie elle-même qui te tue… Et ne crois pas pouvoir te suicider avant que tout cela s'accomplisse, la Bête ne te le permettra pas. Ce ne sera pas beau, Doubhée. Ni rapide.

Doubhée tressaillit. Des gouttes de sueur glacée coulèrent le long de son dos. Elle voyait clairement tout ce que Yeshol voulait dire, elle le sentait dans sa chair. Ce qui l'attendait, c'était une lente agonie, une vie identique à ces jours terribles qu'elle venait de traverser.

Elle leva des yeux angoissés sur le vieil homme.

— Comment peux-tu m'imposer une chose pareille… ? Comment peux-tu avoir échafaudé…

Les mots moururent dans sa gorge.

— Pour la gloire de Thenaar. Quand tu seras avec nous, tu comprendras, toi aussi.

Doubhée suffoquait. On manquait d'air dans ce trou à rats, où le piège se refermait sur elle. Elle était perdue !

— Il y a une chambre pour toi, juste derrière cette porte. Tu souffriras un peu le premier jour parce que la mort qui habite ces lieux est la nourriture de la Bête, mais nous te donnerons une potion, et tu iras tout de suite mieux. Entre le salut et une fin atroce, il n'y a que cette porte, Doubhée, cette petite porte. À toi de dire oui ou non.

Bouleversée, Doubhée fixa un moment le sol, puis elle se leva et s'enveloppa dans son manteau.

— Je ne peux pas me décider maintenant, déclara-t-elle.

— Comme tu veux. Tu sais où me trouver. Et tu sais aussi ce qui t'attend si tu refuses…

Sans un mot, Doubhée arracha son poignard de la table et attendit que Yeshol la conduise dehors.

— Penses-y, Doubhée, penses-y bien, lui répéta-t-il une dernière fois lorsqu'ils eurent atteint le sanctuaire.

La femme était toujours à sa place, le silence toujours aussi épais. Tout était insupportablement identique au moment où elle était arrivée.

Doubhée tourna les talons et s'élança dans la nef. Elle franchit en courant la porte du temple.

12

LA VOIE QUI MÈNE À L'OBSCURITÉ

L'instinct poussa Doubhée à fuir cet endroit pour retrouver la Terre du Soleil. Elle courut avec l'énergie du désespoir, sans s'arrêter un seul instant, jusqu'à ce que la Terre de la Nuit reste derrière elle et qu'une aube rosâtre apparaisse à l'horizon.

Elle était épuisée, et sa blessure la faisait cruellement souffrir. Elle se rendait compte de son imprudence et savait qu'en continuant ainsi elle n'arriverait qu'à se faire du mal, mais la peur prévalait sur la raison. Une peur froide et aveugle.

Elle avait l'impression d'être redevenue une petite fille. « Comme si le Maître n'avait jamais existé, comme si je cherchais encore Selva et mes parents. »

C'est pour cela qu'elle devait rentrer chez elle. Il lui fallait se calmer et tout oublier.

Il lui suffit de cinq jours pour retourner à sa grotte.

Elle y entra en puisant dans ses dernières ressources ; dès qu'elle sentit l'odeur de moisissure, elle respira mieux. Elle inhala l'air à pleins poumons et ferma les yeux.

Dans la solitude, elle reprit peu à peu le contrôle d'elle-même et put se soucier de sa blessure qui était rouge et enflée. Elle utilisa l'onguent de Tori, et pendant que son corps se fortifiait, que ses muscles se détendaient et que la peau de son dos redevenait rose et élastique, elle réfléchissait.

Elle passa de longues heures à la Fontaine Obscure, à méditer. L'hiver était arrivé : après une nuit de tempête, le parfum de l'air était différent, sa consistance elle-même avait changé, les rayons pâles du soleil n'entamaient pas l'enveloppe glaciale qui avait enserré la terre. Mais Doubhée ne craignait pas le froid, au contraire, elle le recherchait. Elle allait à la source de nuit, vêtue de sa chemise, avec juste le manteau pour la réchauffer. Elle avait besoin de se retrouver en communion avec le monde, de sentir la terre nue sous la paume ouverte de ses mains. Lorsque toute autre sensation disparaissait à ce contact, elle savait qu'elle pouvait raisonner avec lucidité.

La Guilde était la seule à détenir l'antidote. Magara elle-même ne pouvait rien faire. Doubhée savait par le Maître que la secte utilisait une magie particulière, constituée essentiellement de formules interdites, une magie noire basée sur la mort et le renversement des lois de la nature. Le bruit courait sur la Terre des Jours que la Guilde possédait un mystérieux livre de magie elfique ayant appartenu au Tyran et recelant ses plus terribles secrets.

Les paroles de Yeshol résonnaient sans cesse à ses oreilles. Les images du massacre dans la clairière l'assaillaient, faisant vaciller son esprit. Et il en serait ainsi jusqu'à ce qu'elle succombe à la pire des morts. Tel était le destin qui l'attendait hors de la Guilde ; non, elle ne pouvait pas se résoudre à une telle fin. Le choix semblait évident.

Mais accepter la proposition de Yeshol, c'était se vendre à son pire ennemi, un ennemi contre lequel le Maître avait lutté jusqu'à la mort. Pour elle. Doubhée était incapable d'oublier ce qu'ils lui avaient infligé ; s'unir à eux revenait à le trahir, lui et ses enseignements. Il ne l'avait pas entraînée pour faire d'elle une machine de mort asservie au culte de Thenaar, ce n'est pas pour cela qu'il l'avait sauvée et gardée avec lui. Ce n'est pas pour cela qu'il avait fini de cette façon. Il lui avait donné sa vie, il avait fait pour elle plus que son propre père, qui n'avait pas réussi à la protéger ni à la retrouver. Non, elle ne pouvait pas le trahir ainsi ! Et puis, elle s'était juré de quitter la voie du meurtre, elle l'avait juré à la mort du Maître.

Elle était face à un choix impossible entre une mort horrible et l'obscure voie de la Guilde, à laquelle elle avait tenté d'échapper pendant deux ans.

La jeune fille se débattait avec ses doutes, jusqu'à ce qu'une solution finisse par se profiler à l'horizon. Une mort décidée, choisie. Une mort digne, qui lui éviterait la terrible agonie annoncée par Yeshol.

Pourtant elle avait toujours refusé l'idée du suicide. Elle avait traversé d'innombrables épreuves, mais jamais elle n'avait pensé à dire stop, à prendre le chemin qu'elle considérait comme le plus facile. Seulement cette fois il ne s'agissait pas de lâcheté ; ce ne serait pas le dernier acte d'un être vil. Il s'agissait de choisir une mort à la place d'une autre, parce que, si elle refusait l'offre de Yeshol, elle était de toute façon condamnée.

Doubhée passa une nuit entière à y réfléchir. Oui, c'était le seul moyen ! En finir, et tout de suite.

Cependant elle n'y arrivait pas. Non qu'elle fût quelqu'un qui aimait la vie : la vie était simple et brutale, et Doubhée avait du mal à imaginer qu'elle puisse être belle ou même juste agréable. Mais maintenant qu'un seul geste la séparait de la fin de son histoire, elle sentait que quelque chose en elle désirait encore vivre. Comme s'il pouvait exister un futur plus heureux, comme si le temps à venir pouvait la ramener auprès du Maître, ou à ses années insouciantes à Selva. Un espoir insensé, à l'instar de tous les espoirs. Un désir fou d'aller plus loin, jusqu'au bout.

Non, elle ne mettrait pas fin à ses jours.

Pendant ces nuits passées à la source elle comprit que c'était sa nature, la somme de ses expériences, et plus encore son destin qui avaient choisi pour elle. Il ne lui restait plus qu'à suivre cette force qui la poussait obstinément à vivre.

Il n'y avait aucune joie dans ce choix, aucun soulagement. La Guilde avait gagné.

Elle rangea soigneusement toutes ses affaires, dit adieu à sa grotte. Désormais, sa maison serait dans les entrailles de la terre, avec Yeshol.

Alors qu'elle était sur le point de partir, elle vit apparaître sur le seuil de la caverne Jenna, le visage sombre.

— Je t'ai cherchée partout ! dit-il.

Doubhée fut obligée de s'avouer qu'elle était heureuse de le revoir. C'est pour cette raison qu'elle essaya de se montrer dure.

— Je croyais avoir été claire.

Jenna entra et s'assit sur le banc. Il se tenait droit, l'air grave, dépourvu de son arrogance habituelle.

— Qu'est-ce que tu deviens ? demanda-t-il.

Doubhée savait qu'elle ne pouvait pas lui cacher la vérité.

— Je m'en vais.

— C'est à cause de l'histoire de la clairière, pas vrai ? s'écria-t-il. Il s'est passé quelque chose là-bas, et tu y étais ? Écoute, je veux seulement t'aider… parce que… Damnation, nous sommes seulement des associés en affaires, mais au bout d'un moment même les associés finissent par bien s'aimer, non ?

Il baissa les yeux.

— Tu m'aimes bien… n'est-ce pas ?

Doubhée se tut un moment. La situation devenait pénible, plus encore qu'elle n'aurait imaginé.

— Ce dont tu as entendu parler, c'est à cause d'une maladie. Je suis malade.

— Alors, il te faut un prêtre, un magicien, quelqu'un qui t'aide…

Doubhée secoua la tête.

— Il n'y a qu'un seul endroit où l'on peut me guérir, il vaut mieux que tu ne saches pas lequel. C'est là que je vais. Bien sûr, ces soins ont un prix, un prix que je dois payer. Si je veux vivre, je n'ai pas le choix.

— Combien de temps tu resteras là-bas ? Et qu'est-ce que je dis si on te cherche ?

— Nous ne nous verrons plus jamais, Jenna. Et nous ne ferons plus d'affaires ensemble. Retourne à ton travail.

Jenna resta sans voix pendant quelques instants ; puis, brusquement, il abattit le poing sur la table, si fort que Doubhée sursauta.

— Non, non ! Cela fait trop longtemps que nous travaillons ensemble ! Je t'ai vue grandir, j'ai été près de toi quand les choses allaient mal. Tu ne peux pas me renvoyer comme ça, sans même m'expliquer pourquoi. Tu m'abandonnes !

— Nous n'avons toujours eu que des rapports de travail, Jenna. Il n'y a jamais rien eu d'autre.

— Ce n'est pas vrai ! Ce n'était pas que ça !

Doubhée sentit sa gorge se serrer. C'était dur de quitter sa vie, et Jenna en faisait partie. Même si elle s'était juré que cela n'arriverait plus jamais, elle s'était attachée à lui.

— Ça ne m'est pas facile de tout laisser derrière moi, mais je dois le faire, sinon je mourrai.

— Justement, tu vois que tu as besoin de moi !

Doubhée sourit avec tristesse.

— Va-t'en, va-t'en et oublie-moi. Je te l'ai dit l'autre soir : les gens comme moi sont perdus d'avance.

Jenna serra les poings :

— Je ne te laisserai pas partir !

Et, avec la précipitation des jeunes garçons inexpérimentés, il la prit dans ses bras et appuya maladroitement ses lèvres sur les siennes. Ce fut si inattendu qu'elle n'eut même pas le temps de réagir. Cette bouche tremblante libéra en elle un flot de souvenirs. Les images se superposèrent, provoquant une sensation douce et terrible à la fois qui la troubla. Elle se dégagea violemment.

Ils restèrent l'un en face de l'autre, Jenna les yeux baissés, rouge comme une écrevisse, et Doubhée qui le regardait en essayant de chasser son image de sa mémoire.

— Moi, je ne t'ai jamais aimé, dit-elle enfin, sur un ton glacial.

— Moi si...

Elle s'approcha de lui, posa la main sur son épaule. Elle comprenait. Trop bien, même.

Jenna semblait étourdi ; ses yeux brillaient de larmes retenues. Doubhée le conduisit dehors et l'accompagna un moment à travers le bois. Ils marchèrent côte à côte sans parler. Au loin, dans les montagnes, une chouette lançait son ululement lugubre.

« C'est ma vie qui se termine, encore une fois », songea la jeune fille.

Elle s'immobilisa.

— Adieu, Jenna.

Il ne trouva même pas le courage de la regarder.

— Ça ne peut pas se terminer comme ça...

— Et pourtant si, c'est ici que ça s'arrête. Rentre chez toi maintenant.

Sur ce, elle pivota sur ses talons et s'enfuit, le laissant seul dans le bois. Le moment était venu. Cette nuit serait la dernière de son ancienne vie.

Elle partit à l'aube en emportant ses armes, dont son poignard, auquel elle tenait particulièrement.

Cependant, cette fois, elle le regarda d'une façon différente.

« Je serai obligée de m'en servir à nouveau », songea-t-elle en frissonnant. Jusqu'au bout, elle avait espéré que ce moment n'arriverait pas.

Elle avait pris des vêtements de rechange et quelques provisions pour la route. Elle n'avait pas vidé la grotte : était-ce parce qu'elle était trop attachée à ce lieu ou que, au fond d'elle-même, elle croyait pouvoir y revenir un jour ?

Le voyage lui prit six jours, comme la première fois. Elle ne se dépêchait pas : c'était sa dernière occasion de vivre à l'air libre, et elle entendait la savourer. Elle voulait emporter les odeurs de l'hiver dans les tunnels creusés au cœur de la roche où son corps serait prisonnier.

Elle s'efforçait d'effacer le souvenir embarrassant et triste de Jenna qui l'embrassait pour tenter de la retenir auprès de lui, elle qui ne tenait plus à rien.

Elle entra dans le temple à midi. L'obscurité était dense sur la Terre de la Nuit, et le froid pénétrant. Le vent s'engouffrait à l'intérieur, parcourait les nefs, mugissait, sinistre, autour de la statue de Thenaar. Cette fois il n'y avait personne sur les bancs. Doubhée était seule. Et pourtant elle savait que Yeshol l'attendait.

Elle passa la main sur l'une des colonnes, et elle sentit les bords coupants du cristal noir déchirer sa chair. Une goutte de sang glissa le long du pilier.

Elle serra sa paume blessée, et une autre goutte tomba à terre. Ensuite, elle se dirigea vers la statue du serpent de mer, et fit actionner le mécanisme secret en tournant l'épine de son dos.

Yeshol apparut bientôt, enveloppé dans sa tunique rouge. Il souriait avec une satisfaction mal dissimulée.

— Tu n'as pas eu besoin de réfléchir longtemps...

Doubhée ne répondit pas. Elle aurait fait n'importe quoi pour que ce sourire disparaisse de son visage, mais sa vie était entre les mains de ce monstre, elle avait fait un choix, et ce choix n'incluait pas le meurtre de Yeshol.

Le Gardien Suprême dut saisir quelque chose de ses pensées, car il changea d'expression.

— Je n'ai jamais douté de toi. Thenaar t'a désignée, tu ne pouvais pas ne pas venir.

Ils prirent le même chemin que la fois précédente, et arrivèrent devant son bureau. À peine entré, l'homme tira sur une petite corde dorée qui se trouvait à côté de la statue.

Ensuite, il s'assit et fit signe à Doubhée de l'imiter.

— Pour commencer, donne-moi tes armes. Ici, elles te seront inutiles.

Doubhée ne bougea pas.

— Tu veux toujours me supprimer ? Allons ! Même si tu réussis à me trancher la gorge, mes hommes te tueront aussitôt. Alors, à quoi bon ?

— Je tiens à mes armes.

— Elles ne te serviront plus à rien.

— Promets-moi de me les rendre quand ce sera fini.

Yeshol la regarda d'un air dégoûté, mais il acquiesça.

— Tu les récupéreras après ton initiation.

Doubhée posa par terre son arc, ses couteaux à lancer, ses flèches ; et, en dernier, son poignard. Abandonner l'arme du Maître sur ce sol maudit lui semblait un blasphème.

— Dans l'état où tu te trouves maintenant, il ne t'est pas permis de demeurer avec nous, dans la Maison. Tu es impure à cause de la vie corrompue et sans foi que tu as menée hors de ces murs. En outre, la malédiction se déclencherait si tu en franchissais le seuil sans avoir dominé la Bête qui dort au fond de toi. Tu vas donc passer quelques jours dans…

Doubhée l'interrompit d'un geste.

— Cette Bête, c'est vous qui me l'avez introduite dans le cœur ! Je préfère mettre tout de suite les choses au clair : je travaillerai pour vous, je ferai ce que vous voudrez, mais n'espérez pas me convertir. Je ne crois en aucun dieu, et encore moins à un dieu comme Thenaar.

Yeshol sourit.

— Lui seul décide. Quoi qu'il en soit, bientôt tu vivras avec nous, et vivre avec nous, tout comme appartenir à la Guilde, signifie participer au culte. Tu ne pourras pas faire autrement.

À cet instant, la porte s'ouvrit et une silhouette enca-puchonnée entra : un Assassin, vêtu d'un long froc de prêtre en toile noire. Il s'inclina devant Yeshol en por-tant les mains à sa poitrine, puis ôta son capuchon. C'était un homme plutôt jeune aux cheveux très courts d'un blond pâle ; ses yeux privés d'expression étaient clairs, eux aussi. Il avait un nez pointu et une peau presque blanche. Il regarda Doubhée comme si elle était transparente.

— C'est le Gardien des Initiés, son nom est Ghaan. Il s'occupe des jeunes qui entrent chez nous, les nouveaux adeptes. En général, il s'agit d'enfants, mais en quelques rares occasions il nous est arrivé d'accueillir des personnes plus âgées, comme toi. C'est lui qui t'enseignera le culte. À partir de maintenant et jusqu'à la cérémonie d'initiation, tu ne verras que lui. Tu n'es pas digne que quelqu'un d'autre t'adresse la parole.

Yeshol fit un signe, et Ghaan lança :

— Lève-toi et suis-moi.

Doubhée obéit. Désormais, sa vie appartenait à ces gens.

Avant qu'elle ne sorte, Yeshol la rappela.

— J'ai vu ta main, dit-il en souriant. C'est une énième preuve de ton appartenance à Thenaar, Doubhée, parce que la première chose qu'un initié doit faire, c'est offrir son propre sang. Et tu l'as déjà fait...

Doubhée serra rageusement les poings

Ils traversèrent une longue suite de galeries sombres et malodorantes. Cependant l'odeur de sang, si forte dans le bureau de Yeshol, avait disparu et Doubhée respirait plus librement. Son guide avançait sans dire un mot, et elle le suivait en silence. Très vite, elle perdit le compte des tunnels et des embranchements qu'ils avaient empruntés.

Ils arrivèrent enfin devant une porte de bois, que Ghaan ouvrit avec une longue clef rouillée. Il la fit entrer dans un minuscule réduit qui puait la moisissure. Doubhée calcula qu'elle y tiendrait à peine allongée, et encore en pliant les jambes. En haut, très loin, on entrevoyait un petit soupirail qui dispensait une lumière blafarde.

— Voici la cellule de purification, dit l'homme d'une voix aigre.

Il parlait sans la regarder en face.

— Tu resteras ici sept jours, sept jours pendant lesquels tu jeûneras pour te purifier. Il te sera accordé un demi-broc d'eau par jour. Chaque soir, je viendrai exiger de toi le Tribut et t'instruire sur le culte. Ensuite, tu pourras accéder à la Maison pour y recevoir ton initiation.

— Je ne crois pas en votre dieu, murmura Doubhée.

À présent, tout lui semblait insensé. Elle se demanda pourquoi elle avait accepté le marché et se rappela l'horreur avec laquelle le Maître lui avait parlé de ce lieu. Ghaan ignora ses paroles et lui fit signe d'avancer. Aussitôt, la porte se referma sur elle avec violence, et la clef tourna dans la serrure. Le bruit, assourdissant, se répercuta dans la cellule et monta sous le plafond.

Doubhée connaissait bien l'obscurité : dans les pires moments de sa vie, elle l'avait accueillie, enveloppée, elle l'avait consolée en l'arrachant à la réalité. C'est là que résidait le piège. La solitude et l'obscurité ôtaient de la réalité aux choses, elles faussaient leurs contours et engloutissaient le reste du monde. Le noir protégeait, mais il était le maître des illusions.

Pendant ces sept jours de délire, sa raison essaya de résister aux visions qui l'assaillaient. Le passé et le présent se confondaient, tantôt Doubhée avait l'impression d'être encore une enfant et errer dans le bois, chassée de Selva, tantôt elle voyait le Maître la regarder avec sévérité. Gornar aussi la persécutait, comme les autres victimes de ces années de désespoir pendant lesquelles elle s'était efforcée de se cacher à elle-même la cruauté de son destin.

Torturée par la soif et la faim, Doubhée s'accrochait de toutes ses forces à son identité, aux pensées qui lui appartenaient en propre. Tant qu'elle ne s'en éloignerait pas, quelque chose d'elle échapperait à la Guilde ; tant qu'elle garderait la conscience de qui elle était, vivre pourrait encore avoir un sens.

Ghaan venait de nuit ; Doubhée le savait parce qu'il arrivait toujours juste après l'apparition d'une étoile rouge et lumineuse derrière le soupirail de sa prison.

Le premier soir, il lui donna de nouveaux habits : un froc noir identique au sien, taillé dans une toile épaisse qui piquait la peau. Ensuite, il lui coupa les cheveux. Quand il eut fini, il lui demanda de tendre sa main qui n'était pas blessée et lui incisa la paume avec un couteau.

— Pour l'Épée qui égorge, murmura-t-il en recueillant le sang dans une petite fiole.

Il lui remit enfin un tissu humide pour bander la plaie.

L'entaille était petite mais profonde, et la vue du sang troubla une nouvelle fois Doubhée.

« La Bête a soif », pensa-t-elle.

À partir de la deuxième nuit, Ghaan commença à l'instruire. Il apportait avec lui un petit flacon rempli d'un liquide étrange qu'il lui faisait respirer, et qui la rendait lucide le temps de la leçon. Mais par la suite, elle ne se rappela que vaguement ces heures nocturnes où, étourdie par la faim et la soif, elle avait écouté la voix hypnotique de Ghaan qui lui parlait de Thenaar.

« Il est le Dieu suprême, bien plus puissant que tous ceux qui sont vénérés dans le Monde Émergé... »

« Thenaar est le maître de la nuit. Il apparaît en même temps que Rubira, l'Étoile du Sang. C'est celle-là, tu la vois ? Au-dessus de ta tête. Elle culmine à minuit, et alors elle règne sur les ombres. Rubira est la servante de Thenaar, elle le précède et l'annonce... »

« Nous, ses disciples, nous sommes les Victorieux. Les gens nous appellent vulgairement Assassins, mais nous sommes les Élus, la race bien-aimée de Thenaar... »

À la fin de chacune de ces soirées, Ghaan lui infligeait une nouvelle blessure, chaque fois à une partie du corps différente. Après la paume, ce fut le tour des avant-bras, puis des jambes. Le dernier soir, il lui incisa le front.

« Sept signes, comme les Sept Grands Frères qui ont marqué l'histoire des Victorieux. Sept comme les jours de l'année pendant lesquels Rubira est occultée par la lune ; sept comme les armes des Victorieux : le poignard, l'épée, l'arc, le lacet, la sarbacane, les couteaux et les mains. »

Ses blessures cicatrisèrent rapidement, sans doute grâce à l'onguent dont étaient imprégnées les bandes, et ne lui laissèrent que de légères traces blanches. En regardant la paume de ses mains, Doubhée se rappela que le Maître en avait de semblables.

« Souviens-toi, Doubhée, elles sont le symbole de la Guilde. Si tu vois quelqu'un qui en porte, c'est que tu as affaire à un Assassin. »

« Maintenant je suis un Assassin moi aussi, comme j'aurais toujours dû l'être », se dit-elle avec angoisse.

Le huitième jour, la porte s'ouvrit sur une silhouette. Doubhée regarda péniblement vers le plafond : l'étoile rouge, Rubira, n'était pas encore visible derrière le soupirail.

— La période de purification est terminée, annonça Yeshol d'une voix calme. Cette nuit, lorsque se lèvera l'Étoile du Sang, ton initiation aura lieu. Dès lors tu appartiendras à Thenaar.

Deux femmes vinrent la tirer de sa cellule au crépuscule. Elles avaient la tête rasée et portaient elles aussi de longs frocs noirs. Elles la conduisirent dans une pièce où l'odeur de sang était pénétrante. C'était une vaste salle ronde, éclairée par deux gros braseros qui répandaient des vapeurs aromatiques et lançaient des ombres sinistres sur les murs de pierre. Deux hommes les y attendaient. Eux aussi avaient la tête rasée, mais ils n'étaient vêtus que de simples pantalons de lin noir et leurs torses nus étaient sillonnés de cicatrices blanches qui dessinaient des ornements complexes, semblables à ceux du temple. À leurs pieds étaient enroulées de lourdes chaînes. Au milieu d'eux, assis sur un siège, Doubhée vit Ghaan. Les femmes la firent s'agenouiller.

— Que va-t-il m'arriver ? demanda faiblement Doubhée.

— Tu le découvriras le moment venu, répondit Ghaan avant de quitter la pièce.

Les deux hommes restèrent immobiles, pendant que les femmes s'occupaient d'elle : elles lui donnèrent un broc d'eau et un morceau de pain, sur lequel Doubhée se jeta avec avidité. Puis elles lui apportèrent un verre rempli d'un liquide violacé à l'odeur âcre. Elles lui en firent d'abord humer les vapeurs, puis la forcèrent à boire.

Le breuvage, très fort, lui brûla la gorge et lui tira des larmes. Quand elle l'eut avalé, elles l'installèrent sur un siège et la laissèrent se reposer quelques secondes.

Même si le pain et l'eau lui avaient redonné un peu de forces, Doubhée se sentait épuisée, et surtout étrangement étourdie. Le monde vacillait devant ses yeux au rythme des flammes des braseros.

— Qu'est-ce que vous m'avez fait boire ? murmura-t-elle.

— Chut ! dit l'une des femmes. L'initié ne doit pas parler. Cela t'aidera à tenir bon.

Elles posèrent devant elle un gobelet d'eau, puis sortirent de la salle.

Ce n'est qu'alors que les deux hommes s'animèrent. Doubhée les vit prendre les chaînes et s'approcher d'elle. Ils les lui passèrent aux mains et aux pieds, ce qui lui donna presque envie de rire : elle s'était livrée de sa propre volonté, bien consciente de son choix, et voilà qu'ils l'enchaînaient comme une prisonnière !

— Je ne risque pas de me sauver, railla-t-elle.

— Ce n'est pas pour toi, c'est pour la malédiction.

Doubhée ne saisit pas le sens de ces paroles, mais elle n'eut pas le temps de réfléchir davantage : ils la soulevèrent et l'entraînèrent hors de la pièce.

Ce fut de nouveau une longue suite de galeries sombres et humides. Dans l'esprit confus de Doubhée, les parois ondulaient et palpitaient comme les entrailles de quelque créature vivante, et elles semblaient menacer de s'effondrer sur elle. Ensuite, elle commença à percevoir une sorte de respiration. C'était comme si un animal haletait quelque part dans l'ombre. L'odeur de sang était de plus en plus forte, et Doubhée se mit à transpirer. La force revenait peu à peu dans ses jambes, ses pas étaient plus assurés, mais son cœur, lui, battait à tout rompre.

« C'est elle. C'est la Bête ! Elle me traque. Elle me cherche... »

Les hommes serrèrent plus fort ses bras, tandis que le son lointain se transformait peu à peu en une sorte de psalmodie, une litanie lugubre murmurée par des centaines de voix.

Des tournants, des escaliers, puis des couloirs, et encore des escaliers... Les parois palpitaient maintenant au rythme de ce chant, elles tremblaient sous les paroles scandées par la foule. Les relents de sang étaient toujours plus forts, nauséabonds.

— Non, non, murmura Doubhée, les bras et les jambes secoués de spasmes.

La mélopée s'amplifia encore, et l'odeur devint insupportable.

Ils arrivèrent enfin dans une gigantesque grotte naturelle au plafond hérissé de stalactites pointues. La lumière tremblante des flambeaux donnait vie à des créatures aux ombres maléfiques. Deux grands bassins remplis de sang occupaient le centre de la salle. Une énorme statue de Thenaar taillée dans le cristal noir, beaucoup plus grande que celle du temple, y plongeait ses pieds. Elle représentait elle aussi le dieu tenant un poignard et un éclair entre les mains, mais son visage était encore plus malveillant.

Entre les jambes de Thenaar se trouvait une autre statue de cristal noir, plus petite, qui lui arrivait aux genoux. Doubhée ne pouvait pas distinguer ce qu'elle représentait : on aurait dit un enfant au regard étrangement sérieux et triste, vêtu d'une longue tunique.

Autour des bassins se pressait une foule d'hommes et de femmes en noir. Les Assassins ; les Victorieux, comme les avait appelés Ghaan. C'étaient eux qui psalmodiaient pour invoquer Thenaar ; les murs renvoyaient l'écho de leurs cris, le sol vibrait sous les pieds de Doubhée.

Quand elle s'approcha des bassins, Doubhée eut l'impression que la Bête lui lacérait la chair. Elle se mit à hurler. Elle éprouvait le désir irrépressible de boire ce sang, de s'en repaître, et de tuer. Elle se débattit comme un diable, mais les deux hommes qui l'accompagnaient la retinrent fermement et la poussèrent en avant.

Comme ce soir-là, dans la clairière, elle assistait, impuissante, à la scène. Elle voyait son propre corps possédé par la Bête, et elle était terrorisée.

« Ça va recommencer ! Je vais massacrer ces hommes et la Bête me dévorera ! »

Lorsqu'ils lui plongèrent les pieds dans le sang, elle se sentit mourir.

Soudain, Yeshol se dressa devant elle, le visage défiguré par l'extase mystique ; sa voix retentissait plus fort que toutes les autres. Les deux hommes attachèrent les chaînes qui enserraient les poignets et les chevilles de Doubhée à des anneaux fixés dans la statue, et elle se retrouva seule dans le bassin, les pieds couverts de sang visqueux.

Sur un signe de Yeshol, le silence tomba sur l'assemblée : on n'entendit plus que le hurlement de douleur de Doubhée. Un hurlement inhumain, même à ses propres oreilles.

« C'est le cri de la Bête ! Libérez-moi ! »

Elle hurlait de toutes ses forces, cependant la voix de Yeshol réussit à couvrir la sienne.

— Puissant Thenaar, la proie qui t'a échappé pendant si longtemps est maintenant devant toi, et demande à être admise au nombre des tiens. Pour toi, elle quittera le rang des Perdants, reniera sa vie de péchés et suivra la voie des Victorieux.

Il exhiba une ampoule remplie d'un liquide rouge.

— Elle s'est purifiée, et elle t'offre sa souffrance et son sang.

La foule entonna une prière lancinante : Yeshol versa le sang dans le bassin, et le chant s'éleva, plus fort.

— Le sang au sang, la chair à la chair. Accepte cette offrande, et accepte en ton sein la génération de la mort.

Doubhée, au bord de la folie, tomba à genoux. Ce qu'elle avait toujours essayé d'éviter était sur le point d'arriver : la démence, la douleur, et la mort. La pire des morts. Il l'avait piégée !

L'assemblée se tut, et la voix de Yeshol retentit de nouveau.

— Que ton sang, puissant Thenaar, purifie et marque de son sceau notre nouvelle sœur, qu'il imprime sur elle son sombre symbole.

Le Gardien Suprême prit un récipient en bronze, puisa du sang dans le bassin et le déversa sur la tête de Doubhée. La jeune fille se recroquevilla encore davantage.

« Je meurs, enfin je meurs », se dit-elle, tandis que les griffes de la Bête la lacéraient sans pitié. Elle vit confusément le visage de Yeshol se pencher sur elle, tout près, elle sentit son haleine. Sa voix était un murmure empoisonné.

— Souviens-toi bien de cette souffrance. C'est ce qui t'attend si tu nous désobéis. Mais comme tu as été sage, tu auras droit à une récompense.

Il approcha un flacon de ses lèvres, et un liquide frais coula dans sa gorge. Les griffes qui jusque-là étaient plantées dans sa poitrine semblèrent se retirer, et une étrange paix l'enveloppa. Puis tout devint noir.

DEUXIÈME PARTIE

L'histoire du Tyran garde une grande partie de son mystère. Les annales qui la relataient ont été perdues, et la plupart de ceux qui l'avaient connu ont péri dans la Grande Bataille d'Hiver qui a mis fin à son règne. Ce que je m'efforce de reconstruire est donc basé sur des éléments incomplets et assez énigmatiques. Les quarante ans de son règne eux-mêmes restent une période mal connue, sur laquelle nous n'avons pas d'informations précises.

Nous savons néanmoins de source sûre qu'il naquit sur la Terre de la Nuit, et qu'il commença son ascension en accédant au Conseil des Mages, ainsi que le rapportent les registres de cette époque. Célèbre est par ailleurs son aspect physique, l'unique caractéristique universellement avérée : il avait l'apparence d'un enfant d'à peine douze ans, apparence que lui aurait value une punition infligée par un magicien dont nous ignorons le nom. Nous savons en revanche qu'en quarante ans, il réussit d'une manière fulgurante à imposer son joug à la quasi-totalité du Monde Émergé. Jusqu'à ce que les troupes des Terres libres guidées par Nihal l'arrêtent alors qu'il s'apprêtait à conquérir les Terres de la Mer et du Soleil.

Mais on en sait peu sur ses véritables motivations, et sur le sens qu'il entendait donner à son pouvoir. Certains disent qu'il le désirait pour lui-même, d'autres soutiennent, au contraire, qu'il voulait la destruction. D'autres enfin prétendent que ce fut un amour dénaturé du Monde Émergé qui l'avait conduit à la folie. Il m'est impossible d'affirmer laquelle de ces hypothèses correspond à la réalité. Force est de se rendre à l'évidence : la vérité est morte avec lui.

THERYA, DE LA TERRE DU SOLEIL
RÉCITS DE L'ÈRE OBSCURE

13
LE MAÎTRE

+++

Le Passé IV

Doubhée voit le brouillard avaler lentement la silhouette de son sauveur. Son manteau marron n'est déjà plus qu'une tache sombre sur l'épaisse couche de fumée blanc sale qui enveloppe le village ; encore un peu, et elle disparaîtra totalement. La fillette jette la pomme et bondit vers la porte ; sans savoir pourquoi, elle s'élance derrière lui.

Hors du village, l'air est transparent. Il sent la bonté, la propreté. C'est l'odeur de cet homme. Il l'impressionne, elle ne peut pas le nier. C'est pour cela qu'elle reste à distance. L'inconnu qu'elle a choisi de suivre n'est pas une personne quelconque, elle en est convaincue.

Le crépuscule colore la terre d'un jaune acide. Des nuages bas dissimulent le soleil. L'homme s'arrête, il se retourne. Doubhée file derrière un arbre.

— Je sais que tu es là, lance-t-il.

Elle se tait, le cœur battant la chamade. Elle ne sent plus sa présence : et s'il est parti ? S'il l'a laissée seule ? Elle sort de sa cachette. Il n'est plus là ! Puis, tout à coup, une main sur son épaule. La petite fille sursaute, elle se retourne rapidement et tire son poignard. C'est lui.

— Je t'ai dit d'aller vers le nord ! fait-il.

Le poignard tendu devant elle, elle l'implore en silence :

« Ne me laisse pas seule. »

— Je ne peux pas t'emmener avec moi, et crois-moi, c'est mieux pour toi. Arrête de me talonner ou je te tue.

« Ne me laisse pas seule ! »

Sa prière muette n'est pas entendue : l'homme se détourne et s'en va. Doubhée regarde un moment son manteau agité le vent. Puis elle court vers lui.

La nuit, l'inconnu campe dans le bois. Il n'allume même pas de feu. D'ailleurs, il fait très chaud, et une lune splendide brille dans le ciel. Doubhée la fixe longuement. Elle est pleine, froide et gigantesque.

L'homme mange un peu de viande séchée sans enlever sa capuche. L'enfant regarde cette viande avec envie, son estomac gronde. Elle a faim. Elle voudrait aller près de lui pour mendier quelque chose, mais le courage lui manque. Alors, elle reste dans l'ombre, et attend qu'il s'endorme.

Même dans le sommeil, l'homme ne découvre pas son visage. Doubhée, elle, n'arrive pas à dormir. La faim la tourmente trop.

« Je vais là-bas, et j'en prends juste un petit morceau, se dit-elle. Je suis douée, il ne m'entendra pas. »

Elle est partagée entre la reconnaissance pour son sauveur et la souffrance que lui inflige son corps. Finalement, c'est la faim qui l'emporte. Elle fait comme lorsqu'elle jouait avec ses amis à Selva, sauf que cette fois ce n'est pas un jeu. Il y va de sa vie. Elle s'allonge, elle rampe dans l'herbe en faisant le moins de bruit possible.

Elle se dirige sans hésiter vers son sac. Il est posé à côté d'une petite caisse en bois, que l'homme devait porter sous son manteau, parce que Doubhée ne l'avait pas remarquée. C'est un sac en toile ; Doubhée l'ouvre, et l'odeur qu'il libère la fait presque défaillir : il y a là de la viande séchée, du pain dur, des noix, un petit fromage et une gourde de vin. Elle est tentée de tout prendre ; elle se contente cependant d'un petit morceau de fromage, qu'elle coupe à la hâte avec son poignard.

Dans l'obscurité, les yeux de l'homme la fixent, attentifs.

Le matin, elle se remet à le suivre.

À l'heure du déjeuner, l'homme s'arrête au bord d'un torrent, et s'asperge le visage avec l'eau glacée. Même là, Doubhée n'arrive pas à voir ses traits. Cela commence à l'intriguer.

Tout en mangeant calmement son pain, il sort le fromage de son sac, en coupe un morceau et le lance dans les buissons.

— Tiens, attrape !

Doubhée tressaille. Elle n'a pas fait de bruit. Comment l'a-t-il entendue ?

L'homme n'ajoute rien. Il mâche en silence, il ne lève même pas la tête.

La petite fille se jette sur le fromage, elle le dévore en quelques bouchées.

Puis l'homme lui lance un morceau de viande, comme s'il nourrissait un animal, et Doubhée l'avale de la même manière.

Il ne la regarde pas. Il continue à faire comme si elle n'était pas là. Il se lève, et il reprend la route.

Assoiffée, Doubhée boit longuement l'eau du torrent, sans le lâcher des yeux.

Et soudain, elle sait qu'elle ne pourra plus jamais l'abandonner.

Elle le suit pendant trois jours en restant toujours loin, mais jamais au point de le perdre de vue. Quand il dort ou mange, elle s'approche. À chaque repas, il fait mine de l'ignorer, cependant il finit toujours par lui lancer quelque chose. Il ne veut pas d'elle, mais il ne la chasse pas non plus. Il n'accélère pas le pas pour la semer, il ne court pas entre les arbres.

Doubhée, de son côté, ne pense à rien. À quoi bon ? Elle suit cet homme parce que c'est lui, et parce qu'il l'a sauvée.

Au coucher du soleil du troisième jour, ils arrivent près d'un campement militaire. On n'en voit que la palissade extérieure en bois ; il est beaucoup plus grand que celui de Rin.

Doubhée est fatiguée. En restant avec Rin, elle avait récupéré un peu de forces, mais maintenant, elle est à bout. L'homme ne s'arrête jamais. Doubhée pose un instant les yeux sur l'herbe déjà à moitié brûlée par le soleil, et quand elle les relève, l'homme n'est plus là.

Il a disparu ! Elle regarde autour d'elle, elle le cherche, désespérée. Elle se met à pleurer.

« Ce n'est pas possible ! »

Brusquement, une main se plaque sur sa bouche, une lame froide se pose sur sa gorge. Elle se fige, terrorisée.

La voix de l'homme lui murmure à l'oreille, son souffle chaud lui caresse la joue.

— Ton voyage se termine ici. Tu sais qui je suis ? Tu le sais ? Je suis un tueur ! Tu ne dois plus me suivre. Va mourir où bon te semble. Si tu traînes encore derrière moi, je te tue, c'est clair ?

Doubhée se tait. Mais son cœur est calme. Il est là ! Elle ne l'a pas perdu. Sa voix froide ne lui fait pas peur, ni sa main serrée sur sa bouche, ni même son poignard. Il est là, elle n'est plus seule.

— Va-t'en, siffle-t-il avant de se diriger vers le campement. Que je ne te revoie plus !

Il y a un petit bois un peu à l'écart de la palissade. Doubhée y va d'instinct. Elle sait que dans ce monde en folie il vaut mieux ne jamais rester à découvert, Rin le lui a expliqué. Quant à l'inconnu, il ne s'est plus montré depuis qu'il l'a menacée, cependant Doubhée n'est pas inquiète. Elle est liée à lui de manière indissoluble. Elle ne le perdra jamais. Il lui appartient.

Elle s'assoit à l'orée du bois, sous les arbres. Elle a faim. L'une de ses poches est lourde, il doit y avoir quelque chose dedans. Elle y glisse la main, en sort le reste du fromage. Elle sourit pour la première fois depuis si longtemps !

« Il ne m'a pas abandonnée et il ne m'abandonnera jamais ! »

La nuit est bien avancée, la lune presque pleine : il ne lui manque qu'un tout petit bout, avalé par l'obscurité. Doubhée la regarde, et elle sent comme une paix lointaine qui la réchauffe.

Soudain, elle entend des voix. Des murmures venant des fourrés. Elle s'approche avec précaution en suivant le bruit.

— Tu es en retard ! Tu avais dit que tu serais là hier.

— L'important, c'est que je sois venu, non ?

L'enfant se cache derrière un arbre et se penche pour voir.

Oui ! C'est lui, c'est son manteau. En face, un soldat, avec une longue épée à la taille.

— Alors ? Tu as la preuve ?

— Tu as l'argent ?

Le soldat tire quelque chose de sa poche.

— Ne crois pas que je vais te le donner avant d'avoir vu ce que tu apportes !

L'homme sort la caisse en bois et il l'ouvre. Une odeur insupportable se répand dans l'air, et Doubhée découvre quelque chose de terrible : la tête d'un homme, les yeux mi-clos. « Je suis un tueur », a prétendu son sauveur. Voilà ce qu'il voulait dire ! Terrorisée, elle porte la main à sa bouche.

Le soldat se pince les narines et réprime un haut-le-cœur.

— Voilà ma preuve. Maintenant, à toi, fait l'homme.

Le soldat reste un moment en silence ; il se caresse le menton en feignant de réfléchir.

— Ce n'est pas lui, conclut-il.

— Ne joue pas les malins avec moi !

La voix de l'homme est chargée de menaces, ce dont l'autre ne semble pas s'apercevoir.

— Ce n'est pas lui, j'en suis sûr. Tu n'auras pas l'argent.

L'homme se raidit.

— Tu joues avec le feu, lâche-t-il.

Le soldat ricane nerveusement.

Doubhée sent que quelque chose ne va pas. Elle regarde à droite, derrière l'homme, et aperçoit un éclat métallique. Une lame éclairée par la lune.

Elle hurle, avec tout l'air qu'elle a dans les poumons. Sa gorge se dénoue, sa langue se débloque. Elle ne peut pas parler, mais elle hurle.

L'homme est très rapide. Il se tourne, puis se baisse. La lame ne touche qu'un pan de sa capuche, qui tombe sur ses épaules.

— Maudite gamine ! crie le soldat.

Puis tout se passe très vite.

L'homme tire son poignard et le plante dans la poitrine de son agresseur. Celui-ci s'écroule sans une plainte.

Mais, une fois au sol, il tente un nouvel assaut. On entend un sifflement dans l'obscurité, et il se recroqueville en gémissant. Il se relève encore et s'élance en titubant dans une fuite désespérée.

Vers Doubhée !

Au clair de lune, elle voit ses yeux injectés de sang et son épée, qui décrit un large cercle dans l'air. Elle préfère ne pas regarder. Une violente douleur à l'épaule lui arrache un cri. Elle rouvre les yeux.

L'homme, essoufflé, se tient au-dessus du soldat étendu au sol.

— Qu'est-ce que cela t'aurait rapporté de la tuer, salaud ?

Sans lui laisser le temps de répondre, il enfonce la lame dans son dos. Le soldat expire dans un râle.

Doubhée détourne le regard.

« Ferme les yeux, petite », lui avait dit l'homme, le premier jour.

Elle tombe à terre. Quelque chose de chaud lui coule sur l'épaule. Pour ne pas voir le cadavre, elle lève la tête vers l'homme.

Après l'avoir suivi pendant un si long temps, elle voit enfin son visage. Il est jeune, plus jeune que son père. Il a des cheveux roux qui descendent en grandes boucles sur ses épaules. Des yeux d'un bleu profond, et un visage sévère, mal rasé. Doubhée le fixe intensément alors que sa vue se brouille peu à peu et une douleur atroce lui déchire l'épaule.

L'homme se tourne vers elle. La petite fille appuyée à l'arbre. Celle qui lui a sauvé la vie. Elle, cette petite parasite, l'a sauvé. Elle est blessée à l'épaule et le regarde comme le font les chiens. Seulement, elle connaît à présent son visage, et ça, un assassin ne peut pas se le permettre. Aucun de ceux qui l'ont vu de près n'a survécu, cela doit être pareil pour elle ; peu importe si c'est une enfant.

Il prend un couteau à lancer, cela suffira pour trancher le cou tendre de la gamine. Il avance vers elle. Elle n'a pas peur, il le sent. Elle est sur le point de s'évanouir, mais elle n'a pas peur. Elle le regarde toujours avec ces yeux suppliants. Aide-moi : voilà ce qu'elle lui demande. Il arme son coup... et il suspend son geste. La fillette a fermé les yeux. Elle a perdu connaissance.

Doubhée se réveille. Le soleil lui brûle le visage. Est-ce cela qui l'a tirée du sommeil, ou bien le bercement qu'elle ressent dans tout son corps ? Et puis il y a l'odeur de sel, et ces bras forts serrés autour de son corps...

Papa...

Elle vomit. La personne qui la porte sur ses épaules la fait descendre brusquement ; Doubhée ne peut plus faire un geste, elle est à bout de forces.

Quelqu'un entre dans son champ de vision : c'est lui ! C'est l'homme. Il la regarde, son visage est sans expression, mais le seul fait de le voir réchauffe le cœur de la fillette

— Comment ça va ?

Doubhée hausse les épaules.

L'homme lui donne une gourde. Elle se rince d'abord la bouche, puis elle boit autant qu'elle peut. Il fait une chaleur infernale ; ses pensées s'embrouillent. La seule chose certaine, c'est qu'il est là, et donc elle n'a rien à craindre.

L'homme la prend de nouveau sur ses épaules, et la course recommence.

— Une chambre, pour moi et pour ma fille.

— Je ne veux pas d'embrouilles...

— Je ne t'en causerai pas.

— C'est une auberge respectable ici, pas de vaga-
bonds, pas...

— La petite va mal. Donne-moi une chambre ! De
l'argent, j'en ai.

Des pièces tintent sur le comptoir.

— Je ne veux pas de moribonds chez moi...

Cette fois, on entend le crissement d'une lame qui
glisse hors de son fourreau et qui s'enfonce dans le bois.

— Donne-moi cette chambre, et tu n'auras aucun
problème.

— En haut... au... au prem... au premier

La porte grince. Doubhée se sent bizarre, étourdie ;
elle réussit juste à entrevoir une belle chambre, avec des
fleurs dans un vase.

L'homme l'installe dans le lit, et la fraîcheur des draps
de lin la fait sourire. Une odeur de propre, de maison.

Doubhée s'abandonne à cette nouvelle sensation de
bien-être. Son épaule lui fait terriblement mal, et, bien
qu'elle ait chaud, elle est parcourue de frissons glacés.
À travers ses paupières mi-closes, elle voit l'homme
s'affairer. Il fouille dans son sac et en tire quelque chose,
qu'il met dans sa bouche et mâche vigoureusement.

Ensuite, il s'approche d'elle et découvre sa blessure.
Doubhée voit qu'elle est entourée d'un tissu, rouge de
sang. Quand il enlève la bande, la fillette crie. C'est très
douloureux.

— Chut, chut, je fais vite, dit-il d'une voix empâtée.

Sous le tissu, il y a une très vilaine plaie couverte de
sang séché et qui saigne encore. Ses bords sont écartés ;
elle est profonde. Doubhée se met à pleurer.

« Je vais mourir… Ça fait tellement mal… »

L'homme recrache une étrange bouillie verte de sa bouche, et avec des gestes sûrs il l'étale sur la plaie. Au début, c'est insupportable. Doubhée étouffe un autre cri, mais ensuite c'est frais, et ça fait du bien.

— Tiens bon, dit l'homme. Tu es une petite fille courageuse, n'est-ce pas ? Ce bâtard t'a entaillé le bras, c'est juste une coupure de rien du tout. Tu vas voir, ça guérira vite.

Doubhée sourit. S'il le dit, cela doit être vrai.

L'homme lui fait un bandage serré, qui lui arrache une plainte. Quand il a fini, Doubhée se sent épuisée. Ses yeux se ferment tout seuls, et son esprit se met à poursuivre d'étranges pensées. Avant qu'elle ne sombre dans le sommeil, elle entend sa voix rassurante qui dit :

— Repose-toi.

Doubhée et l'homme restent à l'auberge plusieurs jours. Lui n'est presque jamais là, il rentre à la nuit tombée, mais cela ne la gêne pas, car elle dort presque toute la journée. Quand il arrive, il commence par changer son bandage. Chaque fois, cela fait moins mal que la fois précédente. La blessure cicatrise ; le sang ne coule plus.

Il ne lui parle pas beaucoup, il demande seulement comment elle va.

Sa voix n'est ni affectueuse ni triste – elle est froide et mesurée, à l'image de ses gestes. Il sort toujours la tête couverte, et n'ôte sa capuche que le soir, devant elle.

Doubhée le regarde se déplacer dans la chambre, en souriant : il lui rappelle un chat, agile et élégant. Déjà, le soir où il a été victime du guet-apens, il n'a pas fait un seul mouvement de trop, on aurait dit qu'il exécutait une danse qu'il connaissait par cœur. Chacun de ses gestes est comme ça.

Il a beaucoup d'armes : des couteaux, un arc qu'il porte toujours sous son manteau, avec un carquois et quelques flèches, une série d'aiguilles pour sa sarbacane. Il passe presque toute la soirée à les faire briller.

Ce que Doubhée admire le plus, c'est le poignard. Sa garde est noire, ornée d'un motif en spirale qui fait penser à un serpent avec la gueule ouverte vers le manche, simple, du même acier brillant que la lame. Sa seule vue inspire la crainte, et il a l'air encore plus dangereux quand l'homme le tient à la main. Il s'en sert souvent le soir, quand il s'entraîne. Il fait d'étranges exercices au milieu de la chambre, il fend l'air avec sa lame. Le bruit de ses pas agiles sur le plancher de bois est à peine perceptible.

Une nuit, le poignard est taché de sang. Une odeur métallique envahit la chambre, et Doubhée en a la nausée. L'homme sourit avec tristesse :

— On prend l'habitude, à force de tuer. Mais tu ne sais pas ce que cela veut dire...

Ils partent un soir. Doubhée a compris la veille qu'ils quitteraient bientôt l'auberge, car l'homme l'avait pour la première fois obligée à se lever. Cela n'a pas été une réussite. La tête lui tournait terriblement, les jambes refusaient de la porter, mais il a été implacable. Il l'a soutenue quand elle avait manqué tomber par terre, sans pour autant lui murmurer une parole de réconfort, sans l'encourager le moins du monde. Il l'avait juste forcée à rester debout.

L'homme rassemble ses quelques affaires, puis il lui tend un paquet. Doubhée l'ouvre. Un vieux manteau marron, tout décoloré.

— Je ne veux pas qu'on puisse me reconnaître, et je ne veux pas non plus que quelqu'un se souvienne de ta tête. Tant que nous serons en route, tu le garderas sur toi. Tu n'enlèveras la capuche que lorsque nous serons seuls et à l'abri.

Doubhée acquiesce, et elle enfile le manteau.

Ils voyagent longtemps, principalement de nuit, et s'arrêtent le moins souvent possible dans les auberges. Ils dorment en plein air, sous les étoiles. L'été bat son plein, et l'air nocturne est d'une grande douceur.

Parfois, en regardant le ciel, Doubhée pense aux soirées comme celles-là qu'elle a passées avec son père, ou avec ses amis. Cela lui semble tellement loin ! Ces souvenirs n'éveillent pas en elle de sentiment particulier ; tout baigne dans une sorte de brouillard. Elle se souvient à peine de Mathon, et se demande comment elle a pu l'aimer... Elle n'éprouve plus rien pour lui.

Quand ce genre d'idées lui viennent à l'esprit, elle se tourne vers l'homme, elle le regarde dormir d'un sommeil léger, enveloppé dans son manteau. Et elle se dit qu'il est désormais tout ce qu'elle possède.

Jour après jour, l'odeur de la terre qu'ils sont en train de traverser se fait plus pénétrante ; jusqu'à ce qu'elle devienne presque palpable et qu'elle remplisse l'air.

— Nous sommes arrivés, annonce calmement l'homme en ralentissant le pas.

Leur voyage a duré dix jours, et Doubhée est fatiguée. Mais elle est curieuse de savoir où ils se trouvent.

« Chez lui. Nous sommes chez lui », se dit la fillette.

Le paysage, désolé, se compose de dunes battues par le vent, parsemées ici ou là de hautes touffes d'herbe d'un vert terne. La chaleur est oppressante Ils marchent sous un ciel de plomb, lourd d'humidité.

Puis, soudain, apparaît quelque chose d'immense, d'effroyable et de splendide à la fois. Une longue bande de sable fin se jette dans une étendue grise sans fin. De l'eau à perte de vue, jusqu'à l'horizon et au-delà, une eau agitée par le vent, qui se brise sur le sable en grandes vagues ourlées d'écume. Sur le côté, tout près de la mer, il y a une petite maison délabrée avec un toit en paille. L'homme se dirige vers elle, mais pas Doubhée.

Doubhée, elle, traverse la plage en courant, dans le vent qui lui fouette le visage. Elle va vers l'eau. Elle s'arrête à quelques mètres et la regarde, interdite, émerveillée. L'odeur qu'elle a sentie pendant les derniers jours de voyage est maintenant très forte. C'est l'odeur de cette gigantesque étendue d'eau, une chose que son esprit n'arrive pas à embrasser. Elle n'a jamais rien vu de semblable, rien qui lui aurait inspiré une aussi grande émotion. Les vagues, hautes de deux mètres, sont d'une puissance inouïe. Elle contemple ce spectacle mi-enchantée, mi-effrayée.

Elle sursaute : une main s'est posée sur son épaule. Comme toujours, l'homme est arrivé derrière elle sans bruit, elle n'a même pas senti sa présence.

— Qu'est-ce que c'est ? murmure Doubhée.

— L'océan. On est chez moi, répond-il.

Le soir, à l'improviste, Doubhée devient intarissable. On dirait qu'elle veut compenser tous ses longs jours de silence. L'homme a préparé une savoureuse viande grillée et du fromage fondu, et c'est devant ce dîner servi sur une table de fortune que Doubhée se met à parler.

Alors qu'il lui a simplement demandé son nom, la fillette se livre. Elle lui raconte tout, sans s'arrêter un instant : elle lui décrit sa vie à Selva, désormais si lointaine, et trouve même le courage de lui dire, pour Gornar, comment elle l'a tué. Elle ne lui cache rien : ni sa longue errance dans les bois, ni le séjour au campement avec Rin et la nuit de sa destruction, jusqu'au jour de leur rencontre.

L'homme n'a pas l'air de l'écouter, mais pour Doubhée cela n'a pas d'importance, la seule chose qui compte c'est parler.

Quand elle se tait enfin, il fait nuit noire. Les restes du dîner traînent sur la table ; l'homme fume lentement la pipe, songeur. L'odeur du tabac est nouvelle pour Doubhée, à Selva personne ne fumait.

Au bout de quelques minutes, il la regarde avec un sourire amer.

— Tu parles beaucoup, observe-t-il, comme s'il trouvait cela ennuyeux.

Puis il prend un ton sérieux.

— Je fuis un lieu où grandissent les enfants comme toi et où on en fait des gens comme moi.

Doubhée ne comprend pas.

L'homme tire une bouffée, puis il poursuit :

— Quelqu'un comme toi, qui tue dès son enfance, est appelé par certains « un prédestiné », prédestiné au meurtre. Pour eux, à partir du moment où il répand le sang pour la première fois, sa route est tracée : il ne peut plus faire autrement que se vouer au meurtre. C'est son inéluctable destin. Les gens normaux ne peuvent pas le comprendre ; pour eux, les êtres comme toi et moi sont une menace. C'est pour cela qu'ils t'ont chassée. Ton père et ta mère eux-mêmes te craignent. La force qui réside en toi, cette force qui t'a poussée à tuer ton ami, elle les terrorise.

Doubhée le regarde, les yeux écarquillés. Elle ne sait pas quoi dire. Et pourtant, cette fois, elle comprend parfaitement ce qu'il entend. Une chose terrible. Une chose à laquelle elle avait déjà pensé : elle est vraiment méchante, et c'est pour cela qu'ils se sont débarrassés d'elle. Elle est née mauvaise, les dieux en ont décidé ainsi, et rien ne pourra changer cette horrible vérité.

Et maintenant ?

Elle fixe l'homme en espérant des paroles qui dissiperaient ses peurs. Non, il continue à fumer tranquillement.

— Ça, c'est ce que prétendent les adorateurs de Thenaar, ajoute-t-il, et sa voix se teinte de mépris. Libre à toi d'y croire ou pas.

— Toi, tu y crois ? demande-t-elle en hésitant.

— Moi, je ne crois en rien.

Les longues volutes de fumée lèchent les poutres de la cabane. L'homme dit :

— Je suis un tueur à gages. Je vis de meurtre et de

solitude. Je t'ai aidée parce que tu m'as sauvé la vie, et je t'ai récompensée. Mais je ne peux pas traîner derrière moi une stupide gamine. Je te laisse le temps de te remettre sur pied, puis tu partiras. Chacun sa route La mienne est solitaire. Tu dois chercher la tienne.

Sur ce, il vide sa pipe, se lève et se retire dans sa chambre en éteignant au passage la bougie.

14

DANS LES ENTRAILLES DE LA MAISON

Doubhée se réveilla dans la pénombre. Elle était allongée sur un lit inconfortable, recouvert d'un épais drap de lin et d'une couverture en fourrure qui dégageait une odeur répugnante.

Elle avait un terrible mal de tête, et son esprit était curieusement embrumé ; pourtant elle se souvenait avec précision de ce qui s'était passé avant qu'elle ne s'évanouisse : le rituel, la douleur.

« Cette fois encore je suis en vie », pensa-t-elle.

Elle fit un effort pour se redresser. Elle se trouvait dans une grande salle creusée dans la roche, éclairée par des torches en bronze fixées aux murs. Dans la faible lumière, elle entrevoyait d'autres lits, mais elle n'avait ni la force ni l'envie de regarder s'ils étaient occupés.

— Bon réveil ! dit une voix jeune et fraîche.

Surprise, Doubhée tourna vivement la tête et vit une jeune fille assise près de son lit. Ce devait être une sorte d'infirmière. Un peu plus grande qu'elle, elle portait la tenue des Assassins : une chemise noire avec des manches amples, un corset en cuir, et un pantalon de daim, noir lui aussi, enfilé dans de hautes bottes. Il n'y avait que deux notes de couleur dans cet uniforme : sa ceinture argentée et les boutons rouge sang de son corset.

La jeune fille était pâle, avec des cheveux blonds et frisés. Elle avait des taches de rousseur sur le nez, et de longues mains fuselées.

— Qui es-tu ? demanda Doubhée.

— Rekla, ta Gardienne. Celle qui t'enseignera la vie des Victorieux.

Un maître, donc.

« Si jeune... », songea Doubhée.

— Qu'est-ce que c'est que cet endroit ? voulut-elle savoir.

— L'infirmerie. Tu as été amenée ici après ton initiation.

La Gardienne tira un flacon de la poche de son pantalon et le lui mit sous le nez.

— Tu le vois ?

Non seulement Doubhée le voyait, mais elle le reconnaissait. C'était la dernière image que ses yeux avaient enregistrée avant qu'elle ne sombre dans l'obscurité : Yeshol lui faisait boire son contenu.

— Il se trouve que je suis aussi la Gardienne des Poisons.

« Gardienne des Poisons ? » s'étonna Doubhée. Une autre charge plutôt lourde, pour une fille qui ne semblait même pas avoir vingt ans...

— C'est le remède contre ta malédiction, la fragile barrière qui te sépare de la folie.

Elle sourit d'un air presque sincère, et Doubhée se mit aussitôt à la détester.

— Je suis la seule à en connaître la recette, et il n'y a que moi qui sois autorisée à en conserver. C'est uniquement grâce à ce breuvage que tu éviteras de te faire dévorer par la Bête à l'avenir. Je t'en fournirai une ampoule par semaine, pas plus, et tu ne pourras jamais en demander qu'à moi. Bien sûr, ma décision de t'en donner ou pas sera sans appel.

Doubhée serra les dents :

— Tu es en train de me menacer ?

— Pas du tout, répondit Rekla sans se départir de son sourire. Je t'informe des conditions de ton séjour ici, conditions sur lesquelles tu t'es mise d'accord avec le Gardien Suprême avant de consacrer ta vie à Thenaar. Je te rappelle par ailleurs que tu es une élève : il t'est interdit de me traiter avec autant de familiarité.

Doubhée était trop fatiguée pour répliquer ; en outre, son esprit était encore obnubilé par le rituel d'initiation. Des lambeaux de souvenirs affleuraient peu à peu à sa conscience.

— Ce sera toujours comme ça ? demanda-t-elle. Je serai aussi mal à chaque fois que je prendrai la potion ?

— Tu te sens mal parce que la malédiction a été stimulée, pas à cause de ma potion. N'aie aucune crainte, tu seras en état d'accomplir tous tes devoirs de Victorieuse.

Rekla rangea le flacon dans sa poche, puis elle regarda de nouveau Doubhée.

— À partir de maintenant, je serai ton ombre. Tu ne sais rien du culte de Thenaar, à part les deux ou trois choses que t'a révélées le Gardien des Initiés ; tu as beaucoup à apprendre. Tu dois aussi entraîner ton corps, affaibli par les vices des Perdants, aux techniques des Victorieux. Mais il y a un temps pour tout.

Elle sourit encore, et Doubhée pensa que c'était sans doute une tactique répandue chez les Assassins.

— Aujourd'hui, il t'est accordé un peu de repos. Ce soir je te conduirai dans tes quartiers, et ta vie de Victorieuse commencera.

Elle se leva et se pencha au-dessus de l'initiée.

— Profites-en bien, dit-elle.

Cependant le ton de sa voix était étrange, et Doubhée surprit un éclair de méchanceté dans ses yeux.

Rekla revint le soir. Doubhée avait somnolé toute la journée, pourtant, si son corps était vaguement reposé, elle ne pouvait pas dire la même chose de son esprit. Son sommeil avait été léger, et tourmenté par des visions.

La Gardienne s'approcha du lit en arborant son sourire bizarre.

— Tu te sens prête ?

Doubhée acquiesça. Elle aurait préféré rester encore un peu au lit, mais elle ne pouvait reporter indéfiniment l'instant d'affronter la réalité. Elle se leva.

— Voilà tes vêtements, dit Rekla en lui tendant un paquet.

Doubhée l'ouvrit ; ils étaient en tout point identiques à ceux de la Gardienne, exception faite des boutons du corset, qui étaient noirs, et non rouges.

— Yeshol…, commença-t-elle.

Rekla lui imposa immédiatement le silence.

— Ne te permets pas de prononcer le nom du Gardien

Suprême, siffla-t-elle, le visage soudain sévère. Aucun de nous n'en est digne ; alors toi... Comme c'est la première fois, je serai clémente, mais si je te surprends encore avec ce nom sur les lèvres, tu seras punie. Pour nous tous, c'est « Son Excellence ».

Doubhée fit la grimace.

— Son Excellence m'avait promis de me rendre mon poignard.

— Tu le trouveras dans tes quartiers. Maintenant, habille-toi.

Elles parcoururent à nouveau de longs couloirs et d'étroits tunnels. Rekla les empruntait les uns après les autres sans aucune hésitation ; Doubhée la suivait en essayant de mémoriser le parcours. C'était difficile : la seule donnée par laquelle elle aurait pu s'orienter, c'était l'odeur de sang. Elle imprégnait le moindre recoin de la Maison, plus ou moins forte en fonction des endroits. C'était une trace évanescente, mais Doubhée avait appris à entraîner son odorat avec le Maître. Elle s'étonna que cette odeur ne fasse que lui donner la nausée, sans stimuler la Bête. Bien sûr, elle était un peu nerveuse et quelque chose en elle s'agitait sourdement, cependant elle se sentait désormais capable de se contrôler.

« Alors, c'est que tes poisons fonctionnent, maudite peste », pensa-t-elle en fixant le dos de Rekla

Celle-ci s'arrêta enfin.

C'est ici que logent les Victorieux, annonça-t-elle.

Doubhée fut surprise. Elle s'attendait à ce que ces

gens dorment dans un dortoir ; or elle découvrait qu'ils avaient droit à des chambres particulières.

La Gardienne sortit une vieille clef rouillée de sa poche et ouvrit la porte. Elle s'arrêta sur le seuil et tendit la clef à Doubhée.

— Voilà ton logement. La Gardienne des Cellules possède un passe qui ouvre toutes les portes, elle entre donc quand elle veut.

La chambre était très petite, et elle n'avait pas de fenêtre. L'air arrivait par un minuscule trou situé tout en haut d'un mur, comme dans les autres pièces de la Maison. Une niche creusée dans la roche abritait l'inévitable statuette en cristal noir de Thenaar. Appuyé contre un mur, il y avait un vieux lit en bois recouvert d'un peu de paille, sur lequel se trouvaient un coussin, une couverture et un drap. À côté, Doubhée vit un coffre d'acajou sur lequel elle aperçut un broc, un gobelet de terre cuite, un grand sablier en bois sombre et... son poignard ! Yeshol avait tenu parole.

— Tu as des vêtements de rechange dans le coffre, fit Rekla.

Doubhée attrapa son poignard et le glissa à sa ceinture.

« Tu n'es que de passage ici, ne l'oublie pas, se dit-elle. Un jour tu t'en iras. »

— On continue, déclara la Gardienne en sortant de la chambre.

Elles se remirent à parcourir des couloirs imprégnés de l'odeur du sang. Au bout de quelques minutes, elles arrivèrent devant une vaste salle.

— C'est ici que les Victorieux prennent leurs repas.

On y vient à la première heure après l'aube, à midi, et aussitôt après le coucher du soleil. Ce sont les trois seuls repas auxquels nous avons droit.

Le réfectoire était une pièce rectangulaire, meublée de bancs sombres disposés autour de tables en ébène. Au fond, se dressait une sorte de chaire surmontée de la statue d'un cyclope difforme.

— Il faut se dépêcher, nous mangeons dans moins d'une heure, lança Rekla en accélérant le pas.

Doubhée faillit presque la perdre tandis qu'elle se déplaçait avec assurance dans le dédale des couloirs

— Ce soir, après le repas, je te donnerai un plan des lieux. Tu auras deux jours pour l'apprendre, c'est clair ?

Doubhée ne répondit pas et se contenta de la suivre.

Elles arrivèrent devant un escalier, qu'elles descendirent pour rejoindre une grande pièce circulaire, complètement vide. Dans ses murs s'ouvrait une longue suite de portes noires.

— Voilà les salles consacrées à l'entraînement. Moi, je t'enseignerai le culte ; ici, tu travailleras avec un autre gardien.

Rekla montra à Doubhée toutes les pièces, dont certaines contenaient des mannequins de paille, d'autres des cibles. Leurs parois étaient couvertes d'armes en tout genre : des arcs, des sarbacanes, des poignards de différentes tailles, ainsi que de nombreuses épées. C'était une arme que Doubhée connaissait mal, car le Maître considérait qu'elle n'était pas nécessaire à un assassin.

Elles retournèrent vers l'escalier, et, alors qu'elles le remontaient, un sinistre son de cloche résonna deux fois.

— C'est le signal du dîner. Elle sonne quatre coups :

au dernier, les portes se ferment et personne ne peut plus entrer.

Le réfectoire était déjà plein quand elles l'atteignirent, hors d'haleine. Doubhée estima qu'il devait y avoir au moins deux cents personnes. Les deux cents Assassins les plus dangereux du Monde Émergé ; deux cents Assassins, désormais ses compagnons. Se trouvaient là des hommes comme des femmes, et un groupe assez important d'enfants installés à part. Ils portaient des tuniques noires et étaient surveillés par une dizaine de Gardiennes vêtues en rouge.

— Suis-moi.

Les deux jeunes filles s'installèrent au bout d'une table. Aussitôt, plusieurs paires d'yeux curieux se posèrent sur Doubhée. Elle n'avait pas l'intention de se laisser traiter comme une bête de foire : elle soutint fermement les regards. Très vite, ils se firent moins insistants.

— Je ne devrais pas être assise ici avec toi. Les Gardiens mangent ensemble là-bas, murmura Rekla en indiquant une zone à l'écart. Mais comme tu es nouvelle, Thenaar me pardonnera cette petite infraction à la règle.

Le brouhaha qui emplissait la salle cessa immédiatement lorsqu'une silhouette rouge apparut sur le seuil : c'était Yeshol !

Au même moment entra une longue file de serviteurs déguenillés, les pieds nus et les yeux cernés de ceux qui souffrent de la faim et du manque de repos. Les uns portaient de lourdes marmites, les autres des assiettes et des couverts en terre cuite, qu'ils commencèrent à disposer devant les convives.

Rekla se pencha vers Doubhée et lui murmura à l'oreille :

— Ce sont les Postulants, venus au temple prier pour leurs proches. Ils attendent maintenant leur sacrifice. Ils se sont offerts à Thenaar en l'échange de la faveur demandée. Les autres sont les enfants des Perdants que nous avons tués.

« Des esclaves, se dit Doubhée, comme moi. »

Si elle n'était pas parmi eux, c'était seulement grâce à la protection du Maître, et à ce meurtre qu'elle avait commis à l'âge de huit ans, qui faisait d'elle une Prédestinée aux yeux de la Guilde.

Un garçon au visage triste et émacié lui apporta son couvert. Dès que leurs regards se croisèrent, il détourna les yeux.

Puis vinrent ceux qui portaient les marmites. Ils versaient à chacun un peu de bouillon rougeâtre qui puait le chou et posaient un morceau de pain à côté des assiettes. Doubhée eut la désagréable impression d'être servie par des fantômes. Elle pensa à la femme qu'elle avait entendue se lamenter lors de sa première visite dans le sanctuaire. Était-elle parmi eux ?

Quand la distribution fut terminée, plus personne ne parla dans la salle. C'est alors que s'éleva la voix retentissante de Yeshol, animée d'une sorte de fureur mystique, comme la veille, pendant l'initiation.

— Rendons grâce à Thenaar pour avoir fait descendre sur nous ses ténèbres, propices au meurtre et si chères à ses enfants.

— Le sang au sang, la chair à la chair ; gloire au nom de Thenaar ! répondit l'auditoire d'une seule voix.

Doubhée sentit ses oreilles bourdonner.

— C'est un jour de joie, poursuivit Yeshol. Une nouvelle adepte s'est jointe à nous, une Victorieuse qui pendant de longues années avait fui son destin, mais qui est finalement revenue à Thenaar. Ce soir elle est assise parmi nous, et par sa propre vie elle répare l'outrage infligé à notre communauté par le départ de Sarnek, qui décida de se vouer à la cause des Perdants.

Doubhée foudroya Yeshol du regard. Le Gardien Suprême la fixa quelques instants, imperturbable.

— À présent, Sarnek est mort ; le scandale qu'il a provoqué est effacé. Doubhée nous rend ce qui nous a été ôté dans le passé.

Des applaudissements s'élevèrent dans la salle. Doubhée garda les yeux baissés sur son assiette : le choix qu'elle avait fait lui pesait de plus en plus, cependant le souvenir de la Bête lui lacérant la poitrine pour sortir était toujours très vif.

— Votre heure approche enfin ! déclara avec force Yeshol. Nous languissons en exil dans ce lieu, loin de notre véritable maison, depuis trop longtemps. J'ai juré que je ne mourrais pas avant de voir le triomphe de Thenaar, et il en sera ainsi. Souvenez-vous-en, notre heure est proche.

Un immense cri de joie secoua l'auditoire. Doubhée continua à regarder sa soupe. Les délires de ces gens ne l'intéressaient pas ; elle faisait son possible pour s'extraire mentalement de cette assemblée.

— Et maintenant, mangez, en attendant le jour du sacre de Thenaar.

Deux cents cuillères se mirent à heurter à l'unisson les assiettes, et on n'entendit plus aucun autre bruit.

Doubhée ne bougea pas ; elle n'avait aucune envie de manger. L'odeur du sang lui emplissait encore les narines.

— Qu'est-ce que tu fais ? Tu n'as pas faim ? l'apostropha Rekla.

La jeune fille prit sa cuillère et se mit à siroter sa soupe à contrecœur, en se disant une fois de plus qu'elle devait aller jusqu'au bout.

Une demi-heure plus tard, les esclaves vinrent débarrasser les tables. Hagards, ils se déplaçaient avec des gestes mécaniques. Doubhée les suivait des yeux, curieusement attirée par ces visages.

— Tu n'as aucune raison de regarder ces Perdants, ils ne le méritent pas, la sermonna Rekla d'une voix acide.

« Toutes les victimes ont la même apparence », songea la jeune fille en se souvenant d'elle-même, enfant.

Soudain, Rekla se leva sans crier gare, et Doubhée fut obligée de l'imiter.

— Tu reconnais le chemin ?

— Deux fois, ce n'est pas beaucoup pour se souvenir d'un parcours aussi compliqué...

Un sourire narquois se dessina sur les lèvres de la Gardienne.

— Un Victorieux n'a pas besoin de répétitions inutiles. Un Victorieux mémorise un parcours la première fois qu'il l'accomplit. Je vois que ce ne sera pas facile avec toi, petite fille...

— Ne me sous-estime pas : moi, au moins, je me suis fait une réputation de voleuse dans le Monde Émergé. Ton nom à toi, personne ne le connaît.

Doubhée avait à peine fini sa phrase que Rekla l'avait plaquée contre le mur, un bras derrière le dos, et lui appuyait la lame de son couteau sur la jugulaire. Suffoquée par la douleur au poignet, Doubhée réprima un mouvement d'humeur.

— Je suis ta Gardienne, ne t'avise pas de m'adresser la parole sur ce ton, ou je t'égorge et j'offre ton sang en sacrifice à Thenaar. Avoir été choisie par Son Excellence ne te donne aucun droit.

Sur ces mots, elle la jeta violemment sur le pavé glacial du couloir.

— Souviens-toi, je suis aussi la Gardienne des Poisons, ta survie est entre mes mains. Sans mes flacons, la malédiction te réduira en pièces. Maintenant, lève-toi.

Doubhée crispa ses doigts sur le sol. Elle était folle de rage, mais elle ne pouvait rien faire. Elle se releva et suivit la jeune femme tête basse.

Arrivée devant la porte de sa chambre, Rekla lui tendit la clef et une carte.

— Demain matin, quand je viendrai te réveiller, tu auras appris par cœur la moitié du plan de la Maison, lança-t-elle avec un rictus féroce.

Doubhée lui arracha la feuille des mains.

— Ça sera fait, siffla-t-elle.

— Oh, je n'en doute pas. La peur peut beaucoup, et je t'assure que si tu n'exécutes pas mes ordres, tu goûteras à la peur sous toutes ses formes.

Sur ce, elle fit volte-face et partit sans attendre de réponse.

Doubhée entra dans la chambre, et claqua la porte derrière elle. L'odeur de renfermé la prit à la gorge. Il n'y avait aucun moyen de s'échapper de ce lieu enfoui dans les entrailles de la terre, pas même une fenêtre d'où contempler le ciel en rêvant à une impossible liberté.

« Ils n'auront pas mon âme », se dit-elle avec force pour se donner courage. À cet instant précis, elle se rendit compte que cette phrase n'avait pas beaucoup de sens. « Mon âme, je l'ai perdue il y a de nombreuses années... »

Furieuse, elle s'assit sur le lit et déplia la carte couverte de symboles noirs. Au-dessus d'elle brillait froidement l'étoile rouge de sa captivité.

15
SOUS L'ŒIL DE THENAAR

Doubhée se réveilla en sursaut : quelqu'un frappait violemment à la porte. Dans l'épaisse obscurité qui l'entourait, elle mit un peu de temps à se rappeler où elle se trouvait. Elle leva les yeux, et vit le trou dans le mur : la Guilde ! Elle comprit aussi qui était là : Rekla, qui venait pour sa leçon matinale.

— J'arrive, marmonna-t-elle.

Elle sortit du lit, prit ses vêtements et alla ouvrir. L'éclat d'une lame fendit la pénombre, et elle ressentit une douleur à la poitrine. Elle attrapa vivement son poignard.

— Tu es devenue folle ou quoi ? hurla-t-elle.

Rekla lui pointa son épée à la gorge.

— Tu es en retard ! Je t'avais prévenue : si tu ne fais pas ce que je te dis, tu seras punie.

Doubhée resta immobile quelques instants, son poignard tendu vers la Gardienne des poisons.

— Range ça tout de suite ! siffla celle-ci.

Doubhée obéit à contrecœur. L'autre la regarda avec mépris.

— Tu dois te laver maintenant. Suis-moi !

Elles s'engagèrent dans le labyrinthe de couloirs, mais cette fois Doubhée savait où elles allaient. L'étude du plan lui avait été utile : elle s'orientait sans peine dans les galeries, même celles qu'elles n'avaient jamais empruntées. Elle se mit crânement à côté de Rekla, qui ricana.

— Je vois que tu as bien fait tes devoirs !

Elle la conduisait aux thermes. Doubhée les avait repérés sur la carte : ils se trouvaient près des gymnases et étaient alimentés par une source souterraine d'eau chaude. La Maison n'était pas très éloignée de la Terre du Feu, qui se caractérisait par le grand nombre de ses volcans. Le Thal, le plus haut d'entre eux, réchauffait les sources jusque-là.

Les thermes se trouvaient eux aussi dans une immense salle circulaire, grossièrement creusée dans la roche. Une grande statue de Thenaar en cristal noir trônait au milieu, avec à ses pieds le petit personnage que Doubhée avait aperçu dans la grotte où avait eu lieu son initiation. Cette fois, elle réussit à mieux la voir. C'était bien un enfant, mais son visage avait une expression sérieuse mêlée de tristesse qui le faisait ressembler à un adulte miniature. Il était d'une beauté inquiétante : ses cheveux bouclés étaient sculptés avec un tel art qu'ils semblaient doux et brillants. De chaque côté de sa tête Doubhée découvrit quelque chose de pointu que Doubhée ne sut pas identifier. Il portait une tunique qui lui descendait jusqu'aux pieds et avait les bras ouverts comme pour embrasser l'univers.

Intriguée, la jeune fille se demanda qui pouvait bien être ce personnage.

L'endroit était presque entièrement occupé par une vaste piscine d'eau chaude dont les vapeurs emplissaient l'air. Des cascades coulaient de bouches monstrueuses creusées le long des parois. Il y avait beaucoup de monde, aussi bien des hommes que des femmes.

— À partir de demain, tu viendras ici toute seule te laver avant de te présenter devant moi. On se voit au réfectoire au premier son de cloche, dit Rekla en s'en allant.

La piscine grouillait de corps pâles, rendus vigoureux par l'exercice, mais tous étrangement identiques. Doubhée eut l'image fugitive de larves se nourrissant d'obscurité. Elle se déshabilla, posa ses vêtements dans l'une des niches aménagées dans le mur et plongea. Elle resta longtemps sous l'eau, la chaleur l'engourdit. Elle se rappela la Terre du Soleil et les matins où elle allait se laver à la Fontaine Obscure. Là-bas, l'eau était glacée et fortifiante, et elle se sentait tout de suite purifiée.

Elle nagea un moment, bien que cela soit fastidieux dans cette chaleur, puis alla se mettre sous une des cascades. L'homme qui se tenait à côté lui jeta un regard où elle lut de la curiosité. Embarrassée, elle s'éloigna à la nage, puis sortit de l'eau et se sécha. Au moment où elle attachait le dernier bouton de son corset, la cloche sonna pour la première fois.

Même si elle n'avait pas étudié la carte avec attention, il ne lui aurait pas été difficile de trouver le chemin du réfectoire : tout le monde y allait, elle n'eut qu'à suivre la marée humaine pour atteindre la grande salle.

Cette fois, le repas avait déjà été servi : un morceau de pain et un bol de lait.

Chacun prit place en silence. Doubhée se douta qu'un rituel allait avoir lieu ; en effet, Yeshol apparut sur sa chaire.

— Prions Thenaar afin qu'il nous donne une longue journée de travail, au terme de laquelle nous pourrons jouir à nouveau de ses ténèbres, propices au meurtre et si chères à ses enfants...

Comme la veille, l'auditoire répondit d'une seule voix :

— Le sang au sang, la chair à la chair, gloire au nom de Thenaar.

Le Gardien Suprême parut satisfait :

— Mangez, mangez, et prenez des forces.

Ce fut le signal du début du repas. Doubhée but son lait d'une traite et avala son pain en quelques bouchées.

— Alors ? fit-elle dès qu'elle eut fini.

Rekla, qui avait à peine entamé son bol, lança :

— Alors, tu n'as pas l'air d'un Assassin ! Personne ne t'a enseigné la patience ?

— Désolée, ironisa Doubhée, en réalité je ne suis qu'une voleuse...

— Tu es une Enfant de la Mort, c'est ton destin, répliqua Rekla avec un sourire moqueur.

Elle se tut et termina son repas en prenant tout son temps comme si elle voulait agacer son élève.

— Apprends à discerner le temps du repos de celui de l'action, fit-elle enfin en se levant.

Ensuite, elles allèrent au temple, sombre et désert, comme toujours. Le vent et la pluie faisaient vibrer ses murs : il devait y avoir une tempête dehors. Doubhée s'imprégna de ces bruits. Cela ne faisait qu'une semaine qu'elle vivait dans les profondeurs de la terre, mais déjà l'extérieur lui manquait cruellement. Elle eut envie de se sauver, de rester dehors un bref instant pour sentir la pluie et le vent lui fouetter le visage... Elle chassa aussitôt cette pensée.

Rekla, qui s'était agenouillée, lui ordonna :

— Mets-toi à genoux.

— Je ne crois pas en Thenaar, déclara Doubhée.

Ces mots étaient sorties de sa bouche malgré elle. Yeshol avait pourtant été clair : vivre dans la Guilde impliquait de se plier au culte était le seul moyen pour elle d'échapper à une mort horrible. Seulement, elle ne le pouvait pas : le souvenir du Maître le lui interdisait.

Rekla se tourna vers elle.

— Chacun de tes inutiles actes de rébellion, chacune de tes paroles de trop signifient de la souffrance à venir. Pour l'instant, tu ne t'en aperçois pas parce que tu es encore pleine de potion, mais rappelle-toi le soir de ton initiation, rappelle-toi les cris inhumains que tu poussais. C'est ce qui t'attend si tu ne m'obéis pas, Doubhée...

Doubhée s'agenouilla en serrant les poings. Le souvenir de la Bête était plus fort que tout, il l'empêchait de persévérer dans ses refus.

— Je me moque que tu restes ou non avec nous, reprit la gardienne. Pour moi, tu es et tu seras toujours une Perdante, puisque tu te comportes comme telle. Cependant Son Excellence croit en toi, et il est l'incarnation de Thenaar sur la terre. Si je ne te tranche pas la gorge là, tout de suite, c'est seulement parce que j'ai foi en lui, sache-le.

— Et moi, si je ne te tue pas, c'est seulement à cause de la potion, répliqua Doubhée.

Chose bizarre, Rekla se contenta d'esquisser un petit sourire en coin.

Ensuite, elle lui enseigna une prière : « Puissant Thenaar, dieu de la foudre et de la lame, Seigneur du sang, éclaire ma route afin qu'elle me mène à l'accomplissement du meurtre et que je puisse t'offrir le sang des Perdants. » Elle lui expliqua que c'étaient les mots que récitait un Victorieux avant une mission, et lui ordonna de la répéter.

Doubhée dut faire un gros effort sur elle-même pour prononcer cette litanie stupide ; ce fut avec une telle haine et sur un ton si irrité que le visage de Rekla s'assombrit. Contrairement à Yeshol, la jeune femme semblait très sensible au blasphème. Elle la foudroya du regard.

Mais Doubhée commençait à comprendre jusqu'où elle pouvait aller : Yeshol, qui avait tout fait pour la prendre dans ses filets, était le seul à avoir le droit de la tuer ; avec Rekla, elle décida donc s'accorder quelques petites satisfactions...

Quand ce fut fini, elles se relevèrent et s'assirent sur un banc, où la Gardienne commença à l'instruire. Il y avait beaucoup de choses que Doubhée savait déjà, soit parce que Ghaan en avait parlé au cours des longues journées de la purification, soit parce que la rumeur les colportait parmi le peuple ou qu'elles lui avaient déjà été révélées par le Maître.

Rekla lui parla d'abord de Thenaar, un dieu cruel, qui adorait la mort, et qui désignait les élus, les Victorieux. De l'autre côté, il y avait les Perdants, les hommes du commun, ceux qui n'avaient jamais tué, ou qui l'avaient fait pendant la guerre, sous les ordres de quelqu'un d'autre. C'étaient des êtres indignes de Thenaar. Il les haïssait, et il voulait les écraser, parce qu'ils étaient l'abominable création de dieux au cœur trop tendre. Les Victorieux, eux, étaient les meurtriers, les Assassins de la Guilde.

— Nous ne sommes pas comme les soldats qui massacrent leurs adversaires au nom de ceux qui les commandent, dit Rekla les yeux brillants. Ni comme les simples mercenaires qui tuent pour l'argent et qui bafouent le noble art du meurtre pour un quignon de pain. Nous, nous tuons pour la gloire de Thenaar, nous libérons le monde des Perdants pour que son règne puisse advenir un jour prochain. Ce sera un monde où ne vivront que ses créatures bien-aimées, nous, les Victorieux. Un monde meilleur.

Doubhée réprima une grimace : la Guilde qui tuait pour un monde meilleur... Pourtant, tous savaient que Yeshol exigeait de l'argent en échange des services de ses Victorieux, et que la secte gérait d'extraordinaires flux de richesses ! La vérité, c'était que la vie ne valait rien. Doubhée le savait depuis longtemps, depuis le jour où elle avait été chassée de chez elle sans que son père essaie de la sauver...

Rekla continuait à parler. Les Victorieux étaient marqués par le destin : c'étaient ceux qui étaient attirés par le meurtre dès leur jeune âge, ceux dont les mères mouraient en couches, ou qui, enfants, tuaient comme Doubhée, par accident ; ou bien encore des gamins qui ôtaient la vie comme ça, sans raison.

Doubhée secoua la tête ; ce n'était pas pour Thenaar que Gornar était mort ! C'était arrivé à cause du destin, rien d'autre. Elle écouta la leçon en silence, sans en croire un mot, résolue à faire de même les jours suivants.

« Je ne suis pas comme eux, je ne le serai jamais ! »

Après le déjeuner, Doubhée eut une heure de libre.

— Plus tard, nous devons aller au gymnase. Or on ne s'entraîne pas bien l'estomac plein, expliqua Rekla en lui tendant un gros livre relié en cuir noir. D'ici à demain, je veux que tu en aies lu au moins la moitié, ajouta-t-elle avant de se fondre dans la pénombre des couloirs.

Doubhée n'avait aucune envie de se promener dans les souterrains. Elle s'enferma dans sa chambre, où elle passa une heure à parcourir le livre. C'était un texte secret destiné aux initiés, qui traitait de l'organisation sociale de la Maison. La jeune fille n'aurait jamais imaginé que la Guilde pouvait avoir un fonctionnement aussi complexe ; elle avait bien pensé qu'il devait y avoir une certaine répartition des tâches, mais elle n'avait aucune idée du nombre de castes et de classes nécessaires pour faire vivre une secte comme celle-là, qui comptait plusieurs centaines de personnes. Il y avait beaucoup de Gardiens du rang de Rekla : ceux chargés des cuisines, ceux employés au sacrifice, ceux qui s'occupaient des novices, des gymnases, de l'entretien du temple... Une multitude de charges.

Doubhée apprit que la Guilde avait des ramifications à l'extérieur, parmi des hommes qui n'étaient pas à proprement parler des initiés, mais qui lui permettaient d'étendre ses tentacules dans tout le Monde Émergé. C'étaient pour la plupart des prêtres, qui pratiquaient en secret son culte, ou bien des magiciens. Le livre contenait une liste de ces gens-là. Elle connaissait la plupart d'eux, et elle ne les aurait jamais soupçonnés d'être liés à la Guilde. Y figuraient même certains conseillers du roi ou de ses comtes ! Elle découvrait avec effarement à quel point l'organisation était puissante.

Quand la clepsydre lui signala que l'heure était écoulée, Doubhée fut soulagée de se rendre au gymnase.

Lorsqu'elle pénétra dans la grande salle, elle eut d'abord du mal à la reconnaître. Les pièces vides et sombres qu'elle avait vues la veille étaient à présent éclairées comme en plein jour par le feu qui brûlait dans de grosses vasques en bronze posées sur des trépieds et qui exhalait un léger parfum fruité. L'odeur de transpiration, mêlée à celle du sang, lui donna le vertige. Elle se dépêcha de rejoindre Rekla, qui l'attendait.

Les premières pièces étaient occupées par de jeunes gens, garçons et filles, ainsi que par des enfants, certains très petits. Ils exécutaient des exercices visant à tonifier et à allonger les muscles, à améliorer l'équilibre et la capacité de concentration. Quelques-uns s'entraînaient aux armes, d'autres luttaient à mains nues ; d'autres encore s'affairaient autour de mannequins. Aucun n'avait vraiment l'air d'un enfant. Leurs visages étaient tendus par l'effort, et il leur manquait la vivacité propre à l'enfance. C'étaient des adultes enfermés dans de petits corps. La statue de l'étrange enfant installée près de celle de Thenaar revint tout à coup à l'esprit de Doubhée.

— Si cela ne tenait qu'à moi, fit la Gardienne, je te laisserais là, avec les gamins de ton âge, mais Son Excellence est convaincue que tu vaux mieux qu'eux...

Elles arrivèrent devant les salles où s'entraînaient les adultes. Leurs mouvements étaient plus précis, et ils s'exerçaient seuls. Doubhée se dit que l'endroit n'était sûrement pas aussi agréable que la Fontaine Obscure ; cependant il lui permettrait au moins de travailler sa concentration et de goûter un peu de solitude.

Hélas, Rekla se dirigea vers un homme qui se tenait à l'écart, appuyé contre le mur, et serrait à la main une sorte de fouet. Il était grand et filiforme, d'une maigreur extrême ; son crâne chauve brillait dans la lumière. Il avait un visage aplati, un nez crochu, une bouche large et fine, et un menton fuyant.

Quand il vit Rekla s'approcher, il se redressa et plaqua ses bras contre le corps. Ils étaient anormalement longs. Il parla la tête baissée sans regarder les deux jeunes femmes dans les yeux. Il les dévisageait toutefois par en dessous, ce qui l'obligeait à se tordre d'une manière grotesque.

— Bonjour, Rekla, fit-il d'une voix mielleuse et aiguë, qui correspondait parfaitement à son aspect. La nouvelle acquisition, je présume, ajouta-t-il en tournant la tête vers Doubhée.

Ses yeux, noirs comme la poix, étaient perpétuellement en mouvement.

Rekla hocha la tête d'un air méprisant :

— Son Excellence souhaite que tu commences par évaluer ses capacités, et que tu lui fasses un rapport.

— Comme Son Excellence le désire, répondit l'homme avec une petite révérence moqueuse.

Il n'avait pas l'air aussi fervent que Rekla ; Doubhée sentit qu'il n'était pas animé par le fanatisme, comme tous les autres, mais par une autre énergie.

La Gardienne des Poisons tourna les talons sans ajouter un mot, et Doubhée resta seule avec l'homme, qui la scrutait avec attention. Elle se laissa observer avec réticence, en regrettant de ne pas avoir son manteau ; elle n'était plus habituée à s'offrir aux regards.

— Je suis Sherva, le Gardien du Gymnase. Ton nom ?

— Tu ne le connais pas ? demanda Doubhée.

L'homme grimaça un sourire :

— Je veux l'entendre de ta bouche.

La jeune fille s'exécuta de mauvaise grâce.

— Le corps d'un Assassin en dit long sur lui, et il est évident que le tien est bien entraîné aux techniques qui requièrent agilité et discrétion, fit Sherva. C'est une bonne chose. Mais tu n'as pas d'expérience dans le meurtre à mains nues, et l'épée t'est pratiquement inconnue. Tu tires bien à l'arc, mais avec une seule main, et tu as une préférence pour le poignard. Ça aussi, c'est bien, parce que les Victorieux recherchent le sang et que le poignard est l'arme favorite de Thenaar.

— Si tu crois m'impressionner, tu te trompes ! mentit Doubhée.

— Ce n'est pas mon intention. Cela fait combien de temps que tu n'exerces pas ?

Le cauchemar prenait soudain une nouvelle consistance.

— Je n'ai jamais exercé. J'ai seulement été entraînée.

Sherva se caressa le menton en la dévisageant d'un œil critique.

— C'est vrai... tu es une voleuse, n'est-ce pas ?

Doubhée acquiesça.

— Et depuis quand ton apprentissage est-il terminé ?

— Depuis deux ans.

— Ainsi, tu as assisté Sarnek... Après sa mort, tu as continué à t'entraîner aux techniques qu'il t'avait enseignées. Tu es un Assassin qui ne fait pas couler de sang, un tueur à gages sans victimes...

Doubhée ne savait pas quoi dire. À la différence des échanges avec Rekla, la conversation avec cet homme était plutôt intéressante. Il y avait quelque chose de malade en lui, comme en tous ceux qui habitaient la Maison, mais aussi quelque chose de fascinant.

— Bien sûr, conclut-il, il ne suffit pas de regarder ton corps pour savoir de quoi tu es capable ; il faut te voir à l'œuvre.

Sur ces mots, il se mit à marcher, et Doubhée le suivit. Ses pas ne produisaient aucun bruit ; ses mouvements avaient une fluidité que Doubhée n'avait jamais vue chez personne, ni chez un animal. On aurait dit que l'air s'ouvrait sur son passage et se refermait aussitôt derrière lui. Même Doubhée, dont les sens étaient aiguisés, n'aurait pas été capable de détecter sa présence.

— Ne sois pas étonnée, dit Sherva sans se retourner,

comme s'il lisait dans ses pensées. Mon agilité est le fruit de longues années d'entraînement.

Doubhée commençait à éprouver une étrange sympathie envers cet homme.

Il la conduisit loin du vacarme du gymnase, dans une pièce sombre et poussiéreuse. Elle était petite, mais aussi bien équipée en mannequins et en armes que les autres. Sherva versa de l'huile dans une lampe et l'alluma avec un tison.

— En général, je m'occupe des enfants, mais comme Yeshol souhaite que je me consacre désormais à toi...

Doubhée s'étonna de la simplicité avec laquelle l'homme avait prononcé le nom du Gardien Suprême.

— On a beau s'entraîner toute la vie, il y a toujours des techniques que l'on peut améliorer. Nous travaillerons celles-là.

D'une certaine manière, Doubhée avait l'impression d'être redevenue enfant. S'entraîner et apprendre de nouvelles choses lui avait toujours beaucoup plu.

— Tu as déjà tué sur commande ? demanda-t-il à l'improviste.

— Non, répondit sèchement Doubhée, alors que son esprit volait jusqu'à son premier meurtre.

Sherva la regarda par en dessous en souriant, ce qui lui donna un air mauvais et visqueux.

— Ou peut-être que oui... Quoi qu'il en soit, cela ne m'intéresse pas. Si tu l'as fait, tu l'as fait pour l'argent, or on ne tue pas pour l'argent. On tue pour le meurtre en lui-même.

— Rekla ne voit pas les choses comme ça, remarqua Doubhée en se disant que la discussion prenait un tour intéressant. Et Yeshol non plus. D'après eux, on tue pour Thenaar.

— Moi, j'aspire à la perfection de la technique, répondit Sherva. Peut-être que c'est ma manière de servir Thenaar. Bon, maintenant, trêve de discours ! Montre-moi ce que tu sais faire.

La jeune fille s'exécuta : elle prouva sa maîtrise de différentes armes et démontra son agilité par des exercices et des acrobaties. Sherva resta silencieux pendant tout le temps de l'épreuve, Doubhée estima toutefois lui avoir fait une bonne impression aussi bien à l'arc qu'au poignard. Il semblait satisfait de sa rapidité. Les choses se gâtèrent quand ils furent passés à l'épée. L'homme avait vu juste en évaluant ses aptitudes : elle ignorait presque tout du maniement de cette arme.

Lorsqu'il fut question de montrer son habileté dans le meurtre à mains nues, Sherva la surprit.

— Cette fois, pas de mannequins. Essaie sur moi.

Doubhée le regarda en hésitant :

— Je risque de te faire très mal. Le Maître m'a enseigné beaucoup de choses...

— Tais-toi, et fais ce que je te dis !

Elle soupira et décida de se prêter au jeu. Elle essaya tout : lui briser l'os de la nuque, l'étrangler avec les bras et les jambes, frapper les points les plus fragiles de son corps... En vain. Cet être était d'une souplesse surnaturelle : il lui glissait entre les doigts comme une anguille. Dès qu'elle croyait avoir une prise solide, il se libérait. Les os de son corps semblaient élastiques, et il réussissait à désarticuler ses membres, à les plier à des angles impossibles. Doubhée n'arriva pas une seule fois à le mettre en difficulté ; elle ne lui fit même pas un bleu. À la fin de l'épreuve, elle haletait, épuisée, tandis que Sherva, lui, respirait toujours aussi calmement.

— C'est de la magie ! souffla-t-elle.

Il sourit d'un air rusé :

— En effet ! Mais pas seulement... C'est aussi de la médecine interdite, de l'entraînement, de la douleur... Et tu pourrais être comme moi dans quelques années. Ça te dirait ?

Doubhée était perplexe. Elle n'était pas rentrée à la Guilde pour progresser, ni pour devenir un parfait Assassin. Elle refusait de penser que tuer allait devenir son métier. Elle était là pour survivre, pour empêcher la Bête de la posséder définitivement.

— C'est toi le maître, répondit-elle.

Sherva réfléchit un instant avant de parler :

— Je confirme ce que je t'ai déjà dit. Il te faut apprendre l'épée, et ton agilité, bien qu'excellente, peut être améliorée. Tu dois aussi progresser dans les techniques d'attaque à mains nues. Sans oublier évidemment ce que Yeshol désire le plus : tu dois apprendre le rituel du meurtre de la Guilde !

Ils passèrent encore une heure ensemble, pendant laquelle le Gardien du Gymnase lui imposa des exercices très douloureux pour assouplir ses articulations. Le Maître lui en avait déjà fait faire, et Doubhée se demanda si ce n'était pas Sherva qui les lui avait enseignés. Elle fut presque tentée de lui poser la question. Mais les exercices du Maître n'étaient ni aussi intenses, ni aussi pénibles. Son nouveau professeur la poussait jusqu'à ses limites ; il attendait que ses os menacent de rompre pour lui ordonner d'arrêter. Et, chose bizarre, cela plaisait à Doubhée. Ses muscles se tendaient, ses articulations craquaient ; cependant, avec la fatigue physique s'évanouissaient l'angoisse et la sensation d'oppression, et elle se sentait de nouveau libre. Lorsqu'ils eurent terminé, tout son corps la faisait souffrir, mais elle avait retrouvé un peu de sérénité.

16

OUI, MAÎTRE !

+++

Le passé V

La maison de l'homme est petite, comme toutes les maisons que Doubhée a connues jusqu'à présent. Elle comporte seulement deux pièces, suspendues au-dessus des vagues. Dans la première, il y a une cheminée et une table ; quant à la seconde, la fillette l'a juste entrevue depuis la porte. C'est la chambre où il dort, et pour elle c'est un peu comme la chambre de papa et maman à Selva, un lieu étrange et mystérieux où elle ne peut pas entrer.

L'homme a mis un peu de paille par terre, et il lui a donné des draps. Doubhée ne se couche pas tout de suite. Elle reste un long moment assise à la table, dans le noir. Aucun bruit ne parvient de la chambre à côté. C'est comme s'il n'était pas là, cependant ses paroles planent encore autour d'elle :

« Celui qui tue dans sa jeunesse est un prédestiné, prédestiné au meurtre. »

C'est l'été, mais il fait froid. Dehors, le vent hurle, assourdissant. Il fait craquer les poutres du toit ; on dirait qu'il veut les arracher. Mais c'est surtout le mugissement incessant de la mer qui angoisse la petite fille.

Elle commence à trembler, elle a envie de pleurer. C'est dans des moments comme celui-ci qu'elle allait se réfugier auprès de son père, qui trouvait toujours une manière de la consoler. Il lui parlait avec douceur, et elle finissait par retourner se coucher, rassurée.

Elle se lève de sa chaise.

« Je vais le voir. Je le réveille pour qu'il me dise que tout va bien. Après, je serai tranquille. »

Mais elle s'en abstient. Sans réfléchir, elle prend son manteau, elle l'enfile et se dirige vers la porte. Il lui faut un peu de temps pour l'ouvrir : le vent pousse furieusement contre le battant.

Dès qu'elle sort, un nuage de poussière l'enveloppe et lui brûle les yeux. Pendant quelques secondes, c'est la panique : entre l'obscurité et le sable qui lui fouette le visage, elle se sent complètement aveugle. Après, elle s'habitue.

Il fait très sombre, seul un croissant de lune brille au-dessus d'elle, entouré d'une épaisse couche de nuages. Elle marche dans les bourrasques, s'enfonçant dans le sable, elle avance vers l'océan qui lui fait si peur.

Elle en a assez de fuir tout le temps. Elle est fatiguée. C'est pourquoi elle s'approche le plus possible du bord de la mer. Les vagues, très hautes, se brisent violemment sur le rivage ; l'eau étend ses doigts, elle recouvre la plage. Quand elle se retire, on dirait la main d'un mourant qui s'agrippe aux cailloux pour survivre. C'est de l'eau sombre, noire comme du sang. Doubhée s'émerveille de l'éclat de l'écume sur ce fond d'encre. Elle semble animée d'une sorte de magie : elle brille, bien que l'obscurité soit vraiment épaisse. La petite fille la regarde. Elle n'arrive pas à en détacher les yeux...

« La mer gronde, elle est puissante ; pourtant elle porte en elle une chose aussi délicate que l'écume... » Elle s'assoit sur la grève ; elle n'a plus peur.

L'homme se réveille, et il sent tout de suite qu'il y a quelque chose de différent.

« La gamine ! »

Ce sont ses années d'entraînement dans les entrailles de la terre qui l'ont rendu aussi sensible au monde extérieur, qui ont affiné ses sens. Il lui suffit d'un tout petit détail pour comprendre ce qui ne va pas. Cela lui a sauvé la vie un nombre incalculable de fois. Mais c'est quelque chose qu'il n'aime pas : cela lui rappelle la Guilde et les années qu'il voudrait effacer de sa mémoire.

Il se lève et trouve la paillasse vide. Il espère presque qu'elle est partie. Il faut dire qu'il n'a pas été tendre avec elle la veille au soir... Mais quoi ? Il lui a seulement dit la vérité ! Par les temps qui courent, les enfants doivent être informés de la vérité ! En fin de compte, il lui a fait une faveur. Plus tôt elle sera affrontée à la réalité, mieux ce sera pour elle.

« C'est bien qu'elle ne soit plus là ! » se dit-il. Pourtant, il se met à sa recherche...

« Mais qu'est-ce que je fabrique, bon sang ? Elle n'est plus dans mes pattes, c'est la meilleure chose qui pouvait m'arriver ! Un problème de moins... »

Il se dit qu'il a besoin de prendre l'air, mais au fond de lui il sait bien que ce n'est pas pour ça.

Sur le pas de la porte, il s'étire, il respire à fond. C'est une belle journée, purifiée par le vent de la nuit. Le ciel est limpide, le soleil brille. L'été bat son plein, mais la chaleur n'est pas étouffante. C'est pour cette raison qu'il a choisi une maison au bord de la mer.

Il regarde autour de lui… Et il la voit ! Un point au loin sur le sable.

Il s'approche lentement. Elle est enveloppée dans son manteau, la capuche baissée sur le visage, les jambes serrées entre les bras. Lorsqu'il arrive près d'elle, il voit qu'elle dort. Il se demande pourquoi elle a passé la nuit à la belle étoile par ce vent terrible. Et puis, elle est à un pas des vagues, encore impétueuses malgré le beau temps ! En réalité, il comprend. Cette enfant lui ressemble plus qu'il ne veut l'admettre.

Il pense à la réveiller par un coup de pied, mais pour une raison qu'il ignore il s'agenouille près d'elle. Elle a le front plissé et l'air grave, concentré.

Il la secoue par l'épaule avec mauvaise humeur, et elle sursaute. L'instant d'après, elle brandit son poignard.

« Une meurtrière-née… », observe l'homme.

Les yeux de la petite s'éclairent d'une lueur de soulagement.

— Tu as passé la nuit dehors ? fait-il.

Elle rougit.

— Je voulais voir l'océan, et puis je me suis endormie…

L'homme se lève.

— Si ça t'intéresse, je suis en train de préparer le déjeuner…

Il se tourne et s'en va sans l'attendre. Il sait que ce n'est pas la peine : on entend déjà les pas précipités de l'enfant sur le sable. Soudain, il est assailli par un sentiment étrange. Quelque chose a commencé, cette nuit, quelque chose qui n'apportera rien de bon, ni à lui ni à elle. Pour une fois, il est tenté de croire au destin.

L'homme est quelqu'un de parole : il lui a dit qu'il lui donnerait le temps de se rétablir, et il le fait. Il ne la presse pas, il la garde chez lui. Tous les jours, il examine sa blessure, désormais presque complètement cicatrisée, et il lui prépare à manger. Sans le silence assourdissant qui règne entre eux, Doubhée se sentirait presque comme à la maison, à Selva.

L'homme ne parle quasiment jamais. Et il semble plus sombre : il n'a plus le visage tranquille qu'il avait pendant leur voyage. On dirait que l'oisiveté le déprime. Il passe de longues heures allongé sur son lit à fumer sa pipe, il délaisse même ses exercices quotidiens, ce qui laisse Doubhée interdite : elle avait cru qu'ils étaient importants pour lui. Et puis, elle aimait regarder ses mouvements élégants. Il y a quelque chose dans la danse de ses poignards qui l'attire. Elle aimerait bien apprendre.

— Tu ne t'entraînes pas ? lui demande-t-elle un jour où elle trouve enfin le courage de parler de nouveau avec lui.

Il est assis à la table, sa pipe à la bouche.

— Cela ne te regarde pas !

— Avant, tu le faisais.

— Eh bien, j'attends.

C'est ça. Elle aussi, elle attend quelque chose sans savoir ce que c'est.

— Oui, mais quoi ?

— Du travail. Entre-temps, je me repose.

Doubhée redevient muette. Elle commence à le connaître : quand il est aussi grognon, elle préfère se taire et se retirer dans un coin pour l'observer.

Un matin, on frappe à la porte. Doubhée sursaute. Elle avait fini par croire qu'ils vivaient tous les deux seuls au bout de l'univers, celui dont elle parlait parfois avec ses amis, à Selva.

« Le Monde Émergé est posé sur une espèce de table, et tout autour des Huit Terres il y a le vide, racontait Gornar.

— C'est une histoire pour les enfants, protestait Pat. Maman m'a dit qu'à l'ouest il y a un grand fleuve, et à l'est, le désert.

Gornar secouait la tête :

— Elle te dit ça pour que tu n'aies pas peur. En vrai, il n'y a rien autour ! Et sur le bord du précipice vivent des ermites et des magiciens.

— Et Nihal et Sennar qui se sont envolés au-delà du Saar, hein ?

— Ils sont partis dans le néant, le lieu où vont les héros fatigués. »

Doubhée n'aurait pas su dire si elle y croyait ou pas, mais cet endroit lui rappelait ce que prétendait Gornar. Parfois, elle en arrivait à imaginer que les autres gens n'existaient plus, qu'il n'y avait sur Terre qu'elle et cet homme, dont elle ne connaissait même pas le nom.

Il met son manteau dès qu'il entend frapper, et Doubhée se lève pour aller ouvrir. Il la repousse avec agacement.

— Ce n'est pas ton affaire !

Il ouvre, et sur le seuil apparaît un visage aplati, avec un nez disproportionné et de grosses lèvres craquelées par le soleil, qui effraie Doubhée. Le visiteur a des cheveux broussailleux très noirs, et une barbe et des moustaches très longues. Son front haut est plein de rides, et ses petits yeux ressemblent à ceux d'un cochon. Cette tête hideuse est plantée sur un corps tout aussi grotesque : deux fois plus petit que le compagnon de Doubhée, il a des jambes toutes courtes. Elle se cache instinctivement derrière l'homme-dont-elle-ne-connaît-pas-le-nom.

— Qui es-tu ?

— C'est toi, l'Assassin ?

La voix de l'autre est grave et rauque, ténébreuse. Doubhée se blottit contre son protecteur. Cependant, celui-ci la pousse dehors et dit :

— Allez, ouste ! Et ne t'avise pas d'écouter à la porte !

— Mais cet homme...

— Ce n'est pas un homme, c'est un gnome.

Doubhée a entendu parler de gnomes, qui vivent dans le sud, entre les montagnes toutes noires et les volcans. Ido, le traître qui a tenté plus d'une fois de tuer leur bon roi, était l'un deux. Du coup, elle a encore plus peur.

— Va voir la mer, dit l'homme, et ne reviens pas avant que je t'appelle.

Puis il fait entrer le petit personnage et claque la porte.

Elle obéit à contrecœur, les larmes aux yeux, et va s'asseoir au bord de la mer. Elle se sent exclue, et elle tremble pour l'homme.

Le soir, il est de nouveau actif. Après le dîner, il sort ses armes et se met à les faire briller. Doubhée reste assise à le regarder. Elle a toujours aimé voir fabriquer des flèches, surtout à cause des plumes. Maintenant il y en a beaucoup sur la table, qu'il coupe à la bonne taille avec un couteau aiguisé.

— Je peux en prendre une ?

Il la laisse faire.

— C'était qui, le gnome ?

— Celui que j'attendais.

— C'est-à-dire ?

— Il m'a proposé du travail, Doubhée. Il vit à Randar, pas très loin d'ici, et sa fille a été assassinée. Il veut que je tue celui qui l'a fait.

Doubhée reste silencieuse quelques instants, puis elle se décide :

— C'est ça que tu fais pour vivre ? Tu tues les gens ?

L'homme acquiesce sans interrompre son travail.

— Un peu comme un soldat…, commente-t-elle.

— Non, un soldat tue à la guerre, parmi beaucoup d'autres, qui font comme lui. Tu comprends la différence ?

Elle fait oui de la tête.

— Moi, je frappe les gens dans leur propre maison, dans leur lit, quand ils sont sûrs que rien ne peut leur arriver.

La fillette frissonne.

— Eh bien, moi, on m'a toujours dit que ce n'était pas bien, de tuer ! C'est pour cela qu'ils m'ont chassée.

— Ce n'est pas bien, en effet.

— Alors, pourquoi tu le fais ?

L'homme sourit d'un air amer.

— C'est mon travail. Je ne sais rien faire d'autre. On a commencé à me l'enseigner quand j'étais plus petit que toi. Je suis né au milieu de tueurs.

Doubhée s'amuse à passer une plume entre ses doigts.

— Combien te paie le gnome ?

Il la regarde, surpris :

— En quoi ça t'intéresse ?

Doubhée ne répond pas. Elle baisse les yeux et rougit.

L'homme reprend son travail. Il a l'air agacé.

— Deux cents nautils.

C'est une monnaie qu'elle ne connaît pas.

— Ça fait beaucoup ?

Il soupire.

— À peu près trois cents caroles.

— C'est vraiment beaucoup ! souffle l'enfant

Elle continue à tourner la plume entre ses doigts.

— Et quand vas-tu le tuer ?

L'Assassin enfonce son couteau dans la table avec une telle violence que Doubhée tressaille.

— Arrête avec tes questions ! Ce ne sont pas tes affaires. Mets-toi bien dans le crâne que tu n'es pas ici pour longtemps. Le jour où se présentera un contrat sérieux, je m'en irai, et toi aussi.

Il lui arrache la plume des mains et commence à la tailler. Ils ne parlent plus ni l'un ni l'autre, mais Doubhée continue à le regarder du coin de l'œil, en épiant chacun de ses mouvements.

« Un jour, je serai comme lui », songe-t-elle.

L'homme part. Il annonce qu'il sera absent pendant deux ou trois jours.

— Je veux venir avec toi ! dit Doubhée.

— Je vais travailler, ce n'est pas un voyage d'agrément.

— J'ai déjà été avec toi pendant que tu travaillais, je t'ai même aidé.

— Tu restes ici, un point c'est tout.

Doubhée se renfrogne : elle n'a aucune envie de rester de nouveau seule. Maintenant qu'elle a trouvé quelqu'un, elle ne veut le quitter pour rien au monde. Mais l'homme est inflexible.

— Dans quelques jours, ce sera mon anniversaire…, lâche-t-elle.

C'est vrai. Le premier anniversaire de sa nouvelle vie.

— Et alors ?

L'homme part le soir, et Doubhée reste seule dans la cabane.

Il lui a laissé tout ce dont elle a besoin. Il y a du pain et du fromage, un peu de viande séchée et des fruits ; rien qui se cuise, car il ne veut pas qu'elle fasse du feu. Il y a aussi de la pommade pour sa blessure, qui n'est plus maintenant qu'une petite marque rouge sur son épaule.

Elle a de quoi vivre. Mais la maison est si vide sans lui ! Sans l'odeur de son tabac, sans ses armes, sans ses exercices du soir, la petite cabane est morte, abandonnée.

Pendant trois jours, elle l'attend nerveusement, et ses vieilles peurs refont surface. Ses cauchemars reviennent, le visage de Gornar, avec ses yeux vides, se superpose sur ceux des innombrables morts qu'elle a vus ces derniers temps.

L'après-midi, elle descend à la mer, elle la regarde, et parfois elle se baigne. L'eau l'attire terriblement, elle aime se sentir ballottée par les vagues. Elle aimerait qu'il soit là, qu'il la regarde faire.

C'est au coucher du soleil que la solitude lui pèse le plus. Le silence est l'unique compagnon de ses journées longues et ennuyeuses. De nouveau, tout est dépourvu de sens, comme dans le bois.

Et, soudain, Doubhée comprend. C'est une évidence qui la foudroie : sa famille, c'est cet homme ; sa route, celle qu'il prendra, lui, quelle qu'elle soit. Elle lui appartient, elle ne se laissera pas chasser. Quand il reviendra – si jamais il revient – et qu'il lui dira de partir, elle s'y refusera. Et s'il la chasse, elle le suivra de loin.

Au bout de tout ce temps, elle a enfin un endroit où rester.

Il revient la troisième nuit, Doubhée l'entend marcher sur le sable.

Elle se lève de sa paillasse et se met devant la porte.

Il s'arrête sur le seuil, silhouette noire, à peine éclairée par la lune. Mais pour Doubhée il n'y a aucun doute, elle ne peut que le reconnaître.

— Il est tard, dors ! grogne-t-il.

— Ne me laisse plus seule.

Cela lui a beaucoup coûté, de le dire, et c'est une phrase qui attend une réponse. Qui n'arrive pas. L'homme entre, il va dans sa chambre et referme la porte sur lui. Doubhée est quand même contente : il est de retour, et maintenant elle sait ce qu'elle doit faire.

Pendant quelques jours, tout se passe comme d'habitude. Si l'homme semble plus tranquille qu'avant, il est toujours silencieux et distant, et il l'évite. Doubhée essaie de se rendre utile, même si elle ne sait pas faire grand-chose : quand elle était à Selva, sa mère se mettait toujours en colère parce qu'elle ne l'aidait pas à la maison. Alors elle fait son lit, elle balaie un peu la pièce et elle assiste l'homme quand il prépare à manger. Il n'a pas l'air de remarquer ses efforts et il continue à mener sa vie comme si de rien n'était.

Parfois, il disparaît sans lui dire où il va, mais il revient dans la journée, et il rapporte à manger. Chaque fois qu'elle le voit sortir, Doubhée a peur qu'il ne l'abandonne pour de bon.

Le drame éclate un soir. C'est le seul moment de la journée où ne pas se parler est quasiment impossible. L'homme est assis à la table, sa pipe à la bouche, songeur. Doubhée a fini de laver la vaisselle, elle a soigneusement rangé les assiettes, et maintenant, assise elle-même, elle regarde la mer au loin, aussi calme qu'un lac.

— On dirait que tu vas mieux..., lâche-t-il tout à coup.

Doubhée comprend immédiatement où il veut en venir.

— Non, parfois ça me fait encore très mal.

Il vide sa pipe. Il n'a pas l'air fâché – plutôt fatigué.

— Si je t'ai aidée, cette nuit-là, et, après, gardée avec moi, c'est seulement parce que tu m'as sauvé la vie. Tu le sais, n'est-ce pas ?

Doubhée hoche la tête. Elle sent qu'elle n'arrivera pas à s'empêcher de pleurer.

— Je ne peux pas rester plus longtemps ici à ne rien faire. Je dois partir pour la Terre des Roches. C'est un bon endroit pour moi, là-bas, le vent tourne tout le temps et beaucoup d'intrigues s'y trament.

Doubhée ne comprend pas ce qu'il veut dire, d'ailleurs, elle ne veut rien savoir de la guerre ni des autres idioties que font les adultes. Cependant, elle comprend qu'il est en train de lui annoncer que c'est fini.

— La Terre des Roches est une contrée dangereuse. Tu ne peux pas venir avec moi.

Doubhée suit d'un doigt les veines du bois sur la table. Le silence est lourd comme du plomb.

— Demain, nous nous séparerons.

— Je n'ai pas d'endroit où aller...

— Tu as bien survécu dans les bois. Tu verras, tu te débrouilleras. Mais tu dois m'oublier et faire comme si nous ne nous étions jamais connus. Tous ceux qui ont vu mon visage sont morts. Tu es la seule à être toujours en vie. Je devrais te tuer, seulement je ne peux pas... Alors, oublie que nous nous sommes rencontrés, c'est mieux pour toi aussi.

— Non, ce n'est pas mieux ! Comment tu peux dire

une chose pareille ? On m'a chassée de chez moi, j'ai vu la guerre, j'ai tué ! Je n'ai nulle part où aller !

Doubhée s'est levée, et elle crie, des larmes plein les yeux. L'homme évite de croiser son regard, il fixe le sol.

— Un assassin ne doit avoir de contact avec personne. Il n'a ni sentiments ni amis. Des alliés ou des élèves, à la limite.. mais je n'en veux pas. Tu es de trop ici.

— Je peux t'aider comme je l'ai fait ces derniers jours. Je peux apprendre tout ce qui t'est utile, je peux faire beaucoup de…

L'homme la coupe :

— Je ne veux personne avec moi, et encore moins une enfant.

— Je ne suis plus une enfant ! lance Doubhée d'un ton suppliant.

C'est le moment de prouver sa détermination, de lui montrer combien son attachement et son affection pour lui sont profonds.

— Je suis un tueur, Doubhée ! Pourquoi tu refuses de l'entendre ? Ce sera toujours comme ça. Si tu restes avec moi, tu finiras par tuer toi aussi, et ce ne serait pas juste.

— Mais j'ai déjà tué, et tu as dit que même mes parents me craignent pour ça. La preuve, c'est que mon père n'est pas venu me chercher quand j'ai été chassée de chez moi. Tu es tout ce que j'ai. Si tu m'abandonnes, je mourrai.

L'homme se lève, la tête baissée.

— Pourquoi tu ne me regardes pas ? Pourquoi ? Je

ne te gênerai pas, je te le jure ! Je serai sage et gentille, tu n'auras jamais à te plaindre de moi !

Il se dirige vers sa chambre.

— Demain, nous nous dirons au revoir Il n'y a rien à ajouter.

L'homme ne dort pas. Il a préparé les quelques affaires qu'il emportera en voyage et maintenant, il se retourne dans son lit. Mais le sommeil ne vient pas. Il entend la morveuse pleurer là-bas, derrière la porte, et il maudit ses sens aiguisés. Ce ne sont pas des pleurs d'enfant, ce n'est pas un caprice. Elle pleure en étouffant ses sanglots, comme une adulte.

Il voudrait ne pas y penser, mais il n'y arrive pas. C'est comme un pieu qui lui martèle les tempes. Il sent sa peur, si réelle et si tangible, la peur de tout perdre, et de se perdre elle-même en même temps. Il ne le sait que trop bien, c'est lui qui lui a rendu la parole, lui qui l'a sauvée non seulement de la mort, mais aussi de la folie. C'est pour cela qu'elle refuse de le quitter. Et peut-être qu'il tolérerait sa présence, peut-être qu'il serait même content de la voir à ses côtés, heureuse et sautillante. Hélas, c'est une joie qu'il n'a pas le droit de se permettre. Et puis il ne peut continuer à tuer que si personne ne le voit, s'il n'a personne qui partage le poids de ses remords. L'avoir avec lui signifierait avoir toujours devant les yeux la vie qu'il a si souvent détruite. Et puis, il y a *elle*, celle qu'il a dû abandonner et qui maintenant est morte...

Il ne peut pas, il ne peut pas ! En y pensant, il se retourne encore violemment dans son lit, et le grincement des ressorts couvre pendant un instant les pleurs de la fillette.

Doubhée lui a préparé le petit déjeuner. Du lait chaud et du pain noir, comme tous les matins. Mais quand il sort de sa chambre, il est déjà prêt : il a mis son inséparable vieux manteau, celui avec lequel elle l'a vu la première fois, et porte le coffre en bois ainsi que son sac de voyage. Sa capuche est abaissée sur son visage.

— Je ne mange pas. Je pars tout de suite.

— Alors, je ne mange pas non plus.

Doubhée prend son manteau sur la chaise, elle l'enfile, et elle laisse tomber sa capuche sur son visage.

— Nous en avons déjà parlé, Doubhée.

— Tu as dit qu'un tueur à gages n'a pas d'ami. Je ne suis pas ton amie, et je ne le serai jamais. Je ne peux pas non plus être ton alliée, petite comme je suis. Alors, je serai ton élève.

L'homme secoue la tête :

— Je ne veux enseigner à personne.

— Mais, moi, je veux apprendre. Un jour, tu m'as raconté l'histoire des enfants maudits qui tuent. Je t'ai demandé si tu y croyais, et tu m'as dit que tu ne croyais à rien. Moi, j'y crois. Je veux devenir une tueuse.

L'homme s'assoit, il découvre son visage. En le voyant, elle a presque peur. Il est si pâle ! Il appuie son front sur la table. Il n'a plus rien de l'homme fort et sûr de lui que Doubhée connaît. Il relève la tête, et il plante ses yeux, voilés d'une profonde tristesse, dans ceux de l'enfant, qui regrette ce qu'elle a dit.

— Je ne te laisse pas parce que je ne veux pas de toi,

je te laisse pour t'éviter un sort terrible. Pourquoi tu n'arrives pas à le comprendre ?

Doubhée s'approche de lui, et pour la première fois, elle le touche. Elle lui pose la main sur le bras et le regarde gravement.

— Tu m'as sauvé la vie, et je t'appartiens. Sans toi, je ne peux aller nulle part. Je veux te suivre et apprendre de toi. Il n'y a rien de pire pour moi que de rester seule. Plutôt être un tueur que vivre dans la solitude.

— Tu dis ça parce que tu ne sais pas.

Doubhée joint les mains sur la table et y appuie la tête.

— Je t'en prie, Maître, accepte-moi comme élève.

L'homme la dévisage longuement. Puis, il lui caresse la nuque. Quand il parle, sa voix est sombre et affligée :

— Prends tes affaires, on y va.

Doubhée saute sur ses pieds et sourit d'un air radieux. Son expression redevient joyeuse et innocente comme autrefois.

— Oui, Maître !

17

LE PROPHÈTE ENFANT

Doubhée avait du mal à s'adapter à sa nouvelle vie. C'était plus fort qu'elle, tout ce qui concernait la Guilde lui répugnait. Elle ne supportait pas l'odeur du sang qui imprégnait toute la Maison, elle ne supportait pas les Victorieux, tous identiques avec leurs yeux éteints qui ne s'allumaient que dans l'ardeur de la prière. Elle haïssait la prière elle-même, monotone et répétitive à mourir. C'était le contraire de ce que le Maître lui avait enseigné. Elle commençait à comprendre pour quelle raison il avait si obstinément cherché à la tenir à l'écart de ce lieu.

Elle pensait à lui, le soir, seule dans sa chambre, lors des rares heures de solitude qui lui étaient accordées. Lui aussi avait vécu là, et il avait dû supporter ce qu'elle supportait. Mais lui, il y était né, et il avait tout fait pour s'en échapper, tandis qu'elle, elle s'était livrée à ces gens pour survivre, elle avait accepté de mettre ses talents à leur service.

Lorsque l'atmosphère de la Maison l'étouffait trop, elle rêvait de s'enfuir. « J'essaie de comprendre comment on fait la potion, et je m'en vais », se disait-elle.

Cependant Rekla était encore plus vicieuse qu'elle ne l'imaginait.

Cela arriva à la fin de la première semaine, alors que Doubhée tentait de s'habituer à ce lieu humide et sombre et aux regards curieux qui la cernaient. Au début, ce fut discret : elle se réveilla un matin avec une vague sensation de malaise, mais elle n'y prêta pas attention. C'est en sortant de sa chambre qu'elle fut saisie d'un violent vertige. L'odeur du sang lui sembla plus pénétrante que d'ordinaire, et elle dut s'appuyer au montant de la porte jusqu'à ce que son vertige passe.

Une fois au temple, elle se sentit mieux, ce qui ne l'empêcha pas d'écouter les délires de Rekla avec la même indifférence que d'habitude. Chose bizarre, la jeune femme n'en semblait pas affectée : elle affichait un étrange sourire et lui jetait de petits regards à la dérobée.

Le soir, la situation empira. Doubhée avait réussi à s'entraîner avec Sherva ; cependant les muscles la faisaient souffrir et elle était allée prendre un bain réparateur aux thermes. Elle était dans l'eau quand elle sentit sa poitrine se serrer, comme prise dans un étau. Elle s'immobilisa, terrorisée. C'était une sensation vague et encore lointaine, mais désormais elle la reconnaissait. Les images de son initiation lui revinrent aussitôt à l'esprit.

La nuit fut agitée. Bien que la petite fenêtre de sa chambre soit ouverte, Doubhée était poursuivie par l'odeur du sang. Elle était partout, elle agressait ses narines plus violemment que jamais.

Brusquement, la peur la submergea : la Bête était en train de se réveiller ; la malédiction était toujours là, et les effets de la potion s'évanouissaient peu à peu.

Elle se leva péniblement de son lit et marcha jusqu'à la porte en titubant. Une fois sur le seuil, elle s'effondra ; les couloirs silencieux s'emplirent du bruit de sa respiration haletante.

Rekla ! C'était elle la responsable ! Doubhée se rappela confusément son sourire torve, ses yeux inquisiteurs.

Maudite sorcière !

Son esprit vacillait ; la Bête lui murmurait des paroles de mort aux oreilles. Soudain, Doubhée se sentit perdue parmi le dédale des galeries de la Maison. L'infirmerie. Où était-elle déjà ? Et la chambre de Rekla ? Elle n'avait jamais eu l'occasion d'y aller...

Elle se mit à courir au hasard dans les couloirs, trébuchant dans l'obscurité, avec l'impression toujours plus nette que la Bête la poursuivait, menaçante.

« Pas cette fois encore ! Pas comme l'autre soir... » suppliait-elle intérieurement.

Le symbole sur son bras se mit à palpiter, douloureux. L'odeur du sang devint encore plus forte, insupportable : un appel sauvage, auquel il lui paraissait impossible de résister.

Elle se jeta sur la première porte qui se présenta et la martela de coups de poing. Quelqu'un lui ouvrit ; elle n'eut pas le temps de voir qui c'était car ses forces l'abandonnèrent et elle s'effondra dans ses bras.

— Au secours..., murmura-t-elle d'une voix rauque qui ne semblait pas lui appartenir.

Elle n'entendit pas la réponse de l'autre. L'instant d'après, elle sentit qu'on la traînait quelque part, puis qu'on l'allongeait sur quelque chose de doux. Dans son délire, elle comprit qu'elle se trouvait à l'infirmerie.

Le visage de Rekla apparut d'un coup dans son champ de vision.

— Qu'est-ce que tu m'as fait, maudite traîtresse ? souffla Doubhée.

Rekla sourit avec cruauté :

— Tu es vraiment une idiote. Dire que tu as osé te comparer à moi... C'est comique ! siffla-t-elle en étouffant un rire de triomphe. Tu n'as pas compté les jours ? Il s'en est passé huit depuis ton initiation... Et ainsi que je te l'avais dit...

Doubhée commençait à comprendre : la potion !

La Gardienne agita devant son visage une petite fiole remplie d'un liquide bleuté. Doubhée tendit les mains, mais Rekla la leva hors de sa portée.

— Donne-la-moi ! demanda la jeune fille.

— Tu m'as manqué de respect une fois de trop. Et tu continues encore à le faire... Je t'avais prévenue ! Les enfants méchants qui ne font pas bien leurs devoirs sont punis.

— Donne-la-moi ! cria Doubhée. Je vais mal, bon sang ! Si je ne l'ai pas tout de suite, je vais faire un massacre !

Rekla secoua la tête :

— Je ne crois pas...

Doubhée s'agitait tellement sur son lit qu'elle finit par rouler à terre. Comme elle se contorsionnait sur le sol, Rekla l'immobilisa d'un pied. Elle avait une force incroyable pour une personne de sa stature

— Tiens-toi tranquille !

D'un geste, elle appela deux gardes qui traînèrent Doubhée dehors.

Sous le coup de la douleur qui lui déchirait la poitrine, la malheureuse se mit à hurler. À mesure qu'ils parcouraient les couloirs de la Maison, des Assassins ensommeillés apparaissaient sur le seuil de leurs chambres. La jeune fille avait beau leur lancer des regards suppliants, elle ne lut dans leurs yeux aucune compassion, seulement une froide curiosité.

Lorsqu'ils s'arrêtèrent enfin, Doubhée reconnut la cellule de purification.

Ses gardiens la jetèrent à l'intérieur, l'attachèrent avec de solides chaînes, et claquèrent la porte. Elle resta seule avec ses démons.

Avec le recul, Doubhée se dit que Rekla avait été presque magnanime de ne l'avoir laissée moisir dans ses chaînes qu'une seule journée. Une journée infernale. La Bête la harcelait et pendant quelques instants interminables prenait possession de son corps. Des visages de cauchemars peuplaient soudain l'épaisse obscurité de la cellule, et Doubhée implorait la mort pour être délivrée de cette souffrance inhumaine.

Enfin, la Gardienne apparut. Elle se posta au-dessus de Doubhée, qui gisait à terre, épuisée.

— Tu as compris la leçon, oui ou non ?

La jeune fille lui lança un regard lourd de haine.

— Comment peux-tu m'infliger une chose pareille ? murmura-t-elle, la voix enrouée à force d'avoir crié.

Les lèvres parfaites de Rekla s'étirèrent en un sourire satisfait :

— Ce n'est pas moi, mais Thenaar. À partir de maintenant, ajouta-t-elle avec sévérité, tu répondras aux invocations lors des repas, et tu prieras au Temple avec moi tous les matins. Et, surtout, tu ne te permettras plus jamais de me manquer de respect. Réponds : « Oui, Gardienne », et ta punition s'achèvera immédiatement.

Doubhée la regarda avec mépris ; cependant elle ne put qu'obéir. La Guilde l'avait humiliée, elle l'avait poussée dans ses derniers retranchements ; elle était à bout de forces, et elle se sentait nue et dépouillée.

Elle ferma les yeux et dit .

— Oui, Gardienne...

Dès qu'elle se fut remise, Doubhée décida de demander des explications à Yeshol. Elle sollicita une audience par l'intermédiaire de Sherva, le seul avec qui elle avait réussi à créer une vague relation, pendant les longues heures de son entraînement.

Curieusement, Yeshol ne fit pas d'histoires et la reçut sans trop tarder. Comme toujours, il l'accueillit dans son bureau, penché sur ses livres, une paire de lunettes cerclées d'or sur le nez

Il leva lentement les yeux de l'ouvrage qu'il étudiait

— Qu'y a-t-il ?

— Tout ça ne faisait pas partie du contrat, lança Doubhée sans préambules

— « Tout ça » ? Quoi ?

Il faisait semblant de ne pas comprendre. Il se moquait d'elle !

— La Gardienne des Poisons a refusé de me donner la potion et elle m'a enfermée un jour entier dans une cellule.

Yeshol hocha la tête.

— Je sais.

— Je me suis livrée à vous, et en échange vous deviez me guérir. Je n'ai pas l'impression que c'est ce que vous faites.

Le Gardien Suprême la fixa dans les yeux :

— Tu appartiens à la Maison, Doubhée. Entièrement. Tu n'es plus la petite voleuse entraînée par un traître qui vivait dehors.

Doubhée tressaillit, mais elle ne répliqua pas : elle n'était pas en position de discuter.

— Si tu crois pouvoir encore te référer aux lois du monde extérieur, tu te trompes. Tu as choisi la voie des Victorieux, et cela comporte plusieurs obligations, parmi lesquelles l'obéissance aux Gardiens et la pratique du culte. Si tu t'y plies, tu vivras.

— Cela s'appelle de la torture, lâcha la jeune fille.

Yeshol fit un geste agacé de la main :

— Alors, pars, comme l'a fait Sarnek. Va-t'en. Seulement tu ne vivras pas plus de quelques mois, au terme desquels tu succomberas à une mort atroce.

— Pourquoi vous ne vous contentez pas de mes services ?

— Parce que nous tuons pour la gloire de Thenaar. Alors, tu feras sans broncher tout ce que nous t'ordonnerons, et si tu ne le fais pas, tu passeras encore de nombreuses nuits enfermée, en tête à tête avec la Bête.

Doubhée réprima un mouvement de colère : elle n'était qu'une esclave.

Quelque temps plus tard, Rekla la convoqua.

Alors que pour Doubhée, ce n'était qu'un matin ennuyeux parmi les autres, passé en compagnie de gens qu'elle méprisait, la Gardienne des Poisons, elle, semblait en proie à une étrange excitation.

— Aujourd'hui, tu vas être initiée à l'un des plus profonds et des plus importants mystères de notre foi. Rares sont ceux qui connaissent toutes les particularités de notre culte ; la plupart des gens ignorent qui est Thenaar et ce que signifie le servir et l'adorer. Ce que je suis le point de te révéler est l'un des piliers de notre religion, un secret que nous taisons scrupuleusement.

Doubhée se fit aussitôt attentive : non pas parce qu'elle s'intéressait aux mystères de la secte, mais parce que plus elle en savait, plus elle avait d'armes pour se libérer de l'emprise de la Guilde.

Rekla remonta aux origines et commença par lui parler de Rubira, l'étoile de sang qui avait accompagné Doubhée pendant sa purification.

— L'étoile rouge subit sept éclipses par an. Sept, comme les sept armes de Thenaar. On appelle ces nuits les Nuits du Manque, en souvenir des sept jours lors desquels les dieux souillèrent l'œuvre parfaite de Thenaar et posèrent les fondations de la race des Perdants. Au commencement, notre dieu avait créé un monde peuplé uniquement de Victorieux, dont nous sommes les descendants. Mais les autres, ces usurpateurs que vénèrent les Perdants, envieux de la perfection de sa création, tentèrent par tous les moyens de la corrompre. Ils enchaînèrent Thenaar, et en sept jours ils donnèrent vie aux Perdants. Lorsque Thenaar réussit enfin à se libérer commença une longue guerre contre les autres dieux, appelée « l'ère du Chaos ». Hélas, il ne parvint pas à l'emporter, car ses adversaires étaient beaucoup plus nombreux. Il fut alors emprisonné dans les entrailles de l'actuelle Grande Terre, sous l'endroit où se dresse notre véritable Maison, celle où nous retournerons bientôt. Heureusement, Thenaar enfouit dans le cœur des Victorieux une graine de violence et il leur confia la mission de préparer sa venue en débarrassant le monde des fruits impurs générés par ses adversaires. En signe de sa bienveillance, il envoie dans chaque génération des Enfants de la Mort comme toi, afin que la race des Victorieux continue à croître. Et il a laissé Rubira dans le ciel pour qu'elle rappelle aux Victorieux l'espoir en lequel ils croient. L'éclipse de notre étoile est un moment de douleur ; c'est pourquoi nous passons ces sept nuits en prière pour favoriser le retour de Thenaar et, avec lui, celui de Rubira. La réapparition de Rubira annonce cinquante-deux jours d'abondance, jusqu'à l'éclipse suivante.

Rekla fixa intensément Doubhée en marquant un bref silence. Puis elle reprit :

— Cependant l'héritage de Thenaar serait peu de chose s'il se réduisait à une simple étoile. Non, la promesse de notre dieu est bien plus grande : il a envoyé sept hommes, qui ont traversé l'histoire pour porter son message. Sept comme les éclipses de Rubira, un sur chacune des sept Terres du Monde Émergé.

Rekla ébaucha un portrait des messagers avant de dire :

— Tu les trouveras dans le livre que je t'ai donné. Je veux que tu étudies à fond leurs biographies.

Doubhée acquiesça mollement. Plutôt décevant, le grand secret de la Guilde...

— Mais il y en a un huitième, le plus important, déclara la Gardienne.

Doubhée tendit de nouveau l'oreille.

— Il vient de la Terre où tout a commencé, la Terre de la Nuit. Il ne correspond à aucune éclipse de Rubira car il est venu pour annoncer le triomphe de Thenaar, sa renaissance et celle de Rubira, qui brillera éternellement dans le Monde des Victorieux.

Doubhée pensa à la mystérieuse statue de l'enfant. Lequel de ces « huit grands hommes » représentait-elle ?

— Il est le champion de Thenaar, son messager préféré, l'Envoyé. Son nom est Aster.

Sans qu'elle sache pourquoi, ce nom évoqua à Doubhée quelque chose de menaçant.

— C'est l'enfant ? demanda-t-elle dans un filet de voix.

Rekla acquiesça.

— Aster n'a pas seulement diffusé la parole de Thenaar ; il est le seul parmi les grandes personnalités de notre culte qui ait vraiment cherché à instaurer le règne des Victorieux. Et cela pas comme nous le faisons, nous, par de petits meurtres singuliers, mais par un holocauste libératoire. C'est lui qui a été notre guide pendant quarante ans, lui qui a été la plus directe émanation de Thenaar sur la terre. Pendant longtemps nous avons cru que notre heure était proche, que Thenaar avait tenu sa promesse…

Doubhée sentit un frisson glacial lui parcourir les os.

— Tu ne comprends pas, n'est-ce pas ? dit Rekla avec un sourire féroce. Cela prouve à quel point tu es loin de la voie des Victorieux. Quoi qu'il en soit, tu ne peux pas ne pas sentir la puissance qui émane de son être, même lorsqu'on ne l'évoque que par les mots, comme je suis en train de le faire. Je sais que tu as peur de lui, je sais que tu perçois sa grandeur…

— Qui est-il ? lâcha Doubhée d'une voix étranglée.

— Le Tyran.

Ce mot résonna longuement dans le temple. Il n'y avait personne dans le Monde Émergé qui ne redoute ce nom plus que tout. Même si quarante ans s'étaient écoulés depuis sa chute – quarante, comme les quarante ans de terreur qu'avait été son régime –, cette époque était restée dans les mémoires comme l'une des périodes les plus sombres de l'histoire. Nihal et Sennar qui l'avaient vaincu étaient entrés dans la légende ; leurs statues se trouvaient à tous les coins de rues, sur toutes les places.

— Ou plutôt, reprit Rekla, celui que les gens incultes nommaient le Tyran, avec tant d'insistance qu'il a fini par utiliser cette épithète à la place de son nom. Un nom que désormais seuls les nôtres, les Victorieux, osent encore prononcer.

— Tu ne peux pas parler sérieusement !

— Bien sûr que si. Il s'appelait Aster, et il avait

l'apparence d'un enfant, celui que tu vois représenté par les statues. C'est l'un de ses ennemis qui lui avait infligé cette malédiction et qui l'avait emprisonné pour toujours dans le corps d'un enfant. Un Enfant de la Mort. Tu comprends, Doubhée ? Tu comprends ?

Les yeux de Rekla brillaient comme du feu, illuminés par la fureur.

— Pendant des années, il a combattu, tué, massacré, annexant un royaume après l'autre pour recréer sur terre le règne de Thenaar, alors que dans les entrailles de son palais la Guilde croissait et prospérait. Yeshol était son bras droit.

— Le règne du Tyran est la pire chose qui soit jamais arrivée au Monde Émergé... protesta Doubhée.

— Tais-toi ! hurla Rekla, les traits contractés par la colère. Qu'est-ce que tu en sais, toi ? Ce sont les racontars colportés par ces maudits Nihal et Sennar qui l'ont tué ! La vérité est tout autre !

Doubhée était clouée sur son banc, les articulations des mains douloureuses à force de serrer le bois.

— Non... Nous savons ce qu'il a fait... et à quel état il a réduit le Monde Émergé...

Rekla la gifla à la volée.

— Demande pardon ! Demande pardon à Thenaar pour cet horrible blasphème ! Aster a été le seul grand saint de cette époque.

Doubhée ne broncha pas.

— Malheureusement, Aster n'a pas réussi à mener à bien les plans de Thenaar. Yeshol a assisté à sa chute, le jour où Nihal l'a battu et où la Forteresse a été pulvérisée sous nos yeux.

La Gardienne des Poisons, émue, fut obligée d'essuyer une larme au coin de son œil.

— Mais il reviendra, poursuivit-elle d'une voix ferme. Son passage sur cette terre n'a été qu'un prélude à ce qui sera. Il reviendra, avec les autres Sept Grands, et Thenaar sera au-dessus d'eux. Alors tout sera de nouveau comme au commencement.

La jeune femme s'arrêta, reprit son souffle.

— C'est cela, le grand secret de notre foi. Pour l'instant, nous devons le cacher aux imbéciles, mais l'heure du triomphe arrive, notre pouvoir et notre force grandissent de jour en jour.

Sur ces mots, Rekla retourna s'asseoir à sa place, l'air froid et cruel.

— Je veux que tu saches tout de la vie des Sept Grands, et aussi de celle d'Aster. Après le déjeuner, je te donnerai un livre écrit de la main même de Son Excellence. La Nuit du Manque approche, la première des éclipses de Rubira, et d'ici là j'exige que tu étudies avec acharnement.

Elle lui fit signe de se lever, mais Doubhée resta clouée sur place. La jeune femme s'approcha alors d'elle, se pencha à son oreille et murmura :

— Maintenant, tu es des nôtres, Doubhée ! Tu n'as plus aucune chance de t'enfuir. Celui qui connaît cette vérité ne peut plus s'en aller...

18

UN TRAVAIL DE VICTORIEUX

Des semaines passèrent. Doubhée essayait d'oublier, ou du moins d'ignorer, ce que lui avait dit Rekla. Elle continua à se répéter qu'elle réussirait à s'échapper, qu'elle trouverait un moyen de se sauver avant d'être obligée à travailler pour ces gens-là. En attendant, elle s'obstinait à refuser de se plier à leurs rites. Quand les prières remplissaient le réfectoire, elle faisait semblant de les réciter, mais en réalité elle pensait à autre chose. Et quand elle s'agenouillait près de Rekla au temple, c'était pour maudire Thenaar et sa maléfique servante.

Cependant, tant qu'elle n'avait pas trouvé le moyen de quitter cet endroit, il lui fallait faire contre mauvaise fortune bon cœur.

Elle se mit discrètement à mener quelques recherches. Il était crucial de trouver le laboratoire de Rekla, ou au moins de pénétrer dans sa chambre. C'était la première étape. Volant un peu de temps aux repas et aux bains dans les thermes, elle entreprit donc l'exploration de la Maison.

Ce n'était pas une mince affaire, car Rekla restait collée à elle tel un parasite. Même quand elles n'étaient pas ensemble, Doubhée sentait son regard peser sur elle, comme si elle l'espionnait sans cesse. Et il en était probablement ainsi : Rekla n'était pas stupide, elle devait se douter que Doubhée tramait quelque chose.

Néanmoins, pour ne pas éveiller de soupçons supplémentaires, la jeune fille essayait d'être conciliante et de se montrer consciencieuse en faisant ce que la Gardienne des Poisons lui ordonnait, même si obéir à quelqu'un qu'elle considérait comme une ennemie personnelle lui coûtait beaucoup...

« Je suis différente, et je le serai toujours », se répétait-elle.

Pendant longtemps, elle n'eut aucun contact direct avec les autres Assassins. Ses années de solitude l'avaient rendue sauvage ; en outre, elle n'éprouvait pas le moindre intérêt pour ceux qu'il lui arrivait de croiser dans les couloirs. C'étaient des compagnons d'infortune, sinon des adversaires.

La seule personne qui l'intriguait était Sherva. Il ne lui parlait pas beaucoup, mais Doubhée trouvait qu'il n'était pas comme les autres. Le nom de Thenaar venait rarement sur ses lèvres.

Son entraînement avançait plutôt bien, et elle constatait des progrès dans ses mouvements. Elle se sentait plus agile, même si son niveau était loin d'être comparable à celui de Sherva. Elle avait aussi appris de nouvelles techniques d'étranglement et amélioré sa pratique de l'escrime. La théorie continuait à l'amuser ; elle espérait seulement n'avoir jamais à mettre à profit ces enseignements. Elle savait que c'était un espoir absurde, mais il était une autre manière de résister à la Guilde.

En même temps, elle se sentait continuellement sous tension. La première mission pouvait arriver à tout moment, et cette attente la minait.

— Pourquoi ne m'ont-ils encore rien donné à faire ? demanda-t-elle un jour à Sherva.

— Pour eux, tu n'es pas encore une Victorieuse, et tant qu'ils ne te considèreront pas comme telle, ils ne t'ordonneront pas de tuer. Ils ne t'ont pas capturée uniquement parce qu'ils pensent que tu es douée, ils l'ont fait parce qu'ils sont persuadés que tu es une Enfant de la Mort.

— Pourquoi tu dis « eux » ? voulu savoir Doubhée. Tu as un grade élevé dans la Maison, et tu parles comme si tu n'étais pas un Victorieux, toi aussi !

— Je t'ai déjà expliqué que chacun sert Thenaar à sa manière. Je ne suis pas tout à fait l'un d'eux parce que ma façon de glorifier le meurtre est différente de la leur.

— Je ne crois pas que Yeshol serait content de t'entendre parler comme ça...

Sherva sourit :

— Et pourtant, il me garde. Mes services sont plus précieux que ma foi.

Doubhée prit son courage à deux mains et lâcha :

— Je ne comprends pas ce que tu fais là...

Sherva sourit encore.

— C'est simple ! Cet endroit représente le summum de l'art du meurtre. Or c'est à cela que j'aspire. Et si pour l'atteindre je dois adorer un dieu maléfique et un petit garçon mort depuis quarante ans, je le fais. Yeshol prétendrait que c'est la façon dont Thenaar agit en moi, même si je ne m'en rends pas compte. Moi, je te dis qu'il n'y a qu'ici que je peux affiner mes talents, et donc je reste.

Sur ce, il changea de sujet, comme s'il regrettait ce soudain accès de sincérité.

— Ces derniers temps, Rekla n'a eu aucun motif de se plaindre. À mon avis, tu ne tarderas pas à recevoir ta mission.

Il n'avait pas compris ! Il s'imaginait que Doubhée était impatiente... Cependant, cette conversation avait été très utile à la jeune fille : Sherva était comme elle, imperméable au fanatisme qui imprégnait la Maison. C'était un être lucide et calculateur, un solitaire soucieux de ses intérêts, et c'est pour cette raison que son amitié pouvait être précieuse dans l'avenir.

Malheureusement, Sherva ne s'était pas trompé, et la mission ne se fit pas attendre.

Un soir, au dîner, Yeshol ajouta quelques paroles à son discours habituel.

— Demain, ce sera la première Nuit du Manque de cette année. Nous nous réunirons dans le temple pour célébrer le culte jusqu'à l'aube. Nous prierons en particulier pour les prochaines missions qui seront confiées aux nouveaux élèves.

Comprenant qu'il s'agissait d'elle, Doubhée se mordit les lèvres. Le moment tant redouté était venu.

Après le repas, Rekla la retint.

— Son Excellence souhaite te voir

Lorsque Doubhée entra dans le bureau, elle constata que le Gardien Suprême n'était pas seul. Un homme à l'air arrogant était là, appuyé à l'un des murs. Elle reconnut immédiatement l'un de ses compatriotes : il avait la peau ambrée et les cheveux de jais des habitants de la Terre du Soleil. Il portait de courtes moustaches et semblait plutôt débonnaire. Il ne la regarda pas dans les yeux et resta immobile, un agaçant petit sourire sur les lèvres.

Doubhée observa sa tenue : un meurtrier ordinaire, comme elle.

— Je suppose que tu sais pourquoi tu es là, fit Yeshol d'un ton presque aimable.

— Tu as sûrement décidé de faire usage de mes talents de tueuse, répondit-elle en s'efforçant de maîtriser sa nervosité.

Elle dut y parvenir, car Yeshol lui lança un regard satisfait.

— En effet. Après-demain soir, sous les auspices de la nouvelle Rubira, tu recevras la mission de tuer un homme de cette Terre. Il s'agit d'un prêtre exécré par Dohor, qui a longtemps feint d'être à son service, pour ensuite le trahir. Tu as une semaine devant toi, au terme de laquelle tu devras me rapporter sa tête afin que je puisse la montrer au commanditaire. L'homme s'appelle Dunat, il vit à Narbet et officie dans le temple de Raxa.

Doubhée avait entendu parler de Raxa, un dieu mineur, patron des commerçants et des voleurs. Jenna portait toujours sous sa tunique une de ses médailles protectrices, qu'il avait volée dans les rues de Makrat. Il lui en avait même offert une, un jour, mais elle l'avait laissée traîner dans un coin, puis perdue.

« Un prêtre... »

Elle serra les poings. Cela ne lui plaisait pas du tout

— Je ferai ce que vous voudrez, murmura-t-elle.

Elle se dirigeait déjà vers la porte quand Yeshol ajouta :

— Tu ne seras pas seule pendant cette mission.

Doubhée se retourna vivement, et Yeshol indiqua l'homme, qui leva enfin la tête. Ses yeux d'un bleu intense la regardaient d'un air ironique. Il ne ressemblait pas aux membres de la Guilde.

— Toph restera à tes côtés. C'est un Assassin très entraîné, il saura t'indiquer la meilleure façon d'agir.

L'homme esquissa le salut des Assassins, auquel Doubhée ne répondit pas.

— J'ai été suffisamment préparée pour savoir ce que je dois faire, objecta-t-elle.

— En théorie, c'est le cas, mais la pratique est une tout autre chose. Nous ne devons pas oublier qu'au fond c'est ton premier assassinat.

— Je ferai ce que vous voudrez, répéta Doubhée en ravalant sa colère.

Sur ces mots, elle salua Yeshol et s'engouffra dans le couloir, suivie par Toph.

— Tu fais trop de bruit quand tu te déplaces, l'apostropha-t-il.

— Je n'avais pas compris que j'étais censée faire preuve de mes talents devant toi, répliqua-t-elle sans ralentir.

L'homme, qui en avait visiblement assez de courir derrière elle, l'arrêta en l'attrapant par le bras :

— Tu ne crois pas que nous devrions mettre au point un plan d'action ?

— Chaque chose en son temps. Nous verrons ça demain.

L'homme haussa les épaules.

— Comme tu veux, dit-il en la relâchant.

Doubhée s'éloigna en agitant la main.

Toph vint la relancer pendant l'entraînement. Elle était occupée à contrer un assaut de Sherva quand elle l'aperçut sur le seuil. Il se contenta de la regarder, mais il le fit avec une telle insistance que la jeune fille perdit sa concentration et se retrouva désarmée.

— Va le voir, lui dit Sherva.

Ils s'installèrent dans une pièce vide du gymnase. Ils s'assirent sur le sol, et Toph déroula des parchemins couverts de croquis et de notes sur les horaires et les habitudes de Dunat. Il avait bien étudié sa partie : toutes les informations utiles y figuraient. Il ne restait même pas à Doubhée le plaisir de l'enquête, la seule chose qui aurait pu être agréable dans cette histoire horrible.

— Tu as examiné sa vie dans les moindres détails, fit-elle, moqueuse.

Toph sourit d'un air orgueilleux.

— Je tiens à servir Thenaar de mon mieux.

— Et, d'après toi, où est ma place là-dedans ? Tu as l'intention de me laisser quelque chose à faire, ou tu préfères garder les honneurs pour toi ?

Ce n'était pas de l'ironie : elle aurait été soulagée s'il avait décidé de se passer de ses services.

Toph la fixa droit dans les yeux.

— Le Gardien Suprême tient à ce que ce soit toi qui le tues. Moi, je serai là pour t'indiquer comment faire.

— Pas très glorieux comme rôle, railla-t-elle. On dirait une nourrice !

Toph sourit une nouvelle fois. « Une vraie manie ! » songea Doubhée, agacée.

— Si tu t'étais mieux comportée avec Rekla, tu ne m'aurais pas dans les pattes, déclara-t-il.

— Qu'est-ce que tu en sais ?

— Tout. Toi, tu ne t'intéresses pas aux gens de la Maison, mais la Maison, elle, t'observe. Nous savons tout sur toi, et nous scrutons le moindre de tes gestes pour comprendre si tu es l'une des nôtres ou pas.

— Et je le suis, d'après toi ?

Toph haussa les épaules :

— Nous le verrons quand tu auras accompli ta mission. Moi, je m'en moque. Ce qui m'intéresse, c'est servir Thenaar et prouver que je suis un grand Assassin.

Il ramassa ses notes et se leva.

— Nous partirons à l'aube ; je viendrai te chercher dans ta chambre. Profite bien de la cérémonie ce soir.

La première Nuit du Manque arriva. C'était le premier véritable rituel collectif auquel Doubhée participait dans la Maison. Rekla lui avait expliqué que c'était pendant ces nuits que les nouveaux Assassins recevaient leurs armes ; en effet, on lui remit un manteau noir et un poignard. Doubhée glissa le couteau dans sa botte, mais elle savait déjà qu'elle ne l'utiliserait pas. Elle avait son propre poignard, le cadeau du Maître.

Ils se retrouvèrent tous dans le temple un peu avant minuit. Le toit d'une des flèches avait été entrouvert ; et au-dessus, on voyait luire Rubira. Quand les Assassins eurent pris place, Yeshol, penché sur l'autel, lança la prière. L'air était tellement saturé d'encens que les yeux de Doubhée se mirent aussitôt à larmoyer ; la tête lui tournait. Bientôt, elle se retrouva en train de réciter

avec les autres la lente et hypnotique litanie en se balançant légèrement et en levant les paumes vers le ciel.

Soudain, Yeshol poussa un cri et tous regardèrent vers
l'ouverture du plafond : sous leurs acclamations, Rubira
disparut peu à peu, laissant le ciel vide et noir.

Commença alors la partie principale du rituel. Chaque Assassin devait se rendre à l'autel, le poignard à la
main, pour s'y entailler le bras et faire couler quelques
gouttes de sang dans une vasque remplie d'un épais
liquide vert. Debout derrière, Yeshol mélangeait le sang
avec des gestes solennels.

Quand vint le tour de Doubhée, elle marcha vers
l'autel tout étourdie. Elle voulut refaire le geste, mais
son couteau s'arrêta brusquement à quelques centi-
mètres de sa peau, comme si quelqu'un l'avait retenu.
Elle serra la garde de son arme et essaya à nouveau de
l'abaisser : rien à faire, quelque chose l'empêchait de se
blesser, quelque chose qu'il lui était impossible de
dépasser. Plus elle tentait d'enfoncer la lame dans sa
chair, plus un vague malaise se répandait dans son ventre. Sa main se mit à trembler, et le poignard finit par
tomber sur le sol.

Yeshol le ramassa et lui incisa le bras, faisant jaillir
le sang, qui alla se mêler à celui des Assassins.

— C'est la malédiction qui t'empêche de te blesser
et de tuer. Elle réclame du sang, mais pas le tien, lui
dit-il en lui rendant son arme.

Puis il l'invita d'un geste à rejoindre sa place.

Doubhée sourit amèrement. Elle n'avait pas le choix :
sa seule chance était de trouver une manière de fabriquer
elle-même la potion.

Lorsque Toph vint frapper à sa porte le lendemain matin, Doubhée était déjà prête. Avec son sac jeté sur l'épaule et la capuche de son manteau rabattue sur le visage, elle était plus noire que la nuit. Elle avait mal dormi, angoissée par la journée qui l'attendait et par l'idée que tous ses efforts de ces deux dernières années avaient été inutiles. Pendant les rares instants où elle avait réussi à s'assoupir, elle avait rêvé du Maître. Il ne lui parlait pas, il la regardait simplement, et son expression douloureuse en disait plus que mille mots.

— Avant de partir, nous devons accomplir le rituel, lui dit Toph pendant qu'ils montaient vers le temple.

« Encore une prière stupide ! » songea Doubhée. Le temple était vide, comme toujours, et la statue de Thenaar plus imposante que jamais. Toph s'agenouilla à ses pieds, et Doubhée feignit de prier avec lui, alors que ses pensées étaient toutes tournées vers la grande porte d'ébène dans son dos. Pendant le mois passé sous la terre, elle l'avait regardée comme l'inviolable barrière qui la séparait de la liberté.

Elle n'eut pas la patience d'attendre la fin.

— Allons-y, dit-elle brusquement en se levant d'un bond.

— Un vrai Assassin ! commenta Toph. Tu es impatiente de tuer... Voyons si tu tiens tes promesses.

19

VOYAGE D'INITIATION

+ + +

Le passé VI

L a situation se complique pour Doubhée. Maintenant qu'elle est officiellement l'élève du Maître, les choses sont différentes, elle le sent. L'homme a changé d'attitude à son égard, il est moins protecteur, plus dur ; ou peut-être qu'il est juste en colère à cause de son choix.

Avant, lorsqu'ils voyageaient, il l'attendait, il lui laissait le temps de le rejoindre, il s'adaptait plus ou moins à son rythme. À présent, c'est fini. Il marche vite, et Doubhée a du mal à le suivre, à tel point que parfois elle est obligée de courir.

Le soir, fatiguée, elle s'écroule près du feu, alors que lui a l'air frais et reposé. Il prépare le repas avec les mêmes gestes élégants et précis.

— Je croyais que tu avais l'habitude des longues marches ! persifle-t-il une nuit en la regardant se blottir au pied d'un rocher.

L'enfant sourit timidement.

— Oui, j'ai beaucoup marché avant de te rencontrer, mais jamais à cette vitesse.

— Tu dois entraîner tes jambes sans cesse, c'est très important pour un tueur.

Doubhée tend l'oreille : voilà la première leçon de son apprentissage !

— Un tueur doit être rapide et silencieux, pour pouvoir fuir sans qu'on l'entende.

Doubhée acquiesce gravement.

— Je ne veux plus que tu te plaigne de la vitesse de mes pas, c'est compris ? Tu me suis sans faire d'histoires, un point c'est tout. C'est une question de pratique.

— Oui, Maître.

Désormais, leurs discussions portent toutes sur ce sujet, et elles se concluent toujours par un solennel : « Oui, Maître » de Doubhée. La fillette répète souvent cette phrase. Elle aime le son de ce mot, « Maître », mais surtout elle aime l'idée de lui appartenir.

Cela dit, le Maître ne lui apprend rien de particulier. Ils ne font que marcher en silence toute la journée. Dès qu'ils s'arrêtent, au coucher du soleil, Doubhée se laisse tomber à terre et elle s'endort aussitôt, son sac de vêtements sous la tête. Mais, peu à peu, ses jambes s'habituent au rythme de la marche, et chaque jour est moins fatigant que le précédent.

Ils parcourent à rebours la route que Doubhée avait faite toute seule après avoir été chassée de Selva. Ils traversent des régions en guerre, ce qui les oblige à se déplacer avec mille précautions.

Un soir, Doubhée s'aperçoit qu'ils sont près du campement de Rin. Elle se rappelle parfaitement l'endroit, et la dernière nuit où elle l'a vu.

— Pas loin d'ici, il y a un campement militaire, dit-elle brusquement.

Et elle parle de Rin et de ses hommes, de la période qu'elle a passée avec eux et de la manière dont ils sont morts.

— Le cuisinier n'est jamais venu, finit-elle son récit. Et c'est là que tu m'as trouvée, Maître.

— J'imaginais quelque chose de ce genre, répond-il laconiquement.

Est-ce parce qu'elle se perd dans ses souvenirs, ou parce que les images du présent se mêlent à celle de la nuit où ils sont tous morts ? Doubhée se sent soudain seule. Elle s'arrête et regarde autour d'elle. L'obscurité est presque totale, les feuilles tourbillonnent dans l'air et les arbres cachent le ciel. Le vent siffle dans les branches... Elle n'entend plus les pas de l'homme.

— Maître ?

Elle est seule, comme cette nuit-là ! D'un coup, de terribles détails lui reviennent à l'esprit : peu avant le coucher du soleil, elle a vu de sinistres colonnes de fumée s'élever sur la plaine. Un campement, des soldats, comme ceux qui ont tué Rin, comme l'homme qui la menacée le jour où elle a rencontré le maître.

— Maître ?

Soudain, il lui semble percevoir des pas et des bruits de sabots, comme cette nuit-là. Des épées s'entrechoquent, des armures grincent et, au loin, éclatent des cris de mort.

— Maître, où es-tu ? Où es-tu ?

Affolée, elle court entre les arbres, les buissons et les

orties lui fouettant les bras, jusqu'à ce qu'une main lui agrippe fermement le poignet et la tire en arrière.

— Qu'est-ce qui te prend de hurler comme ça ?

Doubhée reconnaît sa voix et son odeur. Elle se jette contre sa poitrine, elle pleure.

— Il y a plein de soldats ici, et je t'avais perdu !

Mais le Maître, lui, ne la serre pas contre lui, il ne lui caresse pas la tête, il ne la console pas.

— Il n'y a pas de soldats dans les environs, je les entendrais, se contente-t-il de dire quand les sanglots de Doubhée se calment.

Elle se reprend, sèche ses larmes.

— J'ai cru… Tout est pareil que cette nuit-là…

Le visage du Maître devient sévère.

— Tu as commis une grave imprudence : tu ne peux pas te mettre à hurler dans un endroit comme celui-ci, en pleine nuit.

— Excuse-moi, mais l'obscurité…

— Jusqu'ici, tu m'as suivi sans me créer de soucis. Il faut te concentrer ! Si tu m'as perdu de vue, c'est seulement parce que tu t'es mise à divaguer.

Doubhée, honteuse, baisse les yeux.

— Ton apprentissage a déjà commencé, ne l'oublie pas. Tu as fait un choix ! Tu n'es plus une enfant, et surtout, le passé est le passé ; il est derrière toi, et il ne doit plus t'atteindre. Seul le présent compte, et ton présent, c'est moi. Je ne veux plus te voir pleurer ni te plaindre. Un jour, tu seras un tueur à gages, et ceux-là ne se permettent pas de telles faiblesses.

Cette fois, le « Oui, Maître » est triste. Doubhée chasse de son esprit les souvenirs de cet endroit, le visage de Rin et la majesté de Liwad, son dragon. Cependant, pour venir à bout de sa peur, elle n'essaie pas d'endurcir son cœur, comme le voudrait le Maître, elle pense à lui.

« Cette époque est terminée, maintenant je n'ai plus rien à craindre avec lui à mes côtés. »

Doubhée progresse. Se déplacer dans le noir devient de plus en plus facile. Le monde est plein de sons, et elle apprend à les écouter : chacun d'eux porte un message. La nuit est parcourue de sentiers faits d'odeurs et de bruits qui s'entremêlent.

Ses jambes sont plus agiles, ses pas toujours plus discrets. Elle ne se brûle plus aux orties, n'écrase plus les petits rameaux sur le sol. Elle avance rapidement, d'un pas assuré, le dos du Maître toujours devant elle, tel un but à atteindre.

Lui ne dit jamais grand-chose. Au dîner, il mange en silence, il ne lui explique rien. C'est elle toute seule qui a trouvé comment ne pas trop se fatiguer pendant les marches, et elle encore qui a compris comment s'orienter la nuit.

En réalité, devenir un tueur à gages ne l'intéresse pas du tout : être élève de cet homme lui semble le seul moyen de ne pas mourir, de fuir la solitude, et de rester auprès de lui.

— Quand est-ce que tu m'apprendras à me servir des armes ? lui demande-t-elle un jour.

Le Maître lui accorde une espèce de sourire, le premier depuis qu'ils ont quitté la maison.

— La principale vertu d'un assassin est la patience. L'assassin est un chasseur. Tu as déjà chassé ?

Une foule de souvenirs agréables affluent à l'esprit de Doubhée.

— Bien sûr ! J'ai chassé les lucioles, et les oiseaux, à la fronde. Et je sais attraper les crapauds à mains nues.

Cette fois, le Maître sourit franchement.

— Ce ne sont pas des exploits, mais c'est déjà ça. Quand tu chasses, tu dois savoir attendre le moment juste. Pour ton apprentissage, c'est la même chose. Tu es en train de te préparer ; tu découvres comment on utilise la première et la plus importante arme de l'assassin.

Les yeux de Doubhée s'illuminent :

— Laquelle ?

— Ton corps. Et c'est seulement un début. Tu devras devenir aussi parfaite qu'une arme, implacable et prête à frapper par surprise et avec fermeté.

Puis, un jour, les bois s'éclaircissent, et une immense plaine brûlée par le soleil s'ouvre devant eux. Un désert de terre et de sable noir, formant çà et là de basses collines aplaties par quelque cataclysme, puis le vide, à perte de vue.

— Qu'est-ce que c'est que cet endroit ? demande Doubhée, étonnée.

— C'est la Grande Terre.

Doubhée se souvient. Elle connaît ce nom. C'est un lieu marqué par l'histoire ; les récits des adultes et des anciens qu'elle écoutait à Selva en parlaient souvent. Il y a près de cent ans, cette contrée abritait Enawar, une fabuleuse cité nichée entre deux riantes collines et entourée d'une végétation luxuriante. C'est là que siégeait le gouvernement de l'Âge d'Or, l'époque où la guerre n'était qu'un douloureux souvenir.

Cette cité merveilleuse avait été complètement rasée. De son immense bibliothèque, il ne subsistait plus que quelques volumes conservés comme des reliques dans d'autres bibliothèques ou dans les demeures des rois et des hauts dignitaires. Ses palais jumeaux, un blanc et un noir – le premier érigé pour le Conseil des Mages, le second, pour le Conseil des Rois – ses jardins magnifiques, ses somptueuses fontaines et ses célèbres jeux d'eau, tout a disparu.

On disait que c'est après la destruction d'Enawar qu'avaient débuté les Années Obscures du Tyran. La Grande Terre était devenue son fief exclusif. Il y avait fait construire son immense Forteresse, une vertigineuse tour de cristal noir. Cet insolent défi aux dieux était visible de toutes les Terres. De son centre partaient huit longs bras, dirigés vers chacune des Huit Terres évoquant les doigts du Tyran qui se tendaient pour s'emparer du Monde Émergé. Tel un cancer, la Forteresse avait aspiré en quelques années toute l'énergie vitale des alentours. Plus de bois, plus d'herbe, et plus de collines, aplanies pour laisser place aux terribles constructions du Tyran. De la Grande Terre il n'était plus resté que cette vaste plaine exsangue, défigurée par la monstrueuse construction.

Par la suite avait eu lieu la Grande Guerre, pendant laquelle Nihal et Sennar avaient vaincu le Tyran. La Forteresse s'était désagrégée, marquant la fin des quarante années de terreur.

Depuis lors, la région avait connu de nombreux tourments. Pendant un temps, quand Nihal et Sennar n'avaient pas encore quitté le Monde Émergé, on avait pensé la laisser comme elle était, désolée et exhibant les ruines de la demeure du Tyran, afin que tous se souviennent de ce qui s'était passé. Puis on avait songé à y construire une nouvelle Enawar, mais ces idées avaient été abandonnées. Finalement, le territoire avait été partagé entre les différentes Terres, sauf sa partie centrale, restée libre, où on avait reconstruit les deux palais du Conseil. On avait balayé les débris de la Forteresse, ne gardant que le trône, exposé à l'entrée du Palais du Conseil des Rois, à côté des gigantesques statues de Nihal et Sennar.

Quant aux parties attribuées aux Terres voisines, malgré de nombreux efforts, on ne réussit jamais à y faire pousser quoi que ce soit. Elles semblaient définitivement stériles. Leur nature était si différente qu'elles étaient perçues comme des lieux étrangers, appartenant à une autre époque et à un autre monde, et le peuple continuait à les appeler « Grande Terre », bien qu'elles appartiennent désormais à son territoires.

Le Maître se penche et prend une poignée de terre. Elle est sèche et lui glisse entre les doigts comme du sable. Il referme la main, puis montre son contenu à Doubhée.

— Tu vois ces paillettes noires ? C'est tout ce qui reste de la Forteresse.

Doubhée les regarde avec crainte et admiration. Elle ramasse aussi un peu de terre, et l'effrite pour qu'il n'y ait plus dans sa paume que des fragments de cristal noir. Ensuite, elle les met dans une petite bourse accrochée à sa ceinture, sous son manteau.

— Qu'est-ce que tu comptes en faire ? Ce sont des débris sans valeur. Jette-les ! dit le Maître, l'air irrité.

— Ce sont des débris historiques... On m'a raconté tellement d'histoires sur le Tyran ! Cela me fait un drôle d'effet, de toucher une chose qu'il a touchée lui aussi.

— Le Tyran n'avait rien d'admirable, rien, tu entends ? Il croyait être immortel, et il s'imaginait pouvoir disposer à volonté de tout ce qui existe dans le monde. Un fou comme lui ne mérite que le mépris. Jette ça !

Doubhée est indécise ; alors le Maître lui arrache la bourse et la vide rageusement.

— Excuse-moi, Maître, je ne croyais pas mal faire...

L'homme ne répond pas. Il se remet à marcher à grands pas.

Pendant des jours, ils traversent la plaine désolée, dans une chaleur insupportable. Les lèvres de Doubhée, desséchées par le vent et le soleil, se fendillent et saignent. Le soir, la fillette secoue son manteau devant le feu en se demandant comment elle a pu vouloir conserver des fragments de ce cristal noir sur elle : à présent, ils s'insinuent même sous ses vêtements, lui irritent la peau.

— Et ce n'est rien, comparé au Grand Désert, à l'est. Tu n'es qu'une gamine ! se moque le Maître.

Il n'y a qu'au coucher du soleil que le paysage s'égaie un peu. Ce ne sont pas de bons souvenirs pour Doubhée, les couchers de soleil. Ils lui rappellent tous Gornar. Cependant dans la grisaille absolue qui les entoure, le coucher de soleil prend un autre sens. Il illumine la plaine de reflets étranges ; c'est le seul moment coloré de la journée. Et puis, souvent, lorsque le soleil disparaît derrière l'horizon plat, il y a une sorte d'éclair. Un seul et très bref éclair d'un vert vif, brillant. Pendant un instant, c'est comme si la Grande Terre refleurissait, comme si l'herbe se répandait d'un coup sur la plaine, pour se retirer la minute suivante. Un mirage.

Le Maître s'aperçoit qu'elle contemple, émue, le ciel, désormais plongé dans l'obscurité.

— Tu as vu le rayon vert, pas vrai ?

Doubhée sort de sa rêverie :

— Je ne l'ai pas imaginé, n'est-ce pas ?

L'homme secoue la tête :

— Non. On dit que seuls les enfants peuvent le voir, parce qu'ils ne sont pas encore contaminés par la laideur du monde. On dit aussi qu'il est porteur d'un message des Anciens Elfes, leur dernier message, destiné à ceux qui sont purs et dont les mains n'ont jamais été souillées par le sang.

Il rit doucement, d'un rire amer, et Doubhée sent la tristesse l'envahir.

— Et alors, pourquoi est-ce que je...

— Moi aussi, je le vois, l'interrompt le Maître. Je l'ai vu bien des fois ici, dans le désert. Et malgré le nombre de gens que j'ai massacrés, le rayon vert est toujours là, à m'attendre, chaque fois que je traverse cette terre. Un sage m'a dit un jour qu'il est visible à cause de l'air limpide de ce pays. C'est seulement ça, rien d'autre.

Dans le désert, l'entraînement change. Le Maître impose à Doubhée d'étranges exercices.

— Je veux que tu montes la garde, fait-il un soir.

— Pourquoi ? Nous sommes seuls...

— Ne discute pas mes ordres ! Tu resteras éveillée pendant deux heures, jusqu'à ce que je t'appelle. Tends bien l'oreille et gare à toi si tu t'endors !

Hélas, la fillette n'arrive pas à résister au sommeil, et c'est une gifle qui la réveille.

— Je ne voulais pas, Maître, pardonne-moi...

— De la concentration, Doubhée, de la concentration ! Il te faut apprendre à te dépasser, ton esprit doit l'emporter sur la fatigue, la faim, sur n'importe quel message que ton corps t'envoie, c'est pourtant simple !

« Pas tellement ! » songe la petite fille. La nuit, dans l'obscurité la plus totale, passer des heures à contempler le néant, sans un point sur lequel les pensées puissent arrêter leur course, sans rien à quoi se raccrocher pour ne pas sombrer dans le sommeil...

— Regarde autour de toi attentivement ! Il n'y a pas deux instants semblables, le monde évolue sans cesse, il change de forme. Il y a le bruit du vent, un chant, tantôt lent, tantôt violent, le coup de tonnerre au loin, les pas métalliques des insectes sur la terre, le crissement des débris de cristal noir sous les pieds. Apprends à écouter !

Nuit après nuit, elle s'applique à percevoir la moindre vibration, à sentir le monde plutôt que le voir, à se fondre dedans.

— La concentration va de pair avec la patience, dit le Maître. Il s'agit de lire le monde comme un livre, de s'en imprégner, d'en interpréter les signes, pour trouver l'instant de frapper. Voilà l'essence du meurtre.

Doubhée essaie encore et encore, elle veut progresser. Mais, invariablement, elle sombre dans le sommeil.

— Je suis restée éveillée plus longtemps que d'habitude, je te le jure ! gémit-elle, confuse, quand il la surprend en train de dormir.

— Ce n'est pas suffisant ! Je ne suis pas content de toi.

Le Maître ne dort jamais vraiment, Doubhée en a la confirmation maintenant. Il a tant perfectionné cet exercice qu'il est capable de rester quasiment conscient dans un demi-sommeil. Ses sens sont toujours en alerte. Elle aussi doit devenir comme ça. Elle commence à comprendre le sens de cette phase de l'entraînement.

Enfin, on aperçoit le bout de la plaine : pour la première fois depuis des jours, le regard rencontre un obstacle à l'horizon. Au loin se dessine une chaîne de hautes montagnes.

— Nous sommes presque arrivés. D'ici une dizaine de jours, nous pourrons nous reposer.

Le Maître lui explique que ce sont les Monts du Nord. La Terre des Roches.

— Elle est habitée par des gnomes.

Doubhée se rappelle l'effrayant petit individu qui a frappé à leur porte quelque temps plus tôt.

— Ils sont tous comme l'autre ? s'enquiert-elle.

— Pourquoi, qu'est-ce qu'ils ont de mal ?

La petite fille baisse la tête. Elle a honte de dire qu'ils lui font peur.

Plusieurs jours plus tard, ils retrouvent de nouveau les bois. Le tapis de velours vert s'étend jusqu'au pied des montagnes encapuchonnées de neige. Doubhée y plonge avec plaisir.

Elle aime dormir à l'ombre des arbres, et puis, dans la forêt les exercices que lui impose le Maître lui semblent plus faciles et moins fatigants.

Une nuit, elle arrive à rester éveillée pendant les deux heures qu'il lui a ordonnées. Lorsqu'il ouvre les yeux, elle lui saute presque au cou :

— J'ai réussi, j'ai réussi ! Tu vois, je ne me suis pas endormie !

Le Maître ne se répand pas en compliments, il se contente de hocher la tête.

Le matin, Doubhée le voit préparer l'arc.

— Aujourd'hui, on chasse, annonce-t-il.

Doubhée a un coup au cœur. Les souvenirs de Selva lui reviennent à l'esprit.

— Suis-moi, lance le Maître.

Ils marchent dans la forêt, et il trouve immédiatement à redire.

— Tu fais trop de boucan, les animaux vont se sauver !

Ensuite, ils s'arrêtent et se mettent à guetter ; cependant, le Maître est le seul à entendre le pas furtif du gibier, à voir les traces de son passage.

Le père de Doubhée, un paysan, ne chassait jamais. La viande, sa mère l'achetait, ou parfois on lui en offrait. La fillette n'a aucune expérience de la chasse. C'est pour cela qu'elle ne comprend pas.

— Regarde-moi avec attention, dit le Maître.

Elle s'applique, elle l'imite, mais le sens de ses gestes lui échappe.

— Qu'est-ce qu'on suit, au juste ? murmure-t-elle.

— Des traces, répond l'homme d'une voix tranchante, et il lui indique quelque chose par terre.

Doubhée les reconnaît : ce sont des empreintes de faon, il y en avait aussi autour des bois de Selva.

— Il n'est pas loin.

Ils se plaquent contre le sol.

— Tu l'entends ? chuchote le Maître.

— Non…

— Concentre-toi.

Doubhée ferme les yeux, exactement comme elle le fait le soir, pendant les exercices. Et, tout à coup, le silence lui parle. Oui, ce frôlement dans l'herbe, c'est le bruit des pas de l'animal !

— Je l'entends !

Le Maître lui pose rudement la main sur la bouche :

— Ne crie pas, idiote !

Ils avancent en rampant, puis le Maître se redresse et indique quelque chose dans les fourrés.

Un faon. Sur le qui-vive, il regarde autour de lui, les oreilles dressées. Doubhée pense qu'il est très beau. Elle ne se souvenait pas que les faons étaient si gracieux et si nobles.

L'animal, rassuré, se remet à manger en pliant le cou.

Doubhée se tourne : le Maître est prêt à tirer, l'air absorbé, concentré ; la flèche est encochée. Ses bras sont immobiles, la corde tendue à l'extrême.

— Mais, Maître, tu ne veux pas le…

Elle n'a pas le temps de finir. La flèche fuse, la corde vibre longuement. Le faon tombe avec un bruit mat, troublant le silence du bois. Doubhée l'entend se plaindre, et elle reste clouée sur place, horrifiée.

— Et alors ? lance le Maître. Bouge-toi, c'est notre dîner !

Il s'approche de l'animal blessé, il se penche, mais Doubhée ne le suit pas.

— Je t'ai dit de venir ! s'impatiente-t-il, et Doubhée se dépêche de le rejoindre.

Il a tiré son poignard.

— On doit l'achever au couteau. On appuie la lame sur son cou, et on tranche comme ça.

Alors que le Maître mime le geste, Doubhée sent des milliers de petits frissons lui parcourir le dos. Elle acquiesce.

— Vas-y ! fait-il.

— Quoi ?

Il lui tend son arme.

— Tue-le !

Le faon s'agite, il bouge les pattes de plus en plus faiblement. Il halète, il a mal, il est terrorisé.

— Je n'ai jamais utilisé un poignard...

— Mais tu as déjà tué, n'est-ce pas ? Et il ne s'agissait pas d'un faon, mais d'un petit garçon.

Doubhée sursaute comme si on l'avait giflée.

— Ce n'est pas pareil ! proteste-t-elle.

— C'est la même chose. Et puis, tu ne vois pas qu'il souffre ? Il mourra de toute façon.

— Je...

— Fais-le ! hurle le Maître.

Doubhée tressaille, les larmes lui montent aux yeux, et pourtant sa main prend le poignard.

— Arrête de pleurer et fais ce que tu as à faire ! Tu as dit que tu voulais devenir mon élève, pas vrai ? Eh bien, un tueur à gages tue. Tuer ou mourir, Doubhée : les gens comme nous n'ont que ce choix. Et tu vas commencer avec cet animal.

Doubhée renifle, elle essuie ses joues. Le faon la regarde avec des yeux remplis de douleur et de terreur, il se débat, tente de se relever. Le poignard tremble entre les mains de la fillette.

— Dépêche-toi, ou je te jure que je m'en vais et que tu ne me verras jamais plus !

Doubhée sanglote, mais elle s'approche de l'animal. Les larmes lui brouillent la vue ; elle sent seulement que le faon se crispe sous ses doigts. Elle appuie la lame en tremblant. Elle serre les paupières.

— Ouvre tes maudits yeux et tranche !

— Maître, je t'en supplie...

— Obéis !

Avec un hurlement Doubhée fait ce qu'il lui dit. Dès qu'elle sent le sang inonder sa main, elle lâche le couteau et s'enfuit.

Le Maître la rattrape et la prend dans ses bras sans rien dire.

Bien qu'il l'ait obligée à faire une chose terrible, Doubhée ne le hait pas. Elle appuie la tête sur sa poitrine, et sa chaleur, sa respiration régulière la tranquillisent. Le Maître se tait toujours, mais il est là, près d'elle.

Doubhée n'a pas voulu le regarder pendant qu'il préparait le repas. Elle avait faim, mais elle est restée à l'écart, même quand, plus tard dans la soirée, un excellent parfum de viande s'est répandu dans l'air.

— Il n'y a rien d'autre, tu ferais mieux d'en manger, dit le Maître.

Doubhée regarde le morceau de viande avec horreur.

— Je le dis pour ton bien, insiste-t-il.

Il a l'air abattu.

— Tu n'aurais pas dû fermer les yeux.

— Pardonne-moi, Maître ! C'était affreux... Je me suis souvenue de Gornar... le garçon... de cette fois-là... celle de l'accident... et il me regardait...

Le Maître soupire :

— Tu n'es pas faite pour ce métier. Ce n'est pas ta voie.

Doubhée se lève d'un bond ·

— Pourquoi tu dis ça ? Ce n'est pas vrai ! Je fais de mon mieux, j'ai appris beaucoup de choses, et... cela me plaît, beaucoup !

Le Maître secoue la tête avec tristesse :

— Ce n'est pas juste qu'un enfant apprenne ces choses-là ! Il est normal que tu n'aies pas voulu tuer le faon. Ce qui n'est pas normal, c'est que tu sois avec moi et que tu me suives.

— Je veux devenir tueur à gages ! Je veux être comme toi !

— Oui, mais moi, je ne le veux pas.

Le Maître fixe les braises, et Doubhée devine sa douleur. Elle l'effraie, et l'émeut.

— Le faon, c'était pour manger, je le sais, dit-elle.

J'ai vu tuer des porcs dans mon village, ce n'était pas différent de ça. Un jour, je l'aurais fait, moi aussi. J'ai été stupide.

Le Maître continue à regarder le feu, mais Doubhée voit bien qu'il l'écoute.

— À partir de maintenant, je te promets que je serai plus forte, et que je ferai tout ce que tu me diras. Tu n'auras plus jamais honte de moi.

Le Maître sourit :

— Je n'ai pas honte du tout.

Doubhée sourit à son tour, soulagée. D'une main hésitante, elle prend le morceau de viande que le Maître lui a proposé. Elle le porte à sa bouche et en arrache un gros bout, qu'elle se force à avaler en dévisageant le Maître. Elle n'arrive pas à déchiffrer son regard, qui la scrute jusqu'au fond de l'âme.

20
LE VIEUX PRÊTRE

Tout était recouvert de neige ; un froid pénétrant s'insinuait sous les vêtements et mordait la peau sans pitié. Doubhée grelottait en serrant les pans de son manteau.

Elle et Toph marchèrent toute la journée en silence, malgré les nombreuses tentatives de l'homme pour lier conversation.

— On n'est pas trop bavarde, hein ? fit-il à l'heure du déjeuner.

— Je n'ai jamais beaucoup parlé dans ma vie, répondit Doubhée.

— Dommage. Cela te donne un air sinistre, qui ne sied pas à une jeune fille aussi charmante que toi...

— Ne me sous-estime pas. Je ne suis pas une charmante jeune fille, répliqua-t-elle d'un air féroce, ce qui eut pour effet de réduire au silence son compagnon de voyage.

Ils partagèrent un petit fromage et une miche de pain. Doubhée avait l'estomac complètement noué, et elle mangea très peu ; Toph, lui, engloutit sa part, arrosée d'une bonne dose de vin.

Quand Doubhée lui rappela que l'abus d'alcool n'était pas bien vu par la Guilde, l'homme se contenta de hausser les épaules.

— J'étais ivre mort quand j'ai exécuté mon premier client. Mon maître m'en a tellement rebattu les oreilles que j'ai appris à me modérer. Du coup, le jour où je l'ai tué, lui, je peux t'assurer que j'étais sobre comme un nouveau-né.

Il partit d'un rire grossier et Doubhée détourna les yeux, dégoûtée. Elle avait entendu dire que les Victorieux tuaient leurs propres maîtres lorsque ceux-ci étaient trop vieux ou trop fatigués, mais jusque-là, personne ne lui en avait jamais parlé aussi clairement.

— Et toi ? reprit Toph, imperturbable. Tu nous as rejoints parce que tu as tué quelqu'un quand tu étais enfant, non ? Tu es une Enfant de la Mort... Raconte-moi ça !

— Il n'y a pas de quoi se vanter.

L'homme redevint sérieux.

— Quoi ? Tu dois en être fière, au contraire, bon sang ! C'est ce qui fait de toi une Victorieuse. Sans ça, tu serais restée une Perdante toute ta vie, à végéter en commettant de petits vols minables...

Doubhée lui lança un regard glacé :

— Tu connais Amanta ?

— Le vieux protégé de Dohor ? Celui qui est tombé en disgrâce ?

Doubhée acquiesça avant de déclarer :

— Eh bien, c'est moi qui ai cambriolé sa maison. Après lui, ça été le tour de Thevorn, dont tu as sûrement

entendu parler, n'est-ce pas ? C'est ça que tu appelles
« de petits vols minables » ?

Toph haussa les épaules avec indifférence.

— Et ce meurtre quand tu étais enfant ? insista-t-il.

— C'était un accident. Je me battais avec un ami, et
il s'est cogné la tête contre une pierre.

— Un gamin, alors, commenta l'homme en riant une
nouvelle fois.

Le lendemain, ils s'arrêtèrent pour dormir dans un
village proche de Narbet, la capitale de la Terre de la
Nuit. Ils n'y trouvèrent qu'une misérable auberge, presque déserte, mais c'était déjà une chance : le temps avait
brusquement empiré, et une violente tempête s'était
levée.

Ils dînèrent en discutant à voix basse de l'entreprise
qui les attendait et de leur cible. Doubhée participait
à contrecœur ; elle avait hâte que toute cette maudite
histoire se termine.

Toph prit une mine de conspirateur et se pencha vers
elle pour ne pas être entendu par l'aubergiste et par les
autres clients de l'auberge, et il demanda :

— Selon toi, à qui obéit Nerla, l'imbécile de fils de
Berla, le prêtre ?

Nerla était le régent de la Terre de la Nuit, dont le
véritable roi, Rewar, avait été exécuté trente-sept ans
plus tôt, à la fin de la guerre contre Dohor. C'était un
jeune homme sans vigueur, et il était évident qu'il
n'était qu'un pantin aux ordres du Général Suprême.
D'ailleurs, Dohor était derrière presque tous les souve-
rains du Monde Émergé. Cependant, pour asseoir sa

domination, il avait agi de manière beaucoup plus élégante que le Tyran : alors que ce dernier s'était emparé par la force de chacune des Huit Terres, Dohor, lui, l'avait fait sous prétexte de défendre la paix.

Ayant recours à des manœuvres de toute sorte – alliances, corruption, guerres, complots –, il était venu à bout de la résistance de presque toutes les Terres, avait remplacé Ido à la tête des Chevaliers du dragon et s'était soumis la quasi-totalité du Monde Émergé. Seules les Terres de l'Alliance des Eaux, qui réunissait les anciennes Terres de l'Eau et de la Mer, étaient restées libres. Les autres ne jouissaient que d'une indépendance formelle, possédant leur administration et leur propre souverain.

— Tout le monde sait que Nerla obéit à Dohor, répondit Doubhée.

— Et donc à nous, gloussa Toph.

Doubhée en resta interdite. C'était en effet ce que disait la rumeur, cependant les gens pensaient que ce n'était justement qu'une rumeur. Dohor était loin d'être un homme bon, mais de là à s'allier à la Guilde... Le Maître lui-même ne lui avait jamais laissé entendre une chose pareille au cours des longues et ennuyeuses leçons qu'il lui donnait sur les intrigues des quarante ans de lutte intestine qui avaient suivi la Grande Guerre.

— Qu'est-ce que tu veux dire ?

— Que nous avons fait quelques faveurs à Sa Majesté, et qu'il a su nous en remercier...

— Mais... jusqu'à quel point ?

Toph secoua la tête.

— Ce sont des choses que seul Yeshol sait vraiment.

Ils quittèrent l'auberge de très bonne heure, par mauvais temps. La tempête avait laissé place à une insidieuse petite neige fondue qui trempait leurs manteaux.

Doubhée était totalement absorbée dans ses pensées. C'était pour ce soir, et elle avait peur. Elle n'avait jamais tué de sang-froid. Bien sûr, on lui avait enseigné à le faire, et elle se rappelait chacune des paroles que le Maître lui avait dites pendant les années de son apprentissage, mais elle ne les avait jamais mises en pratique. Et puis elle avait juré, sur tout ce qu'elle avait de plus cher ; un serment qu'elle était sur le point de trahir. Elle se sentait submergée par la tristesse et l'angoisse.

Vers midi, Toph s'écria :

— Bienvenue chez nous, Doubhée ! Voilà la grande Astéria !

La jeune fille lui jeta un regard en coin. C'était le Tyran qui avait imposé à Narbet ce nom que personne n'utilisait plus. Elle leva la tête vers les remparts de la cité. Ils étaient creusés de profondes lézardes, dans lesquelles prenaient racine de vigoureuses plantes grimpantes aux larges fleurs blanches, recouvertes d'une fine couche de givre. Année après année, ces plantes invasives poussaient plus loin leur conquête des grosses pierres carrées, les brèches dans les murs se multipliaient, et la ville se dégradait de plus en plus. Même la tenue négligée des deux soldats, de garde devant les portes, témoignait de cette décrépitude.

— Qui êtes-vous ? demanda l'un d'eux en les menaçant de sa lance.

— Deux messagers de la Terre du Soleil, répondit

promptement Toph, et il ouvrit son manteau pour montrer un parchemin apporté à cet effet.

— Bien, bien... ça va... Vous pouvez passer.

Le lourd battant s'ouvrit, et les deux voyageurs découvrirent Narbet avec ses mendiants installés le long des rues et ses trafics en tout genre, ses tristes marchés dépouillés et ses boutiques sans marchandises. La nourriture y était rare, d'une part parce que la Terre de la Nuit devait recourir à la magie pour cultiver les champs qui ne voyaient jamais la lumière, et d'autre part parce que le peu qu'on y produisait était aussitôt acheminé vers le front ou vers la Terre du Soleil, quand il n'était pas accaparé par la noblesse locale. Les maisons des riches se dressaient telles des fleurs au-dessus du désert de baraques qui constituait le panorama typique de la ville. C'étaient de hautes demeures entourées de vastes jardins, ornées de sculptures et de stucs multicolores, qui transpiraient le luxe par toutes leurs pierres. Le summum de ce déploiement éhonté de richesses était le majestueux palais de Nerla, celui de l'ancien roi, qui avait retrouvé les fastes de ses meilleurs jours. Le jeune souverain y avait fait construire une nouvelle aile, et surtout une immense tour que tous voyaient d'un mauvais œil parce qu'elle ressemblait trop à la Forteresse

Doubhée observait ces luxueux palais avec mépris : pour elle, ils étaient une insulte à la pauvreté de cette terre. Elle l'avait fait remarquer un jour au Maître, en s'insurgeant avec véhémence contre cet état de fait.

« Pourquoi les gens ne se révoltent pas ?

— Le monde est divisé entre les forts et les faibles. Toi et moi, nous sommes au service des puissants, nous représentons les aspects les plus sombres du système. En tout cas, ce n'est sûrement pas nous qui les combattons… »

La jeune fille détourna les yeux des riches demeures pour les poser sur la cité des pauvres. Certaines de ses habitations avaient dû autrefois être très belles, mais elles étaient défigurées par les ravages du temps et le manque de soin. Elles n'étaient plus que le refuge des miséreux venus de la campagne pour chercher fortune en ville, presque toujours sans succès. Des cabanes en bois, des tavernes et des dispensaires miteux se blottissaient contre leurs murs.

Toph et elle mangèrent dans une de ces auberges. À la fin du repas, Doubhée demanda à rester un peu seule.

— Pour quoi faire ? s'étonna Toph.

— À chacun ses méthodes. Moi, j'ai besoin de me concentrer avant un travail.

L'homme haussa les épaules.

— On se voit ici au dîner.

Doubhée se mit aussitôt à la recherche de l'endroit où elle avait séjourné avec le Maître. C'était une autre auberge, désormais à l'abandon. Elle entra et erra parmi ses chambres désertes, jusqu'à ce qu'elle trouve celle qu'ils avaient partagée peu avant sa mort. Elle s'assit sur le sol pour méditer, et les paroles que le Maître avait prononcées lui revinrent à l'esprit : « Je te l'ai dit il y a des années, quand nous nous sommes rencontrés. Tu n'es pas faite pour ça, Doubhée. Regarde ce qui m'est arrivé et profites-en pour changer de voie. Oublie tout ce que je t'ai appris et gagne ta vie autrement. Si tu ne le fais pas pour toi, fais-le pour moi, en souvenir de mon sacrifice. »

Elle ferma les yeux et se rappela sa silhouette d'homme accompli, son corps élancé, ses épaules carrées…

« Qu'est-ce que je suis en train de faire ? » se dit-elle en se prenant la tête entre les mains.

Mais, cette fois encore, elle n'avait pas le choix. Tout s'était décidé des années plus tôt, lorsque sur la rive d'un torrent elle avait serré entre ses doigts les cheveux de Gornar et avait cogné sa tête contre les cailloux. Sa route avait été tracée à ce moment-là, et il n'y avait plus rien à y faire.

— Tu ne m'as pas l'air très en forme, observa Toph pendant leur dîner à l'auberge. Tu as les yeux rouges.

Doubhée baissa la tête.

— C'est le froid. Je resterai dans ma chambre jusqu'à l'heure de notre rendez-vous devant le temple.

— Je te conseille de prendre la potion bien avant. Rekla m'a prévenu que, sinon, elle ne ferait pas effet.

— Tu me la donneras dès que nous aurons fini, répondit Doubhée.

Lorsque la cloche de la tour du palais royal, de triste mémoire, sonna le dernier coup, Doubhée était prête. Elle respira à fond, essayant de vider son esprit. Elle jeta un coup d'œil sur son poignard. Soudain, il n'était plus un souvenir du Maître, mais une arme, qu'elle devrait utiliser pour de vrai.

Enveloppée dans son manteau, elle se glissa dans les rues de Narbet. La neige avait cessé de tomber et un vent froid s'engouffrait dans les ruelles. Elle marchait lentement sur le tapis blanc, à pas feutrés, une détermination glaciale dans le cœur. Ce n'est qu'en s'approchant du temple qu'elle frissonna.

Le clerc de la Terre de la Nuit avait la réputation d'être plutôt riche, mais le temple où il logeait était petit, et à moitié en ruine.

Toph attendait la jeune fille au fond d'une impasse.

— Tout juste à l'heure. Bravo ! lança-t-il, l'air excité. C'est toi qui fais tout, moi je me contente de te suivre.

Ils entrouvrirent la porte et se glissèrent à l'intérieur du bâtiment. C'était une simple salle rectangulaire au plafond bas, comportant une dizaine de bancs poussiéreux. L'autel était d'une propreté parfaite : Dunat continuait sans doute à pratiquer les rites, malgré l'absence de fidèles.

Dans le fond de la salle, une grossière statue représentait Raxa sous la forme d'un homme tenant un bâton et une petite bourse à la main. Elle était en bois brut, recouverte de vernis écaillé aux couleurs passées.

Doubhée pensa que ce Dunat devait être un pauvre bougre. En tout cas, sûrement pas quelqu'un qui méritait la mort…

— Allez, bouge-toi ! Ce n'est pas toi qui disais qu'il n'y avait pas de temps à perdre ? la pressa Toph à voix basse.

Elle essaya de se concentrer ; en vain. Non, elle ne voulait pas le faire, un point c'est tout.

Dans la semi-obscurité, elle trouva à tâtons la porte de la chambre de Dunat. Elle était à moitié moisie et gonflée par l'humidité. Doubhée utilisa son poignard pour l'ouvrir, en prenant soin de faire le moins de bruit possible, et elle entra prudemment, son arme à la main.

C'était une petite pièce éclairée par une chandelle, avec une paillasse dans un coin et un petit autel, où se dressait une version miniature de la statue de Raxa. Dunat était agenouillé devant. Vêtu d'une chemise de nuit, sur laquelle retombaient ses rares cheveux blancs de vieillard débraillé, il répétait sans cesse la même prière d'une voix haletante.

Il avait peur, une peur folle. Doubhée la perçut avec netteté. Cet homme savait ce qui était sur le point d'arriver et il cherchait le réconfort dans la prière désespérée qu'il balbutiait à mi-voix.

« Je ne peux pas ! Bon sang, je ne peux pas ! » se dit-elle.

Son poignard trembla entre ses mains et tomba par terre.

— Qu'est-ce que tu attends ? siffla rageusement Toph.

Quelque part au fond d'elle-même, la voix de la Bête répondit par le même rugissement. Aussitôt, son corps agit tout seul, obéissant à cet appel qu'elle avait enfoui dans son cœur. Elle se glissa derrière le dos de Dunat saisit sa tête, et la tordit d'un coup. L'homme s'affaissa tel un pantin, et Doubhée resta immobile, sans lâcher sa victime. Elle n'arrivait pas à détacher les yeux de l'autel, et de la statue, souillée par le sang du vieillard.

« Je l'ai fait. C'est fini », se dit-elle en frémissant.

Lorsqu'elle parvint finalement à reculer et à lever les yeux, elle se figea, glacée : une jeune fille se tenait sur le seuil, pâle, la bouche ouverte, incapable de proférer une parole. Elle était en chemise de nuit. Peut-être une servante du temple dont Toph ignorait l'existence... Elle devait avoir son âge, et la regardait comme on regarde les monstres.

Toph bondit vers elle. Elle essaya de s'enfuir, de crier, mais l'Assassin l'attrapa par ses longs cheveux et la tira violemment, jusqu'à ce qu'elle tombe par terre. Elle hurla.

Doubhée s'approcha pour s'interposer entre elle et Toph, pour empêcher que... Mais l'homme fut plus rapide. D'un geste, il tira son poignard et frappa la jeune fille à la gorge.

— Quelle nuit d'enfer... Tout va de travers, commenta-t-il.

Des yeux blancs, écarquillés, fixaient Doubhée, des yeux sans regard. Ils l'accusaient. La jeune fille plongea à l'intérieur de l'abysse ; elle y vit sa vie, tout au fond.

Folle de rage, elle saisit Toph par le cou et le plaqua contre le mur :

— Pourquoi tu l'as tuée ?

— Retire tout de suite ta maudite main, ou je te tue toi aussi, siffla l'homme.

Doubhée lâcha prise. L'air lui manquait ; folle de rage, elle n'avait pas réalisé l'absurdité de sa question. Toph lui administra une gifle sonore.

Sa colère tomba d'un coup, et elle ne ressentit plus qu'un grand vide, comme si son âme s'en était allée au loin.

Toph sembla retrouver lui aussi son calme. Il la regarda avec un peu plus de compréhension.

— Du sang en plus pour Thenaar... C'est une bonne chose, finalement !

Doubhée chancela, prise d'un vertige.

— On peut savoir ce qui t'arrive ? Tu devrais être contente... Tu as déjà tué quelqu'un, non ?

« Oui, et beaucoup trop souvent. Mais jamais comme ça ! »

— Maintenant, remue-toi, il faut accomplir le rituel, fit Toph.

Doubhée ferma les yeux. Brusquement, la lumière était devenue aveuglante, insupportable. L'homme s'approcha du cadavre de la jeune fille et tira de sa poche une petite ampoule de verre remplie d'un liquide verdâtre.

— Je m'occupe de la fille. Tu répéteras mes gestes sur ta victime.

Il saisit son poignard et l'enfonça dans la poitrine de la malheureuse.

— Tu mets le sang dans l'ampoule... comme ça. Ensuite, tu récites la prière : « À Thenaar, Père des Victorieux, en attendant sa venue », et tu en avales un peu.

Il porta l'ampoule à ses lèvres et but avec avidité. Doubhée sentit son estomac se retourner ; en même temps, elle perçut de nouveau cette chose en elle qui s'agitait, qui exultait, qui se reconnaissait dans ce rite macabre.

La Bête.

Toph lui tendit l'ampoule avec un sourire monstrueux :

— À toi maintenant !

Doubhée la prit, s'approcha du cadavre du vieil
homme, et tira son poignard.

Les paroles du Maître résonnèrent à ses oreilles :
« Profaner un cadavre est un acte bestial, contraire aux
lois du meurtre. Un assassin frappe, et quand sa victime
est morte, c'est fini. S'en prendre à un mort, c'est donner
libre cours à son sadisme. Tout le contraire de ce que
fait un vrai tueur à gages. »

Seulement, elle ne pouvait pas se dérober. Au fond
d'elle, la Bête haussait la voix.

« D'ailleurs, maintenant je suis moi-même une
bête », songea-t-elle.

Elle répéta les gestes de Toph et recueillit un peu de
sang du prêtre.

— Bois-en une gorgée et remplis l'ampoule de nouveau, dit Toph.

Doubhée regarda la petite fiole avec horreur : « C'est
la nourriture de la Bête ! Tu sais bien que tu en veux,
puisqu'elle et toi, vous ne faites plus qu'un. »

Elle l'approcha de ses lèvres, et la Bête poussa un
nouveau cri.

« Non ! Je ne peux pas ! »

Elle hésita encore un instant, puis, brusquement, elle
passa l'ampoule à Toph sans boire.

— Allons-nous-en ! lança-t-elle.

Elle quitta la chambre et traversa le temple en courant. Dehors, un vent glacial lui coupa le souffle. Elle
se mit à marcher en silence, les yeux et l'esprit pleins

des images de la nuit : le vieux penché sur l'autel, la fille à terre, tous deux dans une mare de sang... Un vieillard et une gamine innocente.

Perdue dans ses pensées, elle entendait à peine la voix rageuse qui l'appelait loin derrière.

21

UNE MISSION SUICIDE

La porte du Conseil de l'Alliance des Eaux était fermée. Lonerin la fixait en se tordant les mains. Ce n'était pas la première fois qu'il allait assister à une séance des sages. Être l'élève d'un magicien de la Terre de la Mer signifiait presque nécessairement être engagé dans la résistance contre Dohor. Mais cette fois il n'en allait pas de même : la tension était palpable.

— Dis, ça ne fait pas trop longtemps qu'ils sont là-dedans ? lâcha Theana, la jeune fille blonde et fluette assise à son côté.

Elle était au moins aussi préoccupée que lui.

— La situation est dramatique, soupira-t-il.

— Va-t-on s'en sortir, Lonerin ? Et si c'était la fin ?

Le jeune garçon eut un geste d'agacement : il aimait bien Theana, plus avancée que lui dans l'apprentissage, et la rassurait toujours volontiers. Mais en ce moment précis, il avait du mal à supporter son anxiété.

— Arrête de te faire du souci ! Il n'y a qu'à attendre, dit-il rudement.

Theana se tut, et le silence retomba sur l'antichambre. Ils étaient nombreux, là-dedans. Ils n'appartenaient pas au Conseil, mais d'une manière ou d'une autre ils prenaient part à la résistance.

Il y avait de bonnes raisons de se s'inquiéter. L'un de leurs meilleurs espions, qui s'était introduit dans des milieux proches de la Guilde, venait d'être assassiné après avoir envoyé au Conseil un compte rendu dramatique, plein d'obscurs présages.

Son contenu n'avait pas été divulgué, mais d'après la rumeur il s'agissait de quelque chose de très grave, d'une manœuvre décisive que Dohor avait l'intention de lancer.

Lonerin se souvenait bien de cet espion. C'était un jeune magicien qui avait étudié pendant un temps avec le même maître que lui, et ils s'étaient un peu fréquentés. Aramon l'avait souvent aidé à apprendre les enchantements qu'il n'arrivait pas à retenir. Cet adolescent grassouillet, avec un visage de gamin, était très vif, et surtout très expert dans les arts de la magie.

On l'avait retrouvé dans un bois des environs, la tête tranchée.

Lonerin serra les dents : c'était sûrement l'œuvre de la Guilde. Quelques jours auparavant, le Maître Folwar l'avait interrogé sur la secte.

« Tu la connais mieux que nous tous, Lonerin. »

Le garçon avait tressailli.

« Il s'agissait de ma mère, Maître...

— Mais peut-être qu'elle t'en a dit quelque chose...

— J'étais petit.

— Quand tu es arrivé chez moi, tu m'as dit que tu voulais transformer ta douleur en quelque chose d'utile... C'est le moment. »

Lonerin se rappelait avoir serré les mains si fort que ses articulations avaient blanchi : le souvenir de sa mère provoquait encore trop de colère en lui.

— Regarde !

La voix de Theana l'arracha à ses pensées et l'obligea à lever la tête vers la porte de la salle du Conseil qui s'ouvrait lentement.

Derrière, il vit les rois et les magiciens assis autour de la grande table de pierre, et Folwar, son maître, souffrant, affalé sur son siège à l'autre bout de la salle.

L'ordonnance qui avait ouvert la porte s'adressa à l'assemblée :

— Vous pouvez entrer.

En dépit de leur bonne éducation, tous se précipitèrent à l'intérieur. Lonerin rejoignit son maître et s'inclina devant lui :

— Vous avez l'air fatigué…

Le vieil homme donnait l'impression d'une extrême fragilité. La peau de ses mains osseuses était si fine que la trame de ses veines s'y voyait par transparence. Les quelques rares cheveux blancs qui lui restaient sur le crâne tombaient sur ses épaules et son corps gisait sans forces dans un fauteuil doté de roues en bois.

Folwar se tourna péniblement vers son élève ; il le regarda de ses yeux d'un bleu profond et lui sourit.

— Je suis juste un peu las, Lonerin, rien de plus. La séance a été éprouvante.

Le jeune magicien lui posa une main sur l'épaule, et le vieil homme la serra dans la sienne. Lonerin se sentit apaisé : il allait enfin connaître la vérité !

Tandis que chacun prenait place dans la grande pièce circulaire, il regarda autour de lui. Il trouva vite la personne qu'il cherchait, celle qui éveillait toute son admiration : Ido. Le gnome était vêtu de la tenue de guerre, qu'il portait toujours, même en dehors du champ de bataille : une cuirasse élimée, une épée fixée à la taille, et un long manteau jeté sur les épaules. Sa capuche dissimulait à moitié la cicatrice qui lui barrait l'œil gauche. Lonerin l'observa longuement. C'était un héros du passé, « un vétéran incapable de marcher avec son temps », comme il se définissait lui-même, une figure légendaire tout droit sortie des histoires que le jeune homme aimait entendre raconter. Bien qu'il ait plus de cent ans, un âge considérable même pour un gnome, il n'avait pas du tout l'air d'un vieillard. En dépit des petites rides qui lui sillonnaient le visage et de ses longs cheveux blancs, il semblait encore au meilleur de sa force, avec un corps vigoureux et un regard pénétrant. Quarante ans plus tôt, il avait été le maître de Nihal, et il avait participé à la lutte contre le Tyran. Après la Grande Guerre, il avait été longtemps général suprême de l'ordre des Chevaliers du dragon, avant que Dohor ne se lance à la conquête du Monde Émergé.

La contemplation de Lonerin fut interrompue par Daphnée, qui leva la main pour obtenir le silence. C'était l'actuelle souveraine du Cercle des Bois et la nièce de la nymphe Astréa, tuée pendant la Grande Guerre. L'apprenti magicien songea que si quelque chose de bon pouvait naître de cet énième conflit, c'était la réunification de la Terre de l'Eau, divisée entre le

Cercle des Marais, habité par les hommes, et le Cercle des Bois, où vivaient les nymphes.

Daphnée, si pâle et si diaphane qu'on l'aurait crue faite d'eau pure, était d'une beauté surnaturelle. Ses cheveux, transparents comme l'onde, flottaient autour de sa tête.

— Le Conseil a délibéré, dit-elle d'une voix cristalline en entamant la formule rituelle. Il expose à présent ses décisions à la direction de l'Alliance des Eaux.

Elle marqua une pause, puis continua :

— Comme vous le savez déjà, notre frère Aramon est perdu. Avant d'être tué par la Guilde, il nous a envoyé un dernier rapport concernant ce qu'il avait découvert sur la Terre de la Nuit. Le sens de ces lignes écrites à la hâte demeure en partie obscur. Néanmoins, il confirme qu'il existe vraiment une collaboration entre la Guilde et Dohor, comme nous le soupçonnions déjà.

Un murmure d'étonnement parcourut la salle.

— La chose en soi est très préoccupante, étant donné le pouvoir que la Guilde détient désormais sur une grande partie du Monde Émergé. Ce qui est carrément alarmant, c'est qu'un grand rituel se prépare dans la secte. Dans sa lettre, Aramon dit qu'un Assassin avait évoqué « la fin des temps » et « l'avènement de Thenaar »…

Toute l'assemblée s'agita nerveusement ; seul Ido ne broncha pas, son œil unique fixé sur Daphnée.

— Nous sommes au courant des voyages de Dohor sur la Terre de la Nuit, mais cela pourrait ne rien vouloir dire… Cependant, on nous a signalé d'étranges mouvements sur la Grande Terre. des livres sont recherchés sur les marchés et dans les bibliothèques par des hommes de main de Dohor. Quelque chose se trame, et la regrettable disparition d'Aramon nous laisse craindre le pire.

Un silence de plomb s'abattit sur l'assistance.

— Devant des signes aussi inquiétants, nous avons décidé de pousser plus loin notre enquête. Sur les conseils du général Ido, elle sera menée au sein même de la Guilde.

Ido se leva et fit un signe à Daphnée, qui lui laissa la parole. Sa voix grave emplit la salle.

— Comme l'idée est de moi, je pense qu'il vaut mieux que je vous la présente moi-même. Notre vrai problème est la Guilde...

— ... dont aucun de nous ne sait où elle se trouve, objecta quelqu'un.

— Nous savons par contre quelle façade elle présente aux gens : ce temple perdu sur la Terre de la Nuit, répliqua Ido. C'est de là qu'il faut partir.

— Nous l'avons déjà fait, et cela ne nous a conduits nulle part, observa la même personne.

— Reconnaissons la vérité : jusque-là, nous avons sous-estimé la Guilde, poursuivit Ido sans se laisser troubler. Nous nous sommes contentés de la regarder prospérer comme un cancer. Il est grand temps de la surveiller de plus près.

— Qu'est-ce que tu proposes, alors ?

— Un plan en deux étapes : trouver le quartier général de la Guilde et un moyen d'y entrer, puis l'infiltrer de l'intérieur.

— Avec tout le respect que nous vous devons, général, lança un commandant du fond de la salle, je crois qu'il est totalement impossible d'infiltrer la Guilde. C'est une secte très fermée, elle n'accepte aucun étranger.

— À part les Postulants, intervint Lonerin.

Il avait parlé sans réfléchir, et lorsque Ido planta ses yeux sur lui, son cœur manqua un coup.

— C'est-à-dire ? demanda le général.

Lonerin sentit la main de son maître serrer plus fort la sienne. Il se lança :

— C'est une chose que nous autres de la Terre de la Nuit, et quelques désespérés, sommes les seuls à savoir. Quand une personne a une faveur à demander aux dieux, et qu'elle a déjà tout essayé, elle s'adresse à Thenaar, le Dieu Noir, comme on l'appelle chez moi. Sauf que ceux qui le font ne reviennent plus...

Le silence se fit plus lourd.

— Et alors ? À quoi nous servirait un autre espion mort ? Et qu'est-ce qui nous dit que la Guilde l'accepterait ? demanda le commandant qui avait contredit Ido.

— D'après le général, le temple est la façade de la Guilde, n'est-ce pas ? Eh bien, je le crois moi aussi, ou plutôt j'en suis sûr.

— Ce que tu viens de dire est très intéressant..., commenta Ido, et le jeune homme rougit, flatté. Et donc, qu'est-ce que tu proposerais... euh, comment t'appelles-tu ?

— Lonerin, élève du maître Folwar.

— Qu'est-ce que tu proposes, Lonerin ?

— Que nous envoyions un homme qui se présenterait comme Postulant au temple du Dieu Noir. Les

Postulants participent aux rites de la Guilde ; c'est du moins ce qu'on raconte sur ma Terre. Ceux de la Secte prennent l'homme et le conduisent dans leur repaire.

— Supposons que les Postulants soient vraiment admis par la Guilde, intervint Asthay, le conseiller de la Terre de la Mer, qu'est-ce qui nous prouve qu'ils ne sont pas aussitôt assassinés ? Suivre ton idée serait un suicide !

— Je sais que ce n'est pas le cas.

Lonerin sentit un filet de sueur froide lui couler sur le front.

— Et comment, de grâce ?

— Parce que... parce que j'ai connu un Postulant, et j'ai vu son... cadavre... Après... Longtemps après qu'il était entré... répondit Lonerin, la gorge serrée.

Tout le monde le regardait en silence.

— Je ne connais pas leurs rites, et je ne veux pas les connaître. Mais les Postulants restent en vie... au moins pendant un certain temps. Puis ils sont tués. On trouve leurs corps... parfois... dans nos contrées.

En disant ces mots, Lonerin essaya de ne pas penser à celui qu'il avait vu, dont l'image le remplissait encore d'une terreur aveugle.

Ido prit une nouvelle fois la parole.

— C'est peut-être bien un suicide, mais nous sommes dans une situation sans issue. Si quelqu'un se propose, je n'y vois rien à redire. Lorsque je fréquentais les champs de bataille, j'ai fait bien pire. Il faut savoir prendre des risques.

Lonerin se tut. Il ne voulait pas faire d'erreur dans un moment pareil. Transformer sa souffrance en quelque chose d'utile... C'était la raison pour laquelle il avait choisi la voix de la magie. Voilà que l'occasion se présentait...

Le gnome continua :

— J'irais bien moi-même, mais ma tête est trop connue, et Dohor donnerait n'importe quoi pour pouvoir me tailler en pièces personnellement. Cela ne servirait à rien. Il faut quelqu'un que la Guilde ne connaisse pas du tout, un visage neuf. Un volontaire ?

Personne ne broncha. Ido parcourut la salle des yeux.

— Ce n'est pas une décision facile, j'en suis conscient, c'est pourquoi je vous laisse du temps. Que celui qui se sent prêt à se charger de cette mission vienne le dire à l'un des membres du Conseil d'ici à une semaine. La séance est levée.

Le plus difficile fut de frapper à la porte. Lonerin avait souvent vu Ido aux réunions, mais il n'avait jamais eu le courage de s'approcher de lui pour lui parler. À présent, ses jambes tremblaient violemment. Il hésita quelques instants, puis leva le poing.

— Je suppose que c'est moi que tu cherches.

Le jeune homme sursauta et se retourna d'un bond. Ido était derrière lui.

— Je...

— Je faisais un tour. J'ai passé trop de temps sous terre dans ma vie, et ce satané palais m'oppresse.

Il passa devant Lonerin et ouvrit la porte d'une pièce austère.

— Entre. Je m'attendais à ce que tu viennes.

301

Ido alla s'installer derrière son bureau en indiquant la chaise en face de lui.

— Tu es là pour te proposer comme espion ?

Lonerin acquiesça :

— Je connais la Guilde mieux que quiconque.

Le gnome posa ses deux coudes sur la table et avança la tête vers lui.

— Je m'en doutais. Raconte !

— Je... j'ai été proche d'un Postulant. Je sais comment on fait. Et puis, je connais le temple, j'y suis allé de nombreuses fois.

— Et pourquoi donc ?

Lonerin sembla embarrassé.

— Parce que ce Postulant... ou plutôt la Postulante... eh bien, elle m'emmenait avec elle. Jusqu'à ce qu'ils la prennent.

— Et alors, les Postulants meurent ?

— Oui.

— Comment le sais-tu ?

Lonerin attendit un instant avant de répondre.

— Il y a une fosse commune... pas très loin du temple. Et là... au bout d'un moment... les corps... ça dépend de...

Ido s'appuya contre le dossier de sa chaise.

— Et pourquoi tu veux y aller ?

— Pour être utile ! Jusqu'ici je n'ai pas fait grand-chose, et...

— Qui était la Postulante dont tu parles ? demanda brusquement le gnome.

Le jeune garçon tressaillit.

— Ma mère..., murmura-t-il.

Le général se leva lentement et s'approcha du feu.

— Je ne crois pas que tu sois la personne la plus adaptée pour cette mission.

— Pourquoi ?

— Parce que ta mère a été tuée par la Guilde.

— Mais ça n'a rien à voir !

— Ah bon ? Moi, je pense que si. Nous n'avons pas besoin d'un martyr, ni d'un justicier.

— Non, je ne...

Ido le regarda avec un sourire bienveillant :

— Écoute, Lonerin... Tu es jeune, tu as en tête plein d'idées sur l'héroïsme, nourries par le sort de ta mère. Or cela va te mener directement à la mort...

Lonerin baissa la tête.

— Oui, bien sûr que ma décision a à voir avec ma mère, mais pas comme vous l'imaginez. La tentation de la vengeance que je porte en moi, j'essaie de la combattre, depuis toujours, depuis que... c'est arrivé. C'est pour cela que j'ai choisi la voie de la magie, et que je me suis mis au service de maître Folwar, et du Conseil. Mais maintenant je crois que je peux faire quelque chose de plus, que je peux transformer cet épisode terrible de mon histoire en quelque chose d'utile. J'ai accompagné ma mère dans ce temple, j'ai vu les hommes qui l'ont emmenée, je sais exactement comment on doit faire. Peut-être que d'autres pourraient le faire aussi, si je les instruisais... Cependant, qui peut réussir dans cette entreprise mieux que moi qui ai tout vu ?

Ido sourit de nouveau.

— Tu me rappelles le passé... une époque révolue... Et des personnes que j'aimais...

Lonerin ne démordait pas :

— Donnez-moi cette chance !

Le gnome hésita un instant, puis il poussa un long soupir.

— Nous allons consulter le Conseil demain. Je ne crois pas qu'il trouvera grand-chose à redire, mais essaie de te montrer aussi convaincant que tu l'as été avec moi, conclut-il avec un clin d'œil.

Et Lonerin le fut. Il répéta devant les sages ce qu'il avait dit à Ido, sous le regard indéchiffrable de son maître.

Lorsqu'il se rassit, Daphnée le dévisagea attentivement pendant quelques minutes.

— Qu'est-ce que tu en penses, toi, Folwar ?

La voix du vieil homme s'éleva avec une force inattendue.

— Lonerin est déjà un magicien, et ses pouvoirs sont remarquables. D'autre part, cela fait longtemps qu'il travaille pour l'Alliance des Eaux, en m'assistant et en remplissant des missions secondaires. Il a été en contact avec la Guilde, ce qui est un point important, et enfin, c'est un jeune homme très déterminé. Je n'ai aucune objection concernant son choix, sinon celle que me dicte l'affection que j'éprouve à son égard.

Lonerin sourit, et son maître lui rendit tristement son sourire.

— Et toi, Ido ?

Le gnome prit le temps de caresser sa longue barbe avant de parler.

— À mon avis, il fera l'affaire, grâce à sa familiarité avec la Guilde et aux raisons qui l'animent, que j'ai trouvées très nobles. Il ne nous reste qu'à espérer qu'il réussira dans sa mission et qu'il reviendra parmi nous.

— Bien, dit lentement Daphnée. Lonerin, laisse-nous à présent. Le Conseil va délibérer.

Lonerin sortit en refermant la porte. Lorsqu'il se retourna, il découvrit une foule compacte, et en première ligne Theana.

— C'est vrai, ce qu'on raconte ? lança-t-elle.

Elle tremblait, les mains jointes sur la poitrine, au bord des larmes.

Lonerin ne sut pas quoi répondre. Ils avaient partagé beaucoup de choses, pendant ces années d'apprentissage et de formation, et un sentiment profond les liait, un sentiment que Theana considérait en secret comme plus que de l'amitié. Il la prit délicatement par les épaules et la conduisit dans un coin à l'écart.

— Oui, murmura-t-il.

Les larmes coulèrent sur les joues de la jeune fille.

— Comment as-tu pu ? Et pourquoi tu ne me l'as pas dit ? Pourquoi ?

Lonerin sentit son cœur se serrer

— Je...

— As-tu pensé que tu pourrais ne pas revenir ? s'écria-t-elle. Et la haine que tu éprouves pour cet endroit, qu'est-ce que tu en fais ?

— Je...

— Et moi ? Tu as pensé à moi ? Oh, Lonerin...

Elle s'appuya contre sa poitrine et se mit à sangloter en étouffant ses gémissements sur sa tunique. La gamine mal assurée s'était brusquement transformée en femme.

« C'est la douleur qui nous fait mûrir d'un seul coup, songea le magicien. J'ai vécu ça, moi aussi, il y a des années. »

Il lui caressa doucement la tête, posa un petit baiser sur ses cheveux.

— Je n'ai pas envie de mourir, fit-il. Si j'y vais, c'est parce que je crois en moi et en mes chances.

Soudain, la porte s'ouvrit, brisant ce bref instant d'intimité.

Lonerin se figea. Dès que Daphnée l'appela, il se détacha de son amie.

— Lonerin ! implora Theana.

Il lui baisa tendrement les mains.

— Je reviendrai, dit-il en allant au-devant de son destin.

Il quitta Laodaméa, la capitale de la Terre de l'Eau, le lendemain.

« J'attendrai tes rapports magiques, avait dit son maître. S'il te plaît, fais en sorte qu'ils soient fréquents. Et surtout, ne prends pas de risques inutiles. J'approuve ce que tu fais et je crois que tu peux en sortir vivant, mais il ne faut pas te perdre. »

Lonerin avait regardé son maître avec émotion.

« Je ne me perdrai pas, maître, je ne me perdrai pas. Vous m'avez appris ce qui est juste. »

Il avait glissé dans un baluchon quelques provisions pour le voyage, des vêtements de rechange. Des choses qu'il abandonnerait en arrivant en vue du temple, pour mieux jouer son rôle. Il ne garderait que les pierres pour les messages magiques, cachées au fond d'une petite poche cousue dans la doublure de sa veste, avec une mèche de cheveux de Theana, qui avait coupé ses longues boucles blondes.

« J'ai fait un vœu », avait-elle dit en pleurant.

Lonerin s'était senti gêné. Il n'était pas préparé à cette scène.

« Je…

— Prends-la, je serai plus confiante en ton retour. »

Il avait songé qu'il avait beaucoup à perdre s'il échouait ; une raison de plus pour ne pas se laisser guider par le désir de vengeance.

« Je reviendrai », avait-il promis.

Theana s'était jetée à son cou, elle avait mouillé sa tunique de ses larmes.

Lonerin l'avait serrée contre lui, et la jeune fille avait posé un baiser chaste et doux sur ses lèvres ; il l'avait laissée faire, troublé et flatté, le cœur en émoi.

Il y repensait maintenant, alors qu'il parcourrait à cheval les premières lieues de son long voyage vers le temple du Dieu Noir.

« Je reviendrai, à tout prix. »

22

MEURTRE DANS LE BOIS

+ + +

Le passé VII

D oubhée et le Maître s'installent à proximité des Montagnes Noires. Reptha, la capitale de la Terre des Roches, n'est pas loin.

— C'est sur les hauteurs, nous y serons bientôt. Là-bas, il y a du travail.

Le Maître a déjà dû venir par là, parce qu'il connaît la route, et en arrivant ils trouvent tout de suite un endroit où dormir.

Leur nouvelle maison est creusée dans la pierre, comme la plupart des habitations de Reptha. Elle est sûrement abandonnée depuis longtemps : à l'intérieur, il n'y a que quelques meubles moisis.

Doubhée observe tout avec attention. Cette maison ne ressemble en rien à celle de Selva, et la petite fille réalise à quel point elle est loin de son village et de son ancienne vie.

— Je compte sur toi pour t'occuper du ménage, dit le Maître. Tu es une femme, après tout, et ce genre de choses est ton affaire.

— Ne t'inquiète pas, je m'en charge, fait Doubhée en se maudissant une fois de plus de n'avoir jamais écouté sa mère quand elle lui disait de s'intéresser davantage aux tâches ménagères.

Mais elle fera de son mieux, elle apprendra.

Les premiers temps sont difficiles et fatigants, et Doubhée a du mal à soutenir ce rythme de vie. Quand elle a fini de ranger la maison, elle s'entraîne parfois jusqu'au soir. Le Maître a commencé à lui enseigner des choses sérieuses ; il est inflexible et sévère, et il ne se laisse pas émouvoir.

— Ce n'est pas un jeu, tu dois t'investir !

Les nuits sont toujours trop courtes, et le matin, le réveil est douloureux. Pour se tirer de sa torpeur, Doubhée se lave à l'eau glacée, comme quand elle vivait encore à Selva. Mais ici, tout est différent, y compris le climat. Sur la Terre des Roches, l'été est bref ; après quelques violentes averses, un froid mordant annonce l'arrivée de l'automne.

Quand Doubhée tombe malade, le Maître la soigne sans trop s'impliquer. Il se contente de faire le strict minimum pour sa guérison, rien de plus.

— Tu n'as jamais vécu en montagne ? lui demande-t-il en lui préparant une compresse d'herbes.

La fillette secoue la tête, et l'ombre d'un sourire passe sur le visage de l'homme.

— Ici, ce n'est pas comme dans ton village, nous sommes en hauteur, et l'hiver commence plus tôt. Tu dois apprendre à te couvrir pour ne pas attraper la mort.

Dès que Doubhée est en état de se lever, le Maître reprend l'entraînement. Peu après, il décide d'aller à Reptha, le meilleur endroit, selon lui, pour trouver du travail. Depuis un an, Dohor a perdu confiance en

Gahar, le roi de la Terre des Roches, et il a l'intention de s'emparer définitivement de son royaume. Par conséquent, la capitale est devenue un lieu d'intrigues et de complots où les Assassins ne chôment pas.

La cité n'est pas très éloignée de leur maison : une demi-journée de route suffit pour l'atteindre. Elle s'étend dans une vallée étroite et escarpée, au-delà d'un col montagneux. Doubhée remarque que presque toutes les maisons sont peintes en rouge vif ; dans les murs de quelques-unes on aperçoit des veines de ce cristal noir qui n'existe que sur la Terre des Roches. D'ailleurs, tout près, se trouve une mine qui a prospéré pendant le règne du Tyran et qui est toujours en activité. Les jours de vent, une poussière noire envahit les rues, se glisse sous les vêtements. Les gens s'enferment alors chez eux. L'atmosphère devient sinistre ; l'air s'assombrit au point qu'on ne voit plus le soleil.

Doubhée met un peu de temps à s'habituer à la vue des gnomes qui habitent la ville. Au début, effrayée, elle se blottit contre le Maître, qui la repousse avec mauvaise humeur.

— Ne fais pas l'enfant ! Apprends à combattre tes peurs.

La fillette s'efforce de regarder ces petits êtres sautillants, couverts de poils, à la barbe drue. Les femmes gnomes, elles, ne sont pas aussi terrifiantes. Elles ont des proportions différentes de celles des hommes et sont plus avenantes que leurs compagnons. D'après la rumeur, certaines seraient très belles.

Doubhée, qui n'a jamais vu que des bois et des villages, trouve Reptha immense et bizarre. Ces innombrables habitations se pressent les unes contre les autres le long d'étroites ruelles sinueuses.

La petite fille est attirée et apeurée à la fois. Sous les apparences d'une ville tranquille et laborieuse, elle perçoit distinctement le vent de complots et d'intrigues qui s'insinue dans les venelles et monte jusqu'au palais. Si le Maître lui a interdit de s'aventurer dans les environs de la demeure royale, c'est qu'il y a une bonne raison.

— C'est là que la Guilde mène ses affaires. Nous devons nous en tenir à l'écart et nous contenter de petits contrats.

Un jour, Doubhée lui demande pourquoi il fait tant de mystères, et il lui parle de la secte, non sans répugnance. Elle remarque même qu'il en parle avec de la crainte dans sa voix, et elle en est frappée. L'histoire de la Guilde est un mélange complexe de bassesses et de rituels, qui embrase l'imagination bouillonnante de Doubhée, surtout lorsqu'elle apprend que ses membres vivent sous terre.

— C'est là que j'ai fait mon apprentissage, conclut le Maître d'un ton indifférent.

Doubhée le regarde avec des yeux écarquillés :

— Et comment tu as fait pour en sortir ?

— Cela ne te regarde pas, coupe-t-il.

Il reste quelques minutes en silence, puis il ajoute :

— La Guilde est une chose qu'il vaut mieux évoquer le moins possible. En outre, ce n'est pas un souvenir agréable pour moi. Ceux qui la constituent ne sont pas des hommes, ce sont des bêtes. Si je te raconte cela, c'est pour que tu te méfies d'eux. Vivre en dehors de la Guilde n'est pas facile, toutes les meilleures affaires sont pour eux ; il faut apprendre à trouver des espaces où se glisser. C'est pour cela que les tueurs à gages indépendants comme nous sont rares. Mais le plus important, c'est de ne pas se mettre sur leur route. Tous ceux qui les gênent meurent, et de la pire des morts.

Quelque temps après leur retour de Reptha, le vrai travail commence, et les choses changent pour Doubhée.

— Pendant ton apprentissage, tu me serviras d'assistante, lui dit un soir le Maître.

L'enfant sent son cœur se gonfler de fierté.

— Tu me suivras dans les négociations de travail, tu prépareras mes armes, et quand tu seras plus habile, tu m'accompagneras. Tu seras mon ombre.

Les leçons débutent aux premiers jours de l'hiver. Pour le moment, ce sont surtout des explications théoriques, et Doubhée les trouve presque ennuyeuses : comment est fait un poignard, comment on le répare, puis la même chose pour l'arc, les flèches, la sarbacane, les lacets... Seuls les poisons l'intéressent. La plupart des plantes que le Maître cite pendant ses cours, non seulement Doubhée les connaît, mais elle sait à quoi elles ressemblent et quelle est leur utilisation.

Elle est fascinée par la botanique et s'amuse à distiller des substances et à les mélanger.

— Le poison est une arme de débutant, mais si cela te plaît à ce point...

Doubhée rougit.

— Oui, ça me plaît beaucoup.

— Alors, étudie autant que tu veux, ça ne peut pas te faire de mal.

La petite fille est si passionnée que le Maître achète un livre sur les plantes à Reptha et le lui offre ; elle le dévore soir après soir, à la lumière d'une bougie.

Après la théorie, le Maître commence à lui enseigner la manipulation des armes, et à partir de ce moment c'est toujours Doubhée qui nettoie les poignards, met les cordes sur les arcs, et même prépare les flèches.

Elle absorbe tout comme une éponge. Elle comprend l'importance du calme, du sang-froid, et peu à peu le nœud douloureux qui lui serre le ventre depuis si longtemps se dénoue. Le temps de l'errance, de la peur et de l'abandon est peut-être fini. Maintenant, elle a une maison, et bientôt, elle aura un travail.

C'est au cœur de l'hiver que le Maître lui demande de tuer pour la première fois.

Quand il lui en parle, Doubhée frémit. Elle se rappelle les yeux blancs de Gornar et se rend compte qu'elle est terrifiée. Mais, au fond, elle est aussi excitée. Elle veut montrer au Maître qu'elle a retenu toutes ses leçons, que ce n'est pas par caprice qu'elle l'a suivi. D'une certaine manière, elle veut le remercier de cet étrange et silencieux dévouement qu'il lui témoigne.

— Ne fais pas cette tête, dit le Maître, comme s'il avait lu dans ses pensées. Tu ne devras tuer personne. Tu vas seulement retourner à la chasse, pour apprendre qu'un homme et un animal sont très semblables lorsqu'il s'agit de lutter pour survivre.

Doubhée commence ainsi à se familiariser avec le sang. L'hiver est rude, les montagnes sont recouvertes d'une épaisse couche de neige, et l'air est glacé. Les animaux sont rares dans les parages : la tâche que lui a donnée le Maître est compliquée.

Au début, ils sortent ensemble, presque toujours au coucher du soleil ou la nuit, et souvent tout se limite à chercher des traces dans la neige ou à rester tapis pendant des heures sur le sol.

— Maître, il n'y a vraiment pas assez d'animaux...

— Si cela avait été facile, je ne t'aurais pas demandé de le faire. C'est un apprentissage, Doubhée, il est normal que ce soit difficile et fatigant.

La première proie de Doubhée est un lièvre. La petite fille vient juste d'apprendre à tirer à l'arc, et elle ne vise pas encore très bien, même si le Maître l'a obligée à s'entraîner pendant des heures sur une cible derrière la maison. L'arc est grand, elle arrive à peine à le tendre.

— Ça te fera les muscles, commente l'homme.

Pour rendre ses coups plus efficaces et compenser la faiblesse de son tir, Doubhée a appris à enduire ses flèches de poison.

— Je te laisse faire parce que tu commences, d'accord ? C'est une méthode à laquelle on doit recourir uniquement quand toutes les autres ont échoué ou ne peuvent pas être utilisées.

Doubhée plie les genoux pour se mettre en position, elle s'empêtre dans les flèches et doit s'y reprendre à deux fois pour en encocher une. Le lièvre tend l'oreille, il a compris.

— Dépêche-toi, il va t'échapper ! murmure le Maître.

Doubhée fait de son mieux, mais sa main tremble,

elle vise mal, et son tir est faible. Le lièvre est à peine égratigné.

— Ne t'inquiète pas, tu vas t'améliorer, lui dit le Maître.

Il se dirige vers l'endroit où se trouvait le lièvre et Doubhée le suit. L'animal est là. Il a une petite entaille qui rougit le poil de sa patte gauche, mais le poison fait son œuvre et sa souffrance est évidente.

Pour la première fois, Doubhée a l'occasion de vérifier l'efficacité de ses décoctions. L'agonie de l'animal reste à jamais gravée dans son esprit.

Le Maître doit s'en apercevoir, car il sourit amèrement.

— Si tu t'étais entraînée au tir avec plus de sérieux, tu n'aurais pas eu besoin du poison, cet animal serait mort sur le coup.

Après le lièvre Doubhée tue d'autres animaux. La peur commence lentement à se fondre dans le plaisir de l'affût et de la chasse, l'horreur du sang diminue, remplacée par l'habitude.

Vers la fin de l'hiver, le Maître lui annonce qu'il va rencontrer des clients.

— Tu es mon assistante, n'est-ce pas ? Alors, tu viendras avec moi, lui dit-il. Le métier de tueur ne consiste pas seulement à tuer, mais aussi à savoir trouver du travail et traiter avec son commanditaire.

Ainsi, une fois par semaine, Doubhée enfile son manteau et prend le chemin de Reptha avec le Maître. Les clients sont presque toujours de là-bas, et la plupart du temps il s'agit de personnes liées à Dohor et à son entourage.

Pendant que devant ses yeux défilent des hommes désespérés ou ambitieux, apeurés ou pleins de haine, Doubhée repense à la vie insouciante qu'elle a menée à Selva. Là, elle découvre le côté obscur du Monde Émergé, chaotique, déloyal et dangereux. Beaucoup de ses certitudes s'envolent, les valeurs se confondent, et tout se met à tourbillonner dans son esprit.

Le seul point stable, c'est lui, le Maître.

— Notre travail ignore la morale, Doubhée. Il y a des règles, bien sûr, mais il n'existe ni bien ni mal. Il n'y a que la survie pure et simple, un poignard à la main, et un homme à tuer. C'est ça, ou la misère et la mort pour nous...

Doubhée écoute, elle assimile.

— Sûre de toi, déterminée, voilà comment tu dois être face à ton client. Et ne laisse jamais voir ton visage, jamais ! Un meurtrier est un homme qui n'existe pas, personne ne doit découvrir ses traits, pas même ceux qu'il doit tuer. Avec le commanditaire il ne faut avoir aucune hésitation, ni accepter un prix inférieur à celui que tu as fixé. Le prix est le prix, il ne se discute pas. Tu dois inspirer la crainte, tu comprends ? Ce n'est que comme ça qu'il aura confiance en toi.

Le Maître ne lui apprend pas seulement un métier, il lui apprend à vivre. Mais quelquefois Doubhée a du mal à se reconnaître. Elle a l'impression d'être morte et ressuscitée, de vivre une autre vie, différente. Le seul mince fil qui la relie à son passé, c'est Gornar, celui qui a fait naître en elle la meurtrière.

Elle franchit réellement le pas la première fois que le Maître l'emmène avec lui en allant travailler.

Un soir, il lui annonce :

— Demain, tu m'accompagneras. C'est maintenant que tu commences à me servir d'assistante.

Doubhée se fige, sa cuillère suspendue dans l'air.

— Eh bien, qu'est-ce que tu as ?

Elle essaie de cacher son émotion.

— Rien, Maître. Ça va très bien. Demain.

La vérité, c'est qu'elle sent son cœur éclater dans sa poitrine. Le moment de voir comment on travaille est arrivé. Le Maître veut qu'elle l'assiste ! Elle est partagée entre la peur et l'orgueil.

Toute la nuit, elle ne pense qu'à ça, elle se demande ce qu'elle devra faire, quel rôle elle aura à jouer.

Le lendemain, tendue, elle fait briller les armes avec entrain, elle prépare l'arc et même des poisons.

À table, Doubhée a l'estomac noué.

— Mange. Il faut toujours bien manger avant un travail, lui dit le Maître en l'observant.

Elle prend sa cuillère et avale un peu de soupe. Ensuite, elle trouve le courage de lui parler.

— Qu'est-ce qu'on va faire aujourd'hui ?

Le Maître sourit avec ironie.

— Tu as tellement hâte de tuer ?

— Non… c'est que…, bredouille l'enfant en rougissant.

— Tu viendras seulement avec moi et tu regarderas. Tu as atteint un bon niveau, que ce soit dans les exercices d'agilité ou dans l'apprentissage des différentes techniques. Il est temps que tu voies comment on travaille.

Doubhée acquiesce. Elle s'aperçoit avec rage qu'elle est presque soulagée.

« Au fond, cela aurait été trop tôt », se dit-elle sans beaucoup de conviction.

— Comment ça va se passer ?

— C'est un guet-apens. Voilà : un cortège de quelques hommes se déplace vers le sud. Leur route passe par les bois, et c'est là que nous agirons. Nous nous cacherons sous les arbres et j'utiliserai l'arc. Toi, tu te contenteras d'observer. L'homme qui nous intéresse et son escorte passeront par là au début de l'après-midi. Bouge-toi, on y va !

Doubhée saute sur ses pieds, excitée et terrifiée.

Avant de partir, il faut contrôler une dernière fois les flèches préparées par Doubhée. Le Maître les examine. Il les retourne entre ses mains, et la fillette attend son verdict. Finalement, il les range une par une dans le carquois.

— C'est bien, tu as fait du bon travail.

Doubhée est tellement fière qu'elle en oublie presque sa peur.

Lorsque tout est prêt, le Maître s'assoit par terre et dit à Doubhée de faire de même.

— À présent, il faut se concentrer. Il faut vider complètement son esprit : la pitié, l'appréhension, tout doit disparaître. Il ne doit rester que ta détermination de tuer. L'essentiel, c'est de devenir une arme. Être l'arc et la flèche, sans penser à rien d'autre. L'homme à tuer n'est pas une personne, tu m'as compris ? Tu dois le regarder comme tu regarderais un animal, ou même un morceau de bois, une pierre. Ne pense pas à lui ni à ses proches, ni à quoi que ce soit d'autre. Il est déjà mort.

Doubhée essaie. Elle connaît cet exercice, elle l'a déjà pratiqué plusieurs fois. Mais son esprit ne se vide pas, l'émotion est trop forte.

Le Maître rouvre enfin les yeux et il la fixe. Il est calme. Il lui sourit :

— Ce n'est pas grave si tu n'y arrives pas aujourd'hui.

Il redevient sérieux.

— Mais seulement cette fois.

Elle acquiesce et le suit dehors.

Ils montent dans un arbre. Le Maître est silencieux ; il respire à peine, il bouge très peu.

Puis il tire trois flèches du carquois. C'est une précaution, Doubhée le sait. En réalité, il ne dispose que d'un seul tir. Cependant, s'il le manquait de beaucoup, il aurait peut-être la possibilité d'en tenter un second. Il enfonce légèrement deux flèches dans une branche au-dessous de lui, et garde la troisième. Il teste d'abord l'élasticité de l'arc. La corde est bien tendue ; Doubhée se sent fière de son travail.

Ensuite, ils attendent. Maintenant la petite fille respire doucement elle aussi, mais son cœur bat la chamade. Peut-être même que le Maître peut l'entendre.

Tout à coup, il lui prend la main et la pose sur sa poitrine. Doubhée rougit.

— Tu sens ? dit-il, comme s'il ne s'était aperçu de rien. Tu sens mon cœur ?

— Oui, Maître.

— Il est calme. Au moment de tuer, tu ne dois te laisser submerger par aucune émotion. C'est un travail, un point c'est tout.

— Oui, Maître.

Mais Doubhée n'arrive pas à se concentrer, troublée par ce contact physique avec le Maître, l'un des premiers depuis qu'ils se connaissent. Lorsqu'il lâche sa main, elle la retire, aussitôt, embarrassée. Elle pense au battement tranquille de son cœur, et le compare au sien, qu'elle est incapable de maîtriser.

— Concentre-toi, lui murmure le Maître. Écoute simplement le bois. Sens-le.

Maintenant Doubhée y arrive. Son cœur ralentit, et elle entend les bruits de la forêt.

Elle entend aussi le martèlement des sabots, alors que les chevaux sont encore loin, et les voix des cavaliers. Elle se surprend à penser à eux. Ils ne se doutent de rien ; ce sont les derniers instants de la vie d'un homme, et il les passe à bavarder. Il rit, pour la dernière fois.

Doubhée plisse le front, elle regarde le Maître. Sa détermination ne semble pas entamée par des pensées de ce genre. Sa main est ferme, son visage calme. Et c'est avec élégance qu'il encoche la flèche et tend la corde.

Le bruit des sabots est fort maintenant, il perturbe la tranquillité des bois.

— Si seulement cela avait duré plus longtemps, dit l'un des voyageurs.

— Vous pouvez revenir quand vous voudrez, mon seigneur.

— La guerre va mal, Balak. Impossible de m'accorder ce luxe dans l'avenir.

— Mais au moins pour le mariage de votre sœur...

« Des projets pour le futur ; des projets destinés à ne jamais se réaliser », songe Doubhée.

Les voix continuent à s'approcher. Tout à coup, les oreilles de la fillette sifflent, et les sons autour d'elles s'affaiblissent. L'homme apparaît à travers les branches ; Doubhée aperçoit son visage. Puis voilà que le temps se dilate à l'infini, et que ses perceptions s'élargissent jusqu'à embrasser l'éternité. L'homme se déplace comme au ralenti, et elle a tout le temps d'observer ce qui se passe. Les doigts de la main droite du Maître se relâchent d'un coup.

Le claquement de la corde qui revient à sa place brise l'enchantement. Elle entend le gémissement de douleur de l'homme, un râle qui sent déjà la mort.

Doubhée le voit porter la main à sa gorge ; du sang vermillon, visqueux, se met à couler entre ses doigts. L'homme s'affaisse sur le côté, puis tombe lentement. Elle ne peut pas détacher ses yeux de la scène ; elle suit la parabole que dessine sa chute dans l'espace, elle assiste à sa brève agonie.

— Damnation ! hurle l'un des soldats de son escorte, et le bruit strident d'une épée qu'on dégaine retentit dans le bois.

— Il faut fuir, dit le Maître, dépêche-toi.

Ils sautent au bas de l'arbre et se mettent à courir comme des lièvres à travers les fourrés.

Une fois à découvert, ils ralentissent et marchent

calmement vers la maison. Il n'y a plus rien à craindre maintenant.

C'est fait. Le Maître est silencieux, et Doubhée se sent perdue. Elle sait qu'elle devrait éprouver quelque chose, mais elle ne comprend pas quoi. Elle arrive seulement à se rappeler la voix de l'homme, les paroles qu'il a prononcées juste avant de mourir.

Le soir, dans son lit, elle y repense. Elle se rappelle les compliments du Maître pour l'arc et les flèches, et elle songe à l'homme, à Gornar, à tous les morts qu'elle a vus ; au peu de temps qu'il faut pour tuer quelqu'un. Elle se retourne dans son lit sans trouver le sommeil. Elle est troublée, partagée entre des sentiments et des désirs contradictoires.

Elle enfonce la tête dans son coussin et fond en larmes.

23

SANG SACRIFICIEL

L e voyage de retour fut une véritable fuite. Doubhée marchait aussi vite qu'elle le pouvait, laissant Toph loin derrière. Il avait beau l'appeler
d'une voix irritée, elle ne s'arrêtait pas. Une colère sombre lui tenaillait la poitrine, en même temps qu'un
lourd sentiment de culpabilité. Toutes les fois où elle
avait tué elle s'était sentie coupable, mais là, c'était
différent. Peut-être parce qu'elle s'était vue dans cette
jeune fille que Toph avait assassinée froidement, ou
peut-être parce que la Bête tapie en elle avait joui de
ce spectacle.

— Stop ! Arrête-toi, bon sang !

La voix de Toph lui donnait la nausée, qui s'ajoutait
à celle qu'elle éprouvait déjà pour elle-même et pour le
monde entier, pour cette maudite Guilde qui lui avait
ravi sa liberté et sa dignité, et qui jour après jour
l'entraînait vers le fond.

Soudain, l'homme lui agrippa violemment l'épaule.

— Je t'ai dit de ne pas courir !

Doubhée dut se retenir pour ne pas lui sauter à la
gorge.

— On nous cherche, idiot !

Toph serra sa prise jusqu'à lui faire mal. La jeune fille se mordit les lèvres pour ne pas crier.

— Je te conseille de ne plus m'appeler comme ça et de ralentir, siffla-t-il.

Doubhée obtempéra, mais elle garda obstinément la tête baissée. Elle n'avait jamais eu autant conscience de l'esclavage auquel elle était réduite.

Désormais, ils n'étaient plus très loin de la Maison. Doubhée continuait à se taire. Leur longue marche l'avait harassée. Une neige fondue avait recommencé à tomber du ciel.

— Ne raconte à personne ce qui s'est passé, murmura soudain Toph.

Doubhée se retourna vers lui, étonnée.

— Pour moi aussi, le premier meurtre a été une épreuve... et même si tu avais déjà tué, ben, c'est une chose de tuer comme ça, et c'en est une autre de le faire pour un but plus grand, pour Thenaar... pas vrai ? Et puis, Rekla ne te donnerait pas la potion. Je t'ai vue à l'initiation... Ça ne doit pas être facile à vivre !

Doubhée se remit à marcher en fixant le bout de ses bottes noires.

— Rekla est insupportable, reprit Toph. Mais c'est un génie, tu comprends ? Elle fait beaucoup pour la gloire de Thenaar.

L'homme tira de son sac l'ampoule du sang qu'ils avaient récolté le soir du meurtre.

— Regarde ça.

Doubhée, qui n'avait aucune envie de se souvenir, tourna la tête à contrecœur et constata que le sang n'était pas encore figé.

— Tu vois, dit Toph en secouant l'ampoule, c'est le liquide vert qui était à l'intérieur qui fait ça, celui même que nous utilisons pendant les Nuits du Manque ou dans le bassin au pied de la statue de Thenaar. C'est une potion de son invention qui empêche le sang de coaguler. C'est grâce à elle que celui que nous avons récolté pourra arriver jusqu'au bassin. Et il s'agit aussi d'un terrible poison, soit dit en passant. Il te tue à petit feu.

Doubhée imagina un instant cette mort atroce, et elle se serra plus fort dans son manteau. Son âme de botaniste refit surface, et elle passa rapidement en revue les plantes dont elle savait qu'elles possédaient des propriétés anticoagulantes.

— Ce n'est pas tout. Quel âge crois-tu qu'elle a ?

— Quelques années de plus que moi...

Toph sourit.

— Elle est plus vieille que moi... et elle a toujours été comme elle est maintenant... J'ignore son âge, mais elle... immuable.

Doubhée l'écoutait en silence.

— C'est sans doute grâce à l'une de ses potions. J'en sais quelque chose parce qu'elle a été mon maître, comme elle l'est pour toi maintenant. Et... je crois l'avoir vue. C'est une potion bleutée, qu'elle prend de temps en temps Elle lui fait un sacré effet ! Parfois, elle disparaît pendant quelques heures, voire même quelques jours. Je pense que ça la rend malade. Une fois, je l'ai aperçue pendant cette période, et elle était.. méconnaissable.

Doubhée enregistra cette information, qui pouvait lui être utile dans son plan de fugue.

— Comment ça, « méconnaissable » ?

Toph hésita :

— Je ne l'ai vue que de loin… mais elle était courbée, et sa peau… C'était comme si elle avait repris son âge, d'un coup. Oui, quelque chose de ce genre…

— Où c'était ?

— Pourquoi tu veux le savoir ?

— Par curiosité… Après tout, c'est ma gardienne, non ?

— Dans la salle des piscines. Elle se dirigeait vers le fond en courant.

« C'est là qu'il faut chercher, pensa Doubhée. Mettre la main sur cette potion sera un premier pas vers la liberté. »

Elle s'arrêta brusquement, imitée par Toph.

La silhouette du temple se dressait devant eux, énorme et sombre. Son portail de bronze luisait dans l'obscurité.

Ils étaient arrivés.

Les lourds battants s'ouvrirent et se refermèrent lentement sur Doubhée. L'odeur de moisi, qui était devenue pour elle celle de la Guilde, l'enveloppa de nouveau. Au-dessus de l'autel, la statue hargneuse veillait, mais cette fois, le temple n'était pas désert. Quelqu'un était agenouillé sur l'un des bancs. Un Postulant. Doubhée se rappela la femme qu'elle avait vue le jour où elle avait mis les pieds dans ce lieu pour la première fois, alors qu'elle pensait encore pouvoir se libérer de cette malédiction en menaçant Yeshol.

Tandis qu'elle parcourait la nef au côté de Toph, elle eut le temps d'observer la silhouette en prière. Ses épaules larges étaient celles d'un jeune homme. Un léger tremblement agitait son pied appuyé sur le pavé noir, et ses mains jointes étaient souillées de sang séché. Il avait accompli le rituel.

Il murmurait à voix basse quelque chose que Doubhée ne réussit pas à entendre.

Elle n'aperçut son visage que l'espace d'un instant, alors qu'elle et Toph se dirigeaient vers le fond de l'édifice : des cheveux noirs soyeux, un visage d'enfant mûri trop vite, et des joues rouges de paysan criblées de taches de rousseur. Il se tenait droit, comme quelqu'un qui n'a pas perdu tout espoir.

Lorsqu'elle passa près de lui, leurs regards se croisèrent. Ses profonds yeux verts n'avaient rien de désespéré non plus : au contraire, ils étaient vifs et décidés.

« Qu'est-ce qu'un garçon comme lui fait ici ? » se demanda Doubhée.

Le jeune homme baissa aussitôt la tête et se replongea avec ferveur dans la prière. Doubhée continua à l'observer du coin de l'œil tout en avançant vers la statue de Thenaar.

— Qu'est-ce que tu regardes ? la réprimanda Toph.

Il la tira par le bras.

— C'est un Perdant, il ne mérite pas ton intérêt. Prie plutôt !

Doubhée s'agenouilla. Tandis que son compagnon récitait la litanie rituelle, elle se mit comme d'habitude à penser à autre chose.

Quand ce fut fini, elle se retourna ; le garçon était toujours là.

La vie reprit avec la même monotonie. Toph tint parole, et Rekla ne sut rien de ce qui s'était passé. Le jour convenu, pendant sa leçon quotidienne au temple, la gardienne administra à Doubhée la potion, lui épargnant ainsi les souffrances qu'elle avait subies les autres fois où elle avait désobéi.

La jeune fille poursuivit son enquête. Maintenant, elle savait où chercher.

D'abord, elle mit par écrit tout ce qu'elle avait appris sur la structure de la Maison. Jusque-là, elle avait procédé sans véritable méthode, errant au hasard des nuits. Il était temps de mieux exploiter ses talents.

Elle observa le plan que Rekla lui avait donné le premier jour. Il ne mentionnait rien au-delà de la Grande Salle des piscines. D'après la carte, la Maison ne comptait pas d'autres pièces. Et pourtant il devait y avoir autre chose, une porte secrète, peut-être[1]...

D'ailleurs, le laboratoire de Rekla ne figurait pas sur la feuille, preuve que la carte était incomplète.

Deux tâches, donc, se présentaient : chercher à comprendre ce qu'il y avait au fond de la Grande Salle, où Rekla courait se réfugier, et trouver son laboratoire. Les deux lieux étaient probablement reliés.

La première fois, Doubhée se rendit à la Grande Salle de jour, après le déjeuner.

Il n'y avait pas grand monde. Quelques personnes versaient le fruit de leur travail dans les piscines, tandis que d'autres longeaient les murs d'un pas régulier au rythme de la prière. Doubhée s'assit dans un coin.

Le plafond, haut d'une vingtaine de mètres, était couvert de stalactites. Le sol, lui, était lisse et poli, mais sur les bords de la grotte, plusieurs stalagmites tordues

---

1 Voir p. 558, les plans de la Maison et du temple.

se dressaient vers leurs sœurs qui pendaient du plafond. De grossiers sièges étaient creusés dans les murs, et c'est sur l'un d'eux que Doubhée s'était installée.

Personne ne la regardait ; elle jugea néanmoins plus prudent de faire semblant de prier et elle se mit à psalmodier les yeux mi-clos, tout en observant les lieux.

La salle était presque entièrement occupée par les deux énormes piscines ovales. La statue de Thenaar, qui plongeait un pied dans chacune d'elles, se dressait jusqu'au plafond. À côté d'elle, Aster ressemblait à un nain, alors que sa statue était trois fois plus haute qu'une silhouette normale. Toutes les deux étaient adossées au mur.

« À quel fond de la salle Toph se référait-il précisément ? » se demanda Doubhée.

Rekla en personne vint interrompre le flux de ses pensées.

— C'est bien ! Cela me fait plaisir de te trouver en prière.

Doubhée tressaillit.

— Qu'est-ce que tu as ? fit la gardienne. Pourquoi tu fais cette tête ?

— Excuse-moi… J'étais vraiment concentrée, bredouilla la jeune fille en essayant de dissimuler son trouble.

Rekla hocha la tête.

— Très bien. L'heure approche, et il est bon que tu pries.

— L'heure de quoi ?

— Tu le sauras le moment voulu. Maintenant, viens avec moi.

Doubhée se leva et la suivit en jetant un dernier regard sur la salle.

Elle y revint de nuit, alors que toute la Maison dormait. Ses pas lui semblaient résonner si fort dans les couloirs sombres qu'elle avait l'impression que tout le monde pouvait l'entendre.

« Ne t'inquiète pas, tu ne fais rien de mal... Tu vas prier dans la Grande Salle, c'est une chose que les autres ne peuvent que trouver louable... »

Cette fois, elle ne se contenta pas de regarder la pièce : elle l'explora de fond en comble. Elle sonda les murs, suivit le bord des piscines. L'odeur du sang lui provoqua une insupportable nausée, et elle dut s'arrêter un moment.

« Tu veux t'enfuir, oui ou non ? Alors, courage ! » se dit-elle.

Elle se remit à longer les bassins d'un bout à l'autre, malgré la sueur froide qui lui coulait dans le dos. Rien. Il n'y avait aucun autre passage, les murs étaient parfaitement lisses. Peut-être Rekla avait-elle couru là sans raison, sous l'effet de la potion... Ou peut-être que, fanatique comme elle l'était, elle avait voulu prier. Son laboratoire devait se trouver ailleurs.

Soudain, elle ressentit un violent élancement dans la poitrine, comme si des griffes s'y plantaient.

Instinctivement, elle s'écarta de la piscine. La sensation d'oppression diminua un peu, mais pas la terreur. Elle avait pris la potion à peine trois jours auparavant ; pourquoi la Bête était-elle déjà aussi forte ? Rekla lui aurait-elle donné moins de remède sans le lui dire ?

Elle ferma les yeux et essaya de se calmer. « Tout va bien », se répétait-elle.

Et, en effet, les griffes se retirèrent peu à peu.

Lorsqu'elle fut retournée dans sa chambre, avec les mêmes précautions qu'à l'aller, il lui fallut du temps pour trouver le sommeil. La Bête, même assoupie, semblait redoutablement proche. .

Quelques jours plus tard, la Maison s'anima. Il y avait de l'agitation dans les couloirs. Rekla était fébrile.

— Le moment du sacrifice est arrivé, annonça-t-elle.

Ce seul mot eut sur Doubhée le pouvoir de lui glacer les os.

— Qu'est-ce que cela veut dire ? demanda-t-elle en titubant.

— Il n'y a pas beaucoup de sang dans la piscine en ce moment, tu as dû le voir quand tu as été prier l'autre jour.

La jeune fille hocha la tête.

— Nous allons offrir du sang neuf à Thenaar, et un Postulant sera bientôt choisi. C'est Toph qui aura l'honneur d'accomplir le rituel.

Doubhée fut secouée d'un violent tremblement. Elle ne tiendrait pas, elle en était sûre. Il lui avait déjà été difficile de supporter la mission avec Toph, elle était saturée de toutes ces horreurs.

— Tu trembles ! constata Rekla avec mépris. Tu n'es toujours pas une Victorieuse, tu en es même loin… malgré tous les efforts que j'investis dans cette tâche. Tu devrais frémir de joie !

Doubhée baissa les yeux.

— Dans trois jours, ce sera la nouvelle lune, et la nuit sera complètement noire. Tu assisteras alors au sacrifice, et tu comprendras.

Doubhée se mit à prier pour que ces trois jours ne s'achèvent jamais. Hélas, elle avait beau faire, le temps continuait à courir.

— Tu n'es pas concentrée, lui dit Sherva lors de leur entraînement, le front plissé.

— Excuse-moi, murmura la jeune fille, j'ai la tête ailleurs.

Elle marqua une pause et ajouta :

— Que se passera-t-il la nuit de la nouvelle lune ?

L'homme sourit amèrement :

— C'est ça qui t'inquiète ?

Pour toute réponse, Doubhée se tordit les mains.

— Si c'est aussi intolérable, fais comme moi : cette maison, les gens qui y vivent, Thenaar lui-même, considère tout cela comme un moyen pour atteindre ton but. Efface-le de ton esprit, bannis-le.

Un but. Quel but ? Avait-elle déjà eu un but, elle ? Et quel était-il ?

— Dis-toi que rien ne peut t'empêcher de réaliser ton objectif. Moi, je veux dépasser mes propres limites, devenir le meilleur. Pour cela, j'ai été sur les champs de bataille, et j'ai suivi les maîtres les plus expérimentés. Jusqu'à ce que je sois capable de les tuer. Et quand je suis devenu si fort que personne dehors ne pouvait me tenir tête, je suis entré à la Guilde comme Enfant de la Mort. C'est ici que se trouvent les adversaires dignes de moi. Alors je me moque des atrocités qu'ils accomplissent. Et toi, Doubhée, toi qui trembles à chaque instant, sais-tu pourquoi tu es là ?

La jeune fille fixa le sol sans rien dire. Ce qu'elle venait d'entendre était au-delà de sa compréhension. Sherva n'était pas un fanatique comme les autres, mais n'était-il pas pire qu'eux ?

— Eh bien ?

— Pour sauver ma vie, lâcha-t-elle.

— Alors, concentre-toi là-dessus et chasse tout le reste de ton esprit. Tu réussiras à condition que tu sois vraiment convaincue de vouloir vivre. Tu l'es ?

— Oui… murmura Doubhée, troublée.

L'homme lui sourit :

— C'est inutile de continuer aujourd'hui. Tu peux retourner dans ta chambre pour réfléchir, dit-il en se dirigeant vers la porte.

— Mais qu'est-ce qui se passera à la nouvelle lune ?

La voix de la jeune fille se perdit dans la salle vide.

Le jour fatidique finit par arriver.

— Aujourd'hui, nous allons prier une bonne partie de la journée, lui annonça Rekla au réfectoire. Toutes les activités sont suspendues, y compris nos leçons.

Doubhée leva les yeux de son bol de lait.

— C'est ce soir ?

— Exact.

Elles passèrent la matinée au temple. Le jeune garçon qui avait attiré l'attention de Doubhée le soir de son retour avait disparu : avait-il été accepté parmi les Postulants, ou renvoyé chez lui ? Les bancs étaient occupés par des hommes vêtus de noir, enveloppés dans leurs manteaux. Ils bougeaient tous à l'unisson, en se balançant lentement au rythme de la prière, tel un énorme corps muni d'une multitude de têtes. Leur litanie obsédante emplissait l'espace.

— À genoux ! ordonna Rekla, et Doubhée obéit sans discuter.

Toph n'était pas avec les autres. Il était assis devant l'autel, près de Yeshol.

— Rends grâce pour la noble tâche qui lui est échue, et prie pour que Thenaar lui donne la force, murmura Rekla.

Après le déjeuner, la Gardienne des Poisons lui tendit sa potion. Cette fois, il y en avait plus que d'habitude. Doubhée prit l'ampoule, intriguée.

— Tu en auras besoin, déclara Rekla avec un sourire malin. La Bête aime nos rituels.

Doubhée serra les doigts sur la fiole. Elle la déboucha en tremblant et but son contenu jusqu'à la dernière goutte. Le liquide glacé descendit lentement au fond de sa gorge.

— Allez, suis-moi.

Dans le temple, elle retrouva la même foule en transe. Yeshol et Toph étaient toujours devant l'autel. Le temps semblait s'être arrêté.

Comme le matin, la prière dura des heures. Soudain, tous se dirigèrent vers la statue de Thenaar.

— Dépêche-toi ! Ça va se passer dans la Grande Salle, glissa Rekla à l'oreille de Doubhée.

Celle-ci suivit le flot humain qui avançait comme un seul homme.

La Grande Salle s'ouvrit devant ses yeux, immense et

menaçante. Une forte odeur d'encens lui monta à la tête ; elle se mit à transpirer, coincée entre ces corps serrés les uns contre les autres, dans la chaleur des grands braseros répartis dans la pièce. Sur chacun d'eux avait été placé un fin écran de tissu rouge ; ainsi, les murs et toute l'assistance avaient la couleur du sang.

La tenant fermement par le bras, Rekla la conduisit vers les premiers rangs.

Yeshol, en extase, était assis sur un trône d'ébène devant les piscines.

Au bout d'un moment, le Gardien Suprême se leva, et le brouhaha des voix excitées cessa d'un seul coup.

— Après de longues nuits d'attente, commença-t-il, voilà le temps du sacrifice. Ces derniers mois ont été prodigues : le retour de notre sœur longtemps égarée, de bonnes affaires pour la Guilde, du sang en quantité... Jour après jour, l'heure approche où le Héraut de Thenaar reviendra nous indiquer la route.

Il fit une pause théâtrale, et tous, même Doubhée, retinrent leur souffle.

— Ce soir, nous allons remercier Thenaar de ne pas nous avoir abandonnés pendant les longues années d'exil. Grâce à lui, nous avons pu renaître. Nous le prions de nous accorder encore sa faveur, et de nous aider à franchir l'ultime pas qui nous sépare de la victoire finale pour que sa gloire éclate enfin.

Il s'assit et s'enferma de nouveau dans un silence hiératique.

D'un endroit que Doubhée ne réussit pas à localiser surgirent les deux énergumènes qui avaient officié lors de son initiation. Ils portaient à moitié par les bras un homme habillé d'une tunique blanche. Doubhée le reconnut aussitôt ; elle l'avait vu parmi les Postulants. Même si ses pieds traînaient sur le sol et sa tête dodelinait à chaque pas, il n'était pas inconscient. Sa bouche bougeait, comme pour balbutier quelque chose, et ses yeux étaient entrouverts.

Derrière lui marchait Toph, un long poignard noir dans la main.

Doubhée tressaillit. Elle baissa la tête, mais Rekla lui attrapa le menton et l'obligea à la relever.

— C'est un grand moment ! Regarde et prie.

Le petit groupe avança jusqu'au bord des deux piscines, puis Toph s'arrêta et s'agenouilla devant Yeshol.

— Thenaar te bénit, lui qui t'a choisi pour ce rituel sacré, dit le Gardien Suprême d'une voix solennelle. Il guidera ta main dans ce sacrifice.

Toph se releva. Yeshol, lui, s'écarta, et commença à psalmodier.

Les voix s'élevèrent avec force, tonitruantes, et un frisson d'excitation parcourut l'assemblée d'un bout à l'autre.

Les deux hommes menèrent le Postulant à la statue de Thenaar et l'attachèrent aux chaînes fixées à l'une de ses mains. Il ne se rebella pas. Les pieds immergés dans le sang du bassin, il se pliait à la volonté de ses bourreaux. La tête baissée, comme vaincu par une extrême fatigue, il continuait à murmurer sa prière. Rien ne semblait pouvoir le tirer de sa torpeur.

Doubhée repensa au jeune homme qu'elle avait vu dans le temple, à ses yeux vifs, à son air sûr de lui. Elle l'imagina à la place de celui-ci ; puis, en un éclair, elle se vit elle-même enchaînée à la statue, la Bête prête à la dévorer.

Elle eut un nouveau vertige, mais la prise d'acier de Rekla sur son bras l'empêcha de tomber.

— Lâche-moi ! fit-elle en essayant de se dégager.

La Gardienne serra plus fort, jusqu'à lui faire mal.

— Regarde ! Regarde le triomphe de Thenaar !

La prière retentit encore plus fort ; à présent, c'était presque un cri. Toph se mit à marcher vers sa victime à pas lents, le poignard entre les mains. Son expression trahissait une joie débordante, une confiance en lui proche de la folie.

Il frappa à la poitrine. Un coup de maître, de vrai Assassin. Le Postulant n'émit pas un gémissement. Il souleva seulement un peu la tête, l'air ahuri. Pendant un instant, tout le monde se tut.

Lorsque Toph retira sa lame, le sang jaillit de la blessure et coula dans la piscine.

Aussitôt ce fut le délire. Des hurlements secouèrent la salle ; Rekla relâcha son étreinte pour se joindre à la jubilation générale. Doubhée sentait la Bête s'agiter en elle à l'unisson de la foule. Elle n'arrivait pas à détacher les yeux de ce spectacle qui lui répugnait et l'attirait à la fois. Elle était déchirée entre cette soif de sang et l'horreur, la pitié qu'elle éprouvait pour cet homme tué sans raison.

Finalement, la peur de la Bête l'emporta : dans un dernier effort, elle arracha ses pieds au pavé et se lança dans une fuite effrénée. Se heurtant aux corps des participants exaltés, les repoussant avec rage et désespoir, elle réussit à atteindre la sortie. Une fois dans le couloir, elle courut à perdre haleine, jusqu'à ce qu'elle aboutisse dans un cul-de-sac, au pied de l'une des nombreuses statues de Thenaar qui ornaient la Maison.

Son rictus malveillant semblait être destiné à elle seule. Le sourire du vainqueur.

Doubhée tomba à genoux et pleura sans retenue.

24

LA JOURNÉE D'UN POSTULANT

Lorsque Lonerin s'était présenté devant Ido pour proposer sa candidature, il n'était pas très sûr de ce qu'il faisait.

Maintenant, il ne l'était guère davantage. À certains moments, le désir de vengeance qu'il avait réussi à contrôler pendant des années émergeait avec violence et étendait son ombre sur sa mission. Il se persuadait alors qu'il ne pouvait pas se laisser submerger par la colère, parce que le temps avait passé. Le maître Folwar l'avait mis sur la bonne voie – et il y avait Theana. C'est là que surgissait traîtreusement l'idée de la mort. C'était une chose avec laquelle il n'avait jamais su régler ses comptes. L'image obsédante de ce corps meurtri, jeté dans la fosse commune, lui revenait sans cesse à l'esprit. Et si au fond c'était ce qu'il cherchait, ce qu'il avait toujours désiré inconsciemment, depuis le jour où sa mère avait pris la décision qui allait changer sa vie ?

La nature endormie de la Terre de l'Eau, puis le désert de la Grande Terre, et au-delà la Terre de la Nuit et son obscurité perpétuelle : pas après pas, sa route se transformait en un voyage à rebours dans le temps. C'était un peu comme redevenir enfant, et il se souvint de choses qu'il croyait avoir oubliées depuis longtemps.

C'est lorsqu'il arriva sur la Terre de la Nuit que tout fut à la fois clair et insupportable. C'était sa terre d'origine, qu'il avait quittée bien des années plus tôt. Peu après la mort de sa mère, il avait été envoyé par l'un de ses parents au nord, sur la Terre de la Mer. Il avait huit ans, et depuis il n'avait jamais remis les pieds dans son pays natal.

Le coucher de soleil le surprit alors qu'il marchait, plongé dans ses pensées ; lorsqu'il leva les yeux, il vit l'astre disparaître sur la plaine.

Un souvenir enfoui au fond de lui le frappa tout à coup.

Un homme qu'il n'a jamais vu et qui s'est présenté comme son oncle à peine deux jours plus tôt l'emmène dans son chariot. Lonerin, qui n'a jamais vu le soleil de sa vie, regarde, les yeux voilés par les pleurs, un aveuglant disque rouge monter péniblement au-dessus d'un paysage désolé.

— Arrête de pleurnicher ! Tu regrettes vraiment cette maudite terre sombre ? Tu verras comme c'est beau, la Terre de la Mer ! L'océan est la plus belle chose du monde.

Comment lui expliquer que ce n'est pas une nostalgie de ce lieu, ni de sa nuit éternelle. C'est de la rage. La douleur de devoir abandonner cet endroit où est morte sa mère sans avoir pu la venger.

Pendant ce temps, le soleil se lève, implacable, et la lumière lui fait tellement mal aux yeux qu'il est obligé de les fermer.

Elle pénètre jusque sous ses paupières et soudain, tout devient rouge sang, tandis que la chaleur lui brûle la peau du visage.

L'obscurité l'enveloppait maintenant comme une vieille couverture, rassurante et familière. Il avait l'impression de rentrer enfin à la maison. Mais sa vraie maison n'existait plus ; il n'y avait que ce nœud de colère qui affleurait lentement sa conscience.

Il se souvenait bien de la route du temple.

Autour de lui, des broussailles, et les fruits lumineux typiques de sa terre. Une femme le tient par la main, la femme à qui sa mère l'a laissé quelques jours plus tôt, sans grandes explications.

— Où est-ce qu'on va ?

— Au temple du Dieu Noir.

Lonerin en a entendu parler par ses camarades de jeux. C'est un nom qui en lui-même a le pouvoir de le terrifier.

— Et pourquoi ?

La femme hésite avant de répondre.

— Pour montrer à ta mère que son sacrifice n'est plus nécessaire.

Lonerin ne comprend pas, mais il ne pose pas d'autres questions.

— S'il n'est pas déjà trop tard, ajoute la femme d'une voix tremblante.

Tout en marchant, Lonerin pensait à sa mère. Il se souvenait d'elle comme d'une belle femme, brune elle aussi. Hélas, les années avaient effacé son visage, et les images qu'il gardait d'elle étaient floues. Il en souffrait. Elle lui avait manqué dès le premier jour, celui où elle l'avait porté, malade, chez son amie. Depuis, il y avait eu un grand vide dans sa vie. Pourtant il avait fait du chemin, il était devenu un bon magicien, un rebelle, une personne aux grandes idées de liberté et au courage hors du commun. Du moins, c'était ainsi que le décrivait Theana et que beaucoup de gens le voyaient. Un portrait dans lequel il avait du mal à se reconnaître.

Lonerin se figura cette femme dont il ne se rappelait pas le visage en train de parcourir cette même route, mue par une détermination infiniment supérieure à la sienne. Une femme seule au milieu de cette obscurité, et qui marchait vers une mort certaine.

Pendant quelque temps, il l'avait presque haïe. Pourquoi était-elle partie, pourquoi lui avait-elle fait cet énorme et terrible cadeau : sa vie en l'échange de la sienne ? N'aurait-elle pas mieux fait de rester et peut-être de le voir mourir, plutôt que de l'abandonner ?

Cela n'avait pas duré longtemps : sa haine pour la Guilde avait vite pris le dessus. Maintenant encore, il la sentait palpiter au fond de lui.

Enfin, deux hautes flèches apparurent à l'horizon. Le temple de Thenaar se dressait sur une lande plate et désolée ; c'est pourquoi on l'apercevait à des lieues à la ronde. Lonerin aurait juré que c'était voulu. Il fallait que le sanctuaire se voie de loin, tout en semblant toujours hors d'atteinte ; le Postulant devait désirer cet endroit de mort comme une source d'eau claire, il devait souhaiter ardemment y arriver, et peiner pour le faire. Ainsi, lorsqu'il l'atteignait, la moindre ombre de doute, la plus infime résistance qui pouvait subsister en lui avaient disparu.

— *Où est maman ?*

La femme qui le tient par la main regarde autour d'elle. Il n'y a personne dans le temple à part deux hommes qui se balancent d'avant en arrière sur leur banc.

— *Où elle est ?*

Après ce long voyage, Lonerin veut la voir tout de suite. Et puis, cet endroit est sombre, horrible, et la statue au fond de la nef a l'air méchant.

Ils s'approchent des bancs, la femme scrute les visages des hommes agenouillés. Lonerin l'imite.

Abîmés dans la prière, ils semblent identiques : les yeux fermés, la bouche qui marmonne des mots qu'il ne comprend pas, des mains tachées de sang, jointes contre leur front. Il y a quelque chose en eux qui échappe à sa compréhension, et qui l'impressionne. Ce n'est pas seulement le sang ; c'est plutôt leur attitude, leurs visages dépourvus d'expression. On dirait des fantômes. Il a peur.

La femme touche l'épaule d'un des hommes.

— *Est-ce que vous auriez vu une grande brune, plutôt maigre, avec les yeux verts ? Elle a environ vingt-cinq ans, et elle porte une robe bleue.*

L'homme ne lui adresse même pas un regard, et bien qu'elle se mette à le secouer, il reste impassible et continue à prier.

Elle essaie avec l'autre, puis elle crie ; mais personne ne l'écoute.

À la fin arrivent des hommes en noir.

— *Ici, on prie, femme. Va-t'en.*

Elle répète la question qu'elle a posée aux deux fantômes. Ils lui rient au nez.

— Il n'y a personne comme ça ici.

— Ce n'est pas possible ! Elle m'a dit qu'elle venait là, je l'ai vue prendre la route…

— Ici, on prie. Va-t'en.

Ils les chassent brutalement. Lonerin pleure, il appelle sa mère. Peut-être qu'elle n'est pas loin et qu'elle peut l'entendre.

— Dites-lui que son fils va bien ! Dites-lui que ce n'est plus la peine qu'elle se sacrifie !

Mais les portes se referment implacablement sur eux.

Lonerin s'arrêta à quelques pas du temple. Il s'assit par terre, ferma les yeux et posa la main sur le petit sachet qui contenait une mèche de cheveux de Theana. Il avait beaucoup pensé à elle ces derniers jours. Cela ne lui était jamais arrivé auparavant. Ils avaient étudié ensemble, ils avaient été très amis, et il avait toujours su que la jeune fille avait un faible pour lui. Mais il n'avait jamais pensé pouvoir lui rendre ses sentiments ; étudier pour devenir un grand magicien et lutter au sein du Conseil lui semblait infiniment plus important. Mais depuis le baiser, tout avait changé ; soudain, Theana était devenue la seule chose précieuse qu'il lui restait au monde.

Il serra le sachet et sentit le doux volume de ses cheveux sous ses doigts.

Était-il prêt ?

Oui. Autant que l'on pouvait l'être pour une telle mission…

Serait-il prêt aussi à mourir ?

L'image du corps lacéré de sa mère repassa devant ses yeux.

Oui, si c'était nécessaire, il était prêt à ça.

Une autre question lui vint à l'esprit : et à survivre ? Était-il prêt à survivre et à retrouver Theana ?

Il se leva et s'approcha du portail. Il lui sembla y entendre l'écho des paroles que l'amie de sa mère avait jetées contre cette porte fermée, des années auparavant. Et là, devant elle, il trouva la réponse qu'il cherchait : le sacrifice de sa mère ne serait pas vain. Il ferait son devoir, et il sortirait de là sain et sauf.

Il tira l'un des lourds battants, et l'obscurité qui régnait à l'intérieur du temple, plus profonde et plus dense que la nuit, l'enveloppa.

Tout était comme dans ses souvenirs : les bancs poussiéreux, les créatures monstrueuses dans les niches latérales, l'immense statue et son insupportable sourire maléfique... Thenaar. C'était lui qui avait avalé la vie de sa mère, et avec elle celle de milliers d'autres personnes.

Le cœur battant la chamade, il parcourut la nef d'un pas décidé. Ensuite, il s'approcha d'une colonne et y frotta la main. Les aspérités du cristal noir étaient si pointues qu'au début il ne ressentit pas la douleur ; elle arriva après, en même temps que le sang.

Il insista et passa de nouveau la paume de sa main blessée sur la colonne en serrant les dents. Lorsqu'il la referma, quelques gouttes de sang tombèrent sur le pavé.

Avec un calme extrême, il s'assit sur l'un des bancs et rassembla ses idées. Maintenant commençait la partie la plus difficile de son plan : s'immerger dans une longue prière répétitive pour une durée indéterminée. Il devait se transformer en fantôme, comme les deux hommes de ses souvenirs, mais en même temps rester présent à lui-même, et, malgré la faim et la soif, garder la conscience de sa mission et de son objectif.

Il s'agenouilla lentement. Le bois du prie-dieu était dur, et très vite ses genoux commencèrent à le faire souffrir. Il s'efforça de ne pas y penser et joignit ses mains sanguinolentes devant le visage. L'odeur de son propre sang lui emplit les narines. Il appuya le front sur ses mains et se mit à marmonner la prière. C'était parti !

L'attente fut plus longue que ce qu'il avait imaginé. Le premier jour, personne ne vint ; le silence du temple n'était troublé que par le bruit du vent. Dans l'esprit de Lonerin, les images du passé apparaissaient confusément, par fragments.

Des draps blancs, si blancs qu'ils lui blessent les yeux. Une chambre qui a une étrange et désagréable tendance à tournoyer sous ses yeux, et lui donne la nausée. Une voix.

— Allez, mon petit, allez... ne t'inquiète pas... Ça va passer, ça va passer...

L'obscurité, puis encore la voix de sa mère, anxieuse, agitée, et celle d'une autre femme.

— Ça ne peut pas être ça, ce n'est pas possible !

— C'est courant chez les enfants...

— Non ! Pas mon fils !

Une nouvelle maison, plus grande, et la sympathique voisine qui le regarde d'un air soucieux. Puis de nouveau l'obscurité, et d'autres voix, dans le délire de la fièvre.

— C'est une folie ! On en meure, Gadara !

— Lui aussi, il est en train de mourir, tu comprends ? Et je ne peux pas le supporter !

— Mais peut-être qu'un autre prêtre, ou un magicien...

— Ça ne soigne pas, tu le sais.

— Il y en a qui guérissent, aie confiance !

— La confiance ne suffit pas. Je donnerai ma vie, et le Dieu Noir le sauvera.

Le matin du deuxième jour, quelqu'un entra dans le temple. Des Assassins, Lonerin les reconnut immédiatement. Peut-être que son plan avait bien marché et qu'on l'avait déjà choisi... Non, les deux personnes passèrent devant lui sans s'arrêter.

Il les regarda à la dérobée. Un homme et une fille, assez jeune. Le premier ne lui jeta pas un regard, mais, elle, elle tourna vivement la tête vers lui, et Lonerin fut étonné de lire de la pitié dans ses yeux.

Elle devait avoir quelques années de moins que lui, mais son visage avait une expression étonnamment adulte. Elle était jolie, malgré sa maigreur, et plutôt petite, Lonerin comprit tout de suite qu'elle était triste.

En général, les Assassins étaient fuyants et insaisissables, ils frappaient et disparaissaient aussitôt. Lonerin n'en avait pas rencontré beaucoup dans sa vie ; il s'était fait une image assez précise d'eux d'après ce qu'il avait entendu dire. Alors que l'homme correspondait bien à cette image mentale, la fille, elle, était très différente.

À partir du deuxième jour, la conscience du temps devint confuse. Lonerin était tenaillé par la faim et la soif, ses genoux étaient engourdis et douloureux. Le manque de sommeil, surtout, l'épuisait. Il s'assoupissait quelques minutes, et se réveillait aussitôt pour recommencer la mise en scène. Il avait l'impression d'être de plus en plus inconsistant, comme s'il était sur le point de se fondre dans l'air.

« Ma mère l'a fait, elle l'a fait pour moi, se répétait-il. Je dois le faire aussi. »

L'homme arriva enfin. Vêtu de noir, comme tous les autres. Il s'approcha de lui avec circonspection et lui jeta un regard méprisant.

— Lève-toi.

L'ordre lui parvint de loin, confus. Lonerin tenta de se concentrer : le moment était délicat.

Il s'effondra sur le banc. Ses genoux refusaient de se déplier.

— Pourquoi es-tu ici ? demanda l'autre.

Le jeune Postulant dut s'y reprendre à plusieurs fois pour articuler des paroles sensées et compréhensibles.

— Pour implorer le Dieu Noir.

— Il s'appelle Thenaar, imbécile.

— Thenaar, répéta Lonerin.

— Il y a beaucoup de dieux, pourquoi as-tu choisi celui-là ?

Lonerin, qui avait du mal à rassembler ses idées, mit un peu de temps à répondre :

— Parce que Thenaar est le plus grand de tous, il n'y a que lui qui puisse... répondre à ma... requête.

L'homme acquiesça.

— Et quelle est cette requête ? poursuivit-il.

Lonerin frémit : le mensonge qu'il avait préparé s'était presque perdu dans la souffrance de ces derniers jours.

— Ma sœur...

— Quoi, ta sœur ?

— Elle va mal... très mal...

Oui, c'était bien ce qu'il avait prévu de dire.

— Quelle est sa maladie ?

Lonerin fit un effort surhumain pour s'en souvenir.

— Fièvre rouge, finit-il par répondre.

Des images revinrent brutalement à sa mémoire.

Il est allongé, sur le lit. Il respire avec difficulté, mais il est conscient, et il regarde le plafond. De temps à autre, une vieille femme entre dans son champ de vision. Quand elle disparaît, elle commence à parler.

— C'est la fièvre rouge.

— Ce n'est pas possible..., gémit sa mère.

— C'est grave. Il perd beaucoup de sang.

— Très grave ?

— Il est en train de mourir. À ce rythme-là, dans moins d'un mois il ne sera plus là.

Un silence hébété, celui de sa mère.

— Un cas désespéré, déclara l'homme.

— Thenaar peut... je le sais... je l'ai prié... je l'ai imploré... lui...

Des larmes coulèrent de ses yeux. Des larmes pour le passé, pour sa mère. Elle avait sûrement prononcé les mêmes paroles.

L'homme tira un morceau de tissu noir de son manteau.

— Console-toi, car Thenaar t'a entendu. Il t'accueille dans sa Maison, où tu attendras le jour de ton sacrifice. Alors, il te donnera ce que tu veux.

— Merci… merci…, murmura Lonerin, tandis que l'Assassin lui bandait rudement les yeux.

Comme en rêve, il se sentit soulevé par les aisselles. Il ne tenait plus sur ses pieds, et l'homme dut l'aider. Il le fit tourner sur lui-même plusieurs fois, puis il le conduisit quelque part. Lonerin était trop éprouvé pour comprendre dans quelle direction ils allaient.

Au début, il ne perçut que les odeurs et les sons. La fumée, l'humidité, les parfums de nourriture, qui lui donnaient le vertige et faisaient gronder son estomac, puis des bruits de casseroles, des chuchotements, et enfin des voix claires.

— C'est un nouveau. Remettez-le en état, comme d'habitude.

On le traîna à travers des couloirs humides. Quand on lui retira son bandeau, il cligna des yeux, ébloui.

— Courage, nous y sommes presque, dit quelqu'un dont il ne distinguait pas le visage.

Ils arrivèrent dans une sorte de dortoir, où étaient alignées des paillasses recouvertes d'une étoffe miteuse. On le mena jusqu'à l'une d'elles.

Lonerin s'y laissa tomber en soupirant et il leva les yeux. Un vieux bougre crasseux se tenait devant lui, la face barrée d'une longue cicatrice. Il lui sourit tristement et lui mit dans les mains une miche de pain et un gros morceau de fromage. Le nouveau Postulant n'en fit que quelques bouchées.

— Maintenant, repose-toi, dit le vieillard en lui tendant un broc d'eau. Tu as droit à deux jours de sommeil, après quoi tu devras travailler

Lonerin hocha la tête.

Le bruit de pas qui s'éloignaient ne s'était pas encore éteint qu'il dormait déjà.

Ce fut comme on le lui avait dit. Il passa deux jours dans la pièce commune à dormir et à manger. Les repas, bien que frugaux, lui permirent de reprendre des forces.

C'était toujours le même homme qui lui apportait sa nourriture, mais ils n'échangèrent jamais plus que quelques mots et de vagues sourires. Les Postulants ne parlaient pas beaucoup entre eux. Ils quittaient le dortoir très tôt le matin et y rentraient très tard, toujours accompagnés par l'homme qui était venu le chercher dans le temple.

Ils étaient très surveillés. Cinq autres jeunes Assassins vêtus de noir les encadraient ; l'un d'eux passait régulièrement vérifier ce que faisait Lonerin quand il était seul dans la pièce.

Lorsqu'il se retrouva pour la première fois devant lui, le garçon sentit la colère l'envahir. Il calcula mentalement son âge et se demanda s'il avait pu tuer sa mère, ou assister à son agonie. Il serra les poings jusqu'à ce que ses ongles se plantent dans sa chair, et seulement sous la douleur il réussit à se calmer et à maîtriser le désir fou de renoncer à sa mission et de le tuer sur-le-champ.

Le premier soir, il se cacha dans un coin et sortit ses pierres. Tous dormaient dans la chambre ; le gardien posté devant la porte somnolait. Il récita la formule à voix basse en dissimulant avec la main la faible lueur que les pierres magiques émettaient au moment de l'enchantement.

Son premier message consistait en un seul mot : « Dedans. »

Le lendemain, à la fin de son repos, le vieil homme vint le voir avec un paquet.

— Demain, tu jetteras tes vêtements et tu mettras ceux-ci.

C'était une espèce d'uniforme, identique à celui que portaient les autres Postulants : une veste usée et un pantalon qui ne semblait pas du tout à sa taille.

Lonerin examina les habits : la veste avait deux poches. Ce n'était pas un endroit très sûr pour y mettre les pierres, mais il n'avait pas le choix.

— Comme demain tu commenceras à travailler, il vaut mieux que tu saches une ou deux petites choses, sans quoi le Gardien te prendra en grippe, poursuivit le vieux d'une voix lasse.

Lonerin l'écouta attentivement.

— Jusqu'à ce que vienne notre tour, nous devons servir les Victorieux.

— Qui sont les Victorieux ?

— Ceux qui croient dans le Dieu Noir, les Assassins. Le Gardien te mettra probablement au réfectoire. Ne parle jamais, ne te plains pas et ne fais que ce qu'on te dit, d'accord ?

Le magicien acquiesça.

— Et quand est-ce que viendra mon tour ?

Le vieil homme haussa les épaules.

— Il n'y a pas de règle. Certains y passent plus tôt, d'autres attendent longtemps. Moi... je suis là depuis plus d'un an, conclut-il d'un air découragé.

Lonerin avala sa salive. Donc, cela pouvait arriver à n'importe quel moment, et il n'y avait pas moyen de savoir quand.

— Ne t'adresse jamais directement à un Victorieux : s'il te pose une question, réponds sur un ton respectueux sans le regarder. Nous n'en sommes pas dignes.

Lonerin hocha une nouvelle fois la tête.

— C'est tout. Je te souhaite d'être vite choisi et de voir ta prière se réaliser. Le Dieu Noir est terrible et impitoyable, mais il tient ses promesses.

Le magicien ne réussit pas à réprimer une petite grimace : lui, il avait besoin de temps, de beaucoup de temps.

Le lendemain, il fut réveillé à l'aube. Les Assassins passèrent entre les paillasses en hurlant et en tirant violemment les couvertures.

— Dépêche-toi, bon à rien ! lui cria l'un d'eux.

Lonerin sauta sur ses pieds : il devait être parfait, et surtout ne pas se faire remarquer.

On les mit en rang. Deux Assassins se placèrent chacun à un bout et commencèrent à les fouiller.

Lonerin se sentit perdu : les pierres gravées du symbole magique étaient dans sa poche, ses geôliers les trouveraient tout de suite, et sa mission s'achèverait là. En proie à des sueurs froides, il chercha désespérément une issue, tandis que l'un des deux hommes s'approchait peu à peu. Il n'y avait qu'une chose à faire. Il se pencha en avant comme pour refaire ses lacets, sortit les pierres de sa poche et les jeta au loin en toussant vigoureusement pour couvrir le bruit de leur chute.

— Toi !

Son cœur s'arrêta de battre.

— Toi !

Il entendit des pas lourds sur le pavé ; presque aussitôt, on lui administra une gifle brûlante.

— Jamais ! Tu ne dois jamais rompre les rangs ! hurla l'Assassin.

Il était beaucoup plus grand que lui ; pourtant Lonerin aurait éprouvé un plaisir extrême à lui serrer le cou et l'étrangler.

— Fais en sorte que je n'aie plus à me déranger, c'est clair ? lança l'autre avant de reprendre la fouille.

Quand ce fut le tour de Lonerin, le jeune Assassin fut particulièrement brutal.

— Toi, au réfectoire ! Et souviens-toi que je t'ai à l'œil.

Lorsqu'il y arriva avec son groupe, Lonerin constata qu'il s'agissait d'une grande salle, creusée elle aussi dans la roche et munie de nombreuses ouvertures vers l'extérieur. Par chacune d'elles, on entrapercevait un morceau de ciel noir comme la poix, sans la moindre étoile.

Et il se souvint. C'était sous ce même ciel qu'il avait joué, ce ciel qu'il avait vu le jour où il était tombé malade.

Il s'effondre brusquement sur le sol, le souffle court. D'un coup, ses jambes ont refusé de le porter. Un instant plus tôt, il courait encore dans l'herbe, et maintenant il gît à terre et se sent suffoquer. Au-dessus de lui, un ciel noir, sans lune ni étoiles. Une obscurité complète. Il se demande s'il est en train de mourir.

— Lonerin ? Lonerin, qu'est-ce qu'il y a ?

Les voix inquiètes de ses amis, et une sensation de chaleur qui l'envahit tout entier. Jusqu'à ce que l'obscurité du ciel ne descende sur lui et l'enveloppe.

— Qu'est-ce que tu fabriques ?

Lonerin fut tiré de sa rêverie par une jeune fille, qui lui donna un coup de coude.

— Ils t'ont dit d'aller éplucher les pommes de terre ! Tu y vas ou quoi ? murmura-t-elle avec un regard épouvanté.

Lonerin bondit. C'était les Assassins qui cuisinaient, pendant que les Postulants s'occupaient des tâches ingrates. Ils étaient exactement comme Lonerin se les rappelait : absents. Maigres, les yeux vides, ils accomplissaient de façon mécanique les gestes de leur esclavage volontaire sans protester.

Les châtiments corporels, infligés à ceux qui étaient jugés trop lents, semblaient ne pas les atteindre. Lonerin ne put s'empêcher de penser à sa mère, réduite à cet état. Il se souvenait d'elle comme d'une femme énergique à la voix forte, douce dans les caresses et ferme dans les reproches. Elle aussi avait fini, privée de son âme, dans ce trou sombre.

La journée fut interminable. Les Postulants n'avaient pas un instant de répit. La préparation du déjeuner prenait toute la matinée, celle du dîner tout l'après-midi, et, une fois le repas terminé, il fallait encore nettoyer les cuisines.

Les Assassins les traitaient comme des animaux. À leurs yeux, ils n'étaient que de la viande d'abattoir, du sang pour Thenaar, Lonerin le lisait dans leurs regards méprisants.

Ce n'est que longtemps après le coucher du soleil qu'ils reçurent leur ration de nourriture et que la permission d'aller se coucher leur fut enfin accordée. Lonerin était épuisé. Il n'avait jamais autant travaillé de sa vie.

Il se demanda combien de temps on pouvait survivre ainsi, et si la plupart de ces hommes n'étaient pas destinés à mourir bien avant le sacrifice, inutilement, sans voir se réaliser les prières qui les avaient conduits jusque-là.

Mais, lui, il devait résister. Les premiers jours, il resterait tranquille, il travaillerait sans relâche ; ensuite, il lui faudrait échapper à la surveillance des Assassins et enquêter sur ce qui se tramait dans ce lieu.

L'air du dortoir, plein à craquer, était irrespirable. Lonerin se coucha, au bord de la nausée : il était à bout de forces et il devait se reposer. Il posa la tête sur la paille et s'enveloppa dans sa couverture. Malgré son épuisement, il chercha longtemps le sommeil en songeant qu'enfin le cercle se refermait : des années après le sacrifice de sa mère, il y revenait pour donner un sens à cette vie qu'elle lui avait offerte.

25
LE CHOIX

+++

Le passé VIII

Les années se sont succédé à toute vitesse. Après le premier meurtre, Doubhée a souvent participé au travail du Maître, et peu à peu elle est devenue son assistante à plein temps. Elle a appris à se servir de nombreuses armes, à confectionner des poisons ; plusieurs fois, le Maître l'a même envoyée seule rencontrer ses commanditaires.

Elle a grandi, Doubhée. Ses jeux d'enfant sont loin derrière elle, tout comme ses amis et ses pensées d'autrefois. Son corps a changé : grâce à l'entraînement, il est devenu vif et nerveux, souple et agile.

Elle a vu beaucoup de choses pendant ces quatre années, elle a aussi beaucoup voyagé, d'abord sur la Terre des Roches, puis sur la Terre du Feu. Le Maître va là où le conduit le travail, changeant de maison et de clients chaque semaine. Il traite parfois avec les rebelles, parfois avec Forra et les siens, cela dépend de l'offre qu'on lui fait.

« Ne devrait-on pas être plutôt du côté des pauvres, de ceux qui se révoltent ? » a demandé un jour Doubhée.

Le Maître s'est emporté : « Tuer est notre métier ! Le plaisir, l'idéalisme, cela n'a rien à voir avec le meurtre. »

Doubhée n'en a plus jamais parlé, mais dans le secret de son cœur elle a continué à y penser, tout au long de leur séjour sur cette terre âpre et asphyxiante aux arbres rares et aux nombreux volcans.

C'est sur la Terre du Feu que son enfance s'est définitivement achevée. Partout, elle y a vu du sang et des morts, une violence indicible à côté de laquelle ce que fait le Maître ne lui semble plus aussi terrible, même quand il sert les plus forts contre les plus faibles.

Les scènes auxquelles elle a assisté lui rappellent les récits des anciens sur les Années Obscures, sur le Tyran et les Fammins, qui n'étaient pas encore des bêtes dociles mais d'atroces assassins.

Elle a aussi vu Forra, plusieurs fois. Un homme énorme, qui inspire la crainte au premier regard, avec un visage incroyablement mobile, capable de passer en un seul instant du sourire le plus débonnaire au rictus le plus cruel.

Et elle l'a vu à l'action. Elle connait ses méthodes, sa barbarie.

Ils sont à la frontière, dans un misérable village des Champs Morts, non loin de la Terre des Roches. Doubhée dévisage ses habitants, étonnée : sont-ils vraiment des rebelles ? Ce sont en majorité des gnomes ; il y a surtout des femmes et des enfants, quelques vieillards et des hommes blessés. Ils sont livides et ont les traits émaciés de ceux qui souffrent de la faim ; leurs yeux sont remplis d'une résignation propre à toutes les victimes du Monde Émergé.

Forra les a mis en rang sous le splendide ciel bleu d'une matinée d'été, où traîne la fumée des volcans. Et il les fait tuer un à un par ses hommes. Tous, sans distinction de sexe ni d'âge.

Doubhée regarde jusqu'à la fin, debout à côté du Maître. C'est ce jour-là que naît sa haine pour Forra, une haine qui ne la quittera jamais.

Forra n'est pas seul, Dohor lui a envoyé quelqu'un. Les gens parlent de lui à voix basse ; certains le plaignent, d'autres le haïssent férocement. Il s'appelle Learco, et c'est le fils du roi lui-même. On dit qu'il n'a que quatorze ans. Il est à peine plus grand que Doubhée, qui l'observe, intriguée.

Le garçon se tient près de Forra. Il a un corps maigre et un visage d'enfant, les cheveux très clairs, presque blancs, le teint pâle et des yeux verts très lumineux. Il porte une armure simple et monte un cheval noir. Agrippé à ses rênes, il semble chercher une contenance.

Doubhée le fixe longuement. Ils sont les deux seuls adolescents à assister en spectateur à la tuerie. Tous les autres de leur âge gisent sur le sol ou pleurent en attendant d'être exécutés.

Lui non plus ne détourne pas les yeux. Il a l'air impassible, mais Doubhée croit voir quelque chose bouillonner derrière son regard si calme.

Puis, brusquement, tout s'arrête.

— Voilà ce qui arrive à ceux qui tentent de se soulever contre notre souverain, Dohor, lance Forra. La leçon est claire ? Ne nous obligez pas à vous donner d'autres exemples.

Il fait faire demi-tour à son cheval et s'en va avec ses hommes et Learco.

Le silence qui s'installe sur la plaine est écrasant. À cet instant précis, Doubhée comprend réellement ce qu'est la mort. Elle l'a rencontrée de nombreuses fois, elle a vu le Maître l'infliger à beaucoup de gens, mais c'est maintenant qu'elle la voit vraiment pour la première fois, dans sa tragique fatalité.

Après la Terre du Feu, le Maître et elle font un bref séjour sur la Terre de l'Eau, et enfin, à douze ans, Doubhée retrouve sa patrie, la Terre du Soleil.

Quand le Maître lui annonce qu'ils iront là-bas, elle a un coup au cœur. Ses émotions doivent transparaître sur son visage, car le Maître lui jette un regard interrogateur.

— Qu'est-ce que tu as ?

— Rien, dit-elle en essayant de sourire, rien... C'est juste que... je vais rentrer chez moi.

— Ah oui, commente laconiquement le Maître.

Pour Doubhée, cet homme est le centre du monde, le début et la fin de son univers : Maître, mais aussi père, et sauveur. Elle l'adore. Cela ne compte pas qu'il soit un tueur et qu'il fasse un travail mal vu par les gens. D'ailleurs, n'est-elle pas une criminelle, elle aussi ? Le Maître est parfait, le Maître est unique, le Maître est son horizon. Elle aime ses épaules larges, ses jambes agiles, la perfection de ses mouvements. Elle aime ses silences obstinés, et même la froideur avec laquelle il la traite souvent. Quoi qu'il dise, elle est suspendue à ses lèvres, et c'est pour cela qu'elle ne remet pas en question sa décision, qu'elle ne lui demande pas ce qui lui tient tellement à cœur : passer par Selva, juste pour retrouver ses racines.

Ils s'installent dans une maison à la périphérie de Makrat, au milieu des baraques des pauvres. C'est une simple pièce avec une cheminée. Le Maître a mis de la paille par terre, et ils dorment là, devant le foyer. Dans un coin contre le mur, il y a une petite table avec deux chaises, à moitié rongées par l'humidité.

Doubhée ne connaît de ce pays que son village, pourtant, dès qu'elle a posé les pieds sur sa terre natale, elle s'est sentie chez elle, elle ne peut pas dire pourquoi. Était-ce à cause des odeurs ou des couleurs ? Une étrange émotion lui a noué la gorge.

« Qu'est-ce qu'il y a ? » lui a demandé le Maître.

Doubhée a puisé dans sa voix la force de ne pas pleurer.

« Un peu de nostalgie… de stupide nostalgie. »

Le Maître n'a rien dit, mais Doubhée a su qu'il comprenait, et elle a souri.

C'est la nuit ; Doubhée est seule. Après le coucher du soleil, les faubourgs de Makrat prennent un aspect sinistre, inquiétant. Le vent s'engouffre dans les rues et soulève la poussière ; tout est désert, il n'y a que des chiens errants. Mais Doubhée n'a pas peur. Depuis que le Maître l'envoie rencontrer les clients, elle s'est habituée.

Elle se cache dans le renfoncement d'un mur. L'homme qu'elle attend est un vieillard, c'est du moins ce que lui a dit la personne qui l'a abordée quelques jours auparavant, alors qu'elle se promenait dans le marché. Un vieillard chauve avec une barbe blanche, reconnaissable à la fleur rouge épinglée à son manteau noir. Il a demandé à la rencontrer de nuit, dans une zone de la ville que Doubhée ne connaît pas. C'est la première fois qu'elle y vient en suivant scrupuleusement les indications que lui a données le Maître.

Elle est enveloppée dans son manteau noir. Il est usé maintenant, et il commence à être trop petit pour elle. Le Maître a promis que, si elle travaillait bien, il la paierait, comme ça, elle pourra s'en acheter un neuf. Elle garde le visage bien caché sous les plis de sa capuche. Le Maître lui a transmis son souci extrême de la discrétion.

Le vieil homme arrive enfin. Il traîne la jambe, la fleur bien en évidence sur sa poitrine. Doubhée ne s'approche pas. Elle attend qu'il vienne vers elle.

Il est vraiment décrépit. Quand il la rejoint, il la scrute attentivement du seul œil qui lui reste.

— C'est toi ?

Sa voix est caverneuse, lugubre.

— Je m'attendais à quelqu'un de plus âgé.

— Ne vous laissez pas tromper par mon apparence.

Doubhée ne tient pas à dire son âge, elle essaie toujours de se faire passer pour une fille plus vieille. Elle espère grandir vite et devenir cette femme qu'elle se sent être depuis déjà pas mal de temps.

— Ton patron t'a envoyée pour négocier ?

— Exact. Dites-moi de quoi il s'agit.

Une histoire banale : éprouvé par la maladie et proche de la fin, le vieil homme veut s'offrir la satisfaction de voir mourir celui qui dans sa jeunesse lui a arraché un œil et volé la femme qu'il aimait. Doubhée regarde avec un mélange de pitié et de mépris ce petit homme qui devant l'imminence de la mort ne cherche pas la paix, mais encore et toujours la vengeance.

— En général, mon Maître ne se déplace pas pour des tâches aussi mesquines...

Une réponse typique pour un travail typique.

— Ce n'est pas du tout une tâche mesquine ! C'est le fardeau de toute ma vie, maudite gamine !

Doubhée ne se laisse pas impressionner.

— Vous avez l'argent ?

— Combien veux-tu ?

— Pour un travail de ce genre, il faut compter sept cents caroles.

C'est un prix démesuré, cependant il faut toujours procéder ainsi pour gagner l'estime du client et réussir à fixer un bon prix.

Comme prévu, le vieillard ouvre de grands yeux :

— C'est une somme énorme !

— Je vous l'ai dit, mon Maître s'occupe d'affaires d'un autre niveau, et il n'a pas l'habitude de se déplacer pour des petites disputes privées comme la vôtre. Le prix est à la hauteur de ses services... En retour, je vous garantis un excellent travail.

— C'est trop ! Deux cents caroles seraient déjà trop.

— Alors, vous n'avez qu'à chercher quelqu'un d'autre.

Elle fait mine de partir.

Le vieil homme la rattrape par le bras.

— Attends ! Deux cent cinquante...

S'ensuit une négociation ennuyeuse, et Doubhée réussit finalement à obtenir le prix voulu : quatre cents caroles.

— En tout cas, je dois parler avec mon patron pour savoir s'il accepte le travail... surtout à ce prix, déclare-t-elle.

— Et donc... ?

— Et donc, nous nous revoyons ici après-demain, à la même heure.

Le vieillard réfléchit un peu, puis il hoche la tête :

— D'accord.

Doubhée est contente de la manière dont se sont déroulées les choses. Elle a bien négocié, et même si c'est un petit contrat, c'est de l'argent garanti. Elle songe déjà à son manteau, et au marché où elle ira l'acheter.

Distraite par ces pensées futiles, elle oublie qu'elle se trouve dans un quartier de la ville qu'elle ne connaît pas. Elle va où la conduisent ses jambes. Au bout d'un moment seulement elle se rend compte qu'elle ne sait plus où elle est.

L'aube n'est pas loin ; une pâle clarté commence à poindre à l'horizon, derrière les maisons.

Doubhée essaie de s'orienter, puis elle se dirige vers le sud. C'est là que se trouve la maison du Maître. Hélas, les ruelles de Makrat forment un labyrinthe inextricable, et très vite la jeune fille se met à tourner en rond. Elle commence à s'inquiéter : il ne lui est jamais arrivé de se perdre.

Elle erre longtemps, dans des lieux de moins en moins familiers, tandis que la vie reprend peu à peu dans la cité et que les rues se remplissent.

Avec le soleil, Doubhée se sent rassurée.

Soudain la ville change d'aspect sous ses yeux, le temps semble s'arrêter. Une femme avance vers elle en portant un panier plein d'étoffes sur la tête, et deux autres sous le bras. Doubhée la reconnaît immédiatement, même si elle est plus vieille, plus lasse, et plus grosse. Elle ne peut pas se tromper.

Sa mère ! À Makrat !

Ses pieds se figent, et elle reste immobile au milieu de la rue, jusqu'à ce que la femme, en passant près d'elle, la heurte avec l'un de ses paniers.

— Excusez-moi, lui dit-elle vivement en se tournant vers elle.

Doubhée, pétrifiée, la regarde en silence.

— Tout va bien ? lui demande sa mère, étonnée.

Doubhée sort de sa stupeur. Elle ne répond pas ; elle fait simplement volte-face et s'enfuit, disparaissant dans le dédale des rues, comme elle a appris à le faire pendant ces quatre années. Quatre années passées loin de sa mère.

Il est presque midi quand elle arrive à la maison. Elle est troublée. Sa mère ! Combien elle a désiré la revoir… Elle se souvient avec un pincement au cœur de la souffrance qu'elle a vécue avant de rencontrer le Maître, de son espoir que ses parents viendraient enfin la chercher, la sauver.

Et s'il y avait sa mère, son père devait aussi être là ! Mais pourquoi ne l'avait-elle pas reconnue ? À cause de son manteau ? Pourtant elles étaient tout près l'une de l'autre, il faisait jour, et son visage n'était pas entièrement couvert…

— Mais qu'est-ce que tu as fichu ?

Le Maître l'attend sur le seuil. Le trouble de Doubhée doit transparaître sur son visage, car il lui demande d'un air anxieux :

— Il est arrivé quelque chose ?

Elle secoue la tête.

— Je me suis perdue...

Il paraît se détendre.

— Il me semblait t'avoir donné des indications précises...

— Excuse-moi, Maître, j'ai oublié de les suivre au retour.

Elle n'a pas envie de parler, elle essaie de s'éclipser mais il la retient par le bras.

— Eh bien ? Qu'est-ce qu'il t'a dit ?

L'angoisse, la peur et la joie se fondent dans le récit de la négociation, et finalement tout reprend sa place.

Doubhée pousse un soupir de soulagement.

C'est le soir que l'angoisse la saisit de nouveau, en même temps que revient l'image de sa mère. Le Maître respire lentement à quelques pas d'elle ; dans la cheminée les braises rougeoient. Doubhée repense à cette rencontre. Elle compare le souvenir qu'elle garde de sa mère avec la femme du marché et se dit qu'elle a beaucoup vieilli. Elle ressent quelque chose d'indéchiffrable. Quatre ans plus tôt, ce n'aurait été que de la joie. Maintenant, elle ne sait plus. Elle est troublée et agitée.

Les jours suivants, Doubhée retourne dans ce quartier de la ville. Elle a une bonne mémoire, elle a retenu la route. Elle dit au Maître qu'elle va faire des courses et elle erre entre les étalages, à la recherche de sa mère. Lui ne demande rien, mais Doubhée sait qu'il se doute de quelque chose, parce qu'il la regarde d'un drôle d'air. Pourtant il la laisse faire.

Elle finit par la retrouver : elle tient un stand d'étoffes, d'où elle interpelle les clients à voix forte. Les affaires ont l'air de bien marcher ; il y a toujours du monde à son comptoir.

Doubhée l'épie comme elle en a l'habitude avec les victimes du Maître. Elle la suit et découvre où elle habite. Elle veut savoir à quoi ressemble sa vie, et surtout elle veut voir son père. C'est de lui qu'elle a besoin. Alors, quand elle voit l'autre homme, elle subit un choc.

Sa mère n'habite pas loin de l'endroit où elle travaille, dans une petite maison étonnamment jolie pour le quartier. Au rez-de-chaussée il y a une boutique de tissus tenue par un monsieur que Doubhée ne connaît pas, plus âgé que son père, un gros homme brun avec un visage bienveillant.

Elle les voit, lui et sa mère, s'embrasser sur les lèvres quand ils se retrouvent à la fin de la journée. Il y a aussi un enfant, petit, un nouveau-né.

Doubhée ne comprend pas. Cette femme est-elle vraiment sa mère ? Et où est son père ? Elle a l'impression de regarder les choses à travers un miroir déformant, comme ceux qu'elle a découverts dans une foire de village et qui ont le pouvoir de rendre les gens plus gros ou plus maigres. Tout ressemble à ses souvenirs, et en même temps cela en est infiniment loin. La vie tranquille de cette maison lui est totalement étrangère, elle n'en fait pas partie.

Jour après jour, elle va les espionner ; quelquefois, elle manque à cause de cela la leçon matinale avec le Maître. Elle continue à éprouver des émotions contradictoires : de l'envie, mais aussi de la rancœur, et de l'affection ; un mélange qui la bouleverse, et où elle ne se reconnaît pas.

Le soir, elle se retourne sur sa paillasse en pensant au mystère de la nouvelle vie de sa mère. Sans raison, elle sent les larmes lui monter aux yeux, et elle bat des paupières pour les chasser. Elle aussi a changé au cours de ces quatre ans, elle le sait. Pourquoi Selva et ses parents seraient-ils restés les mêmes ? Et puis, pendant tout ce temps, ils ne l'ont pas cherchée, ils ne sont pas venus la sauver. C'est le Maître qui l'a sauvée, pas eux, c'est lui qui lui a donné un but, qui lui a enseigné un métier. Il lui reste toutefois un grand vide au creux de la poitrine, à l'endroit où demeure, intact, le souvenir de son père. Où est-il maintenant ?

Après de nombreuses tergiversations, elle se décide. Elle a bien réfléchi, elle continue à penser que c'est une sottise, mais elle a besoin de savoir.

Elle frappe à la porte, enveloppée dans son manteau. Le garçon vient lui ouvrir ; il ne la reconnaît pas.

— Qui est-ce ? fait-il, sur la défensive.

— C'est moi, souffle Doubhée.

Il s'appelle Jenna. Ils ne se sont jamais beaucoup parlé. Cela ne fait qu'un an qu'il travaille pour le Maître, et ils n'ont pas affaire l'un à l'autre. Ils se connaissent seulement de vue, et éprouvent une sympathie réciproque, parce qu'ils ont plus ou moins le même âge.

Dès qu'elle parle, Jenna la reconnaît. Il soupire.

— J'ai failli avoir une attaque… Entre.

Sa maison est une vieille bicoque envahie par le désordre : il y a des vêtements par terre, de la vaisselle sale et des restes de nourriture partout, et sur la table, le butin de quelque vol à la tire. C'est ce que fait Jenna quand il ne sert pas le Maître : il vole.

Doubhée s'assoit sur une chaise et elle commence à se tordre les mains ; elle n'ose pas le regarder en face.

— C'est le Maître qui t'envoie ? veut-il savoir.

Elle secoue la tête, et il sourit d'un air moqueur.

— Ah ! Une visite de courtoisie, alors ! Attends que je cherche quelque chose à t'offrir..

Elle le retient par la manche avant qu'il ne se lève et lui raconte tout. Le jeune garçon l'écoute avec attention.

— Tu es sûre que c'est elle ?

Elle acquiesce.

Le silence s'installe dans la pièce.

— Tu comptes retourner chez elle ? finit par demander Jenna.

Et Doubhée comprend. Elle comprend ce qu'était le sentiment étrange et dérangeant qui l'a rendue si angoissée ces derniers jours. Retourner vivre auprès d'elle ou rester avec le Maître – c'est cela, la décision à prendre, la menace et la promesse de cette rencontre fugace dans la foule.

— Ce n'est pas seulement ça… C'est qu'il n'y a pas mon père.

Jenna s'appuie sur le dossier de sa chaise :

— Et alors ? En fait, je ne vois pas très bien ce que j'ai à faire là-dedans…

Doubhée le lui explique. Elle veut qu'il enquête, qu'il cherche à apprendre ce qui est arrivé depuis qu'elle a été chassée de Selva, et où est son père.

— Et pourquoi tu ne le fais pas toi-même ?

— Je ne veux pas qu'elle me voie...

— C'est ta mère, et tu ne vas même pas la saluer ?

— Pas maintenant... Je veux d'abord savoir ce qui s'est passé.

Jenna réfléchit.

— Alors, tu le feras ? demande Doubhée en hésitant.

— Et qu'est-ce que ça me rapportera ? Tu as de l'argent ?

Doubhée fait signe que non, et elle pense aux pièces que le Maître lui a promises si le travail avec le vieillard se déroule bien.

— Tu ne peux pas le faire juste pour me rendre service ?

Le garçon soupire :

— D'accord, d'accord ! C'est difficile de résister aux doux yeux des belles demoiselles, dit-il. Montre-moi ta mère, et je verrai ce que je peux faire.

La jeune fille continue à fixer le sol d'un air embarrassé, même si les choses ont plutôt bien marché jusque-là.

— Je resterai à côté pour écouter quand tu...

— En plus ?

Elle ne répond pas.

— Comme tu veux, cède-t-il.

Ils fixent un rendez-vous pour le jour suivant.

Doubhée a eu le temps d'échafauder son plan. Elle lui parle de Selva, de la vie au village, dont elle se souvient avec une extraordinaire netteté, et lui propose de se faire passer pour quelqu'un de là-bas. Elle a choisi un neveu d'une femme qu'elle connaissait alors, et qui devrait avoir maintenant l'âge de Jenna.

— Tu lui demanderas comment elle va, ce qu'elle fait là, et tu lui parleras de ses vieilles amies du pays.

— Mais je ne serai tout de même qu'un étranger ! Tu crois qu'elle me racontera des choses aussi intimes ?

— Je l'espère...

Le soir, elle rentre tard : elle a dîné avec Jenna, et elle se sent coupable. Le Maître sera sûrement inquiet, et il l'aura attendue avec un sermon, d'autant plus dur qu'elle le mérite.

Elle entrouvre lentement la porte... La cheminée est allumée, le Maître assis à la table, impassible.

— Qui est cette femme ?

La question claque comme une gifle. Elle sursaute. Tout à coup, elle comprend à quel point son monde est en équilibre instable, et combien est importante la décision qui la fait hésiter depuis plusieurs jours. Sa mère et la vie d'autrefois, Selva peut-être – ou le Maître, à qui elle doit tout.

— Excuse-moi pour le retard. J'ai été...

— Je sais où tu as été. Je veux savoir pourquoi. Tu ne crois pas que tu me le dois bien ?

Alors Doubhée ouvre son cœur ; ses paroles déferlent tel un torrent. Le Maître l'écoute sans l'interrompre. Il ne la réprimande même pas quand elle se met à pleurer.

— Qu'est-ce que tu penses gagner avec tout ça ? demande-t-il avec douceur.

— Je veux avoir des nouvelles de mon père... savoir où il est... apprendre ce qui s'est passé pendant tout ce temps...

— Il n'est pas là, Doubhée. C'est un état de fait que les paroles de ta mère ne pourront pas changer. Cela ne te suffit pas ?

Doubhée ne sait plus ce qu'elle espère.

— Maître, il s'agit de ma vie d'autrefois ! De mon père... Il... il était tout pour moi. Si lui au moins m'avait cherchée...

— Tu t'en irais ?

Encore une question brutale, qui la blesse.

— Tu devines ce qui est en jeu, n'est-ce pas ? Tu dois te demander si tu partiras. Et cela indépendamment de ton père, tu comprends ce que je veux dire ?

C'est la première fois qu'il lui parle de cette façon. Pas comme un maître à son élève, pas comme un adulte à un enfant – d'égal à égal.

— C'est la vie normale qui t'appelle, un appel que, selon moi, tu n'as jamais cessé d'entendre.

— Je suis bien avec toi ! s'écrie la petite fille. Je n'ai jamais rien voulu d'autre.

— Je te crois. Mais es-tu prête à aller jusqu'au bout ? Tu ne peux pas vivre avec un pied chez moi, et un pied chez ta mère. Je ne t'ai pas caché ce qu'exige la vie d'un tueur. À présent, tu l'expérimentes par toi-même, et tu dois choisir.

— Tu es en train de me chasser ?

Le Maître a un mouvement d'impatience.

— Je suis en train de te dire que, si tu t'en vas, ce sera pour toujours. Il n'y aura pas de retour possible,

Doubhée. Sans rancune. Je ne te retiendrai pas, je n'essaierai pas de te convaincre. Mais le contraire est vrai aussi. Si tu restes ici, ce sera pour toujours, et je veux que tu ne voies plus jamais cette femme. Ce sera un adieu définitif. Alors, penses-y bien.

Le lendemain, Doubhée se poste derrière l'étalage dès que sa mère commence à le monter. Elle éprouve un étrange mélange de plaisir et de douleur à regarder cette femme vivre sans elle. Elle la voit disposer ses soies avec soin, et elle repense à toutes les fois où elle l'a vue nettoyer les légumes assise à la table de la cuisine. Elle se rappelle ses remontrances, elle se souvient de ses caresses. Mais, surtout, elle pense à son père. Il lui suffirait de savoir qu'il l'a cherchée pendant toutes ces années, qu'il ne l'a pas trahie, qu'il ne l'a pas oubliée, et elle serait contente, elle pourrait continuer.

Jenna se présente à la fin de la journée, alors que sa mère est en train de démonter son étalage. Il joue bien son rôle, et il est aussi crédible qu'il a promis.

Il passe nonchalamment devant le comptoir, s'arrête à quelques pas d'un air hésitant, puis revient sur ses pas. L'homme qui vit maintenant avec sa mère arrive lui aussi, il lui pose un petit baiser sur la joue.

— Melna ?

La femme et l'homme se retournent. Jenna continue à jouer son rôle à la perfection.

— Mais bien sûr que vous êtes Melna ! Comment ne vous reconnaîtrais-je pas ? Vous vous souvenez de moi ? Je suis Septa, le neveu de Lotti ! J'ai quitté Selva quand j'étais haut comme ça

Doubhée voit que sa mère est agitée elle regarde autour d'elle d'un air éperdu, son expression a changé dès qu'elle a entendu ce nom.

— Vous vous trompez, fait rudement l'homme. Ce n'est pas la personne que vous croyez.

Jenna ne se laisse pas décourager.

— Si, c'est elle ! Je me la rappelle très bien.

La mère de Doubhée commence à balbutier.

— Selva... Je...

Doubhée a un pincement au cœur. Elle semblait si sereine, si heureuse à peine quelques instants plus tôt, et voilà qu'elle s'affole.

— Je vous dis que ce n'est pas elle, damnation ! Et toi, Melna, dépêche-toi de rentrer à la maison.

— Selva... Je...

L'homme la serre dans ses bras, il lui parle doucement à l'oreille :

— Tout va bien, il s'est trompé ! Va à la maison, j'arrive tout de suite.

Doubhée regarde sa mère se sauver : elle se glisse dans les ruelles avec quelques étoffes sous le bras et disparaît de leur vue. L'homme se plante devant Jenna, l'air menaçant.

— Mais c'est elle, insiste le garçon. Vous l'avez appelée Melna...

— Laisse ma femme tranquille ! Que diable veux-tu ?

Doubhée a un coup au cœur. A-t-elle bien entendu ?

— Saluer une amie... Mais vous ne me semblez pas être Garni...

L'homme soupire, il se passe la main sur le visage.

— Je vois qu'il y a pas mal de choses que tu ignores.

Jenna feint la stupeur. Doubhée pense qu'il est drôlement fort, et elle le regrette presque. Elle ne tient plus vraiment à savoir la vérité, elle sent qu'il vaudrait mieux s'enfuir, retourner chez le Maître et ne pas apprendre le reste. Et pourtant elle est clouée sur place.

— Quoi ?

— Il y a quatre ans a eu lieu une tragédie... La fille de Melna a tué un enfant.

Ça, Jenna ne le sait pas. Seul le Maître est au courant de cette l'histoire, Jenna ne connaît qu'un piètre mensonge.

Sa stupeur n'est plus feinte Une vieille honte s'empare de Doubhée.

— La petite fille a été chassée du village, et on n'a plus rien su d'elle... Elle est morte, sans doute. On l'a envoyée sur la Terre de la Mer, près de la frontière avec la Grande Terre, où il y avait une espèce de guerre à cette époque...

— Vous parlez de Doubhée ?

— Exactement. Et ce n'est pas tout. Garni a été jeté en prison, mais il n'a pas voulu entendre raison. Il s'est évadé, et il est parti à la recherche de sa fille en abandonnant Melna à son propre destin. Lui aussi a disparu, et nous avons su il y a seulement un an qu'il était mort de faim pas très loin d'ici.

Le cœur de Doubhée s'arrête, le monde se fige autour d'elle. À présent, la voix de l'homme domine tous les autres bruits.

— Elle a essayé d'oublier ça avec moi. Lui en parler, lui rappeler Selva... c'est comme rouvrir une blessure à peine cicatrisée, tu comprends ? La Melna de Selva n'existe plus, et si tu lui veux du bien, ne cherche plus jamais à la voir.

Doubhée serre les paupières pour arrêter ses larmes. En vain : les sanglots lui bloquent la respiration, et sa douleur éclate librement. Elle sort de sa cachette sans se soucier de savoir si on la voit ou non, et les dernières répliques se mêlent au martèlement de ses pas sur le pavé.

— Comme vous voudrez, dit Jenna.

— Merci, fait l'homme, ému. Mais qui est-ce ?

Doubhée court au hasard des rues dans la lumière rouge du coucher du soleil ; son cœur bat aussi fort que ses bottes qui cognent la pierre. Où aller ? Toujours en sanglotant, elle erre d'un bout à l'autre de la ville, des sinistres habitations de la périphérie aux monuments du centre, et elle se sent vide à l'intérieur. Quelqu'un l'arrête, et lui demande ce qu'elle a.

Elle ne répond pas. Elle n'a pas de mots pour le dire.

La nuit tombe ; quelle importance ? Le Maître l'attend peut-être, ou peut-être pas.

Elle ne veut pas retourner à la maison, elle ne veut pas passer devant la boutique de sa mère. La vérité, c'est qu'elle n'a pas de maison.

Quelqu'un lui touche l'épaule, et elle se retourne lentement.

— Jusqu'où tu comptes courir, bon sang ? lâche Jenna, hors d'haleine.

Ils s'arrêtent sur une petite place déserte et s'assoient sur le bord d'une fontaine remplie d'eau bourbeuse, qui dégage une odeur putride.

— Pourquoi tu ne m'as pas raconté la vraie histoire ? demande Jenna.

— J'avais honte.

— Comment ça s'est passé ?

— Un accident. On jouait, et...

— Ne me dis rien de plus. Ça va comme ça. Je suis désolé...

Elle rentre à l'aube. Le Maître est assis à la table, sur laquelle se trouvent deux bols de lait. Elle ne sait pas bien quoi dire, mais le voir la rassure. Sa douleur lui accorde un instant de répit.

— Il n'y a pas de place pour moi chez elle, dit Doubhée d'une traite.

Le regard du Maître est chaleureux, compréhensif.

— Mon père est mort en me cherchant, et elle, elle s'est refait une vie. Tout ce que j'avais avant n'existe plus, et je...

— Chut... Tu n'as rien à m'expliquer.

Il se lève et la prend dans ses bras. C'est un geste tellement insolite, tellement inattendu qu'il laisse Doubhée stupéfaite. Elle se blottit contre lui et pleure des larmes de petite fille, les dernières larmes de son enfance.

Ce jour-là, ils ne s'entraînent pas. Ils restent simplement ensemble et vont faire le tour des belles boutiques de la vieille ville. Le Maître lui a donné l'argent qu'il lui avait promis, et ils choisissent un manteau.

— Tu t'es bien débrouillée, l'autre soir, lui dit-il, et elle sourit, les yeux brillants.

La capuche de son nouveau manteau rabattue sur le visage, Doubhée rentre à la maison avec le Maître au coucher du soleil. Elle pense encore à son père ; elle sait que cette douleur ne la quittera plus jamais. Mais le Maître est là, près d'elle. S'ils se perdent, alors ils se perdront tous les deux.

— Finalement, toi non plus tu n'as pas eu le choix. dit-il soudain. Comme je ne l'ai pas eu, moi.

Doubhée sent l'émotion lui nouer la gorge.

— Non, tu te trompes, Maître. Moi, j'ai choisi il y a longtemps.

Et lentement, pudiquement, elle prend sa main et la serre.

Sans rien dire, il garde ses petits doigts doux dans les siens.

26
UNE TÂCHE IMPOSSIBLE

Doubhée n'eut pas une seule journée pour se remettre. La Maison était un lieu palpitant, une machinerie toujours en action, et même elle qui n'en était qu'un infime rouage ne pouvait pas se soustraire au mouvement général.

Après une nuit de pleurs désespérés dans sa cellule, le matin arriva, impitoyable, et Rekla frappa à sa porte.

— C'est l'heure, dit-elle simplement.

Encore abasourdie, Doubhée la suivit dans les couloirs. Plus rien n'avait de consistance pour elle dans cet endroit ; elle croisait les hommes qui avaient jubilé devant le sacrifice du Postulant : leurs visages étaient comme d'habitude.

Ils ne semblaient pas affectés le moins du monde, alors qu'elle n'arrivait pas à oublier ces images-là. Elle se sentait salie jusqu'au plus profond d'elle-même pour avoir seulement assisté à une chose pareille.

Arrivée aux thermes, elle entra mollement dans l'eau et se laissa flotter comme un cadavre en espérant qu'elle serait lavée et purifiée. Hélas ! l'horreur qu'elle avait vécue était ineffaçable.

Au réfectoire, elle resta un long moment devant son bol sans trouver la force de saisir sa cuillère.

— Alors ? Tu ne manges pas ? lui demanda Rekla.

Pour la contenter, Doubhée avala une bouchée de pain et but deux gorgées de lait. Mais tout avait de nouveau le goût du sang.

Elle n'écouta pas un mot de ce que la Gardienne lui dit au temple. La seule chose qui occupait son esprit, c'était que la Bête était plus présente que jamais. La veille, elle l'avait entendue rugir, et quelque chose en elle avait répondu à ce cri, elle ne pouvait pas le nier. Cela la bouleversait. Elle n'allait pas mieux, pas du tout. Même si elle continuait à prendre la potion chaque semaine, elle savait que la Guilde ferait tout pour la rapprocher le plus possible de la Bête. En restant là, elle finirait par s'y habituer. Et, à la fin, il n'y aurait plus aucune différence entre elles.

Elle revit le garçon du temple, maigre, les traits tirés, les joues creusées de ceux qui souffrent de la faim. Elle le regarda pendant qu'il lui versait sa soupe, elle observa ses mains, et pour finir elle lui adressa un long regard plein de pitié qui ne pouvait pas lui échapper. Il la regarda à son tour avec stupeur.

— Merci, murmurera Doubhée avant de baisser la tête sur son bol.

Elle le voyait déjà mort, et pour une raison étrange cette espèce de prémonition la déchirait. Ce regard fugace dans le temple l'avait touchée et avait créé un lien entre eux. Ils étaient tous les deux prisonniers.

Doubhée continua à faire ce qu'on attendait d'elle : elle priait quand on le lui demandait, elle s'entraînait quand c'était l'heure, elle écoutait Rekla, mais à l'intérieur d'elle il n'y avait que le néant. Une sensation qu'elle ne pourrait tolérer longtemps.

Sherva, qui s'en aperçut, lui reprocha :

— Tu n'es pas attentive.

Doubhée ne répondit pas, se contentant de lui adresser un regard éperdu.

— Et la cérémonie ?

Elle se tut : il ne pouvait pas la comprendre. Sans être comme les autres, il partageait le fanatisme de la Guilde. Seul le nom de son culte était différent : il n'adorait pas Thenaar, mais lui-même et ses propres talents.

— Tu as réfléchi à mes paroles ?

— Je ne me sauve pas en restant ici, c'est ça, la vérité… Au contraire, je m'enfonce de jour en jour..

— Si tu voulais vraiment vivre, tu te plierais à tout. Cela dit, tu es encore ici, et cela signifie que tu as déjà accepté…

Cette phrase la brûla à l'intérieur. Non, elle n'accepterait jamais, elle ne voulait pas accepter !

Dès le lendemain, elle reprit ses recherches, avec encore plus de détermination.

Elle décida de retourner d'abord à la Grande Salle, cependant le simple fait de la voir de loin déclencha en elle une insupportable nausée. C'était trop tôt. Elle se consacra donc à l'exploration de la Maison. Elle l'inspecta pièce après pièce, parcourut chaque couloir, persuadée qu'il y avait des passages secrets.

En dépit de ses recherches, les logements des Gardiens de grade élevé demeuraient introuvables. Ils ne figuraient pas sur le plan que lui avait donné Rekla, et aucun corridor n'y menait. « Alors, il doit forcément exister un autre étage », se dit la jeune fille.

Un jour, Rekla lui transmit un ordre inattendu :
— Son Excellence veut te voir.

Comme Yeshol se vantait d'avoir les yeux partout, Doubhée pensa tout de suite à son enquête. C'est avec une grande crainte qu'elle frappa donc à la porte du bureau où il l'avait reçue quelques mois plus tôt, alors qu'elle jouissait encore d'une liberté qui lui semblait infiniment loin.

Le Gardien Suprême était à sa place habituelle, penché sur les livres. Doubhée resta plantée sur le seuil pendant qu'il continuait à écrire sans se soucier de sa présence. Ce n'est qu'au bout d'un long moment qu'il posa sa plume et la regarda dans les yeux.

— Assieds-toi, dit-il avec un sourire glacé.
Doubhée s'exécuta.
— Tu as peur ? lui demanda-t-il d'un ton narquois.
— Ma vie est entre vos mains…
Yeshol sembla satisfait de sa réponse.
— Tu me témoignes enfin le respect que tu me dois !
Doubhée se tut.
— Comment te trouves-tu ici ?
— Je survis, répondit la jeune fille en esquissant un sourire amer.
— Bien… C'est ce que nous t'avions promis, n'est-ce pas ?
Elle garda une nouvelle fois le silence.
— Inutile de jouer les soumises, Doubhée, je lis dans

ton cœur. Je ne suis pas content de toi, et ce n'est sûrement pas ton attitude zélée qui me fera changer d'idée.

— J'ai fait tout ce que vous vouliez. J'ai obéi, je me suis pliée à vos ordre, j'ai même tué pour vous… Je ne comprends pourquoi vous n'êtes pas…

— Parce que tu n'adhères toujours pas à notre culte, la coupa-t-il. Rekla te surveille attentivement, il n'y a pas un seul de tes gestes, pas une seule de tes expressions qui lui échappe. Ainsi, je suis au courant de tout.

— Je vous ai dit depuis le début que j'étais ici afin de travailler pour vous… Les prières, je les laisse à ceux qui croient aux dieux.

— Et moi, je t'ai expliqué que rester dans la Guilde, c'était louer Thenaar. Jusque-là, j'ai été plutôt accommodant avec toi, tu venais à peine d'arriver… J'étais certain que tu embrasserais notre foi, qui est enracinée en toi depuis le jour où tu as tué cet enfant, et même depuis que tu étais dans le ventre de ta mère. Alors déjà tu appartenais à Thenaar.

À ces mots, Doubhée releva la tête.

— J'ai fait tout ce que vous me demandiez ! s'écria-t-elle. J'ai passé des heures dans le temple, j'ai prié, j'ai suivi le rituel, tout ! Vous avez déjà mon sang, vous avez même pris mon âme en échange de cette espèce de vie au rabais ! Qu'est-ce que vous voulez de plus ?

Yeshol resta immobile, le visage dur.

— Tu refuses de céder à la gloire de Thenaar, tu t'opposes à ce qu'il fasse de toi une Victorieuse…

Doubhée se laissa tomber sur sa chaise, effondrée.

— Peut-être devrais-je dire à Rekla de ne pas te

donner la potion pendant quelque temps..., fit le Gardien Suprême, songeur.

La jeune fille se prit le visage entre les mains. Un cauchemar dont elle ne pouvait pas sortir, voilà ce que c'était ! Ses recherches elles-mêmes n'étaient qu'une illusion. Là, devant cet homme terrible et froid, elle n'entrevoyait plus aucune issue.

Et elle choisit, encore une fois.

— Dites-moi ce que vous voulez, et je le ferai.

— Une preuve de ta fidélité à notre foi, rien de plus. Un travail facile pour toi, je le sais.

— Un travail ?

— Exactement.

Doubhée se sentit encore plus mal.

— Tu dois couper les ponts, Doubhée...

Yeshol se leva et commença à marcher à grands pas dans le cabinet.

— Je veux que tu tues ce garçon, Jenna, dit-il, et le sang de Doubhée se figea dans ses veines. Il ne cesse de poser des questions sur toi, et cela ne me plaît pas. Et puis, je sais bien qu'il t'attend dehors, il est ton dernier lien avec le monde depuis la mort de Sarnek. Il te rappelle ton Maître, le traître, il te détourne de ton véritable objectif.

— Jenna n'est pas au courant...

— Il te cherche, et quelqu'un qui cherche de cette manière, qui aime de cette manière, ne s'avoue vaincu que lorsqu'il a trouvé. C'est pour cette raison que je veux sa mort.

Doubhée secoua convulsivement la tête :

— Il n'y a aucune raison !

— La raison, c'est que je le veux, que Thenaar le veut. Et quand Thenaar ordonne, un Victorieux ne recule pas. Tu le feras.

— Je ne peux pas… je ne peux pas ! Vous me demandez une chose trop énorme… Je…

— Si tu ne le fais pas, tu es morte. Je n'ai que faire d'un tueur qui n'adhère pas à notre idéal.

— Cela n'a aucun sens…

— Doubhée, ne m'oblige pas à devenir méchant… Tu sais comme je peux être…

— Non ! cria la jeune en bondissant sur ses pieds. Là, c'est vraiment trop, vous dépassez les limites ! Je ne le ferai jamais !

Cette fois encore, Yeshol garda son calme.

— Alors, tu mourras, et pas comme tu le crois.

Deux hommes apparurent aussitôt sur le seuil et la saisirent par les bras. Doubhée les reconnut avec horreur.

— Je vous en prie…, supplia-t-elle dans un filet de voix.

La réponse fut un simple geste de la main. Elle avait beau se débattre en hurlant, ils l'emmenèrent sans ménagement.

On l'installa dans une cellule proche de la Grande Salle, là où l'odeur du sang était la plus forte. Pendant des jours, la Bête, plus forte que jamais, lui déchira le corps et l'âme ; elle se dévoila dans toute son horreur. Doubhée expérimenta la douleur pure, absolue. Elle ne perdit pas conscience un seul instant, et cette torture lui sembla infinie.

Chaque jour, Rekla se présentait sur le seuil de la cellule, un flacon à la main.

— Il suffit de peu de chose, tu sais... Il suffit que tu dises oui.

Or c'était impossible. Jenna l'avait aidée, Jenna l'avait protégée, Jenna l'avait embrassée ; il l'aimait. S'il y avait encore quelque chose d'humain en elle, c'était le souvenir de ce garçon. Et c'était pour cela que Yeshol voulait qu'elle le supprime.

Elle résista plus d'une semaine, qui lui parut durer une année. Mais tout le monde a ses limites, et elle finit par atteindre les siennes. L'atrocité de ce qu'on lui avait demandé de faire, son dégoût pour le sacrifice, tout disparut, balayé par la souffrance. Une nouvelle fois, elle se sentit prête à n'importe quoi pourvu qu'elle s'achève.

Elle murmura ce « oui » les larmes aux yeux le dixième jour, et la potion qui fut sa récompense lui brûla la gorge, comme un poison.

« Je trouverai un moyen ! Il suffit que ça s'arrête, et je trouverai un moyen pour qu'il ne meure pas... » se disait-elle, honteuse d'elle-même et de sa faiblesse.

Quand elle se présenta de nouveau dans le bureau de Yeshol, le Gardien Suprême était debout près de sa bibliothèque, et il souriait d'un air de triomphe.

— Tu as cédé, finalement... Je gagne toujours, Doubhée, garde cela bien à l'esprit, Thenaar gagne toujours. Nous avons souffert, nous avons failli disparaître ; pourtant nous avons survécu et nous sommes sur le point de revenir, de revenir grandis, tu comprends ? Et que tu le veuilles ou non, tu fais partie de cet immense projet, de ce plan grandiose qui donne sens au monde.

Doubhée serra les poings et baissa la tête.

— Dites-moi quelles sont vos conditions.

— Tu as un mois. J'exige sa tête et une ampoule de son sang pour notre dieu. Je me moque de la manière, fais comme bon te semble. Si je n'ai pas ce que je veux, je te jetterai dans la plus profonde de nos cellules et je te laisserai mourir sous les griffes de la Bête. Et tu ne seras pas seule. Avec toi mourront des Perdants, un pour chaque jour de ta résistance.

Yeshol ricana.

— Et maintenant va, va prier.

Doubhée sortit de la pièce, désespérée. Elle ne voyait aucune solution. Il n'y en avait pas.

Elle se mit en route le lendemain matin. Elle traversa le temple sans jeter le moindre regard à la grande statue derrière l'autel.

La veille, elle avait avisé Rekla de son départ, et la Gardienne n'avait rien trouvé à redire.

« Préviens Sherva, avait demandé Doubhée.

— Je m'en charge. »

La jeune fille s'était levée pour partir, mais Rekla l'avait arrêtée : « Bonne chance pour ta mission, Doubhée ! Tu verras qu'après l'avoir fait, tu iras beaucoup mieux. »

Cette fois, Doubhée prit un cheval. Elle ne voulait pas mettre trop de temps, et surtout elle désirait s'éloigner de la Guilde le plus vite possible.

Elle lança sa monture dans un galop frénétique et brûla les étapes.

Cela ressemblait à une fuite, et pourtant c'était le plus triste de ses voyages. En réalité, elle n'avait pas encore décidé quoi faire, même si elle avait emporté une ampoule avec elle.

Le soleil la surprit au milieu de la matinée. Cela faisait des mois qu'elle ne l'avait pas vu, et elle le trouva tiède et doux. Le printemps était dans l'air. Enfermée dans la Maison, elle ne s'en était pas rendu compte. La nuit éternelle était trompeuse ; le parfum des fleurs et de l'herbe fraîche ne réussissait pas à pénétrer jusqu'à sa chambre sous la terre. C'était comme vivre dans une tombe, avec seulement l'odeur de renfermé et de mort, de pierre et de boue.

La Terre du Soleil, sa terre natale, la frappa par le vert de ses prairies. Les arbres étaient en fleurs, l'air sentait bon. Elle se sentit submergée par l'émotion.

Aux souvenirs anciens, ceux du Maître bien-aimé, s'ajoutaient les plus récents, ceux des deux années qu'elle avait passées seule comme voleuse. Elles ne lui avaient pas semblé si belles, mais elles avaient été libres, et la liberté était désormais un luxe auquel elle ne pouvait que rêver.

Makrat était agitée, comme toujours, belle et misérable à la fois, grande et palpitante.

La jeune fille passa par le marché, où presque cinq ans plus tôt elle avait revu sa mère. Elle n'y était plus, Doubhée le savait.

Elle n'aurait jamais cru que retrouver Makrat pût lui faire aussi mal. C'était comme être en prison et regarder le monde à travers des barreaux : elle était chez elle, et en même temps elle était à des milles de là, enchaînée dans sa cellule à la Maison.

Elle erra dans les ruelles en serrant le poignard sous son manteau. Que ferait-elle quand elle verrait Jenna ? Exécuterait-elle l'ordre de Yeshol ? C'était impensable ! Mais si elle ne le faisait pas, d'autres innocents mourraient, et d'une manière plus atroce encore… Si elle le voulait, elle était capable de tuer Jenna sans qu'il s'en aperçoive, sans le faire souffrir. Ce serait presque un acte de pitié…

Elle secoua la tête avec horreur et prit une décision. « Je vais seulement chez lui. Un simple repérage, c'est tout. »

Elle savait où le chercher. Elle connaissait les endroits qu'il fréquentait, ceux où il volait, elle savait tout de lui. Et maintenant qu'elle l'avait perdu, elle comprenait qu'il avait été son seul ami.

Elle aperçut de loin sa silhouette maigre, enveloppée dans un vieux manteau marron. En un seul regard, elle constata à quel point il avait changé, et elle imagina combien il avait dû souffrir pendant ces derniers mois. Il était plus pâle que d'habitude, et il semblait moins vif. Il n'était pas en train de travailler ; il avait l'air de se promener.

« Quelqu'un qui aime de cette manière », avait dit Yeshol, et maintenant Doubhée comprenait. Elle sentit son cœur se serrer.

Elle se mit à le suivre. En le faisant, elle retrouva le plaisir douloureux qu'elle avait ressenti en filant sa mère : celui d'observer une personne chère vivre sans elle. Mais à sa manière d'errer comme une âme en peine dans une zone qu'il ne fréquentait pas auparavant, à sa façon d'interroger les gens et à son humeur mélancolique, elle sut que ce que Yeshol lui avait dit était vrai. Il la cherchait.

À l'heure du dîner, elle entra derrière lui dans une auberge.

Le jeune garçon commanda un repas frugal. Il avait une feuille avec lui, et quand la serveuse vint lui apporter sa soupe, il l'arrêta.

— Vous avez déjà vu cette jeune fille ? lui demanda-t-il en lui montrant la feuille.

Doubhée se serra dans son manteau et enfonça un peu plus la capuche sur sa tête.

« Qu'est-ce que je dois faire ? »

La nuit était tombée sur la ville. Pendant longtemps, elle avait été le royaume de Jenna ; c'était le soir qu'il était le plus actif, qu'il contactait ses clients et qu'il concluait ses contrats. Or, apparemment, ce n'était plus le cas. En sortant de l'auberge, Jenna se remit à arpenter les rues d'un pas lent, sans but.

Doubhée le suivit pas à pas à travers les venelles tortueuses, tandis que la foule se dispersait et qu'une lune glacée se levait sur la cité, l'éclairant de ses reflets métalliques.

Au bout d'un moment, il n'y eut plus qu'eux deux. Doubhée se déplaçait comme un chat, elle se tapissait dans les renfoncements des murs et le regardait sans savoir quoi faire. « Va-t'en, ou alors fais-le ! En tout cas, décide de ton destin, une bonne fois pour toutes… », se disait-elle, mais elle n'y parvenait pas.

Pour finir, soit par distraction, soit parce que, inconsciemment, elle voulait être découverte, elle fit un faux pas, et Jenna l'entendit.

Il se retourna d'un bond et fut assez rapide pour ne pas lui laisser le temps de s'éclipser.

— Qui est là ? demanda-t-il d'une voix hésitante.

Il ne lui fallut pas longtemps pour la reconnaître. Son visage s'illumina et il courut vers elle.

— Doubhée !

La jeune fille agit d'instinct, comme elle l'avait toujours fait pendant ses missions.

« Je n'ai pas le choix ! »

Elle le plaqua contre le mur en lui serrant la gorge et tira son poignard.

Son ami la fixait, incrédule. Doubhée tenait le couteau au-dessus de sa tête. Elle avait déjà repéré le point où frapper, il lui suffisait d'abaisser le bras, Jenna ne sentirait presque rien.

— Doubhée...

C'était un appel d'une tristesse insupportable. Jenna ne se rebellait pas, il restait inerte sous sa lame, et ce fut comme si elle voyait son visage pour la première fois. Elle recula avec horreur, et le poignard lui tomba des mains.

— Je ne peux pas le faire... je ne peux pas..., murmura-t-elle en se laissant glisser sur le sol, le visage entre les mains.

Elle se mit à pleurer comme une enfant.

Jenna la regarda un moment sans comprendre, puis il se laissa lui aussi glisser à terre et la serra dans ses bras.

— Je t'ai cherchée partout, je n'ai pas cessé un seul instant depuis que...

Il rougit.

— Depuis la dernière fois que nous nous sommes vus...

Ils étaient chez lui à présent. Sa maison n'avait pas beaucoup changé ; le désordre qui y régnait, pire que d'habitude, ne faisait que confirmer les paroles de Jenna.

— Je refusais d'admettre que tu étais vraiment partie, et ne pas savoir où tu étais me rendait fou.

Doubhée baissa la tête. Elle ne trouvait rien à dire. Elle éprouvait la honte d'avoir pu penser, ne serait-ce qu'un seul instant, qu'elle serait capable de le tuer.

Jenna resta silencieux quelques minutes avant d'ajouter :

— Où étais-tu passée, Doubhée ?

Elle renifla. Les yeux la brûlaient. Cela faisait longtemps qu'elle n'avait pas autant pleuré.

— Tu n'as pas du tout bonne mine... Et puis... pourquoi tu m'as agressé ? Il s'est passé quelque chose ?

Par où commencer ? Et que lui dire, sans le mettre en danger ? Quoique... De toute façon, il l'était déjà.

— Je suis dans la Guilde maintenant.

Jenna la dévisagea, stupéfait. Doubhée ôta son manteau et lui montra ses nouveaux vêtements : le pantalon noir, la tunique, et le corset, noirs eux aussi.

— Ce n'est pas possible... murmura-t-il.

— Si, pourtant. Et ils m'ont ordonné de te tuer.

— Et tu l'aurais fait ? lâcha-t-il, abasourdi.

Doubhée hésita quelques secondes avant de répondre.

— Jamais !

Jenna commençait à reprendre ses esprits.

— Je n'arrive vraiment pas à y croire... Sarnek détestait la Guilde, non ? Il s'en était échappé, bon sang ! Et les deux ans que tu as passé à te cacher, ce n'était pas justement pour fuir ces fous ? Et maintenant, qu'est-ce que tu fais ? Tu trahis la mémoire du Maître, tu oublies tout et tu vas te compromettre avec ces maudits assassins ?

Les larmes se remirent à couler sur les joues de la jeune fille.

— Ne pleure pas..., bredouilla-t-il, mortifié.

— Je voudrais t'expliquer... mais c'est compliqué... Je..

— Ils te retiennent de force ?

Elle fit signe que oui.

— Tu te souviens qu'avant de partir, je t'ai dit que j'allais mal ? C'est une maladie mortelle qu'ils m'ont inoculée, et qu'ils sont les seuls à pouvoir guérir. C'est pour cela que je les ai rejoints.

— Mais... mais il y a des prêtres qui soignent tous les maux ! Il y en a sûrement un capable de...

Doubhée secoua la tête et souleva sa manche pour lui montrer le sceau.

— C'est une malédiction. Ils m'ont eue par la ruse, tu comprends ? Une horrible mort m'attend si je ne reste pas avec eux, une mort que je...

— Ça a quelque chose à voir avec la tuerie dans la clairière ?

— Oui, fit Doubhée en admirant la perspicacité de son ami.

Il réfléchit un instant.

— Quelqu'un comme toi ne peut pas rester au milieu de ces monstres ! Pas après ce que le Maître t'a enseigné, et si tu songes en quoi tu as toujours cru ! Et puis, tu es... en train de t'éteindre. Je le vois sur ton visage.

Doubhée secoua une nouvelle fois la tête.

— J'aurais préféré ne pas avoir à t'avouer tout ça...

— Qu'est-ce que tu racontes ? Et pourquoi donc ?

— Parce que tu as la manie de vouloir me sauver. Seulement c'est impossible ! Ma vie est comme ça, sans issue, elle ne fait que me précipiter toujours plus bas !

Elle se remit à pleurer.

— Ils veulent que je te tue parce qu'ils ne sont pas contents de moi. Je ne suis pas assez impitoyable, et je ne crois pas en leur maudit dieu. En leur obéissant, je leur donnerais une preuve de ma fidélité, et si je ne le fais pas, ils me tueront, et beaucoup d'autres avec moi.

Jenna devint écarlate. Il abattit violemment le poing sur la table :

— Damnation !

— Je suis désolée, dit-elle, désolée...

Il la serra contre lui avec fougue, et cette fois Doubhée ne chercha pas à se dégager ; au contraire, elle se blottit contre lui.

Elle dormit chez lui cette nuit-là, comme elle l'avait déjà fait lorsqu'il l'avait soignée, après l'épisode dans le bois. Elle se réveilla de bonne heure. Sentir le soleil sur le visage était très agréable, après tous ces mois passés sous terre.

Jenna était déjà debout et préparait le petit déjeuner. Doubhée resta un moment dans son lit pour savourer cet accueil dans un foyer. Ensuite, elle s'installa à la table, but sa tasse de lait chaud avec plaisir, et mangea son pain avec appétit. Elle ne parla pas de la veille. C'était un instant d'une vie normale, et elle voulait en profiter.

Au bout de quelques minutes, Jenna brisa l'enchantement.

— Je vais te sortir de là. Peu m'importe que tu ne m'en croies pas capable, et peu m'importe si tu veux être sauvée ou non. Tu sais ce que tu... enfin... ce que tu représentes pour moi...

Doubhée sourit tristement.

— Si tu veux me sauver, disparais.

Le jeune garçon lui lança un regard stupéfait.

— Qu'est-ce que... ?

— Cache-toi, quitte Makrat, change de nom, va quelque part où personne ne te connaît. Je leur dirai que je t'ai cherché et que je ne t'ai pas trouvé, et peut-être qu'ils me donneront encore du temps.

Jenna fixa son bol vide.

— Ça ne servirait à rien... S'ils t'ont dit que c'était moi ou toi... ils ne se laisseront pas tromper par un stratagème aussi stupide... C'est moi ou toi, Doubhée, et alors... alors il vaut mieux que ce soit moi.

— Ne le dis même pas pour plaisanter, tu as compris ? Même pas pour plaisanter !

— Pourquoi ? Tu as une autre solution sensée ?

— Oui, celle que je viens de te donner.

— Tu ne quitteras jamais ce lieu infâme !

— J'ai un plan.

— Je ne veux pas te perdre de nouveau ! Je ne peux pas rester sans rien faire pendant que tu retournes dans cet enfer...

— Je t'ai dit que je suis en train de préparer un plan, et ça avance bien. Je vais mettre la main sur le remède, je le volerai et je m'échapperai. Et alors, je te rejoindrai.

— Je ne te crois pas. C'est comme le jour où tu es partie. Tu vas t'en aller, et je ne te verrai plus !

Doubhée le regarda dans les yeux.

— Tu es mon seul lien avec la vie extérieure, Jenna ! Le seul. C'est pour cela que tu ne me perdras jamais.

— Laisse-moi t'aider, je t'en prie...

— Fais ce que je t'ai dit. Je ne me moque pas de toi, je n'essaie pas non plus de me débarrasser de toi. Si tu fais ce que je te demande, tu me seras vraiment utile.

— Pour toi, j'ai arrêté de voler..., lâcha Jenna. Je ne faisais plus que te chercher ! Tout le temps, je...

— Arrête de le faire. C'est comme ça qu'ils t'ont repéré ! Disparais, je t'en prie... Quand je me serai échappée, je trouverai le moyen de te rejoindre, je te le jure.

Jenna la regarda d'un air sceptique. Il n'était pas dupe, et Doubhée elle-même ne pensait pas que ce serait possible. Elle avait été trop loin, à supposer qu'elle réussirait à s'enfuir, elle ne pourrait pas retourner vers lui, sous peine de les condamner à une mort certaine tous les deux.

— Comme tu veux, céda-t-il. Mais je ne te pardonnerai jamais si tu ne le fais pas.

Doubhée sourit faiblement.

Le soir venu, ils se dirent au revoir.

— Je partirai cette nuit, annonça-t-il. J'irai…

— Ne me le dis pas, le coupa Doubhée. Je préfère ne pas le savoir. Dès que je réussirai à m'enfuir, je te chercherai. Je suis drôlement forte pour filer les gens !

Il sourit :

— C'est vrai.

Puis son visage devint sérieux et il la fixa dans les yeux :

— Depuis le jour où je t'ai embrassée, rien n'a changé pour moi. Rien ne changera jamais. Je t'aime.

Doubhée eut un pincement au cœur. Elle aurait voulu l'aimer en retour, mais cela lui était impossible. Elle avait aimé une fois dans sa vie, et elle avait décidé que cela ne se produirait plus.

— Je t'aime beaucoup moi aussi, mentit-elle, et elle lui donna un bref baiser sur les lèvres. Sauve-toi, fais-le pour moi.

— Compte sur moi, répondit le jeune garçon, ému.

Doubhée se détourna, et comme toujours elle se fondit dans la nuit.

27
LE PACTE

Une période difficile et harassante commença pour Lonerin. Comme il l'avait décidé, il travailla avec zèle les premiers jours, non sans en profiter pour étudier les salles où il lui était permis d'aller, et repérer les lacunes dans la surveillance de ses geôliers.

Il avait très peu de moments libres pour se déplacer. Le travail était fort absorbant et les Assassins étaient toujours dans son dos. Le seul moment où leur attention se relâchait, c'était la nuit. Il y avait toujours un garde posté devant la porte du dortoir, mais il s'endormait souvent, et parfois s'éloignait. Les Assassins ne devaient pas considérer les Postulants comme très dangereux : c'était des êtres privés de toute volonté, anéantis par les souffrances qui les avaient conduits jusque-là, et éreintés par un labeur qui ne leur laissait aucun repos. Les Victorieux ne soupçonnaient pas que quelqu'un puisse les infiltrer. Lonerin misa tout sur la distraction du gardien de nuit.

Il commença par chercher ses pierres. Il en avait

absolument besoin. Sans elles, comment pourrait-il rapporter ses découvertes au Conseil ?

Il fouilla à tâtons les moindres recoins de la chambre, sans en trouver trace. Il alla même jusqu'à interroger l'un des Postulants, qui s'était réveillé.

— L'un d'entre nous est chargé de nettoyer le dortoir chaque matin, demande-lui, lui dit-il.

Lonerin se précipita vers l'homme en question, mais ce fut juste pour apprendre qu'il avait ordre de tout jeter, et c'était bien ce qu'il avait fait de ce qu'il avait pris pour de simples cailloux.

Le jeune magicien sentit sa gorge se nouer. Il était seul dans la forteresse de l'ennemi, tous ses ponts avec l'extérieur coupés ! La réussite de sa mission ne reposait que sur lui-même. Maintenant il n'avait plus le choix, il devait agir et sortir le plus vite de cet endroit maudit. Il se lança avec fougue dans son enquête nocturne.

Cependant, même se déplacer de nuit pouvait se révéler dangereux. Les Postulants portaient des vêtements très reconnaissables, et être surpris en train d'errer dans les couloirs de la Maison signifiait une mort immédiate. Il lui fallait trouver quelque chose avec quoi se camoufler.

La fortune finit par lui sourire.

Un jour, la Maison tout entière sembla entrer en effervescence. Les Assassins allaient et venaient, excités.

— Que se passe-t-il ? demanda Lonerin à un compagnon d'infortune.

— L'un d'entre nous a été choisi. Il va voir son rêve se réaliser, répondit celui-ci avec dans les yeux une lueur d'envie qui glaça Lonerin.

Mais surtout, il sentit la haine lui enflammer l'estomac. Quelqu'un allait être sacrifié, comme sa mère ! Il se mordit les lèvres pour ne rien dire tandis que le Postulant s'éloignait.

Cette nuit-là, Lonerin songea que l'occasion allait peut-être enfin se présenter : tous les Assassins assisteraient sans aucun doute au sacrifice, ainsi que les gardes.

Il resta dans son lit en feignant un sommeil profond, un œil braqué sur l'entrée de la salle où l'homme était assis.

Au milieu de la nuit, quelqu'un vint voir ce dernier.

— Je peux y aller ? demanda le garde.

— Bien sûr ! Le moment est important, tu ne vas pas le rater pour surveiller cette bande de Perdants.

— Je préfère ça ! Je pensais que je devrais passer le reste de la nuit à moisir ici.

Il se leva, mit son manteau et suivit son camarade.

Lonerin se leva aussitôt et se glissa hors du dortoir. Avec sa chemise de toile et son visage décharné, il se sentait nu et vulnérable.

Un dédale de couloirs où il semblait très facile de se perdre s'ouvrait devant lui. Heureusement, le jeune magicien avait tout prévu : il avait emporté avec lui un brin de paille ; au retour, il n'aurait qu'à utiliser un simple enchantement pour retrouver la direction à prendre et retourner au dortoir avant d'être découvert.

Cette première exploration se révéla fructueuse. Il constata que l'aile réservée aux Postulants était entièrement séparée de celle des Assassins. Elle occupait un étage entier, dédié à l'entretien de la Maison, comme ils appelaient cet endroit.

Lonerin connaissait déjà les cuisines, mais il n'était jamais entré dans la buanderie. Il y aboutit par hasard, et ce fut une chance : elle était pleine de vêtements noirs.

Il choisit un manteau usé sur une pile de vieux vêtements. Il était probablement destiné à être jeté, et sa disparition ne se remarquerait pas.

Ainsi affublé, il se dirigea vers le réfectoire. Il connaissait bien le chemin, car il avait plus d'une fois servi à table.

Il traversa la salle d'un pas vif, sa capuche bien enfoncée sur la tête, et arriva à l'autre extrémité, d'où partait un couloir. Les jours précédents, il l'avait regardé avec angoisse, comme un lieu obscur d'où filtraient les secrets qu'il était venu dévoiler.

Il était déjà tard. Il avait passé trop de temps dans l'aile des Postulants et dans la buanderie, et il ne lui en restait guère pour s'aventurer dans cette partie de la Maison, pourtant il ne pouvait s'en empêcher. L'occasion était trop belle.

Il s'engouffra avec précaution dans l'étroit passage. Il était humide, à peine éclairé par la lueur de quelques torches, et il y flottait une odeur de soufre mêlée à celle de sang, qui lui irrita les narines. De chaque côté, à intervalles réguliers, s'ouvraient des portes en bois : sûrement les chambres des Assassins. Le couloir possédait de multiples embranchements, Lonerin choisit toutefois de toujours suivre le principal. Du fond lui parvenait une rumeur confuse, qui semblait naître dans la roche elle-même et la faisait vibrer comme une chose vivante.

À mesure qu'il avançait, le bruit se faisait plus distinct – et plus terrible. C'étaient des voix qui hurlaient à l'unisson des paroles incompréhensibles.

Brusquement, Lonerin comprit : il approchait du lieu de la cérémonie.

Son cœur se mit à battre à cent à l'heure, et l'image de sa mère s'empara de son esprit. Il s'élança malgré lui dans le couloir qui s'étirait à l'infini, comme sous l'effet d'une magie. L'endroit où il menait lui parut tout à coup incroyablement lointain, inaccessible. Ce n'était plus qu'un simple point de lumière rouge, une goutte de sang au bout de cette sorte de tunnel qu'il était en train de parcourir.

Il accéléra encore le pas, tandis que le hurlement de la foule emplissait l'espace et faisait trembler les parois. Enfin, il atteignit son but, et la lumière écarlate l'enveloppa d'un coup.

Il était sur le seuil d'une immense salle, une énorme caverne éclairée d'une lumière rouge sang et remplie d'Assassins. Tous gesticulaient, en proie à une sorte de fureur mystique, et vociféraient, tournés dans la même direction.

Une énorme statue de cristal noir s'y dressait. Thenaar. Le Dieu Noir. À ses pieds était enchaîné un homme, dont Lonerin ne put distinguer les traits. Le sang coulait de sa poitrine et il s'enfonçait peu à peu dans une piscine remplie d'un liquide vermillon.

Des pensées terribles tournoyèrent dans l'esprit de Lonerin, et il fut saisi d'une violente nausée.

« Ma mère ! Elle a fait ça pour moi. Son corps aussi avait une blessure à la poitrine. Le sang de ma mère a coulé aux pieds de cette statue ! »

Il se recroquevilla et hurla, la tête entre les mains. Heureusement, son cri se fondit dans le vacarme.

Lorsqu'il se releva, il fut submergé par l'horreur. Il regardait la scène les yeux écarquillés, cloué sur place.

Un cri plus fort de l'assistance le sortit de sa torpeur.

« Va-t'en, va-t'en ! » se dit-il.

Terrorisé, il s'enfuit sans se soucier où il allait. Les couloirs qu'il parcourait étaient tous semblables, le grondement de la foule et l'odeur du sang de l'homme le suivaient partout. Il s'engagea dans plusieurs impasses, se perdit, se sentit mourir...

Et pendant ce temps, les souvenirs ne lui laissaient pas de répit.

Il ne sait pas comment il est arrivé là. Il a marché avec ses amis, c'est tout.

« Il y a un endroit terrible, qui fiche drôlement la trouille, pas loin du temple », avait dit l'un d'eux.

Ils avaient décidé d'y aller pour montrer qu'ils étaient forts, qu'ils n'avaient peur de rien.

Lonerin a été à la tête du groupe tout au long du chemin. Les autres le considèrent toujours comme un faible. Il a eu la fièvre rouge, sa mère a disparu... Depuis, on le traite avec indulgence. Et lui ne veut pas de ça.

Soudain, il se fige, les jambes molles.

— C'est ça ? demande l'un d'eux, la voix tremblante.

Personne ne répond, mais tous savent : c'est ça, l'endroit terrible.

Il y a des os, beaucoup, qui sortent de terre, et une odeur de charogne qui prend à la gorge.

— *Ça me plaît pas, dit un autre. Je m'en vais.*
Lonerin sent qu'il doit continuer à regarder les os blancs qui luisent dans l'obscurité.

Il grimpe la colline et étouffe un cri. Là, ce ne sont plus seulement des squelettes, ce sont des cadavres. Et puis ce corps : la tunique noire de sang, les cheveux éparpillés sur le sol... Et un grand trou dans la poitrine. Elle a les yeux fermés comme si elle dormait, le visage grave, livide. C'est elle.

Il hurle, il hurle, il hurle.

Quelques jours plus tard, quand il aura retrouvé sa voix, ils lui expliqueront devant sa tombe : « Ceux qui ont quelque chose à demander au Dieu Noir vont au temple et offrent leur vie. Ainsi, ils obtiennent ce qu'ils désirent. C'est ce qu'a fait ta mère. »

Lonerin secoua la tête. Il était couvert d'une sueur glacée, il tremblait comme une feuille et son cœur cognait follement. Il sentait que, si un Assassin s'était présenté devant lui à ce moment précis, il aurait été capable de le tuer à mains nues, au mépris de sa mission.

Il chassa les images de sa mère morte et tenta de reprendre le contrôle de lui-même. « Je dois rentrer. »

Mais la haine est une vieille amie à qui il est doux de s'abandonner, et la sienne cherchait de nouveau à se frayer un chemin.

Lonerin l'étouffa par la raison : s'il ne prononçait pas la formule maintenant, il n'aurait plus le temps de retourner au dortoir avant l'aube.

Même cela se révéla difficile. Il avait du mal à s'en souvenir ; sa langue était comme figée dans sa bouche.

Il serra le brin de paille, mais ses mains tremblaient tellement qu'il lui échappa deux fois.

Il ne parle pas. Lonerin ne parle pas depuis des jours. Quand il a crié, sa voix s'est envolée dans les airs, et maintenant elle flotte au-dessus de la fosse commune, ou peut-être au-dessus de la petite tombe, surmontée d'une simple plaque en bois avec son nom. Elle s'est perdue quelque part, loin de sa gorge.
— *Pourquoi tu ne parles pas, hé, Loni ? Pourquoi ?*

Finalement, il réussit. Un rayon bleuté, très faible, se dessina dans la pénombre. Lonerin se mit à courir.

Quand il arriva au réfectoire, il commença à respirer plus calmement. Et lorsqu'il eut atteint la zone réservée aux Postulants, il eut l'impression d'être sorti d'un cauchemar.

Il s'appuya au mur. Une larme jaillit au coin de ses yeux. Une larme de douleur, de rage, et d'impuissance.

À son retour, Doubhée croisa Rekla, qui l'accueillit les yeux brillants.

— Alors ? Tu l'as fait ?

— Il n'était pas à Makrat.

Le visage de la Gardienne changea tout de suite d'expression.

— Les nôtres l'ont vu là-bas il y a moins d'une semaine.

— Eh bien, il a dû partir entre-temps.

Doubhée fit mine de s'éloigner, mais Rekla la retint par le bras d'une poigne de fer.

— Tu me fais mal ! protesta la jeune fille.

— Ne t'avise pas de te moquer de nous ! N'essaie même pas... Je croyais que tu avais compris à quel point je pouvais être cruelle, mais on dirait que tu insistes...

Doubhée s'efforça de garder son calme.

— C'est la vérité. Je suis revenue parce qu'il n'était pas à Makrat. J'ai contacté un informateur qui enquêtera pour moi, là-bas.

— Si tu mens, tu sais ce qui t'attend...

— Son Excellence m'a dit que j'avais un mois. Il me reste encore plus de vingt jours.

Rekla la fixa longuement d'un air menaçant :

— Je te le répète : si tu mens, tu le regretteras, fais-moi confiance...

Elle la lâcha, et Doubhée s'engagea dans le couloir en affichant un calme parfait. Mais dans sa poitrine se déchaînait une véritable tempête. Sa rencontre avec Jenna lui avait fait comprendre qu'elle avait touché le fond. Elle ne pouvait plus rester là, à aucun prix. Elle était en train de perdre son humanité. L'initiation, le sacrifice, l'ordre de tuer Jenna étaient autant d'étapes d'un chemin douloureux qui la conduisait à la folie.

Elle prit sa décision.

Elle alla suivre sa leçon quotidienne avec Sherva. Elle se montra docile et attentive pendant tout l'après-midi, mais ce n'était pas quelqu'un à qui on pouvait cacher des choses.

— Tu t'es bien débrouillée, dit-il, mieux même que je ne l'aurais imaginé. Je ne croyais pas que tu avais progressé au point de pouvoir rester alerte et active alors que ton esprit était ailleurs.

C'était le moment. Elle ne pouvait plus retourner en arrière.

Elle se planta devant lui, bien droite, encore essoufflée par l'exercice qu'elle venait de terminer.

— Qu'est-ce qu'il y a ?

— Il faut que tu m'aides.

Sherva la dévisagea, stupéfait.

— Rien ne vaut le prix que je suis en train de payer, rien, et pourtant je ne suis pas encore prête à me laisser mourir, ni à accepter sans colère le sort que Yeshol m'a réservé.

— Peut-être m'as-tu mal compris, commença prudemment Sherva. Mon attitude face au culte a dû t'induire en erreur...

— Tu n'es pas comme les autres. Tu n'adores que toi-même, le coupa la jeune fille.

Cette fois, l'homme eut l'air impressionné.

— Oui, peut-être que oui...

— Tu sens que tu ne dois obéissance qu'à toi-même, alors tu peux comprendre, si je te dis que j'ai besoin de quitter cet endroit.

Sherva secoua la tête.

— Je suis dans la Guilde depuis tant d'années, je lui dois beaucoup...

— Et tu y restes seulement parce que tu ne penses pas avoir atteint le niveau qui te permettra de tuer Yeshol, l'interrompit Doubhée.

L'homme se tut, l'air surpris que son élève soit capable de lire aussi clairement dans son cœur.

— Ne sois pas étonné. J'ai beau être jeune, je comprends, parce que j'ai vu beaucoup de choses dans ma vie.

— La raison pour laquelle je suis là n'a rien à voir avec ma fidélité envers ce lieu, déclara Sherva. Je t'interdis de me reparler de ce sujet !

— Pourquoi ? Tu me dénoncerais ? Ça m'est égal ! Je suis désespérée. Je préfère mourir tout de suite que d'étouffer peu à peu dans cette tombe.

Sherva se leva.

— La leçon est finie. J'oublierai cette conversation, mais maintenant va-t'en.

Doubhée ne bougea pas.

— Va-t'en, répéta l'homme. Tu ne me connais pas. Va-t'en, cela vaut mieux pour toi.

La jeune fille n'avait pas l'intention de se rendre.

— Dans la Grande Salle, il y a un passage, j'en suis sûre ! fit-elle. Dis-moi où il est.

— Il n'y a aucun passage, tu te trompes.

— Il y en a un, il mène aux chambres des Gardiens.

Sherva prit un ton menaçant :

— Tu veux m'obliger à te tuer ?

— Tu es le seul en qui j'ai confiance ici. Dis-moi juste où est le passage.

— Si quelqu'un sort de la Maison, c'est la fin, tu m'entends ? Personne ne peut quitter cet endroit. Je te conseille de ne pas essayer.

— Tu as peur qu'ils te tuent ? C'est de cela que tu as peur ?

— Ça ne marche pas avec moi ! Je sais que tu veux la potion pour pouvoir t'en aller.

Doubhée serra les poings et se mordit les lèvres avant d'éclater :

— Tu ne crois pas en Thenaar, tu te fiches des satanés rituels de cet endroit, tu ne veux que le pouvoir ! Alors, qu'est-ce que ça te coûte de me le dire, hein ? En quoi le sort de ce lieu t'importe-t-il ? Peut-être que tu penses que Yeshol ne sera jamais à ta portée...

Sherva resta impassible.

— Sors d'ici !

La tentative de Doubhée avait échoué. Elle baissa la tête et se dirigea vers la sortie.

« J'y arriverai toute seule ! », se répétait-elle. Cela signifiait toutefois qu'il lui faudrait encore du temps, et le temps lui était désormais compté.

Un murmure dans son dos la fit soudain sursauter.

— Entre les pieds de Thenaar, au milieu de la piscine, il y a une statue. La même que dans le temple...

Elle se tourna pour remercier Sherva des yeux, mais le Gardien du Gymnase lui désigna la porte.

— Va-t'en, siffla-t-il.

Doubhée ne se le fit pas répéter.

Elle agit la nuit même.

Dès qu'elle fut certaine que toute la Maison était endormie, elle sortit de sa chambre et courut vers la Grande Salle. Elle s'arrêta sur le seuil, le cœur battant, et regarda la statue de Thenaar.

Doubhée s'en approcha en essayant de ne pas regarder les bassins remplis de sang. Ils étaient un appel pour la Bête qui, au fond d'elle, s'agitait déjà.

Elle examina longuement la statue. Elle avait toujours

pensé que les deux piscines se rejoignaient, ou du moins que leurs bords se touchaient sous les jambes du dieu, empêchant le passage. Or, en regardant avec plus d'attention, elle s'aperçut qu'en réalité il y avait un petit espace sombre entre eux.

Elle songea avec gratitude à Sherva et fit un pas en avant. Il fallait trouver le point sur lequel appuyer pour actionner le mécanisme de la porte.

Elle avança encore, les yeux fixés sur les pieds du Dieu Noir, concentrée, mais pas au point de ne pas s'apercevoir de ce qui se passait autour d'elle. Ce fut d'abord une vague sensation de danger, puis un bruissement, à peine perceptible. Il y avait quelqu'un !

Son corps réagit comme une machine.

Lonerin était revenu dans la Grande Salle deux soirs après le sacrifice.

Il était encore bouleversé, mais il n'avait pas de temps à perdre : on pouvait décider de le sacrifier à son tour à n'importe quel moment.

Il avait résolu de dessiner une carte aussi détaillée que possible de la Maison. C'est pour cela qu'il se trouvait ici en pleine nuit.

Lorsqu'une main froide lui serra la gorge, son corps se figea. Un bras de fer le plaqua contre le mur derrière lui et il vit la lame d'un poignard briller près de ses yeux.

Tout avait été si rapide qu'il n'avait pas eu le temps d'avoir peur. La terreur ne vint qu'après, et elle lui coupa les jambes.

Le couteau était maintenant à un cheveu de sa gorge ;

juste derrière, il aperçut un visage qu'il reconnut immédiatement : la jeune fille du temple, celle qu'il avait entrevue alors qu'il attendait d'être accepté dans la Maison.

— Toi ? dit-elle, incrédule, et la pression se relâcha un peu sur sa gorge.

Elle aussi l'avait reconnu.

Lonerin se crut tout de même perdu. Il s'apprêtait à demander à cette inconnue de l'achever rapidement quand, contre toute attente, elle baissa son arme.

— Qu'est-ce que tu fais ici ? chuchota-t-elle.

Lonerin ne réussit pas à articuler une réponse. Il avait la bouche complètement sèche, et ses jambes tremblaient ; il se contenta de la dévisager d'un air stupide.

Au bout de quelques secondes, elle regarda autour d'elle avec circonspection avant de déclarer :

— Viens ! Ici on peut nous voir.

Elle l'arracha du mur et le fit marcher devant elle en continuant à lui serrer le cou avec le bras.

— Dépêche-toi !

Ils traversèrent la salle en hâte. Doubhée avançait d'un pas vif et silencieux, tandis que les pas de Lonerin résonnaient sur le sol.

— Tu es vraiment obligé de faire tout ce raffut ? le rabroua-t-elle.

— Je..., balbutia le jeune homme, qui commençait à peine à retrouver sa voix.

— Vite ! le coupa-t-elle.

Ils reprirent le couloir principal, puis pénétrèrent dans une section secondaire. Arrivée devant une porte,

Doubhée l'ouvrit sans difficulté, poussa Lonerin, puis la referma d'un coup d'épaule.

C'était un réduit sombre et froid, avec un lit et un vieux coffre. Lonerin n'en croyait pas sa chance : il se trouvait dans la chambre d'un Assassin ! Il mit quelques secondes à se rendre compte de cet extraordinaire résultat qui lui était tombé du ciel.

L'inconnue le poussa dans un coin et s'assit en tailleur sur le sol à côté de lui.

— Maintenant, parle ! mais doucement, on peut nous entendre, murmura-t-elle. Et n'essaie pas de me raconter n'importe quoi…

Lonerin hocha la tête. Il la voyait mieux, à présent. Elle était plus jeune que lui, et jolie. Comme il l'avait déjà remarqué dans le temple, son expression était empreinte d'une grande maturité, à laquelle s'ajoutait une sorte de souffrance silencieuse, qui lui inspira aussitôt un mélange de pitié et de sympathie. Elle semblait plus maigre que la dernière fois qu'il l'avait vue, et plus pâle.

Sa voix harmonieuse interrompit le fil de ses pensées :

— Tu es un Postulant ?

— Pourquoi tu m'as amené ici ? Je ne te dirai rien !

Elle eut l'air contrarié. Elle rangea son poignard dans le fourreau.

— Voilà. Tu te sens rassuré ?

Lonerin ne savait pas quoi penser. Était-ce un piège ? Mais cette fille n'avait pas appelé de renforts, et elle l'avait conduit dans sa propre chambre. Cela n'avait aucun sens.

— Pourquoi tu m'as amené ici ? répéta-t-il.

— Pour comprendre.

Lonerin décida d'attaquer :

— Et toi, qu'est-ce que tu faisais là-bas ? Les Assassins ne traînent pas dans les couloirs à cette heure-là !

Il avait frappé juste. Elle rougit légèrement.

— Faisons comme ça : je réponds à tes questions, et tu réponds aux miennes, fit-elle. Ça te va ?

Lonerin serra les mâchoires : c'était la plus absurde et la plus dangereuse conversation qu'il ait jamais eue.

— Ça me va, répondit-il en se fiant à son instinct.

— Tu n'es pas un Postulant comme les autres, n'est-ce pas ? Je l'ai deviné tout de suite quand je t'ai vu dans le temple.

— Et qu'est-ce qui t'a menée à cette conclusion ? demanda-t-il, vexé.

Elle haussa les épaules.

— Les vrais Postulants ont pour seule raison de vivre le sacrifice auquel ils aspirent. Toi, tu avais les yeux brillants.

Lonerin sentit des gouttes de sueur couler sur son front. Elle était perspicace, la gamine.

— Comment t'appelles-tu ? reprit-elle.

— Lonerin. Et toi ?

— Doubhée.

Sa réponse rapide le rassura. Peut-être que ce n'était pas un piège, finalement...

— Alors ? commença-t-elle. Qu'est-ce que tu faisais là ? Et qui es-tu ?

— Toi d'abord !

Doubhée émit une espèce de grognement avant de répondre :

— Je cherchais un passage vers les quartiers des Gardiens. Je sais qu'il part de cette salle.

— Les Gardiens ?

— Les Assassins de grade supérieur, ceux avec les corsets aux boutons colorés.

L'image des Assassins qui encadraient les Postulants lui vint immédiatement à l'esprit.

— Pourquoi ? Ils dorment dans un lieu séparé ?

— Exactement.

— Et pourquoi tout ce mystère ? Vous non plus, vous ne pouvez pas vous déplacer comme vous voulez ?

— Pas tous. Moi pas.

— Et pourquoi ?

Doubhée sourit :

— C'est à ton tour ! Avant de continuer, je veux que tu me dises ce que tu faisais là.

Lonerin se remit à transpirer. Jusqu'où pouvait-il aller ?

— Je... je viens de l'extérieur pour faire une enquête.

Le silence qui suivit ses paroles dura un long moment.

— Quel type d'enquête ?

— Sur la Guilde...

— Pour le compte de qui ?

Le magicien hésita : il risquait de tout compromettre.

— Je ne peux pas te le dire.

— D'accord... C'est sans importance, du moins pour l'instant. Tu cherchais la même chose que moi ?

Voilà donc ce qu'elle voulait, un échange d'informations.

— Non. Je n'ai jamais entendu parler de ce passage.

Elle le regarda d'un air inquisiteur.

— Écoute, fit-il, je ne suis pas là pour essayer de trouver des passages secrets ou des choses de ce genre, je...

Il sentit la vérité lui monter à la gorge à l'improviste. Il ne savait pas pour quelle raison, mais il avait confiance en cette fille. Cela lui semblait inouï : c'était une inconnue qui l'avait surpris alors qu'il faisait une chose incroyablement dangereuse et, en plus, c'était une ennemie ! Et pourtant il se fiait à elle.

— Je suis magicien, capitula-t-il. J'essaie de comprendre ce que trame la Guilde. Je sais qu'il y a un plan en préparation, quelque chose de très grand. Je rassemble des informations.

Doubhée hocha la tête :

— Et tu veux le faire en tant que Postulant ?

— Tu connais un autre moyen ?

La jeune fille s'appuya contre le mur, regarda en l'air...

— Non, à vrai dire non.

— Qu'est-ce que tu vas faire maintenant ? s'enquit Lonerin.

— Je ne suis pas une Victorieuse. Je vais te laisser partir, et tout s'arrêtera là. Je me moque du sort qui attend ce lieu. S'il disparaît, s'il s'effondre, tant mieux.

Il y avait une étrange résignation dans sa voix, une douleur sourde, la même que celle qu'il avait entrevue dans ses yeux lors de leur première rencontre. Non, elle n'était pas un Assassin, pas dans le sens que ce mot avait ici.

Tout à coup, elle sembla se réveiller :

— Tu as bien dit « magicien » ?

Il acquiesça. Doubhée le fixa pendant quelques instants, puis elle souleva la manche de sa tunique.

— Tu reconnais ça ?

Le jeune homme se pencha sur son bras. Juste au-dessus du coude s'étendait un grand symbole rouge et noir. Il l'observa avec attention, et il ne lui fallut pas longtemps pour comprendre. Il frémit.

— C'est un sceau.

— On m'a dit que c'était une malédiction, fit Doubhée d'une voix affligée.

Lonerin la regarda dans les yeux : elle était terrifiée.

— Il y a une différence entre un sceau et une malédiction. Les malédictions ne sont pas des enchantements liés à la vie des magiciens qui les prononcent, ce sont de simples formules de bas niveau, elles n'agissent qu'une fois et peuvent être contrées par une magie plus puissante. Les sceaux, non.

— Je connais la différence, et de toute façon la théorie ne m'intéresse pas. Pourquoi crois-tu que c'est un sceau ?

— Je connais ce type de Magie Interdite : aucune malédiction ne laisse de traces sur le corps. Seuls les sceaux ont cette particularité.

Doubhée retira son bras avec mauvaise humeur et remonta sa manche.

— Si tu veux que je t'aide, tu dois tout me dire, fit Lonerin.

Doubhée se décida : elle lui raconta son histoire, celle d'un piège atroce, de la longue agonie qu'elle subissait dans ces souterrains depuis des mois, l'histoire d'un monstre assoiffé de sang qui peu à peu lui dévorait l'âme.

— Je veux quitter cet endroit. Je me meurs ! Ici, on dépasse toutes les limites, et je…

— Je le sais, murmura Lonerin en serrant les poings. Je le sais.

— Il me faut la potion, dit-elle. C'est pour cela que j'étais là-bas. Je cherchais la chambre de la Gardienne des Poisons pour la lui voler et m'en aller. Tu peux me la procurer ?

Lonerin la dévisagea avec pitié. Une autre victime de la Guilde…

— Ils se moquent de toi.

Doubhée releva vivement la tête.

— Le sceau ne peut pas être brisé, expliqua-t-il. La potion qu'ils te donnent tient les symptômes sous contrôle, mais le sceau continue à agir et à évoluer. Elle ne le supprime pas.

— Tu te trompes…, gémit-elle.

— Je ne suis pas un expert en sceaux, mais… On ne peut pas les rompre… et, surtout, ils ne peuvent pas être annulés par une simple potion.

Doubhée était comme pétrifiée. Les bras abandonnés sur ses genoux, elle le regardait, éperdue.

— Tu te trompes ! répéta-t-elle.

— Enfin, il est tout de même arrivé qu'on en rompe…, ajouta-t-il pitoyablement. Un sceau, s'il n'est pas appliqué par un magicien trop puissant, peut être brisé, dans de très rares cas. Aster en a rompu un, par exemple…

Le sang afflua de nouveau aux joues de Doubhée.

— C'est une chose difficile, insista Lonerin, que seuls les grands magiciens peuvent réussir, et qui demande beaucoup d'énergie... Et cela ne marche pas toujours, hélas.

— Tu en connais ?

— Qui cela ?

— Des magiciens qui savent faire des choses pareilles ?

Lonerin réfléchit. Folwar ?

— Peut-être...

— Je te donnerai n'importe quoi si tu me laisses les rencontrer, n'importe quoi... Conduis-moi à eux, et je ferai tout ce que tu voudras, dit Doubhée d'une voix désespérée.

— J'ai... j'ai une mission... Et puis, s'échapper d'ici...

— J'enquêterai pour toi.

Elle l'avait lâché sans réfléchir, cela se voyait, mais elle semblait vraiment convaincue.

— Tu veux que je te dise ce qui se passe entre ces murs ? J'ai plus de liberté de mouvement que toi, et je sais mener une enquête. C'est mon métier. Je découvrirai ce que tu veux apprendre, je t'aiderai à sortir d'ici, et toi, en échange, tu me mèneras à quelqu'un qui me guérira.

Lonerin se sentit embarrassé devant son regard implorant. Ce marché – sa vie contre un travail qu'il s'était engagé à accomplir – lui paraissait presque immoral. Il n'était pas sûr de pouvoir la sauver, mais comment refuser ?

— Je ne suis pas certain que ton sceau peut être brisé..., se sentit-il obligé de dire.

— Cela n'a pas d'importance. Il me suffit d'un vague espoir de quitter cet endroit.

— D'accord, murmura le magicien, effrayé par son angoisse et sa détermination.

28
LA PREMIÈRE FOIS

+ + +

Le passé IX

Depuis que Doubhée a pris sa décision, elle se sent plus confiante. Les ponts avec son passé ont été définitivement coupés, sa route est enfin tracée. Depuis la rencontre avec sa mère, elle croit avoir compris qu'il n'y a plus de choix possible. Elle se surprend à penser que tout a peut-être vraiment été fixé depuis le début par le destin. Et le sien, c'est de tuer, de devenir un assassin et de se dévouer totalement au Maître, son unique certitude dans ce monde de chaos.

Ainsi, le voyage reprend, vers de nouvelles maisons et de nouvelles terres. Ils sont repartis le soir même où elle s'est décidée.

« Je voudrais changer d'air, a-t-elle dit timidement.

— Tu n'es pas certaine de ce que tu fais ? »

Doubhée s'est dépêchée de secouer la tête.

« Non, non, ce n'est pas ça... C'est que... c'est difficile... une nouvelle vie a commencé pour moi, et alors pourquoi pas... »

Ils ont erré à travers la Terre du Soleil ; une année entière sur les routes. Jamais ils ne sont passés par Selva. Peut-être que le village n'existe plus, peut-être qu'il n'a jamais existé que dans la mémoire de Doubhée... Sa vie là-bas lui paraît si éloignée, et elle-même si différente qu'elle hésite à faire confiance à ses souvenirs.

Ensuite, ils sont retournés à la maison, sur la Terre de la Mer. Lorsque Doubhée a revu l'océan, elle a senti son cœur se gonfler de bonheur. Elle a couru sur le sable fin jusqu'au bord de l'eau, comme la première fois, et comme la première fois le temps était à la tempête.

Rien n'a changé ; la maison est exactement la même. Le monde du Maître est ainsi, c'est un monde immuable. C'est plutôt elle qui change. Elle le découvre le soir, en se mettant au lit. Elle se souvenait d'un grand lit, confortable, et voilà qu'elle se retrouve sur une paillasse étroite, où elle ne tient qu'en pliant les genoux.

Elle a grandi, son corps s'est modifié. Elle a du mal à le reconnaître. Ses hanches sont plus rondes, ses jambes plus longues, ses seins se sont mis à grossir d'un coup. C'est la femme en elle qui vient à s'exprimer, et sa nature féminine frappe à la porte une fois par mois.

Elle se regarde dans l'eau du baquet où elle se lave, et elle se trouve jolie, avec son visage d'enfant et sa poitrine arrondie. Elle se demande en rougissant si elle pourrait plaire au Maître. Si elle devait jamais se marier ou aimer quelqu'un, dans son esprit cela ne pourrait être que lui.

Elle chasse ces pensées en secouant vigoureusement la tête, et les petites gouttes d'eau glissent sur ses cheveux et éclaboussent le sol. C'est que, parfois, elle voudrait ne pas être une femme. Ce n'est qu'ainsi qu'elle pourrait servir vraiment, totalement, le Maître. Elle voudrait être comme lui, changer jusqu'à devenir sa réplique exacte, élégante et fatale. Mais son corps l'en empêche, c'est un mur qui la sépare de la personne qu'elle aime le plus.

Tandis que la nature fait son œuvre et que les années la modèlent, son apprentissage se poursuit fructueusement. Désormais Doubhée accompagne toujours le Maître, et elle s'aperçoit qu'il a confiance en elle. C'est elle maintenant qui prépare les poisons et qui mène la plupart des négociations. Seules les affaires de la Terre du Soleil sont aux mains de Jenna ; de temps en temps, ils s'y rendent pour exécuter un contrat.

Doubhée sait que le moment est proche. Bientôt, ce sera à elle de tuer. Parfois elle y pense, elle imagine comment ce sera, ce qu'elle éprouvera. Elle l'a vu faire tant de fois que la chose a perdu toute signification pour elle. Mais le faire soi-même, c'est différent. Et puis, il y a Gornar, un souvenir ineffaçable, une blessure qui saigne toujours.

Elle assiste aux meurtres, mais n'arrive pas à regarder les victimes dans les yeux. Elle ne peut pas. Elle est sûre que si elle plongeait dans leurs pupilles, elle y verrait Gornar, elle-même, et une condamnation sans appel.

Elle y pense, elle y pense sans cesse.

Et puis le moment est là, aussi inattendu pour elle que pour le Maître.

Tout commence par un travail comme beaucoup d'autres. Elle assistera le Maître, et comme d'habitude, c'est à elle de traiter le contrat.

Elle doit rencontrer le client dans une ville des environs. Une pluie diluvienne s'abat sur terre ; son manteau est complètement trempé, et quand elle entre dans l'auberge où ils ont rendez-vous, de grands frissons glacés lui courent le long du dos – les symptômes d'un coup de froid, ou bien le signe de la crainte qu'elle éprouve chaque fois qu'elle va négocier la mort de quelqu'un ?

L'homme qui lui fait face est râblé ; il a une petite tête chauve et un corps d'enfant dodu. Lui aussi a l'air effrayé.

Il parle vite, avec anxiété, en regardant autour de lui.

— Ne soyez pas aussi méfiant, lui dit Doubhée avec sa froideur habituelle. Si vous vous comportez ainsi, vous allez attirer l'attention.

Son conseil a pour effet de le rendre encore plus nerveux.

Il lui raconte une histoire de vengeance, dans laquelle Doubhée se perd rapidement. Il s'agit d'une bagatelle entre des propriétaires terriens qui essaient de se duper l'un l'autre, là-bas, vers la frontière, où règnent les hostilités. L'homme est l'émissaire d'un lieutenant qui veut prendre sa revanche sur un de ses pairs, las d'attendre que la guerre se venge pour lui.

— Celui que ton patron doit tuer semble avoir neuf vies, comme les chats. Et puis, c'est un lâche qui ne se met jamais en danger, toujours planqué à l'arrière…

Doubhée est étourdie par ce bavardage, par la mesquinerie de ces petites rancœurs, de ces petits hommes qui pensent se grandir en supprimant leurs semblables.

« C'est donc pour des bêtises pareilles que l'on s'entretue ? » songe-t-elle, et elle demande :

— Où et quand ?

Il lui indique le lieu et l'heure.

— Six cents caroles, fait-elle.

Ce sera de la routine ; la victime tombera du premier coup. À la fin, Doubhée sort de l'auberge avec un portrait du condamné et un nouveau contrat pour le Maître.

Les jours suivants, elle se lance tête baissée dans le travail.

Elle et le Maître s'installent dans une hostellerie où ils se présentent comme père et fille, alors que le patron les avait manifestement pris pour un couple d'un genre particulier. Le Maître s'est presque fâché de l'insinuation ; Doubhée, elle, a rougi, flattée. D'ailleurs, il n'est pas vieux, en tout cas pas assez pour être son père.

Elle passe ses journées en exploration. Elle repère la maison de la victime et suit ses déplacements ; ensuite, elle rapporte scrupuleusement tout ce qu'elle a découvert au Maître. Ce n'est qu'à la fin qu'il reprend les choses en main et fait lui-même les derniers repérages.

Un soir, il lui présente la stratégie.

— Nous lui tendrons un piège dans le bois. Je me suis mis d'accord avec son cocher, qui le conduira jusqu'à un endroit isolé, pas loin d'ici. Quand j'en aurai fini avec lui, je tuerai aussi l'autre.

Doubhée est stupéfaite. Elle connaît le cocher, elle lui a parlé plusieurs fois au cours de ses investigations.

— Pourquoi ? Il ne t'a pas aidé ?

Elle se rend aussitôt compte de la stupidité de sa question. Le Maître la regarde dans les yeux pendant quelques secondes, avec cette expression de reproche muet qu'elle connaît bien.

— Qu'est-ce que je t'ai expliqué ?

Doubhée baisse les yeux :

— Oui, c'est vrai... c'est un témoin.

Ils sortent par une nuit sans lune. Il suffit de peu de lumière pour les travaux de ce genre.

Doubhée se serre dans son manteau. Comme toujours quand elle accompagne le Maître, elle éprouve des émotions diverses et contradictoires. De l'excitation, de la peur, des remords. Et, comme chaque fois, elle se sent hébétée.

Ils se déplacent avec les mêmes mouvements élégants et silencieux. Ils se cachent derrière des buissons. L'attente est rythmée par les gestes précis et calmes du Maître. Doubhée lui passe les flèches, lui tend son poignard, le remet dans son fourreau.

Les minutes passent, ou peut-être des heures, Doubhée ne saurait pas le dire. Le vent se lève et agite les branches. Cela les aide ; plus il y a de bruit, moins ils ont de chance d'être entendus.

Le piétinement des chevaux sur les feuilles sèches leur parvient enfin. Le Maître met la main sur son poignard. Une simple précaution, à laquelle désormais elle est habituée.

Il est prêt.

Soudain, le carrosse accélère, et on entend une voix au loin, confuse.

— Mais... qu'est-ce... ?

L'équipage arrive droit sur eux. À la lueur des étoiles, Doubhée voit les chevaux galoper en haletant, les naseaux dilatés.

« Ils sont trop près », s'affole-t-elle.

Juste au moment où elle pense qu'ils vont leur passer dessus, le carrosse freine.

Le Maître bondit sans un mot et ouvre brutalement la portière.

Doubhée réussit à distinguer l'homme qui est à l'intérieur ; elle remarque ses yeux, qui brillent légèrement dans la nuit.

— Non ! hurle-t-il.

Mais le Maître est rapide, il se penche et cache sa victime à la vue de la jeune fille. Elle entend le frottement des pieds sur le bois. Une nausée lui noue les entrailles. Elle a eu beau assister à de nombreux meurtres, elle n'arrive pas à rester froide. Elle s'irrite contre elle-même et sa faiblesse.

Quand le Maître sort, son poignard ruisselle de sang. Il se dirige vers le cocher, qui n'a pas bougé de sa place et qui fixe le vide devant lui.

Doubhée a appris à sentir la terreur ; elle sait que l'homme est terrorisé. Les veines de son cou sont gonflées, sa mâchoire est contractée.

Il se met à trembler.

— Tu as bien fait ton travail, lui dit le Maître.

Ensuite, tout se passe très vite. L'homme saute de son banc et se jette dans le bois. Le Maître essaie de le rattraper, en vain : l'autre court trop vite.

— Doubhée !

Sans réfléchir, elle bondit, avec une agilité qu'elle ne

se connaissait pas. L'homme n'est qu'une vague tache sombre devant elle

Ses mains saisissent les couteaux, et elle tire.

Un hurlement étouffé la ramène à la réalité.

« Je l'ai touché, se dit-elle, incrédule. Je l'ai tué ! »

Le Maître se précipite vers l'homme, son poignard dans la main. Mais il n'en use pas. Il se tourne vers elle .

— Tu l'as eu.

Ces mots résonnent dans le silence du bois. Doubhée est pétrifiée : « Je l'ai tué. »

Elle n'arrive pas à penser à autre chose. Le dernier cri du cocher, le sifflement des couteaux résonnent toujours dans son esprit.

Elle se lève mécaniquement, se dirige vers l'endroit où se trouve le Maître.

« Je l'ai tué. »

Le cocher gît sur un tapis de feuilles. Son sang luit dans la pénombre. Son visage est caché ; pourtant Doubhée croit voir les yeux de Gornar.

— Ton premier meurtre, Doubhée. Tu es un tueur à gages maintenant.

Doubhée reste immobile, les bras le long du corps. Elle se dit qu'elle devrait ressentir quelque chose, mais elle n'éprouve rien. Elle lève les yeux vers les myriades d'étoiles.

« Il y en a tant... »

Les larmes lui montent aux yeux. Puis le Maître entre dans son champ visuel et tout s'arrête.

— Tu t'es bien débrouillée.

Il est minuit quand ils rentrent chez eux. Voilà, elle l'a fait. Elle a tué un homme, et c'est comme si rien ne s'était passé.

— Je te donnerai la moitié de l'argent, tu l'as mérité, lui dit le Maître.

Doubhée l'écoute distraitement. Aucune importance. Tout lui apparaît comme si elle regardait à travers une vitre. Lointain, irréel.

Et puis elle se retrouve seule dans sa chambre. Il n'y a plus aucun voile entre elle et ce qui a eu lieu.

C'est arrivé, à l'improviste, d'une manière très différente de ce qu'elle avait imaginé. Elle a fait ce pour quoi elle est née, elle l'a fait d'instinct et le Maître l'a complimentée. Et pourtant elle n'éprouve aucune satisfaction, seulement un désespoir auquel elle ne sait pas donner de nom. Le destin est accompli ; désormais, ce sera toujours ainsi. Chercher du travail, tuer, encaisser l'argent, puis recommencer, encore et encore, dans une spirale qui lui coupe le souffle.

Elle sort dehors, malgré la tempête et la pluie qui menace. Elle se traîne vers le puits, arc-boutée contre les rafales du vent. Elle tire le seau et plonge les mains dans l'eau glacée. Elle se la passe sur le visage, sur les bras, jusqu'à perdre toute sensibilité, jusqu'à ce que ses doigts soient engourdis et son visage comme transpercé par des milliers d'épingles.

« Gornar... Gornar... »

Quand deux mains lui serrent les épaules, elle les repousse rageusement et se retourne.

Le Maître est debout devant elle. Il fait sombre, mais

elle voit qu'il est triste. Elle n'arrive pas à s'approcher de lui.

— Je ne voulais pas tuer Gornar…, murmure-t-elle, et elle se sent soudain à un pas de la folie.

— Viens à l'intérieur.

— Je ne voulais pas le tuer !

Le Maître lui saisit la main avec force, il l'attire contre lui.

— Viens à l'intérieur, répète-t-il d'une voix étranglée, et elle se met à pleurer.

Il la porte jusqu'à la maison, il l'assoit devant la cheminée, l'enveloppe dans son manteau. Mais le froid est partout, il s'insinue dans ses veines, et en cette nuit de son premier meurtre, aucune chaleur ne parvient à la réchauffer.

Elle sanglote. Le Maître la laisse se libérer, chasser la colère, la douleur, la culpabilité. Et finalement, cela cesse. Peut-être que ça reviendra, sûrement même, mais pour l'instant, c'est fini.

— C'est toujours comme ça, sache-le, dit-il d'une voix douce, chaleureuse.

Il se tait un instant avant de reprendre :

— Je viens de la Guilde. Je n'ai jamais rien connu d'autre. Je suis né entre ses murs maudits, et dès l'enfance ils m'ont enseigné que tuer était juste, qu'on le faisait pour la gloire de leur dieu. Son nom devrait être effacé de la surface de la terre ! Quand j'ai eu douze ans, ils m'ont ordonné d'accomplir mon premier meurtre. La victime était l'un des nôtres, qui s'était trompé une fois de trop. Ça fonctionne comme ça, là-bas. Ceux qui désobéissent meurent. Et moi, je pensais que c'était une chose normale, sacrée, et j'étais honoré d'avoir été choisi.

Il rit doucement, d'un rire amer.

— Ça n'a pas été difficile. Il était à moitié drogué : je n'ai eu qu'à le frapper au cœur. Je savais exactement comment. À douze ans, je savais tuer un homme, de façon à faire souffrir, ou sur-le-champ.

Il s'arrête, soupire. Doubhée l'écoute.

— Ça ne m'a pas semblé grand-chose, sur le coup. Seulement, tous les jours qui ont suivi, j'ai été torturé par l'image de ce mort, et la manière dont il m'avait regardé quand je l'avais poignardé. Il me poursuivait, je me sentais sale. J'avais beau me laver, il y avait encore du sang sur mes mains.

Sa voix se casse ; il se ressaisit toutefois et continue :

— Et je m'en suis remis. On s'en remet toujours. Cependant, la première fois, on voudrait être morts nous aussi.

Doubhée recommence à pleurer.

— Je croyais que je voulais le faire, Maître, je croyais avoir surmonté Gornar et tout ça, mais ce n'est pas vrai... Cela ne me quittera jamais... jamais...

Le Maître la serre fort contre lui.

— Tu comprends maintenant pourquoi je refusais que tu restes avec moi ? C'est cela, ma route, et je ne voulais pas que tu sois obligée de l'emprunter, toi aussi.

Il la serre encore, et Doubhée se blottit contre sa poitrine.

— Jure-moi que tu ne le feras plus jamais, dit-il dans un souffle.

Des mots que la veille encore Doubhée n'aurait jamais

acceptés. Des mots qui pour elle ont un goût de solitude et d'abandon. À présent, elle les bénit, même si elle est terrifiée.

— Ne me laisse pas, Maître, ne me laisse pas ! implore-t-elle. J'apprendrai à tuer sans peur, je deviendrai impitoyable, je ferai tout ce que tu voudras.

— Mais je ne le veux pas ! lâche le maître d'une voix désespérée.

Il se détache d'elle, lui prend le visage entre les mains, la fixe dans les yeux.

— Je ne veux pas que tu tues encore, je ne veux pas que tu sois comme moi.

Doubhée ne sait pas quoi penser. La seule chose qu'elle désire au monde, c'est sa présence, et si pour cela elle doit tuer, et éprouver cette même horreur, ce même tourment à chaque fois, elle le fera.

— Regarde-moi ! Tu n'as pas envie de tuer, Doubhée. Si tu pouvais rester avec moi sans le faire, qu'est-ce que tu choisirais ?

— Je ne sais pas... je veux rester avec toi pour toujours...

— Alors, tu veux tuer ? Continuer comme ça, jour après jour, jusqu'à ce que tu t'éteignes comme moi ?

Il la regarde si intensément que Doubhée se sent toute nue devant lui.

— Non ! Je ne le veux pas ! Je ne veux plus le faire ! dit-elle entre deux sanglots, en le serrant fort. Mais, toi, ne me laisse pas !

— Je ne le ferai pas... jamais... Tu resteras avec moi, mais, je te le jure, tu ne seras plus jamais obligée de faire une chose pareille.

Doubhée l'étreint violemment.

— Merci, Maître, merci...

Il l'écarte avec douceur, il approche ses lèvres de son front, délicatement.

C'est Doubhée qui, poussée par une force inconnue, lève la tête, et leurs lèvres se frôlent. Et si pour lui ce n'est qu'un baiser fraternel, le baiser d'un être perdu à une créature dont il partage l'obscur destin, pour elle c'est différent : c'est l'aboutissement d'un long chemin, d'une adoration qui a grandi avec son corps. C'est comme une île de paix et de tendresse sur la mer d'une nuit trop amère.

Le Maître s'écarte presque aussitôt. Il éloigne sa bouche et se contente de la serrer une dernière fois contre lui.

Doubhée sent son corps se détendre, bien que son cœur batte la chamade. Ce n'est plus à cause de la peur ou du remords. C'est quelque chose de nouveau, d'infiniment doux. Son angoisse diminue, peu à peu. Puis le sommeil arrive.

29

LAMBEAUX DE VÉRITÉ

Ce soir-là, Doubhée raccompagna Lonerin jusqu'à son dortoir. Pour la première fois, elle vit l'endroit où vivaient les Postulants. La puanteur de tous ces corps amassés la saisit à la gorge, elle se dit que ce jeune homme maigre devait vraiment haïr la Guilde pour risquer sa vie et s'humilier à ce point dans le but de la détruire. Elle le regarda pendant qu'il entrait avec précaution dans la salle et elle pensa qu'ils se ressemblaient. Elle l'arrêta.

— C'est moi qui viendrai te chercher. Toi, ne t'aventure pas dans la maison.

— Et pourquoi ? dit Lonerin d'un air déconcerté.

— Parce que tu es un Postulant, et si tu te promènes dans les couloirs, ils te trouveront. Avertis-moi seulement si on t'annonce que ton sacrifice est imminent. Mais je ne crois pas que cela se produise avant trois ou quatre mois.

Lonerin hocha la tête sans conviction.

— Comme tu veux... Et quand nous reverrons-nous ?

— Au plus tard dans une semaine.

Sur ce, elle fit volte-face et courut dans sa chambre.

Une fois seule, elle éteignit son unique bougie et se jeta sur son lit tout habillée. Elle essaya de maîtriser sa respiration, en vain : elle se sentait terriblement agitée.

Elle n'avait jamais cru que la Guilde voulait réellement la guérir de la malédiction. Elle était convaincue qu'ils essaieraient de la maintenir dans l'état où elle se trouvait le plus longtemps possible pour profiter de sa faiblesse et faire pression sur elle. En revanche, elle n'avait jamais douté du fait qu'il existait un remède, et que c'était la potion que lui administrait Rekla.

Or, ce n'était pas le cas. Tous ses espoirs venaient de s'évanouir d'un coup.

Lonerin n'avait aucune raison de lui mentir, tandis que la Guilde, elle, en avait une infinité. Lonerin ne se trompait pas. Son état ne s'était pas amélioré, au contraire, la Bête se manifestait de plus en plus souvent, elle devenait plus forte de jour en jour.

La conscience d'avoir souffert pour rien pendant des mois dans l'antre de la Guilde la frappa au ventre comme un coup de poing. Ses douleurs, les humiliations qu'elle avait vécues, le sacrifice de cet homme... tout cela avait été vain.

Maintenant, elle savait ; elle n'avait plus aucun doute. Et elle trouverait le moyen d'y mettre fin.

Elle allait détruire ce lieu, tuer Yeshol, et enterrer sous un tas de ruines le culte de Thenaar et d'Aster.

Le lendemain soir, elle décida qu'il était temps de conclure son enquête. La première chose à faire était de localiser les chambres des Gardiens : si la Guilde tramait quelque chose, et Doubhée le soupçonnait fortement, c'était le seul endroit où elle pourrait découvrir de quoi il s'agissait.

Ainsi, la nuit venue, elle se rendit de nouveau dans la Grande Salle, enveloppée dans son manteau. Dès qu'elle approcha des bassins, la tête commença à lui tourner et la Bête se mit à lui susurrer des paroles persuasives. Peine perdue ! Doubhée avait décidé que rien ne l'arrêterait.

Elle s'accroupit et se glissa dans l'étroit espace entre les piscines. Ses yeux s'habituèrent peu à peu à l'obscurité et elle distingua les contours de quelque chose devant elle. Il s'agissait bien d'une statue, comme l'avait dit Sherva, mais elle ne ressemblait pas à celles du temple. C'était un animal avec une sorte de bec, deux ailes, et un corps allongé comme celui d'un serpent.

Doubhée tâta la surface brillante et lisse de la statue. Elle s'attarda sur chaque aspérité, pressa chaque petit renfoncement, tira sur la moindre extrémité ; en vain. Rien ne semblait activer un quelconque mécanisme.

Alors qu'elle explorait le corps de l'étrange animal, des pas se firent entendre dans la salle. La jeune fille se pencha pour regarder : personne ! Elle s'aperçut juste à temps que le bruit ne venait pas de là-bas, mais de derrière la statue, précisément du lieu qu'elle cherchait à atteindre. Quelqu'un montait un escalier !

Elle quitta en un bond la niche où elle se trouvait et courut se cacher dans l'ombre. De là, elle vit la statue du basilic tourner sur elle-même, dévoilant un petit espace lumineux. Un Gardien aux boutons de corset verts en sortit.

Doubhée sentit la colère l'envahir : elle n'était qu'à un pas du but, et elle n'arrivait pas à y accéder !

Elle revint le soir suivant. Hélas, elle avait beau palper, appuyer, pousser, la statue demeurait désespérément immobile.

Doubhée était si frustrée qu'elle aurait pu tout détruire de rage. À force de rester accroupie, ses genoux et son dos étaient douloureux ; de plus, l'odeur de sang, quatre jours après sa dernière prise de potion, faisait qu'elle était sur le point de perdre sa maîtrise de soi.

Ce fut sa vue aiguisée qui la sauva.

Elle recula pour essayer de réfléchir et scruta la statue une énième fois. Le stupide volatile la regardait d'un air moqueur, le bec ouvert dans un rictus méprisant... Le bec ! Elle n'avait pas regardé à l'intérieur du bec !

Elle y glissa aussitôt sa main et tira sur langue de l'animal. Elle ne bougeait pas. Elle essaya rageusement d'appuyer un peu plus au fond, jusqu'à ce qu'elle touche la gorge de la bête et...

Clic.

La statue pivota et une porte secrète s'ouvrit derrière. Doubhée bondit en arrière pour éviter qu'un pan de son manteau reste coincé.

De l'autre côté, un étroit escalier en colimaçon menait à un étage inférieur. Elle esquissa un sourire de victoire et commença à descendre les marches avec précaution. L'escalier ressemblait à celui qui donnait accès au temple de la Maison, en plus humide et plus malsain. La seule chose positive, c'était qu'à mesure qu'elle descendait l'odeur de sang s'atténuait.

Une fois en bas, elle découvrit une petite pièce ovale.

437

Au fond se dressait l'habituelle statue de Thenaar, flanquée de l'inévitable Aster. Doubhée éprouva un malaise : elle pouvait être découverte d'un moment à l'autre, et ce serait la fin…

Elle essaya de ne pas y penser. Pour l'instant, elle devait se concentrer sur sa mission ; la moindre distraction risquait de lui coûter la vie.

Elle regarda autour d'elle : cinq couloirs lui faisaient face, qui ne différaient en rien de ceux de l'étage supérieur de la Maison. Le plan était identique aux quartiers des Gardiens, en plus petit.

Doubhée décida de les parcourir tous.

Lorsqu'elle s'aperçut que l'un d'eux menait directement au logement de Yeshol, elle s'arrêta, pétrifiée, et cessa presque de respirer en lisant sur la porte « GARDIEN SUPRÊME ».

Les réponses que cherchait Lonerin se trouvaient derrière cette porte ; cependant la franchir maintenant aurait été une folie. Il était même sans doute dangereux de rester simplement devant.

Elle fit demi-tour et entreprit d'explorer les autres couloirs. Au bout du troisième, elle s'immobilisa devant l'écriteau : GARDIENNE DES POISONS.

Il était donc là, son salut ! Rekla dormait à l'intérieur, à moins qu'elle ne soit encore enfermée dans son laboratoire.

Au fait, le laboratoire ! Se trouvait-il dans une autre aile, ou y accédait-on directement depuis la chambre de Rekla ?

En continuant son exploration, Doubhée découvrit que le dernier couloir conduisait à la bibliothèque. Elle n'en avait même pas soupçonné l'existence ; personne ne lui en avait jamais parlé. Elle se demanda si ce ne serait pas aussi un endroit intéressant à visiter : peut-être renfermait-elle le secret de la confiance de Yeshol en la venue prochaine de Thenaar...

Elle hésita quelques instants devant la porte fermée. La crocheter aurait requis des outils dont elle ne disposait pas. Et puis, la nuit était déjà bien avancée : elle devait songer à retourner à sa chambre.

Alors qu'elle était sur le point de repartir, elle entendit un bruit.

Elle se cacha vivement derrière la statue de Thenaar et vit Yeshol qui sortait de la bibliothèque, ses traits tirés illuminés par la joie, avec un livre sous le bras. Doubhée essaya en vain d'en lire le titre ; en revanche, elle grava dans son esprit sa couverture ornée d'un inquiétant pentacle rouge et de gros clous de cuivre.

Le Gardien Suprême se dirigea vers sa chambre. Doubhée poussa un soupir de soulagement : il s'en était fallu de peu !

Elle se dépêcha de rebrousser chemin. Le problème se présenta lorsqu'elle arriva devant le mur qui se trouvait en haut de l'escalier : et maintenant, comment sortir ? La paroi ne présentait aucune aspérité, et ses pierres étaient toutes parfaitement identiques. Doubhée sentit l'air lui manquer. Elle était piégée comme un rat ! À chaque instant, un Gardien pouvait se réveiller et venir là...

Elle se mit à marteler les pierres une à une à la recherche d'un son différent en collant son oreille à la paroi. Rien.

Au comble du désespoir, elle essaya de les pousser de toutes ses forces. Toujours rien.

Elle s'appuya le dos au mur. Il y avait mille secrets à découvrir, et elle n'en aurait pas le temps.

Non, non !

S'il ne s'agissait pas du mur, il devait y avoir autre chose. Elle regarda fébrilement autour d'elle. Il n'y avait ni prises ni poussoirs. Juste une torche...

Elle tendit le bras et effleura sa base. Elle était chaude, mais pas au point de l'empêcher de la toucher. Elle la serra fermement, et enfin, le mur s'ouvrit.

Doubhée se jeta dans le passage et refit en courant le chemin qui conduisait à sa chambre. Ce n'est qu'une fois dans son lit qu'elle se sentit en sécurité. Elle s'allongea dans l'obscurité, les yeux grands ouverts.

Il lui fallait réfléchir à quelque chose, quelque chose d'important.

Ainsi, Yeshol, au lieu de dormir, travaillait la nuit dans la bibliothèque... Pourquoi ? Et qu'y avait-il dans le livre qu'il tenait sous le bras ?

Elle devait parler à Lonerin !

Le lendemain, elle le rejoignit au dortoir à la nuit tombée. Elle s'approcha si silencieusement de son lit que personne ne s'aperçut de sa présence, même pas le jeune homme, qui continuait à dormir profondément.

Quand elle lui toucha l'épaule, il sursauta et se redressa d'un bond.

— Du calme ! murmura-t-elle.

— C'est toi... Je faisais un cauchemar, et...

— Ce n'est pas le moment de parler de nos rêves, le

coupa Doubhée, et elle lui raconta son excursion de la veille.

— Et l'étape suivante ? demanda-t-il lorsqu'elle eut fini.

— Pénétrer dans la chambre de Yeshol.

Lonerin écarquilla les yeux :

— Et comment penses-tu faire ?

— Pendant la journée, il travaille presque toujours dans son bureau au premier étage. Moi, par contre, je dois avoir une bonne raison de m'absenter de mes leçons quotidiennes. C'est là que tu entres en jeu.

Lonerin la regarda, intrigué.

— Je connais bien la botanique, et je sais que les herbes sont à la base de vos philtres. J'ai besoin que tu m'indiques une formule qui puisse modifier mon aspect physique.

— Je ne comprends pas très bien ton plan...

— Tu me donneras la recette, et je m'échapperai pour chercher les ingrédients nécessaires. Je peux le faire parce qu'on m'a confié une mission que je dois achever avant la fin du mois. Je sortirai donc, je me procurerai ce qu'il faut, et je reviendrai sous un autre aspect. Peu importe lequel, je garderai ma capuche sur la tête. L'important, c'est que je sois méconnaissable : le mieux, ce serait que j'aie l'apparence d'un homme. Je rentrerai dans la Maison, je descendrai en bas et je me glisserai dans la chambre de Yeshol.

Lonerin la regarda avec une expression où se mêlaient l'admiration et la crainte.

— C'est très dangereux...

— Je suis condamnée à mort. Je n'ai rien à perdre.

— D'accord, fit le jeune magicien, même si c'est moi qui devrais prendre ce risque…

Doubhée leva la main.

— Dis-moi quelles plantes il faut pour préparer la potion.

— Je n'ai pas de quoi écrire…

— Je m'en souviendrai. J'ai une excellente mémoire, ça fait partie de mon entraînement.

Lonerin lui donna la recette, énumérant les ingrédients et les quantités. Il n'était pas facile de mémoriser tout cela, mais Doubhée savait qu'elle y arriverait. Quand il eut fini, elle se leva pour partir. Lonerin l'arrêta.

— Attends ! Décris-moi le livre que tenait Yeshol.

— C'était un vieux volume noir, très gros, avec des clous de cuivre mangés par la rouille et un grand pentacle rouge au milieu.

Lonerin réfléchit, l'air soucieux.

— Tu le connais ? demanda Doubhée.

— Je ne sais pas… Ça ressemble à un grimoire de Magie Interdite. On dit que la bibliothèque du Tyran en était pleine.

Doubhée sentit un frisson glacé lui parcourir le dos.

— Il était vieux à quel point ? poursuivit le garçon.

— Très… Et surtout, en mauvais état.

Le silence s'installa entre eux. Doubhée savait qu'elle devait s'en aller, que le risque d'être découverte augmentait à chaque minute qu'elle passait là-dedans. Mais il y avait une chose qu'elle devait lui dire.

— La Guilde adore Aster comme un prophète.

Les yeux de Lonerin s'agrandirent sous l'effet de la peur.

— Quoi ?

— D'après eux, Aster était un émissaire de Thenaar, le plus grand. L'horreur qu'il a générée autour de lui n'était rien d'autre qu'une tentative pour faire advenir le règne de Thenaar. Dans la Maison, il y a des statues de lui partout.

Lonerin jura, et la jeune fille ajouta :

— Je ne te l'ai pas dit l'autre soir, car cela ne m'est pas venu à l'esprit.

— Ça n'a pas d'importance, ne t'en fais pas.

Il la regarda, affligé.

— Fais vite. J'ai l'impression que les choses sont pires encore que ce que le Conseil avait imaginé.

Le lendemain de bonne heure, Doubhée avisa Rekla qu'elle ne serait pas là de la journée.

— Je dois voir mon contact. Peut-être que je n'arriverai pas à rentrer avant la nuit.

Rekla haussa les épaules, la mine sarcastique.

— Tu t'investis beaucoup ! Il y a quelque chose là-dessous, mais je veux croire en ton intelligence. Il te reste dix jours, et tu sais ce qui t'attend si tu ne tues pas ce fouineur.

La jeune fille serra les poings et ravala sa colère.

— Ne t'inquiète pas, je suis au courant.

— Je l'espère.

Doubhée s'élança dehors, consciente que ses chances de réussir étaient minimes. Une seule journée pour résoudre le mystère... Et elle devait encore préparer le philtre !

Cela aurait été si pratique d'avoir Tori sous la main ! Hélas, elle n'avait pas le temps d'aller jusqu'à la Terre du Soleil pour lui commander ce dont elle avait besoin. Elle se contenta donc d'une petite échoppe d'herboriste dans un village des environs. Par chance, les plantes qu'elle cherchait étaient assez communes. Il lui fut en revanche plus difficile de trouver l'étrange pierre que Lonerin lui avait dit de se procurer. Elle la dénicha finalement dans une boutique qui vendait des accessoires de magie.

— Elle est déjà consacrée ? demanda-t-elle comme lui avait dit de le faire Lonerin.

— Oui, marmonna le marchand.

Sur le chemin du retour, elle s'arrêta dans une clairière près du temple, alluma un feu, et prépara les différents ingrédients. Jusque-là, elle n'avait jamais fait de magie ; son expérience se limitait à la préparation de poisons. Pour mélanger le tout, elle utilisa l'ampoule qu'elle portait toujours sur elle et qui en théorie devait contenir le sang des victimes.

La potion avait une couleur vert pâle et elle était très épaisse. Doubhée n'avait aucune idée de ce à quoi elle devait ressembler, Lonerin ne le lui avait pas dit. Elle se décida néanmoins à y plonger la pierre. Le contenu de l'ampoule se mit aussitôt à bouillir. Quelques secondes plus tard, la potion devint rose, puis transparente.

Elle la but d'un coup, sans réfléchir.

Contre toute attente, elle ne sentit rien. Pas de fourmillement, pas le moindre malaise.

« Ça n'a pas marché… Que faire maintenant ? »

Dans le doute, elle se regarda craintivement dans un petit morceau d'acier poli qu'elle avait emporté avec elle. Elle sursauta en découvrant le reflet d'un homme plutôt jeune, avec des cheveux roux et une barbe de quelques jours. Elle se souvint des mots de Lonerin : « Tu devras utiliser un enchantement pour préciser la forme que tu prendras. Je ne peux pas prévoir l'aspect que tu auras : peut-être celui d'une personne que tu connais… je ne sais pas. C'est un procédé de débutant, un magicien expérimenté n'a jamais recours à des philtres aussi peu contrôlables. »

La main tremblante, elle remit le miroir dans sa poche. Elle n'était pas exactement comme le Maître, mais elle lui ressemblait beaucoup. Ainsi, sa mémoire lui avait suggéré l'image de cet homme qu'elle avait tant aimé, qui avait été tout pour elle…

Elle traversa le temple avec assurance, serrée dans son manteau, et se glissa dans les couloirs de la Maison.

La matinée était bien avancée, et tous vaquaient déjà à leurs occupations. Ceux qui avaient des missions à accomplir étaient sortis, les autres priaient devant la statue de Thenaar, s'entraînaient au gymnase ou bien méditaient dans leurs chambres. C'était parfait ! Moins elle rencontrerait de gens, et moins elle serait obligée de fournir d'explications.

Elle passa devant la porte du bureau de Yeshol au premier niveau des souterrains. Le jeune assistant que le Gardien Suprême emmenait partout avec lui se tenait devant la porte, signe que le vieil homme était à l'intérieur. Doubhée s'en réjouit.

La Grande Salle était à moitié vide, et il n'y avait pas l'ombre d'un Gardien en vue. La jeune fille se fondit rapidement dans l'obscurité entre les deux piscines, fit pivoter la porte d'un geste assuré et s'engouffra dans l'escalier.

Elle hésita un instant sur la dernière marche, le cœur battant à tout rompre. On n'entendait aucun bruit ; comme elle l'avait espéré, l'endroit était désert.

Elle parcourut la pièce en affichant l'air le plus naturel possible, au cas où quelqu'un y surgirait, puis emprunta le couloir qui menait au logement de Yeshol.

La porte se présenta enfin devant elle, fermée, inviolable. Le mystère était juste derrière.

Doubhée s'arrêta et tendit l'oreille. Rien. Ni vibrations du sol, ni frottements, ni aucun autre son. L'étage semblait vraiment vide. C'était le moment ou jamais !

Elle s'agenouilla et tira de sa poche un petit crochet à moitié rouillé, cadeau de Jenna. L'image du jeune garçon errant à travers la ville maigre et abattu l'assaillit ; elle la chassa de son esprit tandis que sa main glissait l'instrument dans la serrure.

Une sueur froide lui inondant le front, elle tourna le crochet aussi lentement que possible. Tlac ! La première goupille se souleva.

Elle essuya du revers de la main une goutte de sueur qui s'était posée sur son sourcil. Toujours aucun bruit dans les parages. Elle recommença. Tlac ! La deuxième goupille suivit.

Elle n'était plus qu'à un pas de son but. Faire sauter la troisième fut un peu plus laborieux, mais elle finit par céder à son tour. Tlac !

Une fois dans l'antre du Gardien Suprême, Doubhée alluma la bougie qu'elle avait emportée avec elle et regarda autour. Dans l'ensemble, la chambre ressemblait à celles des autres Assassins. Le même lit, bien que doté d'un matelas de feuilles séchées, le même coffre, et l'habituelle statue de Thenaar. À côté, il y avait celle d'Aster, et, chose bizarre, leurs dimensions étaient identiques. Yeshol avait sans doute une dévotion particulière pour le Tyran.

Deux détails différenciaient cette chambre des autres · les grandes étagères remplies de livres et le bureau.

Doubhée s'en approcha en deux bonds. Des feuilles couvertes d'une écriture serrée aux courbes précieuses y étaient éparpillées. Il y avait aussi quelques croquis.

Elle essaya de lire :

« Deux volumes sur les créatures artificielles, ayant appartenu à Aster, trouvés chez un brocanteur de la Terre de la Nuit.

« *Notes sur la Magie Noire des Anciens Elfes*, traité écrit de la main d'Aster, don d'Arlor.

« *La Perversion des Âmes*, en deux tomes reliés, bibliothèque d'Aster, don d'Arlor. »

Il s'agissait apparemment d'une sorte de catalogue de la collection de livres de Yeshol, où figuraient la provenance et la nature des œuvres. La plupart avaient été cédées au Gardien Suprême en échange de travaux accomplis par la Guilde ; dans ce cas, le type de contrat et le nom de la victime figuraient dans la marge.

Doubhée parcourut les autres feuillets des yeux.

Certains volumes avaient été offerts par un donateur appelé « Lui ». Il s'agissait exclusivement d'ouvrages récompensant des meurtres. Elle frémit en lisant certains noms :

Conseiller Faranta
Surintendant Kaler
Reine Aïrès

C'étaient des personnages illustres, connus de Doubhée, victimes des crimes terribles dont le commanditaire ne pouvait être que Dohor, le mystérieux « Lui ». Les paroles de Toph étaient donc vraies, Dohor avait vendu son âme à la Guilde !

Sur la dernière feuille elle découvrit une note écrite manifestement par la même main, celle de Yeshol selon toute vraisemblance ; cependant les lignes étaient inégales, tremblantes, comme si leur auteur était en proie à une grande émotion.

LA POSSESSION DES CORPS ET L'IMMORTALITÉ,
par Aster, de Lui (Thévorn).

Le titre était incompréhensible, mais c'est autre chose qui frappa l'attention de Doubhée. Thévorn ! L'homme dont elle avait cambriolé la maison. Étaient-ce les fameux documents qu'elle avait volés ? Non, il s'agissait d'un parchemin, pas d'un livre. Peut-être en était-ce des feuilles détachées ? Mais qu'avait-il à voir avec la Guilde ?

Elle réfléchit quelques instants… Le vol chez Thévorn coïncidait avec son premier malaise ! C'était donc cela, le point commun ? Dohor, Dohor lui-même, avait-il quelque chose à voir avec sa malédiction ?

Un gouffre d'hypothèses s'ouvrit devant elle, tandis qu'une étrange crainte l'envahissait. Elle se raisonna : ce n'était pas le moment de se perdre dans des spéculations, elle devait enquêter sur ce que Lonerin lui avait demandé.

Elle entreprit d'inspecter les livres qui emplissaient les étagères, tous noirs et sinistres. Ce n'étaient que des recueils de notes que Yeshol avait prises au fil des années, ainsi que la vie d'Aster, retracée en cinq épais volumes.

Doubhée en ouvrit quelques-uns et lut des passages au hasard. Y apparaissait dans sa terrifiante ardeur l'adoration mystique que Yeshol avait nourrie, et probablement nourrissait encore pour Aster. La vénération avec laquelle il parlait de lui, la façon dont il exaltait son intellect, sa noblesse et sa souffrance, l'amour avec lequel il décrivait sa condition physique, chaque mot en témoignait.

Elle tomba ensuite sur des traités de Magie Interdite, qui semblaient tous tourner autour des mêmes thèmes obsessionnels : l'immortalité et la résurrection des morts.

Un autre sujet revenait sans cesse : la possession des corps. Doubhée n'ignorait pas qu'Aster avait créé les Fammins, les oiseaux de feu et les dragons noirs grâce à la magie, sans savoir comment il avait fait. Peut-être s'agissait-il justement d'une forme de possession ?

La solution de cette énigme et de toutes celles que recelait cette chambre n'était pas là, en tout cas. Elle se trouvait sûrement dans la bibliothèque de Yeshol, qu'il avait créée en rassemblant avec une patience infinie les ouvrages qu'Aster conservait dans la sienne, en une titanesque œuvre de reconstitution d'un patrimoine dispersé.

Doubhée s'approcha de la porte et appuya son oreille contre le battant. Elle ne perçut qu'un profond silence. Elle sortit sur la pointe des pieds, puis referma la porte derrière elle en ayant soin de remonter la serrure.

Il ne lui restait plus qu'à se rendre là où se cachait la réponse à ses questions.

30

LE VISAGE DANS LE GLOBE

Doubhée emprunta le couloir qui menait de la salle ovale à la bibliothèque. Elle arriva devant une grande porte d'ébène à deux battants sculptés. Elle parcourut des yeux les bas-reliefs : ils racontaient une histoire. Dès qu'elle aperçut parmi les personnages le visage d'un enfant à l'inquiétante beauté, elle comprit de quoi il s'agissait : la vie d'Aster, amoureusement reconstruite par quelque maître artisan. Yeshol lui-même faisait partie de cette épopée, représenté comme un serviteur humble et dévoué, le plus proche d'Aster.

La porte était fermée par une grosse serrure de bronze à l'apparence très solide. Doubhée s'agenouilla de nouveau et fouilla dans ses poches pour en tirer son crochet, en bénissant une fois de plus Jenna et sa prévenance

L'opération, plus ardue que la première fois, lui coûta un bon quart d'heure de fatigue et de transpiration. Le bruit du crochet qui crissait sur les goupilles lui semblait faire un tel vacarme qu'elle craignait qu'on l'entende du niveau supérieur.

Enfin, la serrure céda, accompagnant sa défaite d'un

« tlac ! » sonore. Doubhée se releva et poussa le battant ; parfaitement huilé, il s'ouvrit sans le moindre grincement.

À l'intérieur, il faisait complètement sombre : la lumière du couloir n'éclairait que les premiers mètres d'un sol pavé de grandes dalles de pierre. La jeune fille referma la porte derrière elle, et sa chandelle dessina une minuscule sphère de lumière dans l'immensité de la salle. Au centre se dressait une énorme table d'ébène qui luisait dans l'obscurité. Doubhée se mit à longer les murs à tâtons. Ils étaient percés de petits couloirs qui conduisaient à d'autres salles. Entre une ouverture et l'autre se dressaient les habituelles statues monstrueuses. En revanche, pas l'ombre d'un livre : ils devaient se trouver dans les pièces adjacentes. Cependant la bibliothèque donnait l'impression d'un vrai labyrinthe, et l'idée de s'y aventurer n'était pas rassurante.

Doubhée poussa un soupir : elle n'avait pas le choix.

Elle se glissa dans le premier couloir sur sa droite et déboucha dans une petite pièce qui ne contenait qu'une seule grande étagère, pleine de livres. Leurs couvertures étaient plus colorées que celles qu'elle avait vues dans la chambre de Yeshol, mais les volumes étaient aussi vieux. Doubhée comprit alors qu'elle n'était pas dans une simple bibliothèque, mais dans la réplique d'un vieil édifice désormais disparu, le cadavre momifié d'une autre bibliothèque, que Nihal avait détruite en même temps que la Forteresse. Elle se rappela son premier passage sur la Grande Terre avec le Maître, des années plus tôt, la poussière noire qui recouvrait la plaine, et elle repensa à Aster : ces livres provenaient de sa collection secrète.

La Maison prit soudain un autre aspect à ses yeux, celui d'un immense mausolée dédié à un culte malsain, le tombeau de l'esprit du Tyran.

La jeune fille parcourut en hâte les titres des ouvrages. C'étaient des livres d'histoire et des recueils de mythologie elfique. Doubhée n'aurait jamais imaginé qu'Aster puisse s'intéresser à de tels sujets.

Elle passa de salle en salle en essayant de mémoriser le chemin qu'elle empruntait. Les pièces avaient plusieurs couloirs, qui conduisaient chacun dans une nouvelle salle ; au bout d'un moment, Doubhée reconstruisit mentalement le plan de l'ensemble

À mesure qu'elle avançait, elle découvrait d'autres sujets : chimie et alchimie, langues mortes, physique, magie elfique… Lorsqu'elle atteignit la salle de botanique, elle ne put s'empêcher de traîner un peu entre les rayons et de regarder les livres, entassés jusqu'au plafond. Certains étaient des œuvres rares ; elle en avait entendu parler, et la tentation d'en emprunter était grande. Mais ce n'était pas pour cela qu'elle était venue là ; il valait mieux laisser le moins de traces possible en n'ouvrant que les livres qui pouvaient l'aider à résoudre le mystère qui l'occupait.

Doubhée connaissait de nom quelques grandes bibliothèques, dont celle de Makrat, que l'on considérait comme la plus importante, et celle d'Enawar, l'antique cité rasée par Aster. Pourtant, celle qu'elle avait devant elle contenait une si grande quantité de livres anciens ou considérés comme perdus qu'elle songea que le Tyran avait dû saccager la bibliothèque de l'ancienne capitale pour emporter ses œuvres dans les entrailles de la terre, là où la connaissance ne servirait qu'à lui.

Ici et là, il y avait des étagères vides, réservées sans doute à des livres que Yeshol n'avait pas réussi à trouver. Telles des orbites sans yeux, elles attiraient l'attention au milieu de l'encombrement des autres rayonnages.

De temps en temps, Doubhée rencontrait une salle pleine de livres différents, noirs comme ceux de la chambre de Yeshol. Elle s'y arrêtait plus longuement, déchiffrant leurs titres un à un. C'était des livres de Magie Interdite, écrits à des époques diverses ; cela allait des ouvrages très anciens, dont il ne restait que quelques pages délavées, jusqu'à des livres relativement récents.

Doubhée en reconnut certains qui figuraient sur le catalogue de Yeshol : elle s'assit par terre pour les feuilleter afin d'essayer de comprendre ce que tramait le Gardien Suprême. En réalité, elle commençait à pressentir la vérité ; seulement elle lui semblait absurde, monstrueuse. Elle ne savait même pas si une chose pareille pouvait être accomplie par la magie. Bien sûr, Aster avait utilisé des esprits pendant la Grande Guerre, Doubhée en avait entendu parler plus d'une fois, elle savait toutefois qu'ils n'étaient que des enveloppes vides, animées par la volonté du magicien qui les évoquait et qui les obligeait à combattre. Ce à quoi elle pensait était très différent. Cela dit, Aster était puissant, et le développement qu'il avait donné à la Magie Interdite était considérable. Peut-être avant de mourir avait-il trouvé le moyen de faire ce que Doubhée devinait, ou peut-être avait-il simplement indiqué à son serviteur préféré, Yeshol, comment réaliser son rêve le plus secret...

Elle ouvrit le volume qui traitait de la possession des corps. Voilà ce qu'elle y lut :

« Les âmes sont étroitement liées au corps. Certains prêtres ont toujours prétendu le contraire, soutenant qu'elles étaient plus ou moins indépendantes de la matière, et allant même jusqu'à affirmer la séparation totale entre l'esprit et la chair. Ce ne sont que des doctrines fallacieuses que ces menteurs utilisent pour attirer le peuple à eux, et l'asservir par la force de la superstition et de la crédulité. Seule l'étude attentive et systématique de l'esprit et de la matière peut mener à la vérité. Aussi, que l'apprenti se méfie de ces fausses religions, qui veulent subjuguer l'intellect et lui inter-dire d'atteindre la connaissance. Qu'il s'en remette plu-tôt à la puissance de la magie.

« L'esprit d'un renard ne pourra jamais exister ailleurs qu'à l'intérieur de l'enveloppe matérielle que nous appelons renard. La matière est une forme qui donne vie à l'âme, mais cette forme imprime à son tour son propre sceau sur l'esprit, qui en reste marqué à jamais. Ainsi, l'esprit est influencé par la matière, et lui reste liée jusqu'à la mort, qui sépare artificiellement ce que Thenaar créa uni. De sorte que l'esprit d'un renard ne peut pas survivre dans celui d'un loup et *vice versa*, sous peine de la destruction immédiate.

« L'âme d'une femme est bien différente de celle d'un homme. Le sexe plus qu'autre chose imprime son sceau sur la réalité spirituelle. Rehasta essaya en son temps de séparer l'esprit d'une femme de sa chair pour l'insuffler dans le corps d'un homme mort. Mais l'expérience échoua, et l'âme, devenue folle, quitta pour toujours ce monde.

« Il existe différents degrés d'intolérance entre l'esprit et la matière. Si un esprit féminin ne survit pas dans un corps d'homme, l'esprit d'un enfant peut survivre dans le corps d'un vieillard. Les unions de ce type sont cependant fragiles : très vite, l'esprit perd l'envie de vivre et le corps se détériore, de sorte que la mort survient au bout de quelques heures.

« Les races, quant à elles, ne se tolèrent pas du tout entre elles. Ainsi, l'esprit d'un gnome ne pourra jamais demeurer ne serait-ce que quelques instants dans le corps d'un homme ou d'une nymphe. Les esprits des demi-elfes, en revanche – parce qu'ils participent à la fois de l'essence des elfes et de celle des hommes –, peuvent provisoirement trouver refuge dans des corps humains. Dans ce cas, la survie dure quelques jours. »

Doubhée sentit des frissons lui parcourir les bras. L'image d'un rituel monstrueux se précisait dans sa tête tandis qu'elle lisait ces lignes abominables.

Elle changea encore de salle en repassant par le salon central, ce qui lui donnait la certitude de ne pas s'être perdue. Elle commençait toutefois à perdre la conscience du temps. Cet endroit n'était pas seulement un labyrinthe spatial ; il perturbait aussi la perception habituelle de l'écoulement des heures. Bientôt, Yeshol sortirait de son bureau et descendrait ici. Il fallait se dépêcher !

Doubhée décida de ne plus s'arrêter que dans les pièces qui renfermaient des livres prohibés, et limita son champ d'investigation à ceux qui parlaient d'incarnation et de résurrection.

« Mes recherches m'ont porté à croire que la mort n'est pas du tout un phénomène définitif. Au contraire, il est possible de cheviller notre esprit au monde pour lui interdire de franchir les portes de l'au-delà. Il y a quelque temps, j'ai découvert une formule qui permet de piéger l'esprit d'un mort en l'attachant à un lieu ou à un objet... Privé de volonté, il obéit à n'importe quel ordre. Il ne s'agit pas là d'une résurrection, mais plutôt d'une évocation par laquelle le magicien réussit à reproduire une image du défunt dans notre monde... »

Plongée dans ses pensées, Doubhée s'aperçut tout à coup que cela faisait longtemps qu'elle n'était pas passée par le salon central. Elle chercha alors à s'y rendre, mais elle se perdit dans le dédale des pièces. Quelque chose ne tournait pas rond ; la structure de l'ensemble était différente.

Elle traversa de nombreuses salles, revint sur ses pas... Rien à faire. La symétrie du labyrinthe était brisée. Alors qu'elle commençait à paniquer, elle retrouva enfin le salon principal. Elle mémorisa le chemin et le parcourut aussitôt à l'envers. Il y avait indubitablement d'autres pièces dans cette zone.

Jamais elle n'avait apprécié autant qu'en ce moment l'enseignement que lui avait dispensé le Maître : elle n'avait aucune difficulté à se rappeler les pièces qu'elle avait déjà vues, grâce à quoi elle pouvait s'orienter rapidement vers de nouvelles salles. Dans l'une d'elles, elle sentit qu'elle approchait du but : une arche rouge sombre donnait accès à ce qui devait être une autre aile.

Le mot ASTER, écrit en caractères élaborés, figurait sur l'architrave. Doubhée s'y précipita. Les étagères étaient remplies de parchemins roulés, avec ici et là quelques volumes reliés, tous des œuvres manuscrites par le Tyran. Il n'y avait aucune indication sur les documents, Yeshol devait sans doute les connaître par cœur. Elle en prit quelques-uns au hasard, mais c'était comme chercher une aiguille dans une botte de foin. Ils traitaient de sujets variés : l'alchimie, la géographie, les us et coutumes des peuples du Monde Émergé… Il semblait n'y avoir aucun domaine auquel Aster ne se soit intéressé.

Certains parchemins manquaient, mais les espaces libres n'étaient pas poussiéreux, comme si les rouleaux avaient été déplacés depuis peu. Or, Doubhée n'en avait pas vu dans le bureau de Yeshol, ni dans sa chambre, preuve que le Gardien Suprême devait travailler dans un autre lieu.

À la fin, elle aboutit dans une pièce totalement vide, au centre de laquelle trônait un piédestal en bois d'acajou. C'était un pupitre, mais il n'y avait rien dessus. Doubhée pensa aussitôt au gros livre noir que Yeshol tenait sous le bras. Au fond de la salle elle avisa une porte anonyme en bois usé. La jeune fille s'en approcha : elle était fermée par une serrure assez simple. Quelques secondes suffirent pour qu'elle cède.

Elle alluma sa bougie, dont la lumière dévoila une petite pièce pleine d'étagères. De nombreux livres étaient posés à même le sol, ou sous une grande écritoire où étaient étalées des feuilles de parchemin. Une chaise et un chandelier complétaient l'ameublement. Doubhée retint son souffle : cette pièce était sans aucun doute le bureau secret de Yeshol.

Elle se jeta avidement sur les papiers, couverts de l'écriture du Gardien Suprême. Cette fois, les notes étaient plus désordonnées. C'étaient des morceaux de phrases, des remarques éparses, des mots soulignés, le tout ponctué de points d'exclamation.

« L'esprit peut être contraint à occuper des espaces étroits. »

« Il faut quelque chose qui ait appartenu au corps du défunt. Des cheveux. Des ongles. Même de petits frag-ments. <u>Plus rarement des tissus</u>. »

« Le châtiment est l'errance éternelle pour l'âme qui occupe le corps choisi, et pour le corps lui-même. »

« Échec, échec ! Thenaar, fais que tout ne soit pas perdu ! »

Apercevant un volume relié de velours bleu, Doubhée le feuilleta... Elle frissonna : le journal de Yeshol !

4 septembre
Je cherche toujours la pièce la plus importante. Le dernier grimoire, celui qui contient la partie essentielle

du rituel, celui qui donnera sens à tout ce que j'ai si péniblement rassemblé jusqu'ici, manque encore. Dohor a lancé ses hommes à sa recherche dans tout le Monde Émergé, mais cela n'a rien donné. Thenaar, pourquoi notre grand projet doit-il dépendre d'un mécréant ?

18 septembre

Je n'arrive plus à résister. Thenaar pardonnera mon impatience, tout ce que je fais est pour lui. J'ai décidé d'essayer, bien que je ne connaisse pas encore le rituel entier. Je ne crains pas pour ma vie. Elle peut bien être sacrifiée au nom de ce grand Projet. Ce n'est que grâce à lui que j'ai survécu à ces longues années d'exil. J'essaierai, c'est décidé. Je le dois. JE DOIS savoir si mon espérance est fondée.

3 octobre

J'ai échoué, ÉCHOUÉ ! Ton serviteur n'a pas atteint son but, Thenaar, ton humble esclave t'a déçu, Mon Seigneur. Je suis déchiré à l'idée que tout est perdu, à cause de moi et de ma hâte ! Je prie intensément pour qu'il y ait encore de l'espoir. Il continue à errer entre ce monde et l'autre. Je le sens qui m'implore de lui donner une forme, de le faire revenir parmi nous afin qu'il achève sa grande œuvre.

15 octobre

Maintenant, je peux le faire ! Dohor m'a enfin apporté la pièce manquante, le Livre Noir. Il est extraordinaire. Le génie d'Aster n'a pas de limites. Je délaisse tout pour le lire, je ne sors plus de mon bureau. Enfin les choses sont claires pour moi.

23 octobre

J'ai donné ordre de chercher le demi-elfe. On m'a rapporté qu'il vit encore, mais personne ne sait où il se trouve. Mes Assassins le retrouveront, j'en suis certain. Sans lui, sans son corps, je ne pourrai pas accomplir le rituel. Voilà ce qui me manque, un corps. J'ai échoué parce que je n'ai pas donné à l'esprit un support pour s'incarner. Si je pense à l'angoisse des mois précédents, à mon manque de foi, j'ai honte de moi-même. J'aurais dû savoir que tu pourvois à tout, Thenaar, afin que tes fils obtiennent la victoire.

4 novembre

Les recherches continuent ; malheureusement, en vain. L'homme qui nous intéresse a disparu sans laisser de trace. Pourtant les mémoires de la reine Aïrès parlent de lui. Nous ne nous arrêterons pas jusqu'à ce que nous l'ayons trouvé.

Chaque soir, je descends dans la chambre souterraine pour voir son esprit flotter, pour m'émerveiller de sa présence parmi nous, même si ce n'est encore qu'une présence fragile, incorporelle. Cela changera bientôt.

Doubhée frémit d'excitation : la chambre souterraine ! C'était donc là que se trouvait la réponse. Mais où pouvait-elle bien être ? Elle referma le journal, le remit sur la table en essayant de le positionner exactement comme elle l'avait trouvé, puis elle entreprit de fouiller la pièce.

Yeshol était probablement le seul à connaître l'existence de cette chambre, qui devait être accessible de son bureau secret. Il n'y avait pas de porte apparente, mais peut-être quelque cloison escamotable, quelque passage caché...

Yeshol se sentait sans doute en sécurité dans ce bureau dissimulé au fond de la bibliothèque, car le bouton qu'elle cherchait se trouvait juste sous la table.

Dès qu'elle le pressa, le mur d'étagères derrière l'écritoire glissa et découvrit un escalier étroit et raide. Doubhée le descendit lentement en retenant son souffle. La chambre était là, au pied des marches. Ce n'était qu'une petite caverne humide à l'odeur de moisi. Ses parois étaient décorées de symboles magiques rouge sang. Au centre se dressait un pilier, devant lequel brûlaient deux bougies. Une vitrine de verre y était posée, à l'intérieur de laquelle se trouvait un globe bleuté qui tourbillonnait comme sous l'action d'un mouvement interne.

Doubhée resta immobile dans le silence parfait de ce lieu imprégné d'un mysticisme malsain, d'une adoration blasphématoire. C'était donc là le fameux esprit que Yeshol avait évoqué ? Cette âme qui attendait le corps d'un demi-elfe ?

Doubhée s'approcha du globe en tremblant... À l'intérieur de la sphère fluide et laiteuse tournoyait un visage dont émanait une impression de souffrance. Il était flou, mais reconnaissable. C'était celui d'un enfant à la beauté inquiétante, avec de grands yeux et des boucles vaporeuses encadrant un ovale presque parfait, à peine déformé par les rondeurs de l'enfance, et une paire de gracieuses oreilles en pointe. Il était identique au visage des statues disséminées aux quatre coins de la Maison.

Aster !

Doubhée recula, les mains sur la bouche. L'enfant sembla la regarder de ses yeux liquides ; son regard n'était pas colérique, et il n'exprimait pas non plus la puissance. Il était seulement d'une tristesse infinie. Doubhée se sentit entraînée dans le gouffre de sa détresse.

Un bruit soudain interrompit le fil de ses pensées : une porte avait claqué au loin. Quelqu'un venait d'entrer dans la bibliothèque !

Horrifiée, Doubhée remonta les escaliers en courant, retourna dans le bureau et referma la porte derrière elle. Elle réfléchit à toute vitesse : si elle restait là, elle était perdue !

Elle franchit la porte, la referma en hâte, et se mit à remonter la serrure. Elle remercia le ciel qu'elle soit d'un modèle aussi simple à forcer. Déjà lui parvenait l'écho de voix proches.

— Tu as encore laissé cette maudite porte ouverte ! fulminait Yeshol. Combien de fois dois-je te dire que ce qui se trouve ici est d'une valeur inestimable ? Rien au monde ne vaut autant que cette bibliothèque ! Tu dois en prendre le plus grand soin, est-ce clair ?

Doubhée s'aplatit contre le mur, mais elle savait que cela ne servirait à rien si le Gardien Suprême venait dans cette pièce.

« La bibliothèque est grande, il peut aller n'importe où, garde ton calme », se dit-elle.

Seulement, c'est là que se trouvait le piédestal : si vraiment il était destiné à accueillir le livre noir, Yeshol allait la découvrir.

— Pardonnez-moi...

— Trois autres jours de punition ! Et la prochaine fois je ne serais pas aussi clément...

Yeshol et son jeune assistant se dirigeaient bien vers elle !

Doubhée se glissa dans la salle voisine et se cacha derrière une étagère, en priant pour que les deux hommes ne passent pas par là. Ils avançaient à grands pas.

— Dohor a demandé après vous.

— Nous venons à peine de nous voir.

— Il dit de vous rappeler qu'il tient à être constamment informé. Or il lui semble que vous ne le faites pas.

— Je m'en occuperai, alors. Maudit mécréant... On ne peut pas nier son aide, mais son insolence est irritante.

Ils approchaient de plus en plus.

Doubhée fila dans une salle adjacente en essayant de faire le moins de bruit possible. Les pas des deux hommes s'arrêtèrent.

— Votre Excellence ?

S'ensuivit un silence interminable.

— Attends... Il m'a paru... Non, ce n'est rien...

Les pas reprirent. Doubhée changea de pièce sur la pointe des pieds. Les voix continuaient à lui parvenir, plus atténuées.

— Je ne veux pas être dérangé de toute la soirée, tu comprends ? Sors d'ici le plus vite possible.

Doubhée avança encore, la gorge nouée, jusqu'à ce qu'elle atteigne le salon principal. Elle courut vers la porte, toujours ouverte. Un cadeau du sort ! Elle la poussa délicatement et se jeta dehors.

Lorsqu'elle émergea entre les deux statues, dans la salle des piscines, elle eut le sentiment d'être sauvée de Yeshol, mais pas de ce qu'elle avait découvert. Le visage dans le globe. L'esprit d'Aster, prêt à revenir et à plonger de nouveau le Monde Émergé dans la terreur.

Elle tâta son visage, et sentit une peau douce sous ses doigts, la sienne. L'effet de la potion était épuisé. Beaucoup de temps avait dû s'écouler ; la grande pièce était vide, et le silence régnait dans les couloirs.

Doubhée rabattit la capuche sur son visage et se remit à courir.

En arrivant devant le dortoir des Postulants, elle s'arrêta net. La sentinelle était assise devant la porte, déjà somnolente, mais encore assez éveillée pour l'apercevoir. Il ne lui restait plus qu'à attendre que l'homme s'endorme complètement ou, mieux, qu'il s'en aille.

Elle resta un long moment plaquée contre le mur, les yeux braqués sur le garde. Les histoires les plus sombres qu'elle avait entendues dans son enfance à propos du Tyran et des Années Obscures affluaient à sa mémoire et lui remplissaient l'esprit d'images de morts et de massacres. Certes, l'époque actuelle n'était pas non plus paisible. Elle avait vu bien des tueries au cours des dix-sept années de sa vie, et pourtant elle sentait que cela n'était rien à côté de l'enfer qu'avait vécu le Monde Émergé sous le joug d'Aster. Elle frémit à l'idée que l'esprit du monstre était à quelques pas d'elle ; elle revit le moment où leurs yeux s'étaient croisés...

Enfin, l'homme s'étira, se leva et s'en alla.

Doubhée se jeta dans le dortoir. Elle se pencha au-dessus de Lonerin et le secoua vigoureusement.

— Qu'est-ce qui se passe ? demanda-t-il, se réveillant en sursaut.

— Ils veulent ramener Aster à la vie, dit-elle d'une traite.

Lonerin en resta bouche bée. Il la regarda pendant quelques secondes comme s'il cherchait à comprendre le sens de ses paroles, puis se redressa d'un bloc :

— Quoi ?

— Ils ont rappelé son esprit, je l'ai vu dans une chambre secrète, sous nos pieds ! Et maintenant, ils cherchent un corps où le mettre.

Lonerin fit un effort visible pour dominer sa peur.

— Nous devons porter cette nouvelle au Conseil !

Doubhée hocha la tête.

— Nous partirons tout de suite. Quand ils auront trouvé celui qu'ils cherchent, ce demi-elfe, tout sera perdu, tu comprends ?

— Oui, je ne le comprends que trop bien. Mais comment faire pour sortir d'ici ?

— Nous ne sommes pas très loin du temple, chuchota Doubhée. Avec de la chance, nous ne rencontrerons personne. Nous sortirons par la porte principale.

Le jeune homme acquiesça, et elle s'étonna du calme et de la détermination dont il faisait preuve dans un moment pareil. Il sauta de son lit, s'enveloppa dans son manteau noir, identique à ceux des Victorieux, mais plus vieux et plus usé. Affublé ainsi, il pouvait passer pour un Assassin.

— Allons-y, murmura-t-il.

Ils n'eurent aucun mal à sortir du dortoir : tous les Postulants dormaient profondément, et aucun ne bougea. Une fois dehors, ils s'arrêtèrent.

— Fais tout comme moi ! souffla Doubhée.

Le couloir, à peine éclairé, était vide. Ils s'y engouffrèrent et le longèrent en courant.

Doubhée jeta un coup d'œil dans le suivant. Son cœur battait violemment dans sa poitrine. Elle était sur le point de quitter la Guilde. Elle allait être à nouveau libre ! Dans le feu de l'action, elle n'avait pas eu le temps d'y penser.

Ils coururent encore et débouchèrent dans le corridor central. Au fond, l'escalier qui menait dehors, au temple. Doubhée s'avança, mais au dernier moment, elle s'arrêta brusquement.

— Qu'y a-t-il ? chuchota Lonerin.

— Rekla, une gardienne qui me connaît, murmura-t-elle en se tournant vers lui. Baisse ta capuche et marche d'un pas assuré en gardant la tête baissée, c'est clair ?

Elle tira elle aussi sa capuche sur son visage et se voûta. Ensuite, elle respira à fond et prit la direction opposée à celle du temple.

Elle entendit le pas mesuré de Lonerin derrière elle ainsi que les pas feutrés de son ennemie.

« Lonerin marche trop vite ! », s'affola-t-elle.

Les pas de la femme s'accélérèrent.

— Hé, vous deux ! Qu'est-ce que vous faites ici ?

Doubhée s'arrêta sans se retourner.

— Nous revenons du temple. Nous y étions allés pour prier, répondit Lonerin avec calme.

Rekla hocha la tête.

— C'est une intention louable. Et c'est seulement pour cette raison que je ne vous punis pas de traîner encore dans les couloirs à cette heure.

Lonerin inclina la tête et se remit à marcher, et Doubhée se dépêcha de l'imiter.

Rekla les dépassa et continua sa route.

Ils marchèrent lentement derrière elle, puis bifurquèrent dans un couloir et s'immobilisèrent.

Lonerin s'appuya au mur ; Doubhée l'entendit soupirer.

— Tu as vraiment eu du sang-froid, lui dit-elle.

Ils rebroussèrent chemin.

Ils traversèrent le temple au pas de course. C'était presque gagné. Quand Doubhée ouvrit le lourd battant, elle fut accueillie par un ciel illuminé d'étoiles.

Elle n'hésita pas. Elle franchit la porte, suivie par Lonerin. Ils étaient dehors, pour toujours.

TROISIÈME PARTIE

Ido est souvent considéré à tort comme un élément secondaire de cette grande fresque. Beaucoup ne le gardent en mémoire qu'en tant que le maître de Nihal, ou bien simplement à cause du combat qui l'a opposé pendant la Grande Bataille d'Hiver au chevalier du dragon noir, Deinoforo. En réalité, il a été l'un des principaux personnages de la lutte contre le Tyran. Sans être le héros d'actions éclatantes, comme Nihal et Sennar, il représente l'âme de la résistance, et c'est lui qui a personnellement entraîné les troupes qui ont combattu lors des phases finales de la guerre. En outre, c'est à lui que l'on doit la survie des Terres Libres tout au long de la période où Nihal et Sennar cherchaient les Huit Pierres à travers le Monde Émergé. Le fait qu'il a été lieutenant du Tyran dans sa jeunesse accroît encore sa valeur, celle d'un individu qui a su comprendre ses propres erreurs et qui a passé sa vie à essayer de les racheter.

ONI DE ASSA,
LA CHUTE DU TYRAN
FRAGMENT

31

LA FIN

✛ ✛ ✛

Le passé X

Le premier meurtre semble avoir accompli une sorte d'enchantement. Depuis, le temps passe toujours plus rapidement, consumant le fil d'une vie somme toute heureuse.

Comme le lui a promis le Maître, Doubhée n'a plus jamais tué. Elle continue à l'aider, elle négocie avec les clients, elle prépare les armes, même si ce qu'elle a fait lui pèse sur la conscience.

Elle a accepté l'argent que lui a offert le Maître et elle s'est acheté un beau livre de botanique, qu'elle a dévoré d'un bout à l'autre. Parfois, elle éprouve un étrange frisson lorsqu'elle le prend dans la main. Le visage de l'homme qu'elle a tué lui revient violemment à l'esprit, et la nausée lui noue la gorge. Mais dans ces moments-là, il lui suffit de songer au Maître, et tout passe. D'ailleurs, Doubhée pense sans cesse à lui depuis ce soir-là. Pendant longtemps, elle n'a pas su donner un nom à cette sensation qui lui serre l'estomac lorsqu'elle évoque son image. Maintenant si. Elle a tout compris quand elle l'a embrassé. Le premier baiser de sa vie.

Doubhée a eu une éducation très différente de celle

des autres filles de son âge. Elle ne s'est jamais intéressée aux poupées ni aux jouets, ni aux choses de l'amour.

Il lui est arrivé cependant à elle aussi de lire des romances le soir, en cachette du Maître, et de s'imaginer en héroïne d'histoires semblables. Le sentiment qu'elle éprouvait pour Mathon est mort en même temps que son ancienne vie ; mais souvent, avant de s'endormir, elle a rêvé de tomber amoureuse de quelqu'un, d'un Assassin comme elle peut-être.

Et puis, tout à coup, elle s'est rendu compte que ce quelqu'un, c'est le Maître.

Parfois, elle ressent l'envie irrésistible de le lui dire, de l'embrasser encore et encore, de lui demander s'il l'aime, lui aussi. Pourtant elle se retient toujours. Un peu parce que depuis ce jour il ne s'est plus permis le moindre geste tendre envers elle, et un peu parce qu'elle a peur. Tant qu'elle lui cache son amour, l'espoir est permis, elle peut le regarder avec adoration en rêvant de devenir un jour sa femme. Si elle lui disait la vérité, peut-être qu'il la repousserait, et tout finirait à l'instant. Et cela, elle ne le veut pas. Elle préfère se contenter de l'aimer sans rien lui demander en échange, et ainsi pour toujours.

À présent, le Maître la paie régulièrement pour son travail.

— Si tu veux devenir autonome, tu dois apprendre à gérer ton argent, répète-t-il.

— Je ne suis pas du tout sûre de vouloir être autonome, Maître...

En vérité, elle a encore peur qu'il ne la quitte, maintenant qu'elle n'est plus vraiment son élève.

L'homme a un geste d'impatience :

— Sottises ! Tôt ou tard, tu devras, et tu voudras mener ta propre vie.

Cette période est entièrement remplie par son amour pour le Maître. Il n'y a de place pour rien d'autre. Tout tourne autour de cet unique sujet, tous ses sentiments sont engloutis par cette passion sans limites qui lui donne l'impression d'être toujours comme étourdie, qui estompe les contours des choses.

Lui, il est comme avant, peut-être même un peu plus froid, ce que Doubhée refuse d'admettre. Il évite son regard, et il semble de plus en plus souvent triste. Certains soirs, au lieu de s'entraîner, il reste assis devant la fenêtre à contempler l'obscurité qui règne dehors. L'été, il passe une bonne partie de la nuit sur la plage, à regarder l'océan qui dévore la côte, puis se retire dans un rythme immuable. Il a l'air d'un homme profondément las.

Doubhée voudrait prendre sur elle cette fatigue, cette tristesse ; elle voudrait que son amour soit capable de le tirer de sa prostration et de lui apporter enfin la paix. Mais c'est impossible. Il y a toujours quelque chose entre eux, une sorte d'écran qui les sépare, quelque chose qu'elle ne sait pas définir, et qui la chagrine infiniment.

Les jours passent ainsi l'un après l'autre, identiques, telles les perles d'un collier.

Jusqu'au matin où quelqu'un apparaît devant leur maison.

C'est une journée tranquille. Doubhée est en train de s'entraîner sur le sable.

Elle n'y a jamais renoncé, même si elle sait qu'elle ne sera jamais tueur à gages. C'est qu'elle aime mettre son corps à l'épreuve, et puis elle doit rester en forme pour continuer à assister le Maître.

C'est l'automne, un vent frais lui caresse le visage, ce qui rend l'entraînement encore plus agréable. Elle médite assise sur la plage, les jambes croisées, quand elle perçoit un léger bruit de pas sur le sable. Elle ouvre les yeux, et sa concentration se brise. Sur le ciel d'un gris uniforme se découpe une silhouette sombre. C'est un homme maigre, vêtu de noir. Il porte une chemise aux manches amples, un corset de cuir avec des boutons d'un bleu vif, un pantalon épais et de hautes bottes. À sa ceinture, bien en vue, pend un long poignard, noir lui aussi.

L'inconnu regarde Doubhée avec insistance. Il lui sourit, mais il ne lui plaît pas. Elle sent en lui quelque chose de terriblement menaçant. Il ne s'approche ni ne s'éloigne, il se contente de la regarder, sans cesser de sourire. Et puis il s'en va comme il est venu.

Le souvenir de cette rencontre inquiète Doubhée tout au long de la journée : elle a très confiance en son sixième sens ; elle voudrait en parler au Maître, mais pour lui dire quoi, exactement ? Alors, elle se tait, et elle espère que l'autre ne reviendra pas, que cela n'a été qu'une rencontre fortuite et sans importance.

Pourtant les jours suivants, elle y pense encore. Elle n'arrive pas à se concentrer pendant son entraînement, elle est tendue, toujours prête à bondir. Le Maître l'a remarqué.

— Quelque chose te préoccupe ?

Doubhée lève les yeux en feignant la stupeur. En réalité, elle s'attendait à cette question.

— Non, rien.

— Dis plutôt que tu ne veux pas en parler.

— Il n'y a rien dont je ne parlerais pas avec toi.

Ça, c'est vrai.

— Mais il y a sûrement des choses que tu ne me dirais jamais.

Doubhée rougit. Elle se demande si le Maître sait ce qu'elle lui cache.

— Tout le monde a ses secrets, conclut-il, et elle pousse un soupir de soulagement.

Le lendemain, Doubhée se sent encore plus inquiète qu'avant. Elle a beau essayer de se rassurer, l'angoisse est toujours là.

Au milieu de la matinée, on frappe à la porte.

Comme d'habitude, c'est elle qui ouvre. Elle se raidit : devant elle, il y a l'homme de la plage, avec le même sourire mauvais imprimé sur le visage.

— Salut, Doubhée ! Je cherche Sarnek.

Elle ne se demande même pas comment cet homme a fait pour savoir son nom. Elle se concentre seulement sur le second. *Sarnek.*

Le sourire de l'inconnu s'élargit :

— On dirait que je l'ai trouvé !

Doubhée tourne la tête et elle voit le Maître derrière elle. Son visage est contracté par la colère. Il serre son poignard dans la main.

— Qu'est-ce que tu veux ? lâche-t-il entre ses dents.

L'autre continue à sourire.

477

— Hé, on se calme ! Tu n'as aucun besoin de ce couteau. Comme tu vois, je n'ai pas sorti le mien.

Mais le Maître continue à brandir son arme.

— Pousse-toi d'ici, Doubhée, fait-il.

La jeune fille n'attend pas qu'on le lui répète. L'atmosphère est soudain devenue glaciale, et elle a peur.

— Range ce poignard, entend-elle dans son dos. Je ne suis pas venu te faire de mal.

— Figure-toi que je ne te crois pas.

— Tu ne peux pas me faire confiance, en souvenir du bon vieux temps ? Toi et moi avons tout de même passé pas mal d'années ensemble !

— On ne peut pas se fier à la Guilde.

— Si j'avais voulu vous tuer, toi et la gamine, je l'aurais déjà fait, tu ne penses pas ? Or j'ai frappé à la porte, mon couteau et mes autres armes bien à leur place. C'est une déclaration de bonnes intentions, non ?

Le Maître scrute quelques instants le visage de l'homme, puis il semble se détendre un peu et baisse son poignard.

— Alors, qu'est-ce que tu veux ?

— Te parler.

— Je n'ai rien à te dire.

— Moi si… Je t'apporte le pardon.

Le Maître ricane :

— Je n'en ai pas besoin.

— Ah bon ? Et pourtant tu n'as pas cessé de fuir pendant toutes ces années, ce qui prouve que tu as peur de la punition.

Le Maître grince des dents.

— Sois bref !

L'homme sourit d'un air presque bienveillant et entre dans la maison. Doubhée le regarde avec crainte, et il lui adresse en retour un regard en dessous plein de sous-entendus qu'elle n'arrive pas à déchiffrer.

— Doubhée, va dehors.

La jeune fille se tourne vivement vers le Maître.

— Pourquoi ?

— Parce que je te l'ordonne ! explose-t-il. Et arrête de discuter, d'accord ? Je suis ton maître. Fais ce que je te dis, et vite !

Humiliée par cet accès de fureur, elle ne peut que s'en aller.

— Et ne te montre pas avant deux bonnes heures !

Elle acquiesce, immobile sur le seuil, puis elle referme la porte derrière elle.

Cela fait sept ans qu'elle vit avec le Maître, et pendant ce temps ils ont tout partagé. Ils ont dormi ensemble, mangé ensemble, ils ont vécu ensemble dans des chambres d'auberge, des grottes et dans les maisons les plus improbables. Elle l'aime, il est le centre de son univers. Et pourtant elle n'a jamais su comment il s'appelait. Pour elle, il n'a jamais été que « le Maître ».

Et voilà qu'à l'improviste surgit un étranger, que le Maître déteste, quelqu'un de la Guilde, d'après ce qu'elle a compris, et qu'il l'appelle par son nom. Sarnek. Doubhée trace les lettres avec le doigt sur le sable. Sarnek. Sarnek. Cet inconnu connaissait son nom, et pas elle. Qu'est-ce qu'il leur veut ? Et qui est-ce ? Pourquoi le Maître l'a-t-il chassée avec une telle violence pour parler avec lui ? Non, pas le Maître Sarnek.

Elle se lève d'un bond. Elle est en colère ; elle se sent trahie. Effrayée, elle court vers la mer.

Les vagues lèchent la phrase qu'elle a écrite sur le sable :

J'aime Sarnek.

— Assez de simagrées et de paroles inutiles.

Les deux hommes sont assis face à face à la table. Le visiteur semble détendu, tandis que Sarnek est aux aguets, la main posée près de la garde de son poignard.

— Tu es toujours le même, Sarnek. Il paraît que les années et les expériences changent les gens, mais on dirait que ça ne vaut pas pour toi.

— Qu'est-ce que tu me veux ?

— La Guilde souhaite te pardonner.

— Je n'y crois pas.

— Nous ne sommes pas vindicatifs...

— Pourtant vous m'avez traqué pendant toutes ces années ! Tu penses peut-être que je ne m'en suis pas rendu compte ? J'ai enduré la faim, j'ai vécu de petits contrats, j'ai fait profil bas pour que vous m'oubliiez...

— Quand tu es parti, tu savais qu'il en serait ainsi.

— Apparemment, pour vous cela reste une honte, une vilaine tache sur votre plan immaculé. Je me trompe, ou je suis toujours le seul à vous avoir filé sous le nez ?

Sarnek sourit férocement, et l'autre semble encaisser le coup :

— Le passé est passé, il ne nous intéresse pas, déclare-t-il. Désormais, tu n'es plus qu'un Perdant, et Thenaar se chargera de te punir pour l'avoir trahi. La place de quelqu'un comme toi est dans le plus sombre recoin de l'enfer.

— Tu ne me fais pas peur avec tes histoires de fanatique !

L'homme frappe du poing sur la table et regarde Sarnek avec mépris.

— Si tu continues comme ça, je vais rester plus longtemps que prévu... et ce n'est pas ce que tu veux, n'est-ce pas ?

— Vas-y, continue.

L'autre reprend le contrôle de lui-même.

— Comme je te le disais, nous ne nous soucions plus de toi. Pour nous, tu es définitivement perdu. Si nous t'avons cherché pendant toutes ces années, ce n'était sûrement pas pour te convaincre de revenir, mais pour te tuer.

— Tu me flattes, vraiment. Et qu'est-ce qui a changé entre-temps ?

— La fille.

Sarnek change soudain d'expression. Le sourire moqueur meurt sur ses lèvres et laisse place à une expression féroce :

— Tenez-la en dehors de tout ça !

L'homme fait comme s'il n'avait pas entendu.

— C'est une Enfant de la Mort, elle est liée à Thenaar. De plus, tu l'as entraînée à notre façon. Tout ça pour la laisser moisir ici... Quinze ans, et elle n'a toujours pas commencé à exercer le métier de tueur à gages.

— Tiens-la en dehors de tout ça ! rugit Sarnek. Elle n'est pas à vous, elle est à moi.

L'homme ricane.

— J'avais bien dit que tu n'avais pas changé ! Les femmes te perdront toujours…

D'un geste fulgurant, Sarnek le saisit à la gorge.

— Tais-toi !

L'autre n'arrête pas de ricaner, mais il lève une main en signe de paix. Sarnek ne le lâche pas.

— Allez, tu ne peux pas nier l'évidence ! Même un mécréant de ton genre doit le voir : Doubhée est à Thenaar. Tu ne reconnais pas le plan du destin ? La manière dont elle a exécuté son premier meurtre, sa rencontre avec toi…

— Du hasard pur et simple. Je ne voulais même pas qu'elle reste avec moi.

L'homme s'impatiente.

— Maintenant, ça suffit ! Je n'ai pas l'intention de te reconvertir. Je viens traiter avec toi. La Guilde te pardonnera si tu nous donnes Doubhée.

— Pas question !

— Tu n'as pas le choix, Sarnek. Si tu ne le fais pas, je viendrai ici, je te tuerai, et je l'emmènerai avec moi. Fin de l'histoire.

— Si tu y arrives… Je t'assure que ce ne sera pas facile ; pas du tout. J'ai toujours été meilleur que toi.

— Quand la Guilde programme la mort de quelqu'un, il n'y a pas d'issue, Sarnek. Si tu ne nous remets pas la gamine, nous la prendrons par la force et tu connaîtras une mort que tu n'imagines même pas…

— Non ! Je ne vous permettrai jamais de poser les mains sur elle, tu entends ? Je ne la condamnerai pas au sort que j'ai connu.

Sarnek regarde l'homme haineusement.

— Tu as deux jours pour y penser, dit celui-ci d'une voix mal assurée. Après, nous aviserons.

Il se lève.

— Réfléchis bien, Sarnek. Tu as été un Victorieux, tu sais combien nous avons de manières pour faire mourir quelqu'un.

Sur ce, il s'en va. Sarnek, assis à la table, se tord les mains avec rage.

— Malédiction... malédiction !

Le Maître rejoint Doubhée sur la plage en courant. Elle comprend immédiatement qu'il s'est passé quelque chose de grave.

— Prépare tes bagages, nous partons demain matin !

— Qu'est-ce qui est arrivé ? demande-t-elle avec inquiétude.

— Contente-toi de faire ce que je dis ! Tu auras tes explications quand ce sera le moment.

Doubhée obéit. Sans discuter, elle va rassembler ses affaires.

Le soir, le Maître sort.

— Si je ne revenais pas, sauve-toi. Et n'utilise plus jamais ton nom, tu m'entends ? Oublie tout ce que je t'ai enseigné, invente-toi une nouvelle vie. Mais, surtout, change de nom.

— Pourquoi tu me dis ça ? s'affole la jeune fille. Qu'est-ce qui se passe ?

— Reste calme, j'ai un travail à faire.

Elle lui jette les bras autour du cou, elle se blottit contre lui.

— J'ai peur, j'ai peur ! Ne pars pas ! sanglote-t-elle.
Il la serre très fort :

— Ne t'inquiète pas, tout ira bien.

— Tu es tout ce que j'ai, tout ! Et tu me dis : « Si
je ne revenais pas »...

Elle le regarde dans les yeux, le visage baigné de
larmes.

— Ne m'abandonne pas, je t'en supplie, ne m'abandonne pas ! Je... je t'ai...

Il l'interrompt en posant un doigt sur ses lèvres.

— Ne le dis pas. Ne le dis pas... Je reviendrai à
l'aube.

C'est une nuit horrible. Doubhée la passe debout. Elle
n'arrive pas à se calmer, elle pleure, elle attend à la
fenêtre. Son sac et celui du Maître sont prêts, sur la
table. Elle a mis son manteau.

— Maître... Maître..., murmure-t-elle à la nuit.

Les heures passent avec une lenteur insupportable, les
étoiles semblent clouées sur place. L'aube finit par sur-
gir enfin, teintant peu à peu le ciel d'un blanc laiteux.

La lumière ne chasse pas l'angoisse. Le Maître ne se
montre pas ! Que fera-t-elle s'il ne revient vraiment
pas ? Elle n'ose même pas y penser. Elle mourra, elle
aussi. Quelle raison aurait-elle de vivre ?

Enfin, alors qu'une clarté rosée illumine la pièce,
Doubhée aperçoit au loin une silhouette. Une silhouette
qu'elle reconnaîtrait entre mille.

Elle bondit hors de la cabane, crie son nom, ce nom
que jusqu'à la veille elle ignorait, elle court vers lui à
en perdre haleine, elle se jette à son cou en pleurant.
Ils tombent tous deux sur le sable.

Il lui caresse doucement la tête.

— Tout va bien, tout va bien, répète-t-il.

Quand ils se relèvent, Doubhée aperçoit du sang.

— Qu'est-ce qui s'est passé ?

Il secoue la tête :

— Ce n'est pas le mien.

Mais il a une blessure sur le bras, Doubhée la voit tout de suite.

— Et ça ?

— Une égratignure.

Le Maître est pâle, il transpire.

— Je vais te soigner.

— Je t'ai dit que ce n'était rien.

— Cela pourrait s'infecter. Je connais des herbes… Je m'en occupe.

Le Maître capitule devant ses yeux brillants.

Doubhée prépare un mélange qu'elle vient lui étaler sur le bras. C'est une blessure ouverte et profonde. On voit l'os ; le sang coule abondamment. Elle n'a jamais soigné de plaie de ce genre, mais elle a confiance en ses connaissances botaniques. Elle nettoie la plaie, recoud les bords avec une aiguille et du fil, puis elle y applique le cataplasme d'herbes. Le Maître n'émet pas une plainte. Il regarde par terre, l'air fatigué. Ils ne se disent pas un mot, c'est inutile. Ils sont de nouveau ensemble, et Doubhée est certaine que l'homme en noir ne la poursuivra plus. Il est mort.

Ce n'est que plus tard, devant deux bols de lait chaud, qu'ils parlent.

— L'homme de la Guilde n'est plus un problème, mais nous devons partir quand même.

Doubhée le regarde avec ravissement. Après cette terrible nuit, elle n'arrive pas à croire qu'il est là, devant elle.

— Comme tu veux, Maître.

— J'ai fait quelque chose d'énorme…

Elle sourit :

— Tout ira bien tant que tu seras avec moi.

Lui aussi sourit, tristement.

— Nous partirons de nuit.

Ils se mettent en route, sous un ciel froid et impitoyable parsemé d'étoiles. Le Maître est faible, mais il refuse de retarder le départ.

— J'ai tué quelqu'un de la Guilde. Ils ne me laisseront plus tranquille. Nous devons mettre le plus de distance possible entre eux et nous.

Doubhée se mord les lèvres.

— Qu'est-ce qu'il voulait ?

— J'ai quitté la Guilde il y a des années. Pour eux je suis un traître. Il voulait me tuer et t'emmener avec lui.

Doubhée baisse la tête. Alors, c'est elle qu'ils cherchaient ? Elle et son maudit destin ! Elle est une Enfant de la Mort, et c'est pour cela qu'ils la veulent. N'y aura-t-il donc jamais de fin aux malheurs que sa naissance a engendrés avec elle ?

Le voyage est long et éreintant. Ils se dirigent vers la Terre du Soleil, dans une nouvelle maison, a dit le

Maître. Il est éprouvé, son front est chaud, et Doubhée le conjure de s'arrêter.

— Il en va de notre vie, stupide fille, tu veux bien le comprendre ?

Il est nerveux, sans doute à cause de la douleur ou de la fièvre.

Alors, Doubhée allonge le pas, elle s'épuise. Elle comprend qu'il leur faut arriver le plus vite possible.

Seulement, elle voit le Maître dépérir. Sa plaie s'est rouverte, et la jeune fille ne sait pas quoi faire. Elle est désespérée.

— Maître, ton état empire ! La blessure s'est infectée, ça ne va pas. Tu dois te reposer ! Le supplie-t-elle.

Il ne l'écoute pas, il continue, le pas incertain.

Nuit après nuit, ils avancent ; le paysage change, et Doubhée sent avec soulagement que leur but est proche. Ils ne sont plus très loin de Makrat.

C'est le Maître qui guide en chancelant. Ils traversent la forêt et aboutissent enfin dans une grotte.

À l'intérieur, il n'y a qu'un tas de paille.

— C'est là, dit le Maître d'une voix essoufflée.

— Mais ce n'est pas une maison, ça ! proteste Doubhée. Tu ne peux pas rester là !

— Ça ira très bien. Je suis juste fatigué, ne fais pas d'histoires. Pas loin d'ici coule un torrent, va me chercher un peu d'eau

Doubhée y court, elle remplit un bol et le lui porte. Pendant toute la soirée, elle s'occupe à dénicher de la nourriture et à préparer des pansements. La blessure est effrayante.

— Maître, pourquoi est-ce que tu me fais ça, pourquoi ? Je ne veux pas que tu meures !

Il se contente de sourire sans répondre. Il a l'air plus tranquille et lui caresse souvent la tête.

— Pendant toutes ces années, je ne sais pas comment j'aurais fait sans toi, murmure-t-il.

Doubhée se retourne vivement, les yeux pleins de larmes.

— Je n'existe pas sans toi, Maître, tu comprends ? Je tiens à toi, je t'aime !

Il continue à sourire.

— Sottises, sottises..., fait-il.

Après le dîner, il sombre dans le sommeil.

Doubhée le veille toute la nuit.

Les jours suivants, elle se dévoue totalement au Maître. Elle va jusqu'à Makrat pour chercher à manger, elle lui prépare une paillasse propre, elle le soigne.

— Quand tu sors, sois prudente ! Vérifie si on ne te suit pas, lui recommande-t-il toujours, même dans le délire de la fièvre.

— Cet homme est mort, Maître, personne ne sait où on est.

— La Guilde a des yeux et des oreilles partout.

Doubhée s'investit corps et âme dans la préparation des remèdes. Au bout d'une semaine, le Maître donne des signes d'amélioration. Le jour où la fièvre baisse enfin, elle exulte. Elle est épuisée par la peur et la fatigue, mais elle est heureuse, et elle sourit au Maître.

— Tu es vraiment une bonne prêtresse, plaisantet-il, et elle rit pour la première fois depuis que l'homme en noir est apparu dans leur vie.

Les jours passent. Le Maître est toujours très fatigué, mais il se rétablit peu à peu. L'arme avec laquelle il a été blessé avait dû être empoisonnée, c'est pour cela que la guérison a été si lente et si laborieuse.

Pour Doubhée, c'est un retour à la vie. Bientôt, tout sera de nouveau comme avant, ou plutôt mieux, parce que depuis quelque temps le Maître est beaucoup plus affectueux avec elle, elle ne sait pas pourquoi. Est-ce parce qu'ils ont été si proches dans un moment aussi difficile, ou à cause de l'aveu qu'elle lui a fait ? Doubhée s'en souvient bien, elle lui a dit qu'elle l'aimait. Il lui a répondu que c'était des sottises ; pourtant son comportement a changé. Tout à coup, elle se met à imaginer un futur pour eux deux ensemble, elle commence à rêver.

Le Maître, lui, n'est pas vraiment calme. Doubhée le trouve souvent debout à scruter les parages.

— Tu dois rester au lit, sinon tu ne guériras jamais, le rappelle-t-elle à l'ordre.

— Je vais bien, ne joue pas à la maman.

Un jour, elle le trouve en train d'écrire. Dès qu'elle entre, il range tout en vitesse. Elle ne dit rien.

— Tu es sûre qu'il n'y avait personne derrière toi ? veut-il savoir.

— J'en suis certaine.

— Je peux surveiller les alentours, mais pour le reste…

— Tu n'as pas à surveiller quoi que ce soit, tu dois seulement guérir.

Doubhée continue à appliquer la pommade sur son bras blessé. Elle la prépare elle-même chaque soir.

Un jour, elle constate que la plaie est ouverte.

— Qu'est-ce que tu as encore fait ? demande-t-elle sur un ton de reproche.

Elle s'attend à un sermon, parce que le Maître n'aime pas être repris de cette façon. Or il ne se met pas en colère. Il répond simplement qu'il n'a rien fait, sinon se reposer.

Doubhée étale une couche plus épaisse de pommade là où les bords de la blessure se sont écartés, puis elle bande le tout. Soudain, elle sent le bras du Maître se contracter. Elle suspend son geste pour voir si c'était seulement une impression. Non, ses muscles sont secoués de légers tremblements.

— Qu'y a-t-il, Maître ? s'affole-t-elle.

— Allonge-moi, demande-t-il, très pâle.

Le cœur de Doubhée se met à battre furieusement.

— Tu ne te sens pas bien ? Qu'est-ce que tu as ?

Il lui sourit, alors que ses dents commencent à claquer.

— Ne t'inquiète pas, ça ne durera pas longtemps.

Doubhée sent une terreur sans nom l'envahir.

Le Maître tremble toujours plus fort, à tel point qu'il lui est difficile de parler.

— Je n'ai pas beaucoup de temps. Tu trouveras une lettre sous ton coussin. Lis-la et fais ce qu'elle dit.

— Qu'est-ce qui t'arrive, qu'est-ce qui t'arrive ? sanglote Doubhée.

Elle reconnaît ces symptômes. Ils sont dans son livre de botanique, celui qu'elle a acheté avec l'argent de son premier meurtre.

— Pardonne-moi, lâche le Maître d'une voix cassée. Il était nécessaire que je meure, et je n'ai pas trouvé d'autre moyen.

La jeune fille se fige, horrifiée : la feuille de jusquiame ! Un des poisons qu'il utilisait pour ses meurtres.

— Tout est dans la lettre, murmure-t-il.

Non, non, non !

Elle ne peut que crier son nom, et lui demander pourquoi, sans arrêt.

Le Maître souffre, elle le lit sur son visage. Ses mots deviennent désordonnés, confus.

— Si je... m'auraient cherché... toujours... fais trouver... corps...

Doubhée l'étreint avec violence en hurlant son refus de ce geste qu'elle ne comprend pas.

Le Maître tressaille entre ses bras, puis s'immobilise. Il ferme les yeux, contracte les lèvres ; il réussit à lui passer maladroitement la main dans les cheveux. Il lui caresse la tête, et elle le serre encore plus fort.

Non, non, non !

Puis, comme il l'a dit, tout s'achève rapidement. Son corps se relâche, sa poitrine cesse de se soulever, et il rend son dernier souffle.

Doubhée reste là, hébétée, serrée contre lui, désespérément seule.

32

LE DÉBUT DE L'HISTOIRE

+ + +

Le passé XI

Chère Doubhée,

Je sais bien qu'il te sera impossible d'accepter ce que j'ai fait. Je te connais mieux que personne, c'est pourquoi je comprends ce que tu ressens. Je devine le désappointement et la douleur causés par mon geste. C'est justement pour te l'expliquer que je t'écris. Je ne te demande pas de me pardonner, et je ne me repens pas de ce que j'ai fait. C'était nécessaire. Je te demande de m'oublier et de clore ce chapitre de ta vie. De prendre mes enseignements et de les jeter, de les arracher de ta mémoire et de recommencer à vivre, comme tu le faisais au temps de Selva.

Je suis fatigué, Doubhée, immensément. J'ai beau être encore jeune, je sens les années peser sur mon dos d'un poids insupportable. Je me sens vieux de plusieurs siècles, et usé. J'ai fait tout ce que je pouvais, et si je continuais à vivre, je n'ajouterais rien à mon histoire. Je ne ferais que me traîner, et je te traînerais avec moi. C'est la première raison pour laquelle j'ai choisi de mourir. Je n'en pouvais plus. C'est le prix que nous payons, nous les Assassins, Doubhée. Ceux qui comme nous n'ont rien connu d'autre dans la vie, qui ont été jetés contre leur volonté dans une existence qu'ils détestent, meurent un peu à chaque meurtre. Malgré ton âge, tu as déjà découvert cette réalité, toi aussi. Tuer nous tue aussi, et à la fin, cela devient insoutenable.

Pourtant je ne l'ai pas fait seulement par lassitude. Je l'ai fait à cause de la Guilde. L'autre soir, j'ai tué l'un de mes vieux compagnons de la Maison. Nous nous connaissions depuis l'enfance. Je le haïssais peut-être, comme il me haïssait, mais nous avions grandi ensemble. Je l'ai tué parce qu'il voulait t'emmener avec lui et que tu ne mérites pas le même destin que le mien. Cependant on ne tue pas impunément quelqu'un de la Guilde. Ils m'auraient traqué sans relâche, ils nous auraient suivis partout. Je n'aurais pas supporté cette bataille. Je n'ai pas la force de recommencer à disputer mon âme à la Guilde. Si je m'en vais, si je meurs, tu pourras fuir sans me traîner comme un fardeau. Ils te chercheront, bien sûr, mais ce sera plus difficile. Ils ne te connaissent pas bien. Si je m'en vais, tu auras une chance d'être libre.

Doubhée, tu es ce qui m'est arrivé de mieux ces dernières années. Quand je t'ai trouvée, j'étais désespéré. Cela faisait un an que j'avais quitté la Guilde. Et cela avait été très dur de partir. J'avais vécu avec eux pendant si longtemps en pratiquant le meurtre et le culte de Thenaar. Je suis né de l'une des prêtresses de la Guilde, et je n'ai jamais connu mes parents. J'ai été élevé par les Assassins dans le seul but de devenir une arme, et pendant de nombreuses années, de l'enfance à la maturité, j'ai fait tout ce qu'ils me disaient, en considérant leurs enseignements comme sacrés.

Tuer ne me gênait pas, je me sentais fort en le faisant. La vie d'une personne normale ne me manquait pas. Pour moi, la Guilde me donnait tout ce dont j'avais besoin.

L'enchantement s'est brisé à cause d'une femme. Il n'y a pas d'amour dans la Guilde, mais la race des Assassins doit bien se poursuivre.

Elle aussi était une prêtresse. Une prêtresse n'a qu'un rôle : offrir des fils à Thenaar. Lorsqu'elle n'a plus l'âge d'enfanter, elle est tuée. Jusque-là, elle doit mettre au monde un enfant tous les deux ans. Si elle échoue, elle est supprimée.

C'était une jeune fille qui n'avait rien de particulier. La Guilde était pleine de femmes plus belles, plus impitoyables, plus douées. Elle avait eu deux enfants qui lui avaient été arrachés dès leur naissance. Elle ne s'en plaignait pas, elle savait que c'était son destin. Son deuxième accouchement avait été très éprouvant, et le prêtre lui avait appris que ce serait un miracle qu'elle puisse encore enfanter. Mais elle ne l'avait dit à personne.

Je ne sais pas pourquoi je suis tombé amoureux d'elle. Elle était ingénue, peut-être que c'était pour cela. Son innocence était quelque chose que je n'avais jamais connu. Elle avait tué dans son adolescence, avant de devenir prêtresse, et malgré cela elle avait gardé une sorte de pureté qui me fascinait. Nous avons fait l'amour une fois, et déjà je fondais en la voyant passer dans la

Maison, avec son pas distrait et son air absorbé. Elle aussi m'aimait, d'une manière douce et gentille qui me la rendait encore plus proche.

Elle ne s'est pas trouvée enceinte le premier mois, ni le deuxième, ni même le troisième, malgré le fait que nous nous voyions presque tous les soirs. Au début, nous nous en moquions ; au contraire, cela nous arrangeait. Plus sa grossesse tardait, plus nous pouvions passer de temps ensemble. Mais le quatrième mois, le Gardien Suprême m'a fait appeler pour me prévenir qu'il nous laissait deux mois ; ensuite, je devrais la tuer.

L'angoisse nous a saisis. Nous faisions l'amour avec désespoir, en redoutant à chaque fois que ce soit la dernière. Le délai s'est écoulé sans qu'elle porte un bébé. C'est alors qu'elle m'a confié ce que lui avait dit le prêtre un an plus tôt, et, en larmes, elle m'a murmuré qu'elle était perdue, que tout était fini. Je savais ce qui m'attendait : j'allais devoir la tuer, ainsi le voulaient les règles de la Maison.

Nous avons décidé de fuir. En réalité, c'est moi qui ai décidé pour nous deux. Elle se sentait liée à cet endroit par une stupide forme de reconnaissance. C'était une Enfant de la Mort. Sa mère n'avait pas survécu à l'accouchement, et la Guilde l'avait recueillie alors qu'il ne lui restait plus personne au monde.

Je l'ai convaincue, et je me suis mis à préparer les moindres détails de notre évasion. C'était étrange comme cet amour avait changé d'un coup mes perspectives : il avait chassé toutes les certitudes que j'avais sur la Guilde et sur le meurtre. Je ne voulais plus être un

Victorieux, je ne voulais plus offrir de sacrifices à Thenaar. Je voulais seulement vivre en paix avec elle.

Nous nous sommes enfuis une nuit. Ce n'est pas facile d'échapper à la Guilde, mais nous avons tout de même essayé. On s'est lancé à notre poursuite. Affaiblie, elle est tombée, et ils l'ont rattrapée. Pas moi... À chaque fois que j'y pense, je me sens mal. Mes pieds ont été plus forts que mon cœur, et j'ai fui. Je ne me suis pas arrêté pour la sauver ! Mes maudits pieds m'ont emporté loin d'elle, vers une vie de misère.

Par la suite, j'ai essayé de la reprendre, de la sauver. Hélas, je n'ai retrouvé qu'un cadavre parmi d'autres, dans la fosse commune où la Guilde jette ses victimes. Je l'ai laissée mourir, tu comprends ? La seule femme que j'aie jamais aimée, je l'ai laissée mourir par peur, pour une liberté dont je n'ai jamais profité.

Un an avait passé quand je t'ai rencontrée. Je ne voulais personne avec moi, tu le sais bien. J'avais déjà commencé à mourir. T'avoir à mes côtés m'a donné la force de vivre jusqu'à aujourd'hui. Pendant tout ce temps, tu as été mon but, mon seul espoir. Mais encore une fois, je me suis trompé. Ma vie entière est une erreur, et ce sont toujours les personnes que j'ai aimées qui ont payé. Je n'aurais jamais dû accepter que tu restes avec moi. J'aurais dû le comprendre à la manière dont tu m'as regardé quand je t'ai sauvée, et toutes les fois où tu m'as regardé avec adoration. Seulement, j'avais un besoin infini de ta présence, un besoin viscéral. J'avais besoin de ta vie pour réveiller la mienne, j'avais besoin de ton admiration pour sentir que je comptais encore pour quelqu'un.

Mais t'avoir entraînée, avoir perverti ton innocence est un péché impardonnable. Je t'ai obligée à tuer, je t'ai transmis mon destin de mort, juste pour ne pas me sentir seul dans ma douleur, pour faire revivre un fantôme.

Tu me faisais sans cesse penser à elle. Petite, tu étais la fille qu'elle et moi n'avions pas pu avoir, l'enfant qui nous aurait peut-être permis de rester ensemble. Plus tard, dans tes yeux j'ai revu ses yeux, et dans mon esprit tu lui ressemblais toujours plus. Et quand j'ai compris que tu m'aimais, quand tu me l'as avoué, je pensais encore à elle, et des idées terribles me traversaient la tête. Je t'aime, Doubhée. Ou plutôt c'est elle que j'aime à travers toi. Et c'est une autre raison pour laquelle je dois partir.

Je suis tes chaînes, Doubhée, je suis ta malédiction. Tu me dis que je suis tout pour toi, que tu es perdue sans moi ; mais c'est le contraire. Et tu dois être libre, comme avant de me rencontrer. Oublie l'amour que tu éprouves pour moi. Il y aura d'autres hommes, que tu aimeras encore plus, et qui sauront t'aimer, toi, et non celle qu'ils voient en toi.

Maintenant, je meurs, les comptes sont remis à zéro. Je te rends ta liberté, je refais de toi une personne normale. C'est pour cela que j'ai voulu que ce soit toi qui le fasses, c'est pour cela que j'ai glissé la feuille de jusquiame dans le cataplasme. Je voulais mourir par ta main. Je voulais que ce soit toi, à qui je tiens tant, qui me donnes la mort. Souviens-toi toujours de cette horrible fin. Je ne veux pas que tu deviennes tueur à gages. Bien sûr, tu vas penser que tu n'as pas le choix, que c'est la seule chose que tu sais faire, mais ce n'est pas vrai ! Tu dois me jurer que tu ne tueras jamais plus. Ce n'est pas un travail pour toi. Le destin n'existe pas, Doubhée. Toutes ces idioties sur les Enfants de la Mort, sur Thenaar qui désigne ses victimes et ses saints, ce sont des mensonges. Chacun choisit sa propre route, et chacun peut changer son histoire. Toi, au moins, tu peux le faire.

Doubhée, je t'en prie, c'est ma dernière volonté. Si tu deviens tueur à gages, tu finiras comme moi, usée, morte à l'intérieur, et un jour toi aussi tu chercheras une plante qui puisse te procurer une fin rapide et indolore.

Fais en sorte que la Guilde trouve mon cadavre. Ils doivent savoir que je suis mort. Ensuite, sauve-toi, change de vie, prends un autre nom. Pendant quelque temps, essaie de bouger le plus possible pour qu'ils perdent ta trace. Après, tu pourras t'installer quelque part et tout recommencer depuis le début.

J'ai confiance en toi. Je m'en vais avec sérénité parce que je sais que tu t'en sortiras. Il suffit que tu le veuilles, que tu coupes les ponts avec cette période de ta vie, et tu y arriveras.

Oublie-moi, Doubhée, oublie-moi et pardonne-moi si tu peux.

Sarnek

Doubhée est dans la grotte, la lettre sur ses jambes. Elle l'a lue d'une traite, en caressant ces feuilles sur lesquelles le Maître a posé ses mains, en suivant les courbes de son écriture... Ensuite, elle en relu des passages, convulsivement.

Elle n'a plus de larmes pour pleurer. Elle les a toutes versées sur le corps du Maître, en criant : « Pourquoi ? » vers le ciel. Mais aucune réponse n'est venue de là-haut, aucun réconfort, seulement une solitude infinie.

Elle ne comprend pas. Désormais, elle connaît le message du Maître par cœur, et pourtant elle ne comprend toujours pas ce geste insensé qui lui a ôté le seul être qu'elle aimait Le désespoir du Maître, sa culpabilité, elle les admet vaguement. Mais ce qui lui paraît très clair et lui fait mal, c'est qu'elle n'a pas réussi à devenir une raison de vivre pour lui. Il n'a pas suffi d'être une très bonne élève ni de l'aimer jusqu'à l'adoration pour le retenir. Le Maître a préféré mourir plutôt que rester avec elle.

Elle repense à sa vie. À son père qui est mort, à sa mère qui a choisi de l'oublier, à Gornar qui n'est plus qu'un tas d'os sous la terre. Et au Maître. Un long sillage de sang marque ses années. Rien que des malheurs et de la souffrance pour tous ceux qui l'ont aimée, forgée, ou aidée.

« Fais ce qu'il t'a dit », s'enjoint-elle.

Hébétée par la douleur, à demi morte elle aussi, elle suit les directives du Maître. Elle le met sur une civière en branches et le traîne de nuit près de Makrat. Elle le laisse au pied des murs d'enceinte : quelqu'un passera et aura pitié de lui, on le prendra et on l'enterrera. La nouvelle se répandra, la Guilde apprendra qu'il est mort. Et elle, elle disparaîtra.

Elle ne sait pas quoi faire de sa vie. Elle retourne dans la grotte et attend que le temps passe.

Tout est exactement comme le soir de sa mort. Le cataplasme avec lequel elle l'a tué de ses propres mains est encore là, par terre. Ce n'est plus qu'une poudre noirâtre que le vent étale lentement sur le sol de la grotte. Et puis, il y a ses affaires. Ses flèches, ses couteaux, l'arc, le poignard. Tout est resté là, si douloureusement vivant que Doubhée n'arrive pas à croire qu'il s'en est allé pour toujours, qu'elle ne le reverra plus jamais.

Elle reste prostrée pendant des jours ; le temps se déforme, le présent et le passé se confondent, comme le soir du meurtre de Gornar.

Parfois, elle voudrait au moins pouvoir haïr le Maître. Elle sent qu'elle aurait des raisons de le faire : en fin de compte, il l'a quittée, en plus de ça il l'a en quelque sorte obligée à le tuer. Et pourtant elle n'y arrive pas. L'amour qu'elle éprouve pour lui est intact dans son cœur, dans sa tête. Il y a de la haine, certes, mais c'est plutôt contre elle-même que cette rage se dirige. Elle aurait sûrement pu faire quelque chose, et elle ne l'a pas fait.

Malgré son épuisement physique et mental, la vie continue toutefois à palpiter en elle, sous l'épais manteau de douleur qui l'enveloppe. Elle aurait peut-être envie de combattre cet instinct, de s'allonger simplement sur le sol là où le Maître a respiré pour la dernière fois et de se laisser aller, elle aussi… Elle ne peut pas. Ce battement tenace est plus fort que tout, il n'y a pas moyen de l'arrêter.

C'est ainsi qu'un jour elle tend la main vers un petit

paquet couvert de terre, oublié dans un coin. Les mains tremblantes, la tête qui tourne, elle l'ouvre, elle prend le fromage qu'il contient et le mange en pleurant.

C'est difficile à admettre, mais la vie a été plus forte. Il y aura encore de la douleur, Doubhée le sait, peut-être même que c'est la mort lente dont a parlé le Maître qui l'attend. Cependant elle n'est pas faite pour les raccourcis, ni pour les consolations faciles. Elle doit continuer, jusqu'au bout.

Elle reste encore quelques jours dans la grotte. Le Maître lui a dit de s'enfuir loin, seulement elle ne sait pas où aller. Elle vit, elle vivra, mais comment ? Elle doit quitter la voie du meurtre, c'est ce qu'il lui a dit dans sa lettre. « Souviens-toi toujours de mon horrible fin » : ces paroles se transforment en ordre dans son esprit. Elle s'en souviendra ; d'ailleurs, comment l'oublier ? Elle fuira, elle fera la vagabonde, sans toucher à son poignard. Elle le jette, et elle prend celui du Maître à la place, en jurant sur son sang de ne jamais l'utiliser.

Elle quitte la grotte qu'elle a partagée avec lui et elle marche. Pendant des heures, elle ne fait que marcher. Vers le sud. Elle ne veut plus retourner sur la Terre du Soleil, qui lui a toujours causé tant de souffrance.

Ses bottes se couvrent de poussière, et peu à peu ses provisions s'épuisent. Elle n'a plus d'argent, et de village en village, la faim la tourmente toujours davantage. Elle regarde les fruits sur les étalages, les clients dans les auberges. Elle ne sait pas quoi faire.

Et puis un jour, son estomac gronde un peu plus que

d'habitude, et cette sauvage envie de vivre se fait sentir plus violemment que jamais. Alors, elle pénètre de nuit dans le garde-manger d'une auberge. Elle escalade le mur et y entre par la fenêtre. Son corps se souvient de l'entraînement, et elle met en pratique tout ce que lui a appris le Maître. Elle se glisse dans la réserve et se jette sur la nourriture. Elle mange tout ce qu'elle peut, et ensuite, elle remplit ses poches. Quand elle ressort, l'aube point à l'horizon.

D'une certaine manière, sa route est déjà tracée. Après les villages, les villes. Doubhée comprend vite que c'est la seule chose qu'elle sait faire : entrer furtivement dans les maisons, dans les auberges et les palais, et voler. Cela ne lui plaît pas trop, mais elle ne peut pas non plus dire que cela lui déplaise. Elle n'a pas le choix. Elle ira au hasard, elle cherchera de toutes ses forces à échapper à son destin et à la Guilde, et elle volera. Le Maître avait tort : pour vivre, elle a besoin de se souvenir de ses enseignements.

C'est ainsi que commence l'histoire.

33
FUITE DANS LE DÉSERT

L e portail se referma derrière eux avec un bruit sourd. Dehors, elle était bien dehors !
Doubhée s'appuya brièvement contre le mur.

— Tu te sens bien ? lui demanda Lonerin en lui posant la main sur l'épaule.

La jeune fille acquiesça.

— Allons-y.

Ils se mirent à courir à travers la steppe qui s'étendait devant le temple. Ils devaient mettre le plus de lieues possible entre eux et la Maison avant le lever du jour.

Doubhée était entraînée, et elle réussit à maintenir un bon rythme de course pendant une heure. Lonerin, lui, commença vite à donner des signes de fatigue. Sa respiration était de plus en plus haletante, ses mouvements de moins en moins coordonnées. Doubhée raccourcit le pas.

— Marche, ou tu n'y arriveras pas. Allez, ralentis !

Le jeune homme, épuisé, obéit à contrecœur.

— Je... je n'en peux... plus...

— À quelle heure les Postulants se réveillent-ils d'habitude ?

Il secoua la tête.

— Je ne sais pas… Il n'y a pas de soleil là-dessous… et alors…

— Bon, combien de temps passe avant que le réfectoire ne se remplisse pour le déjeuner ?

— Environ deux heures, je crois…

Doubhée regarda le ciel : encore cinq heures d'ici au réveil, et probablement six ou sept jusqu'au début de la chasse. Six petites heures pour faire perdre leur trace à la Guilde. À pied, c'était impossible, étant donné l'état de Lonerin.

— Suis-moi !

Le jeune homme ne se le fit pas répéter. Il ne voulait pas être un poids : jusque-là, c'était Doubhée qui avait accompli la plus grande partie du travail en découvrant les plans de Yeshol et en les faisant sortir de la Maison, il se sentait redevable.

— Excuse-moi, dit-il avec une pointe d'amertume dans la voix, l'apprentissage des magiciens ne comporte pas d'épreuves d'endurance.

— Ne t'inquiète pas. Tu sais monter à cheval ?

Lonerin hocha la tête, intrigué.

Il ne leur fallut pas longtemps pour rejoindre la ferme. Doubhée était passée plusieurs fois devant au cours du dernier mois en allant voir Jenna. Ce n'était qu'une vieille bicoque délabrée à la frontière de la Terre de la Nuit, et elle n'y avait pas prêté attention, mais lorsqu'elle avait vu Lonerin haleter sous l'effort de la course, son image lui avait traversé l'esprit.

— Ne fais pas de bruit, chuchota-t-elle.

Elle fit signe au jeune homme de s'allonger par terre, et ils se mirent à ramper avec précaution jusqu'au mur de l'écurie. À mi-chemin dormait un gros chien, attaché à sa niche avec une chaîne ; impossible pour eux d'atteindre leur but sans le réveiller.

— Tu es capable d'endormir quelqu'un ?

— Euh…oui.

— Même lui ? insista la jeune fille en indiquant le molosse.

— Oui, fit le magicien.

Le ton de sa voix était étrange et elle se retourna pour le regarder.

— Alors, qu'est-ce que tu attends ? Vas-y !

— Je ne suis pas sûr que ce soit une bonne idée de…

Doubhée soupira, exaspérée :

— Tu crois que nous avons le choix ?

— Non… Mais ces gens ont besoin de leurs chevaux pour vivre.

— Une fois que nous serons sains et saufs, si jamais ça arrive, nous les leur rendrons, d'accord ? s'impatienta-t-elle.

Lonerin n'osa plus souffler mot. Il leva deux doigts et prononça une phrase dans une langue étrange.

— On peut y aller, fit-il ensuite.

Doubhée regarda le chien : il était exactement comme avant.

— Tu es sûr ?

— Même si tu n'en as pas l'impression, je suis un bon magicien, répondit Lonerin, vexé.

Sur ce, il se dirigea vers l'écurie, et la jeune fille le suivit en secouant la tête.

À l'intérieur, il y avait quatre chevaux. C'était beaucoup pour une petite ferme, les choses ne devaient donc pas aller mal pour ces gens. Doubhée se retint cependant de tout commentaire. Lonerin ne le méritait pas : il l'avait sauvée de Rekla, sans lui, elle n'aurait jamais quitté la maison.

Elle s'approcha des stalles. Ce n'étaient pas des chevaux de course, mais il suffisait qu'ils puissent résister à une nuit de chevauchée. Elle choisit celui qui lui semblait le moins vieux et lui caressa les naseaux. L'animal s'éveilla lentement. La jeune fille sentit une étrange inquiétude monter du fond de son estomac et lui nouer la gorge. Elle fut obligée de prendre une grande inspiration.

Lonerin se tourna vers elle :

— Tu es sûre que tout va bien ?

— Oui, ça doit être la course.

Le magicien avait bien choisi, lui aussi ; son cheval avait une belle allure.

— Pas le temps de les seller, déclara Doubhée. On va monter à cru.

Elle vit que son compagnon serrait la main sur la crinière ; il ne l'avait probablement jamais fait.

— D'accord, dit-il.

— Mais d'abord...

Il leur fallait dénicher quelque chose à manger. Doubhée se mit à inspecter l'écurie. L'endroit lui rappela sa maison à Selva. Il y avait une espèce de grenier, où elle monta ; elle y trouva des pommes, un morceau de viande séchée et du fromage.

« *Doubhée, va me chercher quelques pommes dans le garde-manger.* »

La voix de sa mère lui emplit soudain les oreilles, aussi vive et présente que si elle avait été près d'elle. Elle secoua la tête, comme elle faisait toujours pour se débarrasser d'une idée dérangeante, et prit la quantité de nourriture nécessaire pour le voyage.

Chose bizarre, elle eut du mal à se hisser sur son cheval.

« Ce n'est pas normal, j'ai dû trop me fatiguer », se dit-elle. Elle chassa aussitôt cette pensée du même mouvement de tête. Même si c'était vrai, le temps pressait : les tueurs de la Guilde étaient sur leurs talons, prêts à tout pour leur remettre la main dessus.

Ils sortirent de l'écurie au galop. Le chien ne bougea même pas une oreille lorsqu'ils passèrent près de la niche.

Commença alors une longue course dans le vent parfumé du printemps qui leur fouettait le visage.

— Plus vite ! cria Doubhée. Sinon, nous n'y arriverons pas !

Lonerin s'aplatit sur le dos de son cheval en serrant de toutes ses forces les jambes contre les flancs de l'animal.

Ils chevauchèrent toute la nuit à bride abattue, poussant leurs montures jusqu'à l'épuisement. Même si la Guilde ignorait leur destination, ils prirent soin de dévier plusieurs fois de leur route. Leurs poursuivants savaient très bien lire les traces, et il valait mieux brouiller les pistes.

L'aube les surprit près de la frontière de la Grande Terre. Doubhée n'aurait jamais imaginé pouvoir quitter la Terre de la Nuit en si peu de temps, et elle se sentit presque confiante en voyant le ciel se teinter au loin de rose. Devant eux, la nuit perpétuelle cédait déjà le pas aux premiers rayons du soleil, dévoilant une vaste plaine désolée.

— Où devons-nous aller ? demanda Doubhée.

Elle avait entendu parler du Conseil des Eaux ; en revanche, elle ignorait où il se réunissait.

— À Laodaméa. Quand nous y arriverons, je t'indiquerai où siège le Conseil.

Il leur fallait donc traverser le désert de la Grande Terre.

De l'eau ! Doubhée se maudit intérieurement de ne pas y avoir songé. Il faut dire qu'elle était très bizarre la veille, à la ferme... Devant les étendues arides de la Grande Terre, elle sentit sa bouche s'assécher et elle s'aperçut qu'elle continuait à haleter comme si elle était encore essoufflée par la course. Pourtant, ce ne pouvait pas être le cas.

— Il faut faire un détour par le fleuve Ludanio, décida-t-elle.

Ils atteignirent ses rives à la pointe du jour. Ailleurs, le soleil s'était déjà levé, mais là où ils se trouvaient, tout était plongé dans une sorte de crépuscule éternel.

Ils s'arrêtèrent et descendirent de cheval. Lonerin, qui avait du mal à retrouver l'usage de ses jambes, sourit à Doubhée d'un air embarrassé.

Elle lui rendit son sourire, et, à sa grande surprise,

lorsqu'elle voulut descendre à son tour, ses jambes cédèrent sous elle et elle se retrouva par terre.

Le magicien accourut, inquiet.

Doubhée réussit à se relever en s'agrippant au flanc de son cheval qui se désaltérait. C'est une fois qu'elle fut debout que cela arriva : une douleur fulgurante semblable à un coup de griffes lui coupa le souffle, et ses oreilles se mirent à bourdonner. Elle porta la main à sa poitrine.

— Doubhée ! Qu'est-ce que tu as ? s'écria Lonerin, affolé, la saisissant par le bras.

Il retira immédiatement sa main et releva vivement sa manche : la peau de Doubhée était brûlante, et le symbole y palpitait violemment, comme animé d'une force obscure.

— Damnation…, murmura la jeune fille entre ses dents.

— Quand as-tu pris la potion pour la dernière fois ?

Doubhée réfléchit, pliée en deux par la douleur.

— Il y a cinq jours exactement.

C'était trop récent pour qu'elle se sente aussi mal !

— Lonerin, je ne devrais pas être dans cet état… Cela ne peut pas être la malédiction…

— En effet, il y a autre chose, murmura le jeune homme en détournant les yeux.

— Qu'est-ce que ça veut dire ?

Il feignit de ne pas entendre et se mit à remplir la gourde de Doubhée.

— Tu veux bien me répondre ?

Cette fois, Lonerin affronta son regard.

— Il y a des potions qui créent un certain degré

d'accoutumance. Je ne sais pas quelle sorte de mélange ils t'ont donné, mais j'en ai un ou deux à l'esprit qui provoquent de tels problèmes.

Doubhée sentit la tête lui tourner, et une bouffée de colère lui enflamma les joues.

— Et ça, qu'est-ce que ça signifie ?

— Que, si tu ne prends pas la potion, tu n'es pas capable de combattre la malédiction. Tu t'es habituée à en boire, et ton corps ne sait pas lutter sans elle contre les effets du sceau, qui par ailleurs, comme je te l'ai déjà dit, n'ont fait qu'augmenter depuis tout ce temps.

Doubhée poussa un grand cri vers le ciel et tomba à genoux.

— Maudite Guilde…, gémit-elle d'une voix désespérée.

Mais elle releva aussitôt la tête et fixa Lonerin dans les yeux :

— Tu saurais préparer la potion ? Tu es magicien, c'est aussi pour cette raison que nous avons passé cet accord…

L'expression du jeune homme ne laissait aucun espoir.

— Je saurais la faire si j'avais les ingrédients…

Doubhée se jeta furieusement sur lui, le saisit à la gorge et se mit à le cogner contre le sol. Elle s'arrêta juste à temps : la Bête avait relâché son étreinte.

Elle se laissa glisser sur le sol à côté de Lonerin.

— C'est fini…, murmura-t-elle. Je n'arriverai pas à me contrôler, je le sens…

Le magicien se redressa pour reprendre son souffle.

— Non, nous avons des chevaux, nous les pousserons

au maximum, et nous arriverons à Laodaméa avant qu'il ne soit trop tard.

Doubhée secoua la tête :

— Ça ne marchera jamais. . Les chevaux sont fatigués...

— Si tu deviens dangereuse, je t'endormirai, comme le chien, mais d'un sommeil plus lourd, et je te porterai moi-même jusque là-bas.

La jeune fille se tourna vers lui et le regarda tristement.

— Dis-moi la vérité ! Ça peut fonctionner ?

— Je te le jure, répondit Lonerin sans baisser les yeux. Tu as rempli ta partie du contrat ; maintenant, c'est à moi d'agir.

Doubhée se remit debout, soulagée : c'était bon d'avoir quelqu'un sur qui compter.

Elle se hissa tant bien que mal sur sa monture, et ils reprirent leur route. Le paysage changeait sous leurs yeux. La végétation disparut, le sol s'aplanit pour former un immense désert, au-dessus duquel le soleil brillait de tous ses feux la Grande Terre. En forçant les chevaux, il ne leur faudrait pas plus de quatre ou cinq jours pour la traverser. Cependant, ils seraient totalement à découvert, et donc vulnérables. Les suivre à la trace sur cette étendue de pierres et de terre battue était un jeu d'enfant...

Lonerin essaya de chasser ces pensées. Il devait y croire, y croire jusqu'au bout, ou tout s'effondrerait. Il se répétait qu'il n'avait pas non plus imaginé quitter la Guilde sain et sauf, et pourtant, il l'avait fait.

Il regarda Doubhée : c'était uniquement grâce à elle. Grâce à elle s'ils avaient découvert les plans de Yeshol, une tâche qui en réalité lui revenait, grâce à elle s'ils avaient réussi à s'enfuir. Elle se tenait sur sa selle la tête baissée, l'air concentré. Lonerin, qui avait longuement étudié les sceaux et les autres formes de Magie Interdite, connaissait les effets de certaines potions. Elle devait beaucoup souffrir, et garder le contrôle lui demandait sans doute un effort surhumain.

— Je vais mourir ? lui demanda-t-elle tout à coup, alors que le soleil baissait à l'horizon.

— Non ! Qu'est-ce que tu racontes ?

Elle le fixa, et il crut apercevoir au fond de ses yeux l'immonde bête qui vivait dans ses viscères, ce monstre qui cherchait à s'emparer d'elle.

— Qu'est-ce qui se passera si je ne prends pas la potion à temps ?

— Tu iras mal, je ne peux pas le nier... mais nous arriverons avant.

Il n'avait pas le cœur de lui en dire plus. Il se sentait déjà assez coupable de lui avoir annoncé sans préambule le soir de leur rencontre qu'elle était destinée à une mort presque certaine. Une mort horrible, de surcroît.

— Je te fais de la peine, je le vois bien. Sache que je n'ai pas besoin de ta pitié. Je veux juste que tu sois sincère avec moi !

Lonerin tressaillit imperceptiblement, et le regard de Doubhée se durcit encore.

— Je n'ai besoin de la pitié de personne. Tout ce qu'il me faut, c'est cette maudite potion. Et alors l'un des grands magiciens que tu connais me libérerait pour toujours de ce sceau de malheur !

Elle se tut et serra les mâchoires pour se calmer.

Lonerin inspira à fond.

— Tu dépends de la potion. Tu devras toujours en prendre, à intervalles de plus en plus rapprochés, voilà la vérité ! Si tu ne la prends pas, le sceau explosera dans toute sa violence, et tu mourras.

Doubhée encaissa sans broncher.

— Combien de temps nous reste-t-il ?

— Une semaine au maximum.

La jeune fille esquissa un sourire amer.

— Je peux ralentir le processus en t'endormant, reprit le magicien. Tu seras comme morte, et de cette manière nous disposerons de quelques jours de plus.

— Et si quelqu'un nous attaque ? Si la Guilde nous rattrape pendant que je dors ?

— J'en fais mon affaire.

Doubhée éclata d'un rire sonore :

— Tu ne les connais vraiment pas...

Lonerin fut blessé par cette remarque. Il éprouvait une grande tendresse pour cette jeune fille menue au visage d'enfant grandi trop vite. Même si elle n'était qu'une inconnue pour lui, quelque chose de fort les unissait.

— Ne me sous-estime pas, dit-il. J'ai une dette envers toi, et j'entends l'honorer à n'importe quel prix.

La nuit tomba, glaciale. La Grande Terre était un lieu étrange au climat très particulier. Les anciennes chroniques racontaient qu'elle avait été autrefois une contrée splendide, où régnait un printemps éternel. Mais c'était avant qu'Aster ne s'en empare. À présent, ce n'était plus qu'un désert rocailleux, froid en toute saison.

Ils s'arrêtèrent pour se reposer. Doubhée sortit de son sac la nourriture trouvée dans l'écurie et la partagea parcimonieusement.

— De cette façon, cela devrait nous suffire pour tout le voyage.

Sa voix était un peu rauque, et Lonerin remarqua que tous les muscles de son corps se contractaient spasmodiquement.

Le repas se déroula en silence. Le jeune magicien se sentait oppressé par la souffrance de sa compagne de voyage. Il avait toujours été capable d'éprouver la douleur d'autrui dans sa propre chair ; c'était en partie à cause de cette sensibilité exacerbée qu'il avait choisi d'étudier la magie. Il avait besoin d'être utile, et l'impuissance était un sentiment qui le minait. Or à ce moment précis il était totalement impuissant.

Ils se couchèrent à même le sol et Lonerin proposa son manteau à Doubhée.

— Ne joue pas les chevaliers, je n'ai que l'apparence d'une femme, le railla Doubhée.

— Tu vas mal, il vaut mieux qu'au moins tu ne souffres pas du froid.

— Je t'ai dit que je ne voulais pas de ta pitié.

— Ce n'est pas de la pitié, c'est de la reconnaissance.

Doubhée rougit légèrement, et elle tendit la main.

— C'est pour moi-même que je fais tout ça..., bougonna-t-elle.

— Personne ne t'obligeait à me traîner derrière toi.

Merci ! Je te promets de trouver un moyen de te rendre la pareille.

La nuit fut tranquille. Le ciel au-dessus d'eux était d'une beauté incroyable ; il n'y avait que dans le désert qu'on pouvait voir autant d'étoiles.

Lonerin se surprit à penser à Aster, à l'imaginer contemplant chaque soir ce panorama du haut de sa tour. Ils se trouvaient au centre de ce qui avait été son empire ; sur le sol étaient encore éparpillés les débris de son palais, que le vent avait portés sur toute la Grande Terre. Et voilà qu'il allait revenir, annulant ce que Nihal et Sennar avaient fait pour le vaincre ! Les quarante ans qui s'étaient écoulés depuis sa mort seraient effacés, comme s'ils n'avaient jamais existé. Le jeune homme se demanda pourquoi il leur fallait vivre en des temps aussi obscurs, et pourquoi la douleur s'abattait toujours sur le Monde Émergé. Il pensa à la mort de sa mère, à la haine qu'il combattait quotidiennement, et à la Bête tapie dans les entrailles de Doubhée, si semblable à son propre démon, et tellement plus terrible. Au milieu de ces pensées sombres émergea soudain l'image de Theana. Il se souvint du goût de son baiser sur les lèvres. Elle était le seul espoir de bonheur et de paix qu'il ait jamais eu dans sa vie. Il passa la main sur le petit sachet qui contenait les cheveux de la jeune fille, caché sous sa tunique, et il se sentit réconforté.

Leur terrible voyage se poursuivit lentement. L'aube se levait chaque matin sur la même lande désolée que le coucher du soleil avalait le soir, et chaque jour semblait identique au précédent. Le seul signe visible du passage du temps était celui que Lonerin lisait sur le visage de Doubhée. Il voyait son expression se transformer heure après heure, sa peau se couvrir d'une légère sueur, et ses sourcils se froncer sous l'effort qu'elle faisait pour garder le contrôle de la Bête.

Le jeune homme ne pouvait pas s'empêcher de penser à ce qui les attendait, et à ce que dirait le Conseil en apprenant ce que Doubhée avait découvert. Dohor avait toujours représenté une menace, mais au moins c'était un homme, avec lequel on pouvait régler ses comptes d'une manière ou d'une autre. Pas Aster. Aster était un cauchemar engendré par le passé. Et il était invincible. Que pourraient-ils bien faire contre lui ? Et si Yeshol l'avait déjà évoqué ? Si leur voyage était sans espoir depuis le début ?

— Tu es inquiet ?

Il sursauta, surpris : Doubhée parlait peu. Articuler semblait lui demander un grand effort, et Lonerin respectait sa souffrance en lui adressant la parole le moins possible. Ce voyage silencieux et solitaire les rapprochait toujours plus.

— Oui.

— Moi aussi, dit Doubhée avec un demi-sourire.

— Excuse-moi... Tes problèmes sont bien plus importants...

— Aster me terrifie moi aussi, l'interrompit-elle. Même une fille comme moi peut avoir peur du Tyran.

Pour la première fois depuis leur évasion, Lonerin songea que Doubhée était une meurtrière, un tueur à gages comme il en avait tant vu au sein de la Guilde.

C'était difficile à croire, avec son visage d'enfant et son corps de jeune fille en fleur...

— Tu le fais depuis longtemps, ce.. travail ? lâcha-t-il.

— J'ai commencé mon apprentissage à l'âge de huit ans. Mais en réalité, avant d'entrer dans la Guilde, je n'avais pas mis en pratique ce qu'on m'avait enseigné. Je faisais la voleuse.

À huit ans, Lonerin, lui, avait commencé la magie. C'était juste après la mort de sa mère. Il n'avait pas trouvé d'autre moyen pour survivre. Au début, c'était seulement par haine, et dans l'espoir d'une terrible vengeance à venir. Puis Folwar était apparu.

— Comment se fait-il que tu aies suivi l'entraînement des Assassins ? demanda-t-il, en regrettant aussitôt d'avoir été indiscret.

— J'ai tué quelqu'un quand j'étais enfant. Un de mes camarades de jeu, par accident. La Guilde appelle les gens comme moi des Enfants de la Mort.

En d'autres circonstances, Lonerin aurait sûrement été choqué par une révélation de ce genre. Mais pas là. Ce qui le surprit, en revanche, c'est l'extraordinaire facilité avec laquelle Doubhée lui raconta à grands traits l'histoire de son initiation, malgré l'évidente souffrance physique qu'elle endurait. À la fin de son récit, elle se tourna vers lui en s'efforçant de sourire :

— Ça me fait bizarre de t'en parler. Ce ne sont pas des choses que j'aime confier, d'habitude.

Le jeune magicien la regarda dans les yeux :

— Nous sommes liés à la vie, à la mort, n'est-ce pas ?

Doubhée ne répondit pas, et un franc sourire se dessina sur ses lèvres. Pas pour longtemps : l'instant d'après, une douleur fulgurante la plia en deux.

Lonerin arrêta aussitôt son cheval.

Doubhée avait du mal à respirer, et son visage était déformé par une grimace étrange.

Elle l'avait entendu brusquement, pendant qu'elle racontait au jeune magicien ces choses qu'elle n'avait jamais dites à personne. Un violent coup de griffes de la Bête lui avait meurtri le ventre, et son appel sauvage avait résonné à ses oreilles.

Lonerin se précipita vers elle, mais sa voix lui parvint comme du fond d'un abysse, bizarre et privée de consistance.

— Ça ne va pas ? s'inquiéta-t-il.

— Quelqu'un…

Elle n'arriva pas à en dire plus. Il y avait un ennemi dans les parages, elle en avait une certitude absolue. Cependant ce chant de mort qu'elle connaissait bien et qui la terrorisait tant dominait tout. La Bête s'était réveillée !

Doubhée repoussa Lonerin d'une main, manquant de le faire tomber de cheval. Sa voix était aussi faible qu'un écho dans le vent.

— Va-t'en, ou je ne réponds pas de moi !

Elle ne le regarda même pas pour voir s'il avait compris. Sa maîtrise d'elle-même était en train de s'évaporer, et elle se sentait totalement possédée par le désir de sang.

Elle perçut néanmoins un bruit de pas qui foulaient le sol pierreux. Il avait compris.

Doubhée tenta de se ressaisir en fermant les yeux. Il fallait qu'elle se contrôle, qu'elle reprenne le dessus ! Lorsqu'elle entrouvrit les paupières, une silhouette noire avec un poignard à la main lui apparut dans un tourbillon de poussière. Alors, le monde entier s'évanouit, et il ne resta plus que l'homme armé devant elle. Son corps répondit à l'appel de la Bête, et le massacre commença.

Lonerin s'était éloigné juste assez pour ne pas être à la portée de la fureur de Doubhée. Au début, il s'était demandé à quoi elle pouvait être due, puis il avait aperçu à son tour la silhouette noire devant eux. Un Assassin !

C'était un jeune homme qui souriait effrontément. Doubhée, elle, tremblait sur son cheval ; elle haletait, et ses muscles, si fins et souples d'ordinaire, se gonflaient sous sa peau.

— Je vous ai trouvés ! s'écria l'autre. Où croyiez-vous pouvoir aller ? Les yeux de Thenaar sont partout.

Comme Doubhée restait immobile, c'est lui qui attaqua le premier. Alors qu'il bondissait vers elle avec une vitesse surnaturelle, elle sauta de sa monture directement sur lui, l'entraînant à terre. Plus petite et plus maigre, elle semblait pourtant avoir l'avantage. Soudain, Lonerin vit la lame de l'Assassin lui égratigner le flanc, et un sang épais et noir en jaillit.

— Doubhée !

Les deux adversaires restèrent au sol pendant un bref

instant, puis Doubhée se releva d'un bond, comme si elle n'avait pas été blessée, et tira son poignard.

L'Assassin gisait toujours à ses pieds ; étourdi, il essayait de se relever, mais Doubhée l'immobilisa d'une seule main. Ensuite, elle poussa un hurlement qui n'avait rien d'humain et abattit son arme sur lui avec une violence inouïe. Elle la plongea jusqu'à la garde dans sa poitrine, puis la retira et la replongea encore, et encore. Le sang giclait, l'homme criait en se débattant, mais la prise de Doubhée ne lui laissa aucune chance.

Lonerin était pétrifié. Il assistait à un vrai massacre, au repas d'un monstre. Doubhée riait à gorge déployée, le visage défiguré par une joie folle, débordante. Il aurait voulu fuir, mais il était incapable du moindre geste. Parce que Doubhée était là, cachée dans un corps qui désormais ne lui appartenait plus, et qu'il ne pouvait pas l'abandonner.

Soudain, elle se détacha du cadavre de l'Assassin et se mit à renifler l'air comme un prédateur. Lonerin comprit aussitôt. Heureusement, son sang-froid lui vint en aide : il joignit les mains, ferma les yeux, et commença à réciter une formule.

C'était une course contre le temps. Il entendit les pas pesants de Doubhée, puis son cri d'animal affamé ; il continua toutefois à réciter la formule à voix haute, tandis que l'énergie magique circulait dans son corps.

Et puis, une explosion de douleur lui arracha un cri. Le poignard... elle l'avait frappé ! Le souffle se bloqua dans sa gorge ; il réussit cependant à hurler le dernier mot de la formule.

Il sentit la main qui tenait l'arme relâcher sa prise,

et lorsqu'il ouvrit les yeux, il croisa ceux de Doubhée, pleins d'une horreur indicible. Elle était redevenue elle-même.

— Sauve-moi, murmura-t-elle dans un filet de voix avant de s'effondrer, endormie.

Lonerin poussa un soupir de soulagement et examina sa blessure. Le poignard était toujours planté dans son épaule ; il perdait du sang, mais l'entaille n'était pas profonde. Il regarda la plaie de Doubhée, qui semblait elle aussi superficielle. Les organes n'étaient pas touchés, seule la peau était lacérée.

Il n'y avait pourtant pas de quoi se réjouir. Ils étaient tous les deux en piteux état, et Laodaméa se trouvait encore à deux jours de marche. En outre, il aurait été stupide de croire que cet Assassin était le seul à les suivre ; il n'était probablement que le plus rapide.

Comme si cela ne suffisait pas, leurs chevaux s'étaient enfuis pendant la bataille.

Lonerin était perdu et troublé. Les terribles images de Doubhée transfigurée lui hantaient l'esprit, et sa douleur à l'épaule ne cessait d'augmenter. Si seulement il avait encore les pierres magiques permettant d'entrer en contact avec le Conseil des Eaux !

Il leva les yeux. Il n'y avait pas un seul nuage, le soleil brillait, et au-dessus d'eux volaient des vautours. Deux, très haut dans le ciel. C'était sûrement l'odeur du sang qui les avait attirés.

Lonerin eut une idée. Il n'avait jamais essayé cet enchantement sur des vautours, mais il n'y avait rien d'autre à faire. Il en appela un, et le simple fait de prononcer cette formule le fatigua. Il était très affaibli.

Aussitôt, le vautour se posa docilement devant lui et le fixa de ses petits yeux. Il attendait.

Lonerin dit deux autres mots et il manqua s'évanouir ; si cela continuait ainsi, il n'aurait pas assez d'énergie pour soigner Doubhée.

« On verra plus tard », décida-t-il.

« La Guilde veut ressusciter Aster et glisser son esprit dans le corps d'un demi-elfe, souffla-t-il au vautour. Grâce à la Magie Interdite. Je suis sur la Grande Terre avec une alliée. Près de la frontière de la Terre de l'Eau. »

Lonerin indiqua le lieu où son messager devait porter la nouvelle, et l'oiseau s'élança dans un grand battement d'ailes.

Et maintenant ?

Ils devaient continuer à avancer.

« Sauve-moi. » Doubhée avait dit : « Sauve-moi. »

Lonerin songea avec tristesse qu'il n'était pas en son pouvoir de la libérer de son esclavage ; en revanche, l'emporter d'ici avant qu'elle ne meure, saignée à blanc, ou que la Bête ne se réveille pour prendre possession de son esprit, ça, oui, il pouvait, il devait le faire.

Il regarda à nouveau la blessure de la jeune fille ; il ne se sentait même pas capable de prononcer un simple enchantement de guérison. Il ôta son manteau et déchira une longue bande de tissu. Puis il prit la gourde qu'il portait en bandoulière et lava la plaie avant de la panser.

Lorsqu'il eut fini, il se reposa un peu, but de l'eau, et essaya de bander sa propre blessure. Il n'y parvint qu'à moitié, mais réussit à arrêter en partie l'hémorragie.

Dès qu'il se sentit mieux, il résolut qu'il était temps de repartir. En essayant de ne pas regarder le cadavre qui gisait à terre, il chargea Doubhée sur son dos et se mit péniblement en route.

Marcher lui demandait un effort surhumain ; il le fallait toutefois, pour lui-même et pour Doubhée, qui dépendait à présent de lui.

L'image de Theana lui traversa l'esprit ; il se demanda s'il la reverrait jamais.

Il erra jusqu'au soir sur la plaine désolée, épuisant ses ressources jusqu'à la dernière goutte, en se traînant quand il n'y arrivait plus.

Le coucher du soleil fut splendide, couronné par un merveilleux rayon vert.

Lonerin sourit en se rappelant que Doubhée lui en avait parlé un soir :

« Je suis venue ici avec mon Maître au début de mon apprentissage. Un soir, j'étais triste, et j'ai assisté au plus fantastique spectacle du monde. Le rayon vert du coucher du soleil. Tu l'as déjà vu, toi ? »

Il décida de s'arrêter pour la nuit et déposa Doubhée sur le sol. Il la couvrit avec son manteau déchiré et tâta son pansement. Comme c'était prévisible, il était mouillé. Le sang continuait à couler.

À cet instant précis, il eut la certitude qu'il ne vivrait pas jusqu'au lendemain.

Quelqu'un l'appelait avec insistance en le secouant. Il aurait voulu parler, ou au moins ouvrir les yeux, mais les deux entreprises lui semblaient également titanesques.

— Lonerin, bon sang...

— Il est mort ?

« Oui, je suis mort. »

Et pourtant il entendait un lointain battement résonner dans ses oreilles.

Il bougea faiblement une main.

— Non ! Par chance, non ! s'écria quelqu'un.

Lorsqu'il réussit enfin à ouvrir les yeux, la lumière lui parut insupportable.

— Hé, ho ! Mon garçon, tout va bien ? On dirait que non, pas vrai ? Tu nous as fait une belle frayeur... Allez, mettons-nous vite en route pour Laodaméa avant que quelqu'un nous voie par ici.

Il sentit qu'on le soulevait et essaya de parler.

— Quoi ?

— Dou... bhée...

— La fille ? Elle est avec nous, ne t inquiète pas.

On l'adossa à quelque chose, puis il sombra de nouveau dans l'inconscience.

Doubhée se réveilla dans un lit confortable, au milieu d'une chambre emplie de lumière. La tête lui faisait mal, et il ne lui fallut pas longtemps pour se souvenir de ce qui s'était passé. Elle referma les yeux. C'était arrivé encore une fois ! Un autre massacre, d'autres corps déchiquetés, à oublier...

Elle essaya de se relever, mais une douleur au côté l'arrêta.

— Il vaut mieux que tu ne bouges pas.

La jeune fille tourna la tête vers la voix et découvrit une nymphe. Doubhée en avait vu très peu dans sa vie, et toujours de loin. Celle-ci était d'une beauté aveuglante ; ses cheveux étaient faits d'eau très pure, et sa peau était incroyablement diaphane. Une véritable apparition.

— Qui es-tu ?

— Chloé, la guérisseuse de la reine Daphnée.

En entendant ce nom, Doubhée tressaillit. Daphnée était la reine du Cercle des Eaux. Cela signifiait-il qu'ils avaient atteint le but de leur voyage ? Ses souvenirs étaient confus ; en dehors du massacre, elle ne se rappelait rien.

— Je suis à Laodaméa ? s'enquit-elle.

La nymphe acquiesça avec grâce. Tous ses gestes étaient empreints d'élégance.

— Tu es arrivée ici il y a deux jours sous l'effet d'un puissant enchantement. Tu dormais profondément. Nous t'avons réveillée, et nous avons pourvu à tes besoins.

« La potion, peut-être ? » songea Doubhée avec espoir.

— Je suis…

La nymphe l'arrêta d'un signe de la main.

— Le magicien du Conseil et moi avons vu le sceau sur ton bras et nous nous en sommes occupés.

Au moins une bonne nouvelle…

— Tu as une blessure au flanc, pas grave, par chance. Demain, tu pourras te lever. En attendant, je dois te soigner.

Doubhée ne se souvenait pas d'avoir été blessée. C'était toujours ainsi quand elle se transformait : elle ne ressentait aucune douleur.

— Et Lonerin ? demanda-t-elle.

— Il était avec toi. C'est grâce à lui que nous avons pu vous secourir. Avec ses dernières forces, il avait utilisé un enchantement pour nous aviser de la situation. Nous vous avons trouvés non loin d'ici, en détresse à la frontière avec la Grande Terre.

— Et maintenant, comment va-t-il ?

La dernière image qu'elle avait de lui était son visage transformé par la malédiction en celui d'un ennemi.

— Pas très bien. Il a été blessé à l'épaule, mais surtout il a complètement épuisé son énergie pour vous conduire en lieu sûr pendant que tu étais endormie et pour nous informer de votre position.

Blessé ? Doubhée se souvenait avec certitude que l'Assassin n'avait pas eu le temps de frapper Lonerin. Qui donc pouvait l'avoir fait ? En un éclair, elle revit l'image du jeune homme tout pâle, devant elle, les mains jointes, puis celle de son propre poignard qui lui lacérait la chair tandis que son esprit essayait désespérément d'arrêter son bras.

Elle avait agressé son sauveur ! La malédiction était devenue incontrôlable.

— Je veux le voir ! déclara-t-elle.

— Pas maintenant.

— Alors, dis-moi s'il va vivre !

— Il ne mourra pas, mais il doit se rétablir.

La nouvelle ne consola pas du tout Doubhée. Son visage exprimait une si profonde douleur que la nymphe fit un pas en arrière.

— Je comprends que tu souhaites rester seule avec tes pensées à présent. Je reviendrai ce soir pour les soins.

La guérisseuse se dirigea vers la porte et la referma délicatement derrière elle.

Doubhée se retrouva seule. En un instant, elle se rendit compte que l'espoir de la liberté avait été une terrible illusion : fuir la Guilde signifiait juste quitter une prison pour une autre. Elle était toujours esclave de son destin.

Lonerin ne se sentait pas bien. Il avait poussé ses pouvoirs jusqu'à leurs limites, et il avait du mal à récupérer. Son épaule le faisait souffrir, mais c'était surtout la fatigue qui était pénible, une fatigue extrême qui l'empêchait de se lever et accomplir les gestes les plus simples.

Theana était à son chevet, gracieuse et fragile. Dire que quelques jours plus tôt à peine, il était convaincu de ne plus jamais la revoir...

Elle lui tenait la main et le regardait comme un mourant, ce que Lonerin trouvait à la fois amusant et embarrassant. Malgré son air éploré, la jeune fille n'avait pas de scrupules à lui imposer une discussion qui était en train de l'épuiser.

— Tu te soucies vraiment peu de moi et de ta vie, pour t'être mis dans cet état...

— C'était ma mission, je te l'ai dit.

— Te mettre en danger pour une inconnue, ça ne t'était pas demandé !

C'était cela, le véritable sujet de la conversation. Theana tournait autour depuis que Lonerin avait retrouvé l'usage de la parole : le problème, c'était Doubhée.

— Et qu'est-ce que j'aurais dû faire ? La laisser là-bas ?

— Ne pas prendre autant de risques, peut-être.

— Si nous savons ce que trame la Guilde, c'est grâce à elle. Lui sauver la vie était mon devoir.

— Pas au prix de la tienne.

Lonerin s'était déjà fait cette remarque. Pourquoi, en effet, témoignait-il tant de sollicitude à cette fille depuis leur rencontre ? Pour l'instant, il n'avait aucune envie de répondre à cette question, et encore moins s'expliquer devant Theana, dont il trouvait la jalousie absurde.

— Je n'avais pas le choix, sinon m'enfuir avec elle.

— Et tu étais aussi obligé de lui donner ton manteau, et te priver d'eau pour elle ?

Lonerin fit un geste agacé, qui lui coûta un élancement à l'épaule.

— Je ne suis pas en état de discuter de bêtises. Change de sujet, je te prie.

La jeune fille détourna les yeux, vexée. Lonerin se demanda s'il n'avait pas été trop dur, mais il se sentait lui-même désappointé. Theana avait été sa lumière pendant son séjour dans la Guilde, et aussi pendant toute la durée de la fuite , et pourtant il se demandait maintenant ce qu'elle représentait en réalité pour lui. Il sourit intérieurement : c'était sans doute l'une des dernières fois qu'il pouvait se permettre le luxe de penser à de telles choses avant les mois qui s'annonçaient, car la résistance se transformait en guerre.

Doubhée se présenta à son chevet l'air embarrassé, en se tordant les mains. Elle n'avait pas le courage de le regarder en face et fixait le sol.

— Tu vas mieux ?

— Je vais bientôt pouvoir me lever. Et toi ?

Doubhée haussa les épaules sans lever les yeux :

— Je n'ai jamais été vraiment mal.

Un silence gêné s'installa entre eux. Lonerin s'éclaircit la voix :

— Dans trois jours, le Conseil se réunira pour parler de nos découvertes. Tu viendras ?

Elle le dévisagea, sidérée :

— Moi ?

Elle secoua la tête à la manière d'une enfant :

— Il n'y a absolument aucune raison que j'y participe, aucune ! Je suis une criminelle, et c'est déjà assez étrange que je me trouve ici...

— Tu nous as avertis d'un grand danger, tu crois que quelqu'un ici se préoccupe de savoir quel est ton métier ? Je veux que tu viennes, parce qu'il est juste que tes mérites soient reconnus.

Doubhée secoua de nouveau la tête, plus fermement.

— Tu refuses de voir la vérité en face ! Ce que j'ai fait n'était que le fruit d'un calcul personnel. Il n'y a que ma guérison qui m'intéresse. C'est pour cette unique raison que j'ai enquêté dans la Guilde et que je t'ai suivi.

— Tes raisons ne comptent pas, ce que tu as fait est primordial. Le Monde Émergé t'en est reconnaissant.

— Mais je t'ai blessé, et...

Elle s'interrompit aussitôt ; il lui était trop difficile d'en parler.

Lonerin se sentit rougir violemment. L'avoir vue transformée par la Bête n'avait fait qu'augmenter l'affection qu'il avait pour elle. Elle lui faisait de la peine aussi ; il aurait fait n'importe quoi pour la sauver. Il se moquait qu'elle l'ait blessé. S'il se trouvait dans ce lit, c'était seulement à cause des choix qu'il avait faits par le passé.

— Ce n'était pas toi. Et, de toute façon, je m'en fiche.

— Tu te trompes. C'est bien moi, au contraire ; c'est la pire partie de moi-même qui remonte à la surface.

— Je ne suis pas d'accord avec toi !

— C'est la nature de la malédiction, Lonerin !

Le jeune magicien coupa court à ses arguments :

— Arrête de te défiler en disant des absurdités. Tu mérites beaucoup plus que moi les éloges du Conseil. Et c'est pour ça que tu vas venir.

Doubhée ne protesta plus :

— Je suis désolée, je suis immensément désolée de t'avoir obligé à voir ça, et aussi d'avoir essayé de te tuer... Tu m'as sauvé la vie. Merci ! J'ai une dette envers toi.

Elle le regarda avec telle intensité que, cette fois, c'est Lonerin qui dut baisser les yeux. Le regard de cette jeune fille directe, sans artifices, ouvrait des abysses où Lonerin avait peur de se perdre.

— Nous sommes quittes, alors. Quoi qu'il en soit, avant le Conseil, je veux t'emmener voir mon maître.

Ce dernier mot sembla éveiller l'attention de Doubhée.

— C'est le grand magicien dont je t'ai parlé, il saura t'aider. Je lui ai déjà expliqué la situation.

— Merci encore...

Elle était belle quand elle rougissait. On aurait dit que les nuages qui assombrissaient habituellement ses yeux se dissipaient d'un coup.

— Je ne fais que respecter notre accord, ajouta le jeune homme.

— Bien... Je te laisse te reposer maintenant, j'ai trop parlé.

Lonerin sourit, mais elle ne lui rendit pas son sourire. Elle le salua d'un signe de la main et sortit de la chambre. Il la suivit des yeux jusqu'à qu'elle ait disparu de son champ de vision.

Doubhée attendait, immobile, devant une porte, dans les souterrains du palais royal de Laodaméa où siégeait pour un an le Conseil des Eaux : celle du bureau du maître de Lonerin.

Elle ne savait pas que penser du jeune magicien, sinon qu'il la mettait étrangement mal à l'aise. Il avait fait pour elle des choses que personne n'avait jamais faites, et qui plus est, sans la connaître. Elle était partagée entre une gratitude inconditionnelle et la méfiance des êtres qui sont habitués à se débrouiller seuls et ne croient pas en la bonne foi de qui que ce soit. Il lui semblait si extraordinaire que quelqu'un ait risqué sa vie pour elle...

Et maintenant, elle fixait cette porte, l'estomac noué. Derrière se trouvait la réponse définitive : la mort ou la vie. Elle avait peur. Que ferait-elle si elle apprenait qu'il n'y avait aucun remède, que la malédiction était éternelle ? Elle ne voulait même pas y penser. En dépit de ce que prétendait Lonerin, tout ce qu'elle avait fait, elle l avait fait pour ce moment-là.

Elle frappa, et une voix faible et fatiguée lui répondit Elle poussa le battant avec délicatesse.

— Je suis Doubhée, la jeune fille qui est venue avec Lonerin, dit-elle en s'arrêtant sur le seuil.

La pièce en elle-même ne différait en rien du bureau de n'importe quel magicien. Elle ressemblait presque à celle de Yeshol ; des livres sur les étagères, une écritoire encombrée et des parchemins éparpillés partout. Ce qui l'étonna, c'était l'homme était assis en face d'elle : un vieillard d'une maigreur impressionnante, qui semblait aussi fragile que sa voix. Il était installé sur un fauteuil à grosses roues de bois, abandonné contre le dossier comme s'il n'avait plus de forces. Il lui sourit doucement tandis qu'elle le regardait bouche bée.

— C'est moi que tu cherchais ?

Doubhée se demanda en effet si c'était lui, le puissant magicien. Elle savait que l'aspect physique n'avait rien à voir avec la pratique de la magie, mais elle savait aussi qu'il fallait une certaine force pour prononcer les enchantements.

— Vous êtes Folwar ?

— Oui, c'est bien moi.

Doubhée se sentit stupide. D'ailleurs, depuis qu'elle avait mis les pieds dans ce palais, elle ne savait plus comment se comporter.

— Tu ne veux pas t'approcher ? Prends un siège et cesse de douter de toi, dit le vieil homme avec le même sourire.

Doubhée s'assit sur une chaise, gênée, le dos exagérément droit.

Folwar la tira une nouvelle fois d'embarras.

— Lonerin m'a un peu parlé de ton histoire. Tu viens au sujet du sceau, n'est-ce pas ?

Elle hocha la tête :

— Votre élève m'a dit que vous étiez un magicien très puissant et que vous seriez capable de m'aider.

Elle releva sa manche pour lui montrer le symbole qui figurait sur son bras

Folwar fit avancer sa chaise et l'observa attentivement. Doubhée retint son souffle : peut-être Lonerin s'était-il trompé ? Peut-être n'était-ce pas un sceau, mais une simple malédiction ?

Les minutes pendant lesquelles Folwar lui tint le bras lui semblèrent durer une éternité.

— Un sceau pour le moins compliqué…, murmura enfin le vieillard.

Doubhée laissa échapper un soupir. Ce n'était pas une bonne nouvelle.

Folwar examina le symbole pendant quelques instants encore, l'air concentré, presque sévère.

— J'ai besoin de faire d'autres vérifications pour savoir qui l'a imposé.

Il s'éloigna pour fouiller dans ses étagères. La facilité avec laquelle il se déplaçait sur son fauteuil roulant était impressionnante. Lorsqu'il eut trouvé ce qu'il cherchait, il se dirigea vers un coffre, dont il tira plusieurs flacons.

Son procédé ne fut pas très différent de celui de

Magara, un peu plus compliqué seulement : il passa d'abord un tison ardent sur le symbole, puis de la fumée, et pour finir une mystérieuse mixture. Doubhée le regarda faire, mal à l'aise. Que pourrait lui apprendre ce vieillard sinon ce qu'elle savait déjà ?

Lorsqu'il eut fini, Folwar nettoya son bras, remit les fioles à leur place, et consulta quelques manuels. Ensuite, il leva les yeux de ses livres ; il semblait très fatigué.

— Comme je te l'ai dit, il s'agit d'un sceau... un sceau très bien conçu. Je n'y ai trouvé aucune faille ni point faible.

Doubhée ferma les yeux et essaya de réprimer le tremblement qui avait saisi ses membres.

— En principe, les sceaux de ce genre sont faits pour durer éternellement, je crois que tu le sais déjà...

Doubhée retira son bras d'un geste brusque et remonta sa manche.

— Ce n'est pas la peine de me raconter d'histoires. Pourquoi vous ne me dites pas la vérité ? Pourquoi vous ne me dites pas simplement qu'il n'y a rien à faire ?

Elle s'était levée et avait prononcé cette dernière phrase en hurlant. Mais, en même temps qu'elle criait, elle sentit quelque chose de nouveau en elle, comme une force qui dominait sa voix.

— Je ne te le dis pas parce que ce n'est pas cela, le problème, répondit Folwar sans se troubler.

Doubhée se figea ; le sentiment d'impuissance et la colère lui comprimaient la poitrine.

— Assieds-toi et calme-toi.

— Dites-moi tout, et finissons-en, répliqua-t-elle en feignant de ne pas avoir entendu.

Le vieillard sourit avec douceur.

— Les jeunes sont toujours pressés, pas vrai ? Toi comme Lonerin...

Doubhée serra les poings Ce n'était pas cela, ce n'était pas cela...

— Il est déjà arrivé qu'un sceau soit rompu, reprit le magicien. Dans des cas exceptionnels, lorsqu'il y a eu une erreur au moment de l'imposition, ou lorsque la puissance du magicien qui le brise est supérieure à celle du magicien qui l'a créé. Je peux dire sans fausse modestie que j'excelle dans les pratiques curatives, en revanche, ma connaissance des formules interdites est limitée. D'après moi, il n'y a pas eu d'erreur dans l'imposition de ton sceau ; cependant il a quelque chose de très bizarre, que je n'arrive pas à identifier. Je crois qu'il est l'œuvre d'un magicien moyen, il y a donc quelques chances qu'il puisse être brisé...

Doubhée cessa de respirer.

— Et vous en êtes capable ? dit-elle dans un filet de voix.

Folwar sourit tristement.

— Je suis désolé, je ne suis pas assez fort pour cela. Lonerin croit beaucoup en moi, mais mes pouvoirs sont ceux d'un simple magicien du Conseil. Je m'épuiserais en vain à essayer...

Doubhée se laissa tomber sur sa chaise.

— Et alors, qui... ?

Le vieil homme secoua la tête.

— Je ne sais pas. Un très grand magicien. Hélas, ils manquent cruellement à notre temps.

La jeune fille serra les poings. Rien n'avait changé ; elle devait continuer à vivre avec la Bête.

Comme s'il avait entendu ses pensées, Folwar posa sa

main décharnée sur son bras. Ses doigts étaient flétris, mais chauds.

— Ne désespère pas. Quand on perd espoir, on meurt, et toi tu es si jeune, tu as tellement de choses à faire encore...

Doubhée retira son bras. Elle sentait les larmes lui monter aux yeux. Avait-elle jamais espéré quoi que soit dans sa vie ?

— Je vous remercie infiniment, dit-elle en se relevant. J'essaierai, je trouverai quelqu'un.

Elle esquissa un sourire que Folwar lui rendit .

— Alors, nous nous verrons au Conseil.

Doubhée n'avait jamais assisté à une séance de Conseil, et elle n'en avait aucune envie. Tous ces personnages importants, elle ne les voyait que lorsqu'elle s'introduisait dans leurs maisons, ou bien quand elle recevait le paiement pour un vol... Et puis, elle se sentait nue sans son manteau. Elle n'était plus habituée à montrer son visage. Qui sait ce que Lonerin leur avait dit sur elle ? Sans doute la vérité. D'ailleurs, déjà là, devant les portes fermées de la grande salle, on la regardait bizarrement. C'étaient des jeunes comme elle pour la plupart, mais Doubhée avait du mal à supporter leurs regards. Elle détestait être en contact avec les gens.

Lonerin était assis près d'elle, le visage encore pâle. C'était lui qui la présenterait, qui expliquerait tout. Il avait l'air très calme et sûr de lui. Une fois de plus, Doubhée se demanda ce qui le rendait si déterminé, et d'où il tirait la force d'accomplir son travail.

Parmi tous les regards, il y en avait un qui la frappait

plus que les autres. Celui d'une jeune fille aux cheveux blonds, jolie, mince et élancée. Elle la fixait avec insistance, une sorte de rancune dans les yeux. Doubhée se souvint de l'avoir vue sortir de la chambre de Lonerin pendant sa convalescence, mais elle fit mine de l'ignorer. Elle n'avait pas de temps à perdre avec les foudres d'une fiancée jalouse.

— Pourquoi est-ce qu'on attend ici ? demanda-t-elle à Lonerin.

— Nous n'appartenons pas au Conseil ; nous sommes juste admis à la séance. Pour le moment, le Conseil délibère sur d'autres sujets, il nous appellera ensuite.

Doubhée haussa les épaules. Tant de formalisme l'écœurait. Elle connaissait les détenteurs du pouvoir de l'extérieur, elle les avait vus dans l'intimité de leurs maisons, et ils lui semblaient tous mesquins et hypocrites.

Les portes s'ouvrirent enfin sur une grande salle en hémicycle, au centre de laquelle se trouvait une table ronde en pierre. De nombreuses personnes y étaient assises.

Ceux qui patientaient dans le vestibule se levèrent pour entrer, et elle les suivit. Mais lorsqu'elle voulut s'installer à son tour dans les gradins, Lonerin lui saisit la main.

— Nous devons faire notre rapport.

Il la conduisit vers une tribune dressée près de la table, d'où ils étaient visibles de tous.

Doubhée sentit des regards glacés se poser sur elle. On savait qui elle était, on la craignait, et pour une fois, cela ne lui donnait aucune satisfaction. Il n'y avait qu'une seule personne qui la regardait sans méfiance.

C'était un vieux gnome borgne, marqué de nombreuses cicatrices. Un gnome vigoureux, habillé en guerrier. Ido. Doubhée, qui avait entendu parler de lui, fut prise d'un vertige : elle se trouvait face à une légende vivante, un homme qui avait côtoyé Aster !

À cet instant, une nymphe se leva, et le silence se fit dans l'auditoire. Doubhée interrompit ses réflexions pour écouter. La nymphe ressemblait beaucoup à celle qui l'avait soignée, mais elle avait un port plus royal, et elle était encore plus belle. Un diadème blanc ornait sa tête. La reine Daphnée, sans aucun doute.

— La raison pour laquelle nous sommes réunis est connue de tous, commença-t-elle. Les mauvaises nouvelles dont Lonerin est porteur vous sont certainement déjà parvenues. Hélas, nous en ignorons encore les détails. C'est pourquoi nous avons convoqué Lonerin et cette jeune fille qui ont enquêté ensemble au siège de la Guilde. Ils vont nous éclairer sur leurs découvertes.

La nymphe se rassit et Lonerin s'éclaircit la voix pour parler. Il était ému, Doubhée le voyait au léger tremblement de ses mains, mais il se dominait.

Il raconta son arrivée dans la Guilde et ses premières recherches. Puis vint le moment de parler de Doubhée. Il dit comment il l'avait rencontrée, et expliqua la nature de leur pacte. Un murmure parcourut l'assemblée, et Doubhée se fit toute petite.

— C'est elle qui a enquêté à ma place. Elle s'est introduite là où je n'aurais jamais pu accéder. C'est elle aussi qui a découvert les plans de Yeshol, je lui laisse donc la parole...

La jeune fille lui lança un regard éperdu, auquel il répondit par un sourire encourageant. Doubhée n'était pas habituée à parler en public, elle détestait cet endroit, l'hostilité des gens qui y étaient assis... Elle ne se sentait pas à sa place parmi cette assemblée, et elle décida qu'il valait mieux faire court.

— Yeshol, le Gardien Suprême et le chef de la Guilde, veut ressusciter le Tyran. Il a besoin d'un corps dans lequel mettre son esprit, qui a déjà été évoqué et qui est maintenu entre la vie et la mort dans une chambre secrète de la Maison. Il cherche un demi-elfe. Je crois qu'il a utilisé la Magie Interdite, une formule probablement inventée par le Tyran lui-même. Il a rassemblé une énorme quantité de livres, tous issus de l'ancienne bibliothèque d'Aster. J'ai pu consulter un registre sur lequel Yeshol a indiqué les ouvrages qu'elle contient et la manière dont il les a trouvés. Récemment, il a reçu de Dohor un gros livre noir, dont je crois qu'il a tiré la formule qui lui a permis d'évoquer l'esprit du Tyran.

Elle avait fait ce récit d'une voix brisée, avec la nette sensation de ne pas employer les mots justes pour exprimer ce qu'elle avait découvert. Et plus elle parlait, moins elle se sentait convaincante. Elle relata sa longue et tumultueuse visite de la bibliothèque en quelques phrases lapidaires, puis elle évoqua brièvement les liens entre Yeshol et Dohor, et le fait que ce dernier avait été vu dans la Guilde.

— Voilà... c'est tout, conclut-elle.

Un silence de tombe s'abattit sur l'assemblée. Doubhée baissa la tête, mal à l'aise : elle en avait dit trop peu, beaucoup trop peu.

Lonerin la regarda d'un air un peu surpris. Elle

détourna les yeux ; elle savait qu'elle aurait pu faire mieux.

— Et tu as des preuves ?

La question venait d'un homme qui devait être un général.

— Tu as tout vu de tes propres yeux, n'est-ce pas ?

Doubhée acquiesça.

— J'ai vu l'esprit d'Aster.

— Comment peux-tu affirmer que c'était lui ? Nous n'avons aucune image du Tyran, ni aucune description.

— La Guilde est remplie de statues de lui, Yeshol l'a connu.

Le général sourit d'un air moqueur.

— D'accord, mais quelles preuves nous apportes-tu ? insista-t-il.

Doubhée demeura interdite.

— Aucune, nous nous sommes enfuis par miracle, finit-elle par avouer, je croyais que vous le saviez... Nous n'avons pas eu le temps d'en rassembler.

Le général s'éclaircit la voix, puis il s'adressa à Lonerin :

— Je résume la situation. Une brûlante révélation nous est faite par une personne appartenant à la Guilde, un tueur à gages donc, liée à toi par un pacte assez étrange, et affligée d'une malédiction. Nous n'avons pas de preuves à l'appui de cette thèse, si ce n'est la parole de cette jeune fille, c'est bien cela ?

L'assurance de Lonerin sembla vaciller.

— Exactement, fit-il d'une voix qui sonna faux.

— Et pourquoi devrions-nous la croire ?

Doubhée sourit : c'était une objection raisonnable...

Lonerin sembla dérouté.

— Parce que c'est la vérité... et que cela explique la mort d'Aramon, nos soupçons...

— Ce n'est pas une réponse, Lonerin, rétorqua le général. Laisse-moi émettre une hypothèse. Notre amie ici présente est menacée par une malédiction, elle a besoin d'aide, sinon elle mourra. Elle rencontre par hasard un magicien qui peut l'aider. Ce magicien, lui, a besoin de révélations, d'un certain type de révélations, et si elle l'aide à trouver ce qu'il cherche, il l'aidera lui aussi. Elle lui dit alors ce qu'il veut entendre, elle se fait conduire hors de la Guilde, raconte ses mensonges au Conseil des Eaux et obtient ce qu'elle veut. Ou bien la jeune fille est envoyée par la Guilde elle-même... Elle en fait partie, non ? On lui a enseigné quoi dire pour nous tromper, et elle se sert de ce jeune magicien naïf, qu'elle subjugue avec ses histoires.

L'assemblée ne broncha pas. Lonerin écoutait, la bouche ouverte.

— Mais c'est la Guilde elle-même qui a infligé cette malédiction à Doubhée, et... protesta-t-il.

— Ça, c'est ce qu'elle prétend. Or cette malédiction a pu lui être infligée dans de tout autres circonstances... Auquel cas son mensonge est censé nous attirer sur une fausse piste, ce qui permet à Yeshol de continuer ses affaires sans être gêné.

Doubhée regarda un à un les conseillers et les membres du public. Ils ne la croyaient pas... Elle le comprenait très bien : elle avait tué pour de l'argent, pourquoi auraient-ils dû lui faire confiance ? Ses yeux rencontrèrent soudain ceux d'Ido. Le gnome continuait à la regarder comme au début de la séance, sans préjugés, avec une intensité qui lui donna la sensation d'être transpercée.

— Le plan que vous évoquez paraît pour le moins compliqué, et..., fit Lonerin.

— Lonerin, réveille-toi ! C'est un tueur à gages ! C'est son métier de mentir, et en plus, elle appartient à la Guilde. En ce qui me concerne les choses sont tout à fait claires.

Des voix s'élevèrent dans la salle :

— Toi-même, tu n'as rien vu de ce qu'elle avance !

— Fest a raison, quelles preuves avons-nous ?

— Nous ne savons rien de la Guilde à part cela...

Doubhée sourit intérieurement.

— Je n'ai pas l'intention de vous convaincre, déclara-t-elle.

Sa voix, pourtant faible au milieu de tout ce brouhaha, leur imposa le silence. C'était à cause de l'aura de mort qui l'entourait, elle le savait.

— Je me moque du destin du Monde Émergé, comme je moque du Conseil, reprit-elle.

Des cris haineux accueillirent ses paroles.

— Je suis ici parce que Lonerin me l'a demandé. Mon travail est terminé. J'ai eu ce que je cherchais, et que vous me croyiez ou non ne m'intéresse pas. Considérez tout de même une chose : si votre général ne se trompe pas, pourquoi vous ai-je parlé aussi de Dohor ? Je n'ai aucune raison de vous suggérer un lien de ce genre. Si j'étais envoyée par Yeshol, aurais-je impliqué Dohor, alors que le roi a toujours affirmé être étranger aux activités de la Guilde ?

Le regard d'Ido se fit si insistant que Doubhée se sentit mal à l'aise.

— D'accord, admettons que ce ne soit pas Yeshol qui t'envoie, dit le général. Cela ne t'empêche pas de nous mentir...

— Pourquoi serais-je venue vous parler ? Je vous l'ai dit : ce que je voulais, je l'ai déjà obtenu.

— Combien de temps as-tu passé dans la Guilde ?

La voix grave d'Ido la fit sursauter. Elle se tourna vers lui et le fixa avec crainte.

— Six mois.

— Es-tu disposée à tout nous dire sur eux ?

Les Assassins étaient ses ennemis, elle n'avait aucun motif de les protéger. Elle hocha vigoureusement la tête.

— Nous avons besoin d'en savoir plus, poursuivit le gnome. Le compte rendu de cette fille a été trop rapide, il faut l'interroger avec plus de précision. Je demande l'autorisation de le faire.

— Mais, Ido, tu veux vraiment te fier à...

Le gnome fit taire le général d'un signe de la main.

— Elle a raison, elle n'a rien à gagner dans tout cela. Elle aurait pu repartir sans se présenter au Conseil. Et puis, l'interrogatoire pourra nous donner des informations vérifiables. Passons au vote.

L'assemblée vota et se prononça pour l'interrogatoire.

Il dura longtemps, et porta sur une multitude de choses. Doubhée collabora de son mieux. Elle ne savait pas pourquoi elle le faisait. La malédiction pesait sur son avenir et lui interdisait de s'y projeter au-delà de quelques mois. Le retour du Tyran la terrorisait, évidemment, mais il était très probable qu'elle meure avant, dévorée par la Bête. Elle n'était pas motivée par le désir de sauver le Monde Émergé. Peut-être était-ce de la reconnaissance envers Lonerin, qui l'avait aidée, et envers ces gens qui, malgré leur peur et leur méfiance, l'avaient soignée et lui avaient donné la potion...

On l'assomma de questions sur la Guilde, sur sa structure et son organisation, et sur ce qu'elle avait vu dans les salles secrètes.

Folwar en particulier s'attarda sur le sujet.

À la fin de l'interrogatoire, il faisait nuit. Doubhée était épuisée. Ido la regarda d'un air satisfait ; il y avait toutefois une ombre d'inquiétude dans son œil unique.

— Convaincus ? fit-il d'un ton railleur en se tournant vers le général Fest, celui-là même qui avait contesté le témoignage de Doubhée pendant la séance du Conseil.

— Les notions de magie qu'elle a rapportées sont précises et approfondies, il est impossible qu'elles soient en la possession d'un simple tueur à gages, dit Folwar.

Doubhée se sentit blessée par ce mot, « tueur à gages », qui dans sa crudité résumait tout son être.

— La citation des textes aussi est correcte, dit Chloé, l'autre nymphe du Conseil.

— Alors, il n'y a plus aucun doute sur sa crédibilité, n'est-ce pas ? insista Ido avec un nouveau regard en direction de Fest.

— Non, admit celui-ci de mauvaise grâce.

— Eh bien ? demanda Ido. Quelles sont vos conclusions ?

Folwar prit la parole

— Cela ressemble à une pratique d'évocation que je ne connais pas.

— Ce n'est pas une technique citée dans les textes, intervint un autre magicien, un homme bedonnant à l'air affable. Le livre noir aperçu par Doubhée pourrait bien être le fameux ouvrage dont parle la rumeur populaire. Comme nous le savons tous, Aster a donné un nouvel élan à la Magie Interdite. C'est lui qui, par exemple, a réussi à évoquer les spectres, pratique que nous connaissons à présent justement grâce à l'un des fragments de ce texte perdu.

— Donc, tu sais de quelle formule il s'agit ?

L'homme fit signe que non, et son double menton trembla au même rythme que sa tête.

— Elle m'est inconnue. Un magicien plus puissant pourrait sans doute nous en dire davantage.

— Devons-nous vraiment nous inquiéter du plan de Yeshol ? lança Chloé, changeant de sujet. Il a besoin d'un demi-elfe, et nous savons tous qu'il n'en existe plus.

Ido grimaça, et Doubhée crut voir un nuage passer sur son visage.

— Ce n'est pas tout à fait exact, lâcha-t-il.

Toute l'assemblée se tourna vers lui.

— Il pourrait y avoir encore un demi-elfe.

— Explique-toi ! dit le général sur un ton glacé.

Ido poussa un soupir.

— Comme vous le savez, après la guerre, Nihal et Sennar ont quitté le Monde Émergé, et ils sont allés vivre au-delà du Saar. Les premiers temps, j'ai eu de leurs nouvelles, que Sennar m'envoyait en utilisant la magie.

Il s'interrompit avant de préciser :

— Ils ont eu un fils, je le sais de sources sûres. Puis il s'est passé certaines choses...

Le gnome avait visiblement du mal à trouver ses mots. Aborder ce sujet semblait beaucoup lui coûter.

— Des querelles... Les derniers messages que j'ai

reçus concernaient le départ du jeune homme pour le Monde Émergé, à la suite d'une brouille avec son père.

Doubhée écoutait attentivement. Nihal et Sennar étaient des personnages historiques, des statues au milieu des places. Entendre parler d'eux comme de personnes réelles et vivantes lui faisait un drôle d'effet.

— À quand remontent ces nouvelles ?

C'était le roi du Cercle des Marais, resté silencieux jusque-là, qui venait de parler.

— À dix ans.

— Et pourquoi tu ne nous en as pas parlé ? s'écria Kharepa, le neveu du vieux roi de la Terre de la Mer. Pourquoi tu n'as jamais évoqué tes contacts avec eux ? L'aide de Nihal et de Sennar nous aurait été de grande utilité dans de multiples occasions...

— Nihal est morte.

La voix d'Ido fut secouée d'un léger tremblement.

— Nihal est morte il y a plus de vingt ans. Depuis, Sennar m'a très peu écrit. À un certain moment, j'ai même totalement perdu sa trace.

Doubhée vit Lonerin serrer les poings et baisser la tête. Elle le comprenait. Même elle, elle n'avait jamais été indifférente à cette vieille histoire héroïque. Nihal et Sennar avaient disparu du Monde Émergé depuis presque quarante ans, et pourtant leur présence avait flotté au-dessus de cette terre tourmentée pendant toute cette longue période de souffrance. Mais les demi-dieux devaient aussi affronter leur destin, et Nihal était mortelle...

— Le fils de Nihal et Sennar est venu vivre ici. Je ne sais pas où, Sennar lui-même l'ignorait. Je ne sais pas non plus s'il est toujours en vie, ni à quoi il ressemble, mais je suis sûr qu'il est revenu dans le Monde Émergé. Les demi-elfes ne se sont pas éteints. C'est lui qu'ils cherchent, indubitablement. Lui ou l'un de ses descendants.

Le drame prenait de la consistance.

— Mais Sennar est encore vivant, n'est-ce pas ? demanda quelqu'un.

Ido acquiesça faiblement. Doubhée percevait sa douleur. Il avait été le maître de Nihal pendant de nombreuses années. Rien ne pouvait briser un lien aussi fort, elle était bien placée pour le savoir.

Folwar prit à son tour la parole, les traits tirés et la voix à peine audible.

— Sennar a connu le Tyran, il a rassemblé beaucoup d'informations sur lui avant de s'en aller, n'est-ce pas ?

— Oui, c'est vrai, répondit Ido.

Il se leva.

— Notre bon Folwar me semble épuisé, et notre jeune hôte est elle aussi à bout de forces, dit-il en regardant Doubhée avec sympathie. Nous avons appris beaucoup de choses ; il nous faut réfléchir. Nous reprendrons nos débats demain, et nous déciderons ce qu'il faut faire.

La séance fut levée, et chacun retourna à sa chambre. Celle de Doubhée n'étant pas très éloignée des appartements de Lonerin, ils firent le trajet ensemble.

— Tu as été parfaite, dit-il. Si nous les avons convaincus, c'est seulement grâce à toi.

Doubhée haussa les épaules.

— Je n'avais pas l'intention de convaincre qui que ce soit.

— Aster ne te fait pas peur, à toi ?

— J'ai beaucoup plus peur du sceau.

Le jeune magicien esquissa un sourire embarrassé.

— Excuse-moi.

Doubhée secoua la tête, l'air de dire que cela n'avait pas d'importance.

Ils se saluèrent devant sa porte.

— À demain, alors…

— À demain !

Doubhée n'avait plus vraiment de raison de rester ; cependant elle ne se sentait pas complètement rétablie, et elle voulait savoir comment tout cela finirait. En fin de compte, le sort du Monde Émergé ne lui était plus si indifférent…

Mais, surtout, une pensée lui tournait dans la tête. Une pensée qui la tourmenta tandis qu'elle se déshabillait et qui l'accompagna jusque dans son lit : Sennar était vivant… Sennar, l'un des plus puissants magiciens du Monde Émergé !

Un grand magicien. Exactement ce dont elle avait besoin.

ÉPILOGUE

La salle, l'assemblée, tout était comme la veille. On aurait dit que le temps s'était arrêté. Folwar était peut-être un peu moins fatigué, Lonerin plus droit et moins pâle, les visages peut-être un peu moins tirés... Mais l'atmosphère restait tendue. Doubhée le ressentait jusque dans la moelle de ses os.

Elle n'avait pas beaucoup dormi. Toute la nuit, elle avait pensé à Sennar et à ses pouvoirs. Il était son seul espoir ! Elle avait aussi pensé au Monde Émergé, à son destin, et à Aster. Elle n'arrivait pas à oublier le visage qui flottait dans le globe, là-bas, dans les entrailles de la terre. Un visage dépourvu de haine et de cruauté, bien différent de ce qu'elle avait imaginé, et pourtant si terrifiant.

Alors que la maîtresse de maison, la nymphe Daphnée, s'apprêtait à briser le silence qui pesait sur l'assistance, Ido lança :

— Je crois que chacun d'entre nous a eu droit à une bonne nuit, n'est-ce pas ?

Il promena un regard moqueur sur les membres du Conseil.

— Moi, je n'ai pas fermé l'œil. Du coup, j'ai beaucoup réfléchi. Et je vous dirai quelle est ma proposition.

Il prit une grande inspiration.

— Folwar a bien parlé hier soir : Sennar doit savoir. N'oublions pas que Nihal et lui ont renversé le Tyran ! Je propose donc que nous le retrouvions pour lui demander de l'aide.

Kharepa secoua la tête :

— Il faut agir vite, Ido ! Entre-temps, la Guilde poursuivra son plan...

— Parce que vous avez une autre idée pour contrer Yeshol ? En attaquant la Guilde, peut-être ? Et comment ? Dohor nous arrêterait bien avant que nous atteignions la Maison. Et en ce qui concerne la Magie ? Quelqu'un a-t-il une idée sur la façon de se débarrasser de l'esprit d'Aster ?

Le silence était si dense qu'il en était presque tangible.

— Nous n'avons aucune arme entre les mains, conclut le gnome.

Il marqua une pause, puis ajouta :

— À part une. Le fils de Nihal. Il faut le chercher et le mettre en lieu sûr. Sans lui, le plan de la Guilde échouera. C'est notre seul moyen de nous défendre.

Alors que l'assemblée acquiesçait, Doubhée regarda le vieil homme avec admiration. Il était capable de galvaniser, de rassurer, et de convaincre. Elle entrevoyait dans ses paroles et dans ses gestes l'ombre de son glorieux passé de combattant insoumis, un passé qui n'était pas tout à fait éteint. Il continuait à se battre, presque seul désormais, pour ce en quoi il croyait.

— Quelqu'un a-t-il une remarque à faire ?

Doubhée leva lentement la main. Elle ignorait ce qui

lui en avait donné le courage : était-ce les paroles d'Ido qui avaient allumé quelque chose d'inconnu au fond d'elle-même, ou le désespoir, cette force qui l'animait depuis toujours ?

L'auditoire la dévisagea avec étonnement, et Ido lui donna la parole.

— Je voudrais me proposer pour aller voir Sennar.

Un vent de protestation souffla sur la salle.

— Nous t'avons accordé beaucoup de crédit, mais, là, tu ne crois pas que c'est un peu trop ? s'indigna Fest. C'est une mission très délicate, dont dépend notre survie. Nous ne pouvons pas mettre un tel enjeu entre tes mains...

— Sauf que je n'y irai pas pour le Monde Émergé, déclara Doubhée avec calme, mais seulement parce que je crois que Sennar peut me sauver. Je suis sans aucun doute celle dont la motivation est la plus forte. Je lui porterai votre message.

— Et qu'est-ce qui nous garantit que tu reviendras ? intervint Venna, le roi du Cercle des Marais.

Ido secoua la tête :

— Tu comprends que tu ne peux pas y aller seule, n'est-ce pas ? Et si tu meurs ? Il faut au moins une autre personne avec toi.

— Moi, je pourrais y aller.

Doubhée ne fut pas surprise d'entendre la voix de Lonerin ; elle s'y attendait. Sans savoir pourquoi, elle sentait qu'il en serait ainsi. Lonerin devait toujours être en première ligne, il fallait qu'il agisse, qu'il se porte volontaire...

Ido s'autorisa un petit sourire.

— C'est plus fort que toi, hein, mon garçon ?

Lonerin rougit violemment.

Le gnome leva la main.

— Je n'ai rien contre, tu as plutôt bien mené ta précédente mission.

Puis il ajouta d'un air grave :

— Quant au fils de Nihal, je me propose moi-même.

L'assistance poussa des exclamations de stupeur.

— Mais vous êtes le pilier du Conseil !

— Sans vous la résistance n'existe pas !

— Nous avons besoin de vous ici !

Ido les fit tous taire d'un geste :

— Je suis un guerrier. Cela fait trop longtemps que je suis enfermé ici, à ruminer mes souvenirs de batailles et à gémir sur les amis et les compagnons que j'ai perdus... En outre, j'ai un compte à régler avec Dohor, vous le savez tous. Et je n'y renonce pas !

La salle se remplit de chuchotements ; puis Daphnée se leva et le silence se fit.

— Votons donc ce plan d'action : Lonerin et la fille partiront à la recherche de Sennar, tandis qu'Ido se mettra en quête du fils de Nihal et Sennar. Que chacun exprime son avis.

Le plan fut accepté à une écrasante majorité.

— Tu me dis de nouveau au revoir.

Theana pleurait, et Lonerin ne savait pas quoi lui dire. Elle avait raison. Mais c'était en effet plus fort que lui, il était incapable de rester à ne rien faire, pour tant de raisons... Lors de sa précédente mission, il avait été inutile, et cela l'irritait. Il s'était introduit au cœur de la Guilde pour la détruire et pour se prouver à lui-même qu'il avait réussi à dépasser sa haine, à sublimer ses propres sentiments dans le désir de sauver le Monde Émergé. Il n'avait atteint aucun de ces deux buts. Et cette fois, il était bien décidé à se rattraper.

Il se remit à préparer ses bagages. Il aurait voulu être capable de tout expliquer à Theana, de lui raconter ce qui lui tournait dans la tête...

— Je dois y aller. Si tu me connais vraiment, et si tu tiens à moi, alors tu dois le comprendre.

Theana secoua la tête, et ses boucles blondes caressèrent son visage.

— Non. Tu avais dit que tu reviendrais vers moi ! Si tu repars maintenant, c'est comme si tu ne l'avais pas fait. Je croyais que nous aurions du temps pour nous.

Oui, il l'avait cru lui aussi. Il la fixa dans les yeux.

— Il s'est passé beaucoup de choses...

Theana laissa libre cours à ses larmes.

— C'est à cause d'elle ?

— Qui ?

— Tu le sais bien.

C'était vrai.

— Non, pas du tout.

Elle lui lança un regard perçant.

— Tu dois choisir entre nous deux.

— Arrête de faire l'idiote ! Il n'y a rien à choisir. Absolument rien.

— Si, au contraire. Pourquoi je n'arrive jamais à te garder près de moi, alors que pour elle tu as même risqué ta vie ?

— Ce n'est que ton imagination, protesta Lonerin.

Theana sourit tristement :

— Essaie de revenir sain et sauf... Mais même si tu réussis cet exploit, je sais que ce ne sera pas pour moi.

Doubhée était assise dehors, sur l'un des balcons du palais qui offrait un point de vue sur la lointaine Terre du Vent. On racontait que l'immense plaine qui marquait la frontière entre les deux terres et qui s'étendait à l'horizon n'était plus comme autrefois. La Grande Guerre y avait laissé des traces ineffaçables.

La jeune fille songea que Nihal et Sennar avaient connu ce panorama, et peut-être l'avaient-ils contemplé, comme elle, avec la nostalgie et l'égarement de celui qui part.

Elle se demanda si à la fin de ce voyage elle serait enfin libre. Elle osait à peine imaginer l'après, quand la malédiction serait brisée. Elle ne savait même pas si ce jour arriverait ; pourtant elle sentait déjà que la rupture du sceau pouvait ne pas lui apporter la liberté qu'elle désirait. Avant que tout ne commence, quand elle n'était encore qu'une simple voleuse, elle avait pensé : *Jusqu'à quand ?* sans comprendre pourquoi. Maintenant, elle savait. Elle était lasse, et il ne s'agissait pas seulement de la malédiction. Elle était fatiguée d'agir comme le lui imposaient les circonstances, de toujours se conformer aux ordres de quelqu'un et de n'avoir d'autre but que survivre. Si le sceau pouvait être brisé, sa servitude, elle, semblait ne pas avoir de fin.

— Soucieuse, on dirait ?

Doubhée tressaillit. C'était Ido, vêtu de sa tenue militaire, comme lors de la séance du Conseil. On disait qu'il ne quittait jamais ces vêtements. Il tenait une longue pipe fumante entre les doigts.

— Partir, c'est mourir un peu, fit-il.

Elle hocha la tête. C'était une situation paradoxale :

la petite voleuse, la meurtrière, parlait avec le grand héros.

— Sennar est un magicien puissant, je suis certain qu'il pourra t'aider.

— Je l'espère.

— Quant au reste, tout dépend de toi… Mais je crois que tu le sais.

Doubhée le regarda avec surprise. Ido tira une bouffée sur sa pipe et poursuivit :

— Il est normal que quelqu'un comme moi, qui a vécu si longtemps, qui a connu autant de guerres et de batailles et qui a vu partir tous ses amis, finisse par comprendre un peu les gens.

La jeune fille regarda l'horizon.

— Je ne sais pas si vous avez raison. Il y a une route différente pour chacun de nous.

— Et la tienne t'amène à combattre pour le Monde Émergé ?

— Je ne pars pas pour combattre. Je pars pour sauver ma peau.

— C'est ce que tu crois ?

Le gnome aspira une nouvelle bouffée.

— Moi, j'ai changé de route tellement de fois… J'ai même été contre mon destin, pendant toute ma vie.

« Certaines personnes n'ont pas cette possibilité », songea Doubhée qui, au fond, appréciait cette discussion.

— Il fait froid, et les vieux comme moi doivent prendre soin d'eux. J'espère te revoir quand tout cela sera fini. Pour moi, et pour le Monde Émergé.

Elle acquiesça, et Ido fit mine de partir.

— Merci, lui dit Doubhée sans le regarder, pour la

manière dont vous m'avez traitée pendant la réunion du Conseil. Vous ne m'avez pas méprisée et vous n'avez pas non plus eu pitié de moi.

— Il n'y a rien en toi qui mérite l'un ou l'autre, répondit le gnome, levant la main en signe d'adieu.

Doubhée resta seule sur le balcon. La brise du matin se glissait dans ses cheveux coupés par la Guilde. Elle était en équilibre au bord d'un précipice, et pourtant en cet instant précis elle se sentait légère, comme si elle était enfin capable de voler au-delà.

La lumière bleutée tremblait sur les murs barbouillés de sang. La forme dans le globe était encore floue, presque douloureuse, mais Yeshol réussissait à reconnaître dans ce magma le visage d'Aster, ce visage qu'il avait tant aimé. Le Gardien Suprême serrait le livre noir entre ses mains ; après la fuite de la fille et du Postulant, il ne s'en séparait plus.

« Turno est mort. Son cadavre gît sur la Grande Terre.

— C'est elle qui l'a tué.

— Ses blessures ne laissent aucun doute. »

Lorsqu'on le lui avait annoncé, la plume qu'il tenait à la main s'était brisée. « Elle doit mourir ! s'était-il écrié. Ils doivent mourir tous les deux. Thenaar le veut. Jetez à leurs trousses tous les Assassins que vous voudrez, les plus puissants, mais je veux qu'ils meurent dans d'atroces souffrances. »

Mais cet ordre ne l'avait pas suffisamment calmé. Des livres avaient été déplacés sur son bureau dans la bibliothèque ; quelqu'un avait fouillé ici. Que savait Doubhée ? Et de quelle manière était-elle liée à ce Postulant ?

Ces questions le tourmentaient nuit après nuit, elles le rendaient fou. Il était à un pas de l'accomplissement de ses rêves, il ne pouvait pas échouer à cause d'une fille qui refusait de se plier à leurs lois !

C'est pour cela qu'il était descendu voir Aster. Son image lui insufflait confiance et chaleur.

— Je ne lui permettrai pas de tout détruire ! dit-il rageusement en serrant les dents. Mon Seigneur, à présent que nous nous sommes retrouvés après tant d'années, je ne permettrai à personne de vous rejeter dans l'oubli. Même si je dois mourir, vous reviendrez, et vous serez payé de votre souffrance.

Yeshol posa ses mains sur la vitre et y appuya le front.

— Nous sommes sur les traces du corps qui vous recevra, nous touchons au but, Mon Seigneur. Ni la mécréante ni son compagnon n'y pourront rien quand j'aurai entre les mains le garçon et son père. L'heure de votre retour est proche.

Deux larmes coulèrent sur ses joues, des larmes de fatigue et de douleur, mais aussi de joie.

— L'heure est proche.

LE TEMPLE

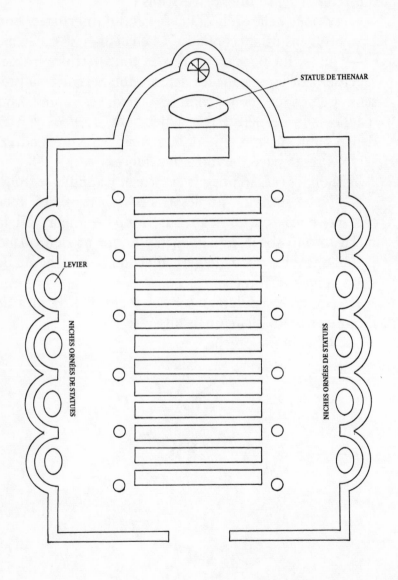

STATUE DE THENAAR

LEVIER

NICHES ORNÉES DE STATUES

NICHES ORNÉES DE STATUES

LA MAISON - PREMIER NIVEAU

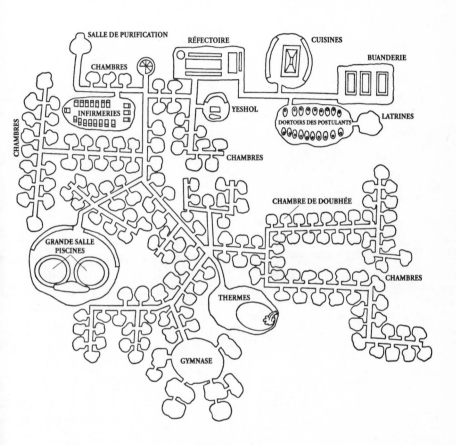

LA MAISON – DEUXIÈME NIVEAU

LOGEMENT DE LA GARDIENNE
DES POISONS

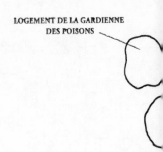

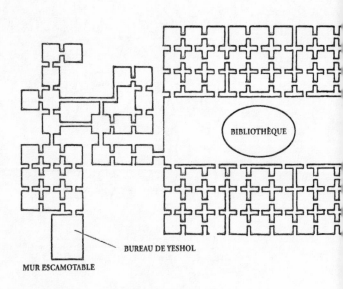

BIBLIOTHÈQUE

BUREAU DE YESHOL

MUR ESCAMOTABLE

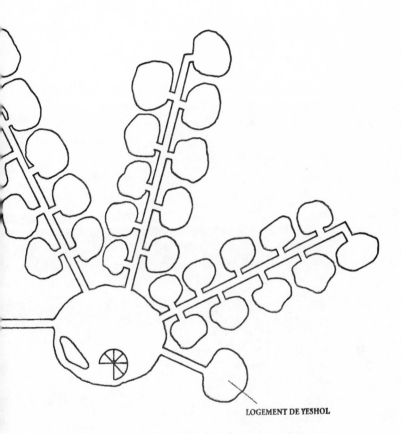

LOGEMENT DE YESHOL

Cet ouvrage a été imprimé
en août 2010 par

FIRMIN-DIDOT

27650 Mesnil-sur-l'Estrée
N° d'impression : 101171
Dépôt légal : septembre 2010

Imprimé en France

Cet ouvrage a été composé par
PCA – 44400 REZÉ

 12, avenue d'Italie

75627 PARIS Cedex 13